S. J. Watson



# Avant d'aller dormir

*Traduit de l'anglais par Sophie Aslanides*

ÉDITIONS FRANCE LOISIRS

Titre original : *Before I go to Sleep*

Édition du Club France Loisirs,
avec l'autorisation des Éditions Sonatine

Éditions France Loisirs,
123, boulevard de Grenelle, Paris
www.franceloisirs.com


ISBN : 978-2-298-04980-0

*À ma mère et à Nicholas*

« Je suis né demain
Aujourd'hui je vis
Hier m'a tué. »

Parviz OWSIA

# Première partie
# *Aujourd'hui*

La chambre à coucher est étrange. Inconnue. Je ne sais pas où je me trouve, ni comment je suis arrivée ici. Je ne sais pas comment je vais rentrer à la maison.

J'ai passé la nuit ici. J'ai été réveillée par une voix de femme – au début, j'ai cru qu'elle était dans le lit avec moi, puis j'ai compris qu'elle donnait des informations, qu'elle sortait d'un radio-réveil – et, quand j'ai ouvert les yeux, je me suis découverte ici. Dans cette chambre que je ne connais pas.

Mes yeux s'habituent à la pénombre et je l'explore du regard. Une robe de chambre est suspendue à la porte d'une armoire – une robe de chambre de femme, mais d'une femme bien plus âgée que moi – et un pantalon bleu marine est soigneusement plié sur le dos d'une chaise devant la coiffeuse, mais je ne parviens pas à distinguer d'autres choses. Le réveil a l'air sophistiqué, mais je trouve le bouton qui a des chances de l'éteindre. Effectivement.

C'est alors que j'entends la vibration d'une inspiration derrière moi, et je me rends compte que je ne suis pas seule. Je me retourne. Je vois un morceau de peau et des cheveux noirs, parsemés de gris. Un homme. Son bras gauche est posé sur la couverture et une alliance en or entoure l'annulaire de sa main gauche. Je réprime un grognement. Celui-ci est non seulement vieux et grisonnant, me dis-je, mais en plus il est marié. Non seulement j'ai couché avec un homme marié, mais en plus j'ai fait ça chez lui, on dirait, dans le lit qu'il doit partager d'habitude avec sa femme. Je m'allonge à nouveau pour reprendre mes esprits. Je devrais avoir honte.

Je me demande où se trouve la femme. Faut-il que je m'inquiète de la voir arriver d'un moment à l'autre ? Je l'imagine, plantée à l'autre bout de la pièce, en train de hurler, de me traiter de traînée. Horrible méduse coiffée de serpents venimeux. Je me demande comment je vais me défendre, si elle débarque, ou même si je le peux. Le type dans le lit ne paraît pas très inquiet, pourtant. Il s'est retourné et il continue à ronfler.

Je reste aussi immobile que possible. Généralement, je parviens à me rappeler comment je me mets dans des situations pareilles, mais pas aujourd'hui. Il y a dû y avoir une fête, ou une sortie dans un bar ou dans une boîte. J'ai dû pas mal picoler. Au point que je ne me souviens plus de rien. Au point d'être rentrée avec un homme qui a une alliance au doigt et des poils dans le dos.

Je replie les couvertures aussi doucement que je le peux et m'assois au bord du lit. D'abord, il faut que j'aille aux toilettes. J'ignore les pantoufles posées à mes pieds – après tout, se faire sauter par le mari est une chose, mais je ne pourrais jamais enfiler les chaussures d'une autre femme – et j'avance à pas de loup jusqu'au palier. Je me rends compte que je suis nue, et j'ai peur de choisir la mauvaise porte, de tomber par hasard sur un locataire, un fils adolescent. Soulagée, je vois que la porte de la salle de bains est entrouverte et j'entre, et puis je la verrouille derrière moi.

Je m'installe, fais ce que j'ai à faire ; puis je tire la chasse et me tourne pour me laver les mains. Je m'apprête à saisir le savon mais quelque chose ne va pas. Au début, je n'arrive pas à comprendre ce que c'est, finalement, si. La main posée sur le savon ne ressemble pas à la mienne. Sa peau est fripée et les doigts sont boudinés. Les ongles ne sont pas faits, ils sont complètement rongés, et, comme celle de l'homme couché dans le lit que je viens de quitter, elle porte aussi une alliance en or, toute simple.

Je regarde ma main fixement quelques instants, puis je bouge les doigts. Les doigts de la main qui tient le savon bougent aussi.

Je suffoque, et le savon tombe dans le lavabo. Je lève les yeux vers le miroir.

Le visage qui se trouve face à moi n'est pas le mien. Mes cheveux n'ont aucun volume et sont bien plus courts que la coupe que j'ai d'habitude ; la peau des joues et du cou est flasque, les lèvres sont minces, les coins de la bouche tombent. De ma gorge serrée sort un halètement inarticulé qui deviendrait un cri d'effroi si je ne le réprimais pas, puis je remarque les yeux. Ils sont entourés de rides, oui mais, malgré tout le reste, je vois bien que ce sont les miens. La personne que je vois dans le miroir, c'est moi, mais j'ai vingt ans de trop. Vingt-cinq. Peut-être plus.

Ce n'est pas possible. Je commence à trembler ; je me cramponne au bord du lavabo. Un autre cri s'élève dans ma poitrine, celui-là franchit mes lèvres et résonne, étranglé. Je recule d'un pas, pour m'éloigner du miroir, et c'est alors que je les vois. Des photographies. Scotchées au mur, au miroir. Des photos, émaillées de petits papiers jaunes, de notes écrites au feutre, humides, cornées.

J'en choisis une au hasard. *Christine*, lis-je, et une flèche désigne une photo de moi – de ce nouveau moi, de ce moi vieux – sur laquelle je suis assise sur un banc, dans un port, à côté d'un homme. Le nom me paraît familier, mais très vaguement, comme s'il me fallait faire un effort pour croire que c'est le mien. Sur la photo, nous sourions tous les deux devant l'objectif, et nous nous tenons par la main. Il est beau, séduisant, et quand je l'examine de plus près, je me rends compte que c'est l'homme avec qui j'ai passé la nuit, que j'ai laissé dans le lit. Le mot *Ben* est écrit en dessous et, à côté, *Ton mari*.

J'en ai le souffle coupé ; je l'arrache du mur. Non, me dis-je. Non ! C'est impossible... J'examine les autres photos. Toutes des photos de moi et de lui. Sur l'une d'entre elles, je porte une robe hideuse et je suis en train de déballer un cadeau ; sur une autre, nous portons tous deux des vestes imperméables assorties et nous sommes devant une cascade, un petit chien sautille à nos pieds. La suivante est une photo de moi assise à côté de lui, sirotant un verre de jus d'orange, vêtue de la robe de chambre que j'ai vue dans la chambre à côté.

Je recule encore d'un pas, jusqu'à ce que je sente les carreaux de céramique froids contre mon dos. C'est alors que j'aperçois la lueur de ce que j'associe à la mémoire. Lorsque mon esprit essaie de s'y fixer, elle s'éloigne en voletant, comme des cendres emportées par la brise, et je comprends que dans ma vie, il y a un après, un avant, même si je ne sais pas de quoi est fait l'avant, qu'il y a un maintenant, et qu'entre les deux il n'y a rien qu'un immense vide de silence qui m'a menée ici, à ce couple que nous formons, lui et moi, dans cette maison.

Je retourne dans la chambre. J'ai toujours la photo dans la main – celle de moi et de l'homme à côté de qui je me suis réveillée – et je la tiens devant moi.

« Que se passe-t-il ? » dis-je. Je crie, les larmes coulent sur mon visage. L'homme se redresse brusquement, les yeux mi-clos. « Qui êtes-vous ?

— Je suis ton mari », dit-il. Son visage est bouffi de sommeil, il ne révèle pas la moindre trace de lassitude. Il ne regarde pas mon corps nu.

« Nous sommes mariés depuis des années.

— Comment ça ? » dis-je. J'ai envie de m'enfuir en courant, mais où pourrais-je aller ? « "Mariés depuis des années" ? Comment ça ? »

Il se lève.

« Je vais t'expliquer », dit-il, et il me passe la robe de chambre ; il attend que je l'aie enfilée. Il porte un pantalon de pyjama trop grand pour lui et un maillot de corps blanc. Il me rappelle mon père.

« Nous nous sommes mariés en 1985, dit-il. Il y a vingt-deux ans. Tu… »

Je l'interromps.

« Quoi… ? »

Mon sang se fige dans mes veines, la pièce se met à tourner autour de moi. Une horloge émet un tic-tac quelque part dans la maison, et ce bruit me paraît aussi fort qu'un coup de marteau.

« Mais… ? » Il fait un pas vers moi. « Comment… ?

— Christine, tu as maintenant quarante-sept

ans », dit-il. Je regarde cet étranger qui me sourit. Je ne veux pas le croire, je ne veux pas entendre ce qu'il est en train de dire, mais il poursuit. « Tu as eu un accident, dit-il, un très grave accident. Tu as été blessée à la tête. Tu as du mal à te rappeler les choses.

— Quelles choses ? » dis-je, tout en pensant *certainement pas les vingt-cinq dernières années !* « Quelles choses ? »

Il fait un autre pas vers moi, m'approche comme si j'étais un animal terrorisé.

« Tout, dit-il. Parfois depuis que tu avais vingt ans. Parfois, ça remonte encore plus loin. »

J'ai la tête qui tourne, les dates, les époques se bousculent. Je ne veux pas poser la question, mais je sais qu'il le faut. « Quand… Quand ai-je eu cet accident ? »

Il me regarde et son visage exprime un mélange de compassion et de peur.

« Tu avais vingt-neuf ans… »

Je ferme les yeux. Alors même que mon esprit essaie de rejeter cette information, je sais, quelque part, qu'elle est vraie. Je m'entends pleurer à nouveau, et cet homme, ce Ben, s'avance jusqu'au pas de la porte. Je sens sa présence à côté de moi, je ne bouge pas tandis qu'il passe ses bras autour de ma taille, ne résiste pas lorsqu'il m'enlace. Il me tient serrée contre lui. Ensemble, nous nous balançons doucement, et je me rends compte que ce mouvement m'est vaguement familier. Je me sens un peu rassurée.

« Je t'aime, Christine », dit-il, et bien que je sache que je suis censée répondre que je l'aime aussi, je n'en fais rien. Je ne dis rien. Comment puis-je l'aimer ? C'est un étranger. Tout me semble dépourvu de sens. Je veux lui demander tant de choses. Comment je suis arrivée ici, comment j'ai réussi à survivre. Mais je ne sais pas comment faire.

« J'ai peur, dis-je.

— Je sais, répond-il. Je sais. Mais ne t'inquiète pas, Christine. Je m'occuperai de toi. Je m'occuperai toujours de toi. Tout ira bien. Aie confiance en moi. »

Il me dit qu'il va me montrer la maison. Je me sens plus calme. J'ai enfilé une culotte et un vieux T-shirt qu'il m'a donnés, puis j'ai posé la robe de chambre sur mes épaules. Nous avançons sur le palier.

« Tu as vu la salle de bains, dit-il en ouvrant la porte voisine. Là, c'est le bureau. »

J'y vois un bureau en verre avec ce que j'imagine être un ordinateur, même s'il a l'air ridicule, il est tellement petit, on dirait presque un jouet. À côté se trouve un meuble de rangement en métal gris surmonté d'un grand calendrier. Tout est bien en ordre, chaque chose à sa place.

« Je travaille ici, de temps en temps », dit-il avant de refermer la porte. Nous nous retournons et il ouvre une autre porte. Un lit, une coiffeuse, encore des armoires. La pièce est presque identique à la chambre dans laquelle je me suis réveillée. « Parfois, tu dors ici, dit-il, quand tu en as envie. Mais généralement, tu n'aimes pas te réveiller seule. Tu es prise de panique lorsque tu n'arrives pas à comprendre où tu te trouves. » Je hoche la tête. J'ai l'impression d'être une éventuelle locataire à qui on fait visiter un nouvel appartement. Ou une candidate à la colocation. « Descendons au rez-de-chaussée. »

Je le suis dans l'escalier. Il me montre un salon – un canapé marron et des fauteuils assortis, un écran plat fixé au mur, dont il me dit que c'est une télévision – et une salle à manger, une cuisine. Je ne reconnais rien. Je ne ressens rien du tout, même lorsque je vois une photographie de nous deux, dans un cadre, posée sur un buffet. « Derrière, c'est le jardin », dit-il et je regarde de l'autre côté de la porte vitrée située dans la cuisine. Il commence tout juste à faire jour, le ciel nocturne est en train de virer au bleu d'encre, et je parviens à distinguer la silhouette d'un grand arbre et celle d'une petite cabane tout au fond du petit jardin, c'est à peu près tout. Je me rends compte que je ne sais même pas dans quelle partie du monde nous vivons.

« Où sommes-nous ? »

Il se tient derrière moi. Je nous vois reflétés dans la vitre. Moi. Mon mari. Presque la cinquantaine.

« Au nord de Londres, répond-il. Crouch End. »

Je fais un pas en arrière. La panique commence à monter.

« Mon Dieu, dis-je. Je ne sais même pas où j'habite… »

Il me prend la main.

« Ne t'inquiète pas. Tout va bien se passer. »

Je me retourne pour lui faire face, pour l'entendre me dire à nouveau que tout va bien se passer ; mais il n'en fait rien.

« Veux-tu que je te fasse du café ? »

L'espace d'un moment, je lui en veux, puis je dis :

« Oui, s'il te plaît. »

Il remplit une bouilloire.

« Noir, sans sucre.

— Je sais, dit-il en souriant. Veux-tu une tartine ? »

Je réponds que oui. Il doit savoir tant de choses à mon sujet, et pourtant j'ai l'impression de me réveiller après une aventure d'une nuit : le petit déjeuner avec un étranger dans sa maison, en me demandant à quel moment je pourrai, sans être grossière, m'enfuir, rentrer chez moi.

Mais là est la différence. Cet endroit est censé être *la* maison, ma maison.

« Je crois qu'il faut que je m'assoie. »

Il se tourne vers moi et dit :

« Va donc t'installer dans le salon, je t'apporte tout ça dans une minute. »

Je quitte la cuisine.

Un moment plus tard, Ben vient me rejoindre. Il me donne un livre. « C'est un album, dit-il. Cela va peut-être t'aider. »

Je le lui prends des mains. Il est relié d'un plastique qui est censé imiter le vieux cuir, mais sans succès ; il est entouré d'un ruban rouge maladroitement noué.

« Je reviens dans une minute », dit-il avant de sortir de la pièce.

Je reste assise sur le canapé. L'album pèse lourd sur mes genoux. J'ai l'impression de commettre une indiscrétion. Je me répète que tout ce qui se trouve dans ce volume me concerne, et que c'est mon mari qui me l'a confié.

Je défais le nœud et j'ouvre l'album à une page au hasard. Une photo de Ben et moi, où nous sommes bien plus jeunes.

Je le referme d'un claquement sec. Je laisse mes mains courir sur la reliure, je caresse la tranche. *Apparemment, il faut que je fasse ça tous les matins.*

Je n'arrive pas à y croire. Je suis certaine qu'il y a une terrible erreur, et pourtant c'est impossible. La preuve est là – dans le miroir à l'étage, dans les rides sur les mains qui caressent l'album que j'ai sous les yeux. Je ne suis pas la personne que je croyais être en me réveillant ce matin.

Mais qui était cette personne ? me dis-je. Quand étais-je cette personne, qui s'est réveillée dans le lit d'un étranger et ne pensait qu'à s'enfuir ? Je ferme les yeux. J'ai l'impression de flotter. Sans amarres. Je cours le danger de me perdre.

Il faut que je m'ancre quelque part. J'ai toujours les yeux clos et j'essaie de me concentrer sur quelque chose, n'importe quoi, sur un point solide. Je ne trouve rien. Tant d'années de ma vie, me dis-je. Disparues.

Cet album va me dire qui je suis, mais je ne veux pas l'ouvrir. Pas encore. Je veux rester assise ici un moment, pendant que mon passé est encore une page vierge. Suspendue, en apesanteur, entre possibilité et réalité. J'ai peur de découvrir mon passé. Ce que j'ai accompli et ce que je n'ai pas fait.

Ben revient et pose un plateau devant moi. Des tartines, deux tasses de café, un pot de lait.

« Ça va ? » demande-t-il. Je hoche la tête.

Il s'assoit à côté de moi. Il est rasé et s'est habillé : un pantalon, une chemise, une cravate. Il ne ressemble plus à mon père. Maintenant, il ressemble à quelqu'un qui travaille dans une banque ou dans un bureau. Pas mal, en fait, me dis-je, avant de chasser cette pensée de mon esprit.

« C'est tous les jours comme ça ? »

Il pose une tranche de pain grillé sur une assiette et la tartine de beurre.

« En gros, oui. Tu en veux ? »

Je secoue la tête et il commence à manger.

« Tu parais capable de retenir des informations lorsque tu es réveillée. Mais ensuite, quand tu dors, la plupart d'entre elles s'effacent. Comment trouves-tu ton café ? »

Je lui réponds qu'il est bon, et il me prend l'album des mains.

« C'est une sorte de patchwork, dit-il en l'ouvrant. Nous avons eu un incendie il y a quelques années et nous avons perdu beaucoup de vieilles photos, d'objets, mais il reste quelques petites choses ici. »

Il me l'ouvre à la première page.

« Ça, c'est ton diplôme universitaire. Et voici une photo de toi le jour de la cérémonie. »

Je regarde l'endroit qu'il me montre ; je suis souriante, je plisse les yeux à cause du soleil, je porte une toge noire et un chapeau de feutre orné d'un gland doré. Juste derrière moi se trouve un homme en costume et cravate, le visage de trois quarts.

« C'est toi ? »

Il sourit.

« Non. Je n'ai pas eu mon diplôme la même année que toi. Je n'avais pas terminé mes études. De chimie. »

Je lève les yeux vers lui.

« Quand nous sommes-nous mariés ? »

Il se tourne et me regarde, prend ma main entre les siennes. Je suis surprise par la rugosité de sa peau, habituée, j'imagine, à la douceur de la jeunesse.

« L'année suivant celle où tu as soutenu ta thèse. Cela faisait quelques années que nous sortions ensemble mais tu... nous... nous voulions tous deux attendre que tu sois débarrassée de tes études. »

Explication sensée, me dis-je, même si je trouve cette décision terriblement raisonnable. Je me demande si j'ai jamais eu véritablement envie de l'épouser.

Comme s'il lisait dans mes pensées, il poursuit :

« Nous étions très amoureux. »

Puis il ajoute :

« Nous le sommes toujours. »

Je ne trouve rien à dire. Je souris. Il boit une gorgée de café avant de revenir à l'album ouvert sur ses genoux. Il tourne quelques pages.

« Tu as étudié l'anglais. Puis tu as eu plusieurs emplois à droite et à gauche. Du secrétariat, de la vente. Je crois que tu ne savais pas vraiment ce que tu voulais faire. Moi, je me suis arrêté à la licence, puis j'ai fait une formation d'enseignant. Ça a été dur pendant quelques années, mais après j'ai eu une promotion et... et nous avons fini ici. »

Je regarde autour de moi. Le salon est élégant, confortable. Platement classe moyenne. Une reproduction encadrée d'un paysage de forêt est accrochée au mur au-dessus de la cheminée, des figurines en porcelaine sont disposées de part et d'autre d'une pendule sur le manteau. Je me demande si j'ai contribué à choisir la décoration.

Ben poursuit.

« J'enseigne dans un lycée voisin. Je suis maintenant chef de département. »

Il le dit sans la moindre fierté.

« Et moi ? » dis-je, alors qu'en fait je connais la seule réponse possible. Il me serre la main.

« Il a fallu que tu renonces à travailler. Après ton accident. Tu ne fais rien. »

Il doit sentir ma déception.

« Tu n'as pas besoin de travailler. Mon salaire est suffisant. Nous nous en sortons. Tout va bien. »

Je ferme les yeux, je porte ma main à mon front. Tout cela, c'est beaucoup trop à supporter, je veux qu'il la boucle. J'ai l'impression que je ne peux traiter qu'une certaine quantité d'informations, et s'il en ajoute d'autres, je vais finir par exploser.

Alors, à quoi puis-je bien passer mes journées ? ai-je envie de dire, mais j'ai si peur de la réponse que je ne pose pas la question.

Il finit sa tartine et emporte le plateau dans la cuisine. Lorsqu'il revient, il est en pardessus.

« Il faut que je parte travailler », dit-il. Je sens une tension monter en moi.

« Ne t'inquiète pas, tu vas très bien t'en sortir. Je t'appellerai, je te le promets. N'oublie pas qu'aujourd'hui n'est en rien différent des autres jours. Tout ira bien.

— Mais…

— Il faut que j'y aille. Je suis désolé. Mais avant, je vais te montrer quelques petites choses dont tu pourrais avoir besoin. »

Dans la cuisine, il m'explique comment sont organisés les placards, me montre des restes dans le réfrigérateur que je peux manger pour mon déjeuner, et désigne un tableau à feutres accroché au mur à côté d'un marqueur noir suspendu à une ficelle. « Je laisse parfois des messages pour toi. » Je vois qu'il a écrit *Vendredi* en majuscules propres, régulières, et, en dessous, les mots *Lessive ? Promenade ? (Prendre portable !) Télé ?* Sous le mot *Déjeuner*, il a écrit qu'il y a du saumon dans le réfrigérateur et a ajouté le mot *Salade ?* Il a terminé en écrivant qu'il rentrerait probablement vers six heures.

« Tu as aussi un agenda. Dans ton sac à main. Au dos sont notés des numéros de téléphone importants et notre adresse, si jamais tu te perdais. Et il y a un téléphone portable...

— Un quoi ?

— Un téléphone. Sans fil. Tu peux l'utiliser partout. En dehors de la maison, partout. Tu le trouveras dans ton sac à main. Assure-toi que tu l'as sur toi si tu sors.

— Promis, dis-je.

— OK », conclut-il. Nous allons dans le hall et il saisit un vieux cartable en cuir posé à côté de la porte. « J'y vais.

— OK. »

Je ne suis pas certaine de savoir quoi ajouter. Je me sens comme une enfant qui ne peut pas aller à l'école, qui se retrouve seule à la maison après le départ de ses parents. *Ne touche à rien.* Je l'imagine en train de me le dire. *N'oublie pas de prendre tes médicaments.*

Il s'approche de moi. Il m'embrasse, sur la joue. Je ne l'en empêche pas, mais je ne lui rends pas son baiser. Il se tourne vers la porte et il est sur le point de l'ouvrir lorsqu'il s'interrompt.

« Oh, dit-il, en se tournant vers moi. J'ai failli oublier ! »

Sa voix paraît soudain forcée, exprimant un enthousiasme affecté. Il s'efforce trop de donner à tout cela une apparence naturelle ; il est clair que cela fait un moment qu'il échafaude ce qu'il s'apprête à me dire.

Finalement, ce n'est pas si effrayant que je le craignais.

« Nous partons ce soir, dit-il. Juste pour le week-end. C'est notre anniversaire de mariage, alors, je me suis dit que j'allais organiser quelque chose. Ça te va ? »

Je hoche la tête.

« C'est une bonne idée », dis-je.

Il sourit, paraît soulagé.

« Une jolie perspective, hein ? Un bol d'air marin ? Cela nous fera du bien. »

Il repart vers la porte et l'ouvre.

« Je t'appelle tout à l'heure. Pour savoir comment tu vas.

— Oui, je veux bien.

— Je t'aime, Christine, dit-il. N'oublie jamais ça. »

Il referme la porte derrière lui et je me retourne. Je reviens au salon.

Plus tard, en milieu de matinée. Je suis assise dans un fauteuil. La vaisselle est faite, elle sèche bien en ordre sur l'égouttoir ; la lessive est dans la machine. J'ai tout fait pour m'occuper.

Mais maintenant, je me sens vide. Ce que Ben a dit est vrai. Je n'ai pas de souvenirs. Pas le moindre. Il n'y a pas un objet dans cette maison que je pense avoir vu auparavant. Pas une seule photographie – ni autour du miroir, ni dans l'album posé devant moi – qui déclenche un souvenir du moment où elle a été prise, pas un instant avec Ben qui me vienne en mémoire, en dehors de ceux que nous avons partagés depuis notre rencontre ce matin. Mon esprit me paraît totalement vide.

Je ferme les yeux, j'essaie de me concentrer sur quelque chose. N'importe quoi. Hier. Noël dernier. Un Noël quelconque. Mon mariage. Il n'y a rien.

Je me lève. Je me promène dans la maison, d'une pièce à l'autre. Lentement. Je glisse, comme un spectre ; je laisse mes mains effleurer les murs, les tables, le dos des meubles, mais sans vraiment les toucher. Comment en suis-je arrivée là ? me dis-je. Je regarde les moquettes, les tapis et leurs motifs, les figurines en porcelaine posées sur le manteau de la cheminée et les assiettes décoratives disposées dans la vitrine de la salle à manger. J'essaie de me dire que tout ceci est à moi. Tout. Ma maison, mon mari, ma vie. Mais ces choses-là ne m'appartiennent pas. Elles ne font pas partie de moi. Dans la chambre, j'ouvre la porte de l'armoire et je vois une rangée de vêtements que je ne reconnais pas, suspendus bien en ordre, comme des versions vides d'une femme que je ne connais pas. Une femme dont je suis en train de parcourir la maison, dont j'ai utilisé le savon et le shampoing, dont j'ai jeté la robe de chambre et dont je porte les pantoufles. Elle est cachée en moi, une présence fantomatique, distante et intouchable. Ce matin, j'ai choisi mes sous-vêtements dans la culpabilité, fourrageant dans les culottes, mélangées à des collants et des bas, comme si je craignais de me faire surprendre. J'ai retenu mon souffle en découvrant une culotte en soie et dentelle au fond du tiroir, de ces objets qu'on achète autant pour les admirer que pour les porter. J'ai soigneusement rangé toutes celles que j'avais examinées, comme je les avais trouvées, j'ai choisi une culotte bleu clair et un soutien-gorge qui semblait assorti, et je les ai enfilés, avant de mettre des chaussettes, puis un pantalon et un chemisier.

Je me suis assise devant la coiffeuse pour examiner mon visage dans la glace, m'approchant prudemment de mon reflet. J'ai effleuré du doigt les rides sur mon front, les plis sous mes yeux. J'ai souri pour regarder mes dents, les ridules se dessinaient en étoile autour de ma bouche, les pattes-d'oie devenaient soudain visibles. J'ai remarqué les taches sur ma peau, une décoloration sur mon front comme un hématome qui n'était pas encore résorbé. J'ai découvert du maquillage et j'en ai mis un peu. Une poudre légère, une touche de fard à joue. J'ai vu une femme – ma mère, je l'ai compris maintenant – faisant la même chose, parlant de ses peintures de guerre, et ce matin, au moment où je tamponnais mon rouge à lèvres sur un mouchoir en papier et rebouchais le mascara, j'ai trouvé l'expression particulièrement appropriée. J'ai eu l'impression que je m'engageais dans une sorte de bataille, un combat imminent.

M'envoyer à l'école. Mettre son maquillage. J'ai essayé de penser à ma mère faisant autre chose.

N'importe quoi. Rien n'est venu. Que du vide, de grands trous entre de minuscules îlots de mémoire, des années de désert.

Maintenant, dans la cuisine, j'ouvre les placards : des paquets de pâtes, des paquets de riz dit arborio, des conserves de haricots rouges. Je ne reconnais pas cette nourriture. Je me revois en train de manger du fromage sur du pain grillé, du poisson en papillote, des sandwiches au corned-beef. Je sors une boîte de conserve étiquetée pois chiches, un sachet de quelque chose appelé couscous. Je ne sais pas ce que sont ces aliments, et encore moins comment les cuisiner. Mais comment puis-je donc survivre, dans mon rôle de maîtresse de maison ?

Je lève les yeux vers le tableau que Ben m'a montré avant de partir. Il est d'une vilaine couleur grise, des mots ont été gribouillés, puis effacés, remplacés, corrigés, chacun laissant une légère trace. Je me demande ce que je trouverais si je pouvais revenir en arrière et effeuiller les couches, s'il était possible de fouiller mon passé de cette manière, mais je me rends compte que, même si cela était faisable, ce serait inutile. Je suis certaine que tout ce que je trouverais, ce seraient des messages et des listes, des courses à faire, des tâches à effectuer.

Ma vie, est-ce vraiment ça ? me dis-je. Est-ce tout ce que je suis ? Je prends le feutre et j'ajoute une ligne sur le tableau. *Faire sac pour ce soir ?* Ça ne va pas bien loin, mais c'est de moi.

J'entends un bruit. Une mélodie, qui vient de mon sac. Je l'ouvre et je vide son contenu sur le canapé. Mon porte-monnaie, des mouchoirs en papier, des stylos, un rouge à lèvres. Un poudrier, un ticket de caisse pour deux cafés. Un carnet, d'à peine une dizaine de centimètres de hauteur, avec un motif floral sur la couverture et un crayon coincé dans la reliure.

Je découvre quelque chose que j'imagine être le portable que Ben m'a décrit – il est petit, en plastique, avec un clavier qui le fait ressembler à un jouet. Il est en train de sonner, l'écran est allumé. J'appuie sur ce que j'espère être le bon bouton.

« Allô ? » dis-je.

La voix qui répond n'est pas celle de Ben.

« Bonjour, dit la voix. Christine ? C'est bien Christine Lucas ? »

Je ne veux pas répondre. Mon nom me paraît aussi étrange que mon prénom. J'ai l'impression que le petit carré de terre ferme que j'ai réussi à atteindre a disparu à nouveau et a laissé place à des sables mouvants.

« Christine ? Vous êtes là ? »

Qui cela peut-il bien être ? Qui sait où je suis, qui je suis ? Je me dis que cela peut être n'importe qui. Je sens la panique m'envahir. Mon doigt s'approche de la touche qui mettra fin à l'appel.

« Christine, c'est moi, le Dr Nash. S'il vous plaît, dites quelque chose. »

Le nom ne me dit rien, mais malgré tout je réponds :

« Qui est-ce ? »

La voix prend une tonalité nouvelle. Celle du soulagement ?

« C'est le Dr Nash, dit-il. Votre médecin. »

Un autre vent de panique.

« Mon médecin ? » Je ne suis pas malade, ai-je

envie d'ajouter, mais en fait je ne sais pas. Je sens le vertige me reprendre.

« Oui. Mais ne vous inquiétez pas. Nous faisons depuis un moment un travail sur votre mémoire. Tout va bien. »

Je remarque la précision qu'il s'est donné la peine d'ajouter. C'est donc quelqu'un dont je n'ai pas le souvenir.

« Quel genre de travail ?

— J'essaie de vous aider à progresser, dit-il. J'essaie de comprendre exactement ce qui a causé vos problèmes de mémoire, et de voir si on peut faire quelque chose pour y remédier. »

C'est sensé, mais une autre pensée me vient. Pourquoi Ben n'a-t-il pas parlé de ce médecin avant de partir ce matin ?

« Comment ? dis-je. Comment travaillons-nous ?

— Nous nous rencontrons régulièrement depuis quelques mois. Deux ou trois fois par semaine, en gros. »

Cela ne me paraît pas possible. Une autre personne que je vois régulièrement et qui n'a pas laissé la moindre impression chez moi.

Mais je ne vous ai jamais vu, ai-je envie de dire. Vous pourriez être n'importe qui.

Je ne dis rien. Je pourrais faire le même commentaire sur l'homme avec lequel je me suis réveillée ce matin, et il s'est avéré qu'il est mon mari.

« Je ne me souviens pas », dis-je enfin.

Sa voix s'adoucit. « Ne vous inquiétez pas. Je sais. »

Si ce qu'il dit est vrai, alors, il doit comprendre

aussi bien que n'importe qui. Il m'explique que notre prochain rendez-vous est prévu aujourd'hui.

« Aujourd'hui ? » dis-je. Je repense à ce que Ben m'a dit ce matin, à la liste de tâches écrite sur le tableau de la cuisine.

« Mais mon mari ne m'a rien dit à ce sujet. »

Je me rends compte que c'est la première fois que je parle de cette manière de l'homme auprès duquel je me suis réveillée.

Le Dr Nash marque une pause puis enchaîne. « Je ne suis pas certain que Ben sache que nous nous voyons. »

Je remarque qu'il connaît le nom de mon mari.

« C'est ridicule ! Comment pourrait-il ne pas le savoir ? Il me l'aurait dit ! »

J'entends un soupir.

« Il va falloir que vous me fassiez confiance, dit-il. Je pourrai tout vous expliquer quand nous nous verrons. Nous progressons vraiment. »

*Quand nous nous verrons*. Comment parvenons-nous à faire une chose pareille ? La pensée de sortir, sans Ben, sans même qu'il sache où je suis ni avec qui me terrifie.

« Je suis désolée, dis-je, je ne peux pas.

— Christine, c'est important. Si vous regardez dans votre agenda, vous verrez que ce que je vous dis est vrai. L'avez-vous ? Il doit se trouver dans votre sac. »

Je saisis le carnet à fleurs sur le canapé ; le choc me coupe le souffle lorsque je vois l'année imprimée sur la couverture en lettres dorées. 2007. Il y a vingt ans de trop.

« Oui.

— Regardez en date d'aujourd'hui, dit-il. Le 30 novembre. Vous devriez trouver notre rendez-vous. »

Je ne comprends pas comment nous pouvons être en novembre – bientôt décembre, mais je fais défiler les feuilles, minces comme du papier de soie, jusqu'à la date d'aujourd'hui. Là, coincé entre les pages, je trouve un morceau de papier sur lequel sont écrits, dans une écriture que je ne reconnais pas, les mots *30 novembre, rendez-vous avec le Dr Nash*. En dessous, on a ajouté : *Ne rien dire à Ben*. Je me demande s'il les a lus, s'il fouille dans mes affaires.

Je décide qu'il n'y a aucune raison qu'il le fasse. Les cases des autres jours sont vierges. Pas d'anniversaires, pas de sorties, pas de fêtes. Ceci décrit-il véritablement ce qu'est ma vie ?

« OK », dis-je.

Il explique qu'il va venir me chercher, qu'il sait où j'habite et qu'il sera là dans une heure.

« Mais mon mari…

— Tout va bien. Nous serons revenus bien avant qu'il ne rentre du travail. Je vous le promets. Faites-moi confiance. »

La pendule sur la cheminée se met à sonner et j'y jette un coup d'œil. Elle est vieillotte, un grand cadran dans un habillage de bois, des chiffres romains. Il est onze heures trente. À côté est posée une clé argentée qui sert à la remonter ; j'imagine que Ben doit penser à le faire tous les soirs. Elle pourrait presque être une antiquité, et je me demande comment nous en sommes venus à posséder une telle pendule. Peut-être n'a-t-elle pas d'histoire, ou tout au moins pas d'histoire avec nous, peut-être est-ce simplement quelque chose que nous avons vu une fois, dans un magasin ou sur un marché, et l'un de nous l'a aimée. Probablement Ben, me dis-je. Je me rends compte que je ne l'aime pas.

Je le verrai cette fois-ci et c'est tout. Et ensuite, ce soir, lorsque Ben rentrera, je lui en parlerai. Je n'arrive pas à croire que je lui cache quelque chose comme ça. Alors que je me fie si complètement à lui.

Mais la voix du Dr Nash me paraît étrangement familière. Contrairement à Ben, il ne me semble pas complètement étranger. J'ai la vague impression de le connaître mieux que mon mari.

*Nous progressons*, a-t-il dit. J'ai besoin de savoir de quel genre de progrès il parle.

« OK, dis-je. Venez. »

Lorsqu'il arrive, le Dr Nash propose que nous allions prendre un café. « Avez-vous soif ? dit-il. Je ne crois pas qu'il soit nécessaire d'aller jusqu'à mon bureau. De toute manière, j'avais surtout prévu de vous parler aujourd'hui. »

Je hoche la tête et je dis oui. J'étais dans la chambre lorsqu'il est arrivé ; je l'ai regardé garer sa voiture, la fermer à clé, je l'ai vu se recoiffer, défroisser sa veste, prendre sa serviette. Pas lui, avais-je pensé, tandis qu'il saluait d'un signe de tête les ouvriers qui déchargeaient des outils d'une fourgonnette ; mais il avait remonté l'allée jusqu'à notre maison. Il paraissait jeune, trop jeune pour être médecin, et même si je ne savais pas quel genre de vêtements il pouvait bien porter, je ne m'attendais certainement pas à la veste décontractée et au pantalon en velours gris que je voyais.

« Il y a un parc au bout de la rue, dit-il. Avec un café, je crois. Nous pourrions y aller ? »

Nous marchons côte à côte. Le froid est mordant et j'enroule soigneusement mon écharpe autour de mon cou. Je suis contente d'avoir dans mon sac le téléphone portable que Ben m'a donné. Contente aussi que le Dr Nash n'ait pas insisté pour que nous allions ailleurs. Une partie de moi fait confiance à cet homme, mais une autre, plus importante, me dit qu'il pourrait être n'importe qui, un étranger.

Je suis une adulte, mais une adulte abîmée. Il serait aisé pour cet homme de m'emmener quelque part, même si je ne sais pas ce qu'il voudrait me faire. Je suis aussi vulnérable qu'une enfant.

Nous atteignons la grande route qui nous sépare du parc en face et nous attendons pour la traverser. Le silence qui règne entre nous est oppressant. J'avais prévu d'attendre que nous soyons assis quelque part pour lui poser la question, mais je me surprends à dire :

« Quel genre de médecin êtes-vous ? Que faites-vous ? Comment m'avez-vous trouvée ? »

Il se tourne vers moi.

« Je suis neuropsychologue », dit-il. Il sourit. Je me demande si je lui pose la même question chaque fois que nous nous voyons.

« Je me spécialise dans les patients souffrant de troubles neurologiques, et je m'intéresse tout particulièrement à certaines des techniques de neuro-imagerie fonctionnelle les plus récentes. Depuis longtemps je suis de près les recherches sur les fonctions et processus mémoriels. J'ai entendu parler de vous dans la littérature sur le sujet, et je vous ai cherchée. Vous n'avez pas été très difficile à trouver. »

Une voiture débouche du virage un peu plus loin et arrive vers nous.

« La littérature ?

— Oui. Un certain nombre d'études sur votre cas ont été publiées. Je me suis mis en relation avec l'endroit où vous étiez traitée avant de rentrer vivre chez vous.

— Pourquoi ? Pourquoi vouliez-vous me trouver ? »

Il sourit.

« Parce que je pensais que je pourrais vous aider. Je travaille depuis un bon moment avec des patients qui ont ce type de problème. Je crois qu'on peut les aider, même s'ils exigent un investissement plus important que l'habituelle heure hebdomadaire. J'avais quelques idées sur la manière dont de véritables progrès pouvaient être accomplis et je voulais tester le bien-fondé de certaines d'entre elles. » Il marque une pause. « Et je suis en train d'écrire un article sur votre cas. La référence, pourrait-on dire. » Il se met à rire, mais cesse rapidement en constatant que je ne le suis pas. Il s'éclaircit la voix. « Votre cas est rare. Je crois que nous pouvons découvrir sur la manière dont la mémoire fonctionne bien plus que ce dont nous disposons dans l'état actuel de nos connaissances. »

La voiture passe et nous traversons la route. Je me sens de plus en plus anxieuse, tendue. *Troubles neurologiques. Recherches. Vous ai cherchée.* J'essaie de respirer, de me détendre, mais je découvre que je n'y parviens pas. Il y a deux moi, maintenant, dans un seul corps ; l'un est une femme de quarante-sept ans, calme, polie, consciente des comportements qui sont convenables et de ceux qui ne le sont pas ; l'autre a une vingtaine d'années, et elle hurle. Je n'arrive pas à décider laquelle est moi, mais le seul son que j'entends est celui de la circulation au loin et les cris des enfants dans le parc, alors j'imagine que je suis la première.

De l'autre côté de la route, je m'arrête pour dire.

« Écoutez, que se passe-t-il ? Je me réveille ce matin dans un endroit que je ne connais pas mais où je vis, apparemment, auprès d'un homme que je ne connais pas et qui me dit que je suis mariée avec lui depuis des années. Et vous semblez en savoir bien plus long sur moi que je n'en sais moi-même. »

Il hoche la tête, lentement.

« Vous souffrez d'amnésie, dit-il en posant sa main sur mon bras. Vous êtes amnésique depuis longtemps. Vous ne pouvez stocker de nouveaux souvenirs. Vous avez oublié une grande partie de ce qui vous est arrivé dans votre vie d'adulte. Chaque jour, vous vous réveillez dans la peau d'une jeune femme. Certains jours, dans celle d'une enfant. »

D'une certaine façon, cela paraît pire, dans sa bouche. Un médecin.

« Alors, c'est vrai ?

— Je le crains, oui. L'homme qui vit avec vous est votre mari. Ben. Vous êtes mariée avec lui depuis des années. Depuis bien avant le début de votre amnésie. » Je hoche la tête.

« On continue ? »

Je lui réponds par l'affirmative et nous entrons dans le parc. Un chemin en fait le tour et il y a une aire de jeux pour les enfants à proximité, près d'une cabane d'où sortent des gens portant des plateaux avec de petits encas. Nous prenons cette direction et je m'assois à une des tables en Formica écaillé tandis que le Dr Nash commande nos cafés.

Il revient, tenant deux tasses en plastique remplies d'un café fort, le mien sans lait, le sien avec. Il ajoute du sucre qu'il prend dans le bol posé sur la table mais ne m'en propose pas, et c'est cela, plus que n'importe quoi d'autre, qui me convainc que nous nous sommes déjà vus. Il lève les yeux et me demande comment je me suis fait mal au front.

« Quoi… ? » dis-je, puis je me souviens de l'hématome que j'ai aperçu ce matin. Visiblement, mon maquillage ne l'a pas bien caché. « Ça ? reprends-je. Je ne sais pas bien. Ce n'est rien, je vous assure. Je n'ai pas mal. »

Il ne répond pas. Il tourne sa cuillère dans son café.

« Vous avez dit que Ben s'est occupé de moi dès que cela a été possible ? »

Il lève les yeux.

« Oui, mais il n'en a pas toujours été ainsi. Au début, votre état était si grave qu'il vous fallait des soins vingt-quatre heures sur vingt-quatre ; Ben ne peut s'occuper de vous, seul, que depuis assez peu de temps, en fait. »

Donc, l'état dans lequel je me trouve aujourd'hui est meilleur qu'avant. Je suis contente de ne pas me rappeler le temps où c'était pire.

« Il doit m'aimer vraiment beaucoup », dis-je, m'adressant à moi plutôt qu'au Dr Nash.

Il hoche la tête. Il y a un silence. Nous sirotons tous deux notre café.

« Oui, je crois que c'est le cas. »

Je souris et baisse les yeux, les mains serrées autour de la tasse chaude, et je regarde l'anneau d'or, les ongles coupés courts, mes jambes, sagement croisées. Je ne reconnais pas mon propre corps.

« Pourquoi mon mari ne sait-il pas que je vous vois ? »

Il soupire et ferme les yeux.

« Je vais être franc avec vous, dit-il en serrant ses mains l'une contre l'autre et en se penchant vers moi. Au début, c'est moi qui vous ai demandé de ne pas parler à Ben de nos entretiens. »

Une onde de frayeur me parcourt le corps, comme un écho. Pourtant, il ne paraît pas indigne de confiance.

« Continuez », dis-je. Je veux croire qu'il peut m'aider.

« Plusieurs personnes, des médecins, des psychiatres, des psychologues et autres intervenants, vous ont déjà approchés dans le passé, Ben et vous, ils voulaient travailler avec vous. Mais il a toujours été très réticent à vous laisser voir ces professionnels. Il a clairement dit que vous aviez déjà subi des traitements lourds par le passé, et qu'à son avis ils n'avaient donné aucun résultat, sinon vous contrarier. Naturellement, il veut éviter, pour vous et pour lui, que vous le soyez davantage. »

Bien sûr, il ne veut pas que je conçoive de faux espoirs.

« Alors vous m'avez persuadée de venir vous voir sans le lui dire ?

— Oui. Je me suis d'abord adressé à Ben. Nous nous sommes parlé au téléphone. Je lui ai même demandé d'accepter de me rencontrer pour pouvoir lui expliquer ce que j'avais à offrir, mais il a refusé. Alors j'ai pris contact directement avec vous. »

Un autre frisson de peur, qui semble venir de nulle part.

« Comment ? » dis-je.

Il baisse les yeux vers son café.

« Je suis venu vous voir. J'ai attendu que vous sortiez de la maison et je me suis présenté.

— Et j'ai accepté de vous voir ? Juste comme ça ?

— Pas au début. Il a fallu que je vous persuade que vous pouviez me faire confiance. J'ai suggéré que nous nous voyions une fois, juste pour une séance. Sans que Ben le sache, si telle était la condition. J'ai dit que je vous expliquerais pourquoi je voulais que vous veniez me voir, et ce que je pensais pouvoir vous offrir.

— Et j'ai été d'accord. »

Il lève les yeux.

« Oui, dit-il. Je vous ai dit après cette première visite que c'était à vous que revenait le choix d'en parler à Ben ou non, mais si vous décidiez de ne pas le faire, je vous appellerais chaque fois pour vous rappeler nos rendez-vous, et ainsi de suite.

— Et j'ai préféré ne pas lui en parler.

— Oui, c'est exact. Vous avez dit que vous vouliez attendre que nous fassions des progrès avant de le lui dire. Vous aviez l'impression que c'était mieux ainsi.

— Et en faisons-nous ?

— Quoi ?

— Faisons-nous des progrès ? »

Il boit un peu de café puis pose sa tasse sur la table.

« Je crois bien que oui. Même s'ils sont un peu difficiles à quantifier avec exactitude. Mais beaucoup de souvenirs semblent vous être revenus ces dernières semaines – et, pour un grand nombre d'entre eux, c'est la première fois, pour autant que nous sachions. Et il y a certaines vérités dont vous avez conscience plus souvent, alors qu'il y en avait très peu auparavant. Par exemple, il vous arrive maintenant de vous réveiller et de vous souvenir que vous êtes mariée. Et… »

Il s'interrompt.

« Et ? répété-je.

— Et… j'ai l'impression que vous gagnez en indépendance.

— En indépendance ?

— Oui, vous n'êtes plus aussi dépendante de Ben. Ni de moi. »

C'est cela, me dis-je. C'est le progrès dont il parle. L'indépendance. Peut-être veut-il dire que je suis capable d'aller dans les magasins ou jusqu'à la bibliothèque sans chaperon, bien que je ne sache pas vraiment si tout ceci est vrai. En tout cas, je n'ai pas encore fait assez de progrès pour les clamer avec fierté devant mon mari. Même pas assez pour me réveiller chaque matin en me souvenant que j'en ai un, de mari.

« C'est tout ?

— C'est important, répond-il. Ne sous-estimez pas le chemin parcouru, Christine. »

Je ne dis rien. Je bois une gorgée et jette un coup d'œil dans le café. Il est presque vide. Des voix nous parviennent d'une petite cuisine au fond, un glouglou lorsque l'eau commence à bouillir dans un pot, les cris des enfants qui jouent dehors. Il est difficile de croire que cet endroit est si proche de chez moi et que, malgré cela, je n'ai pas le moindre souvenir d'être jamais venue ici.

« Vous dites que nous nous voyons depuis quelques semaines, dis-je au Dr Nash. Alors, que faisons-nous ?

— Vous ne vous rappelez rien de nos séances ? Rien du tout ?

— Non, rien. Pour moi, c'est la première fois que nous nous voyons.

— Pardonnez-moi de vous avoir posé la question. Comme je vous l'ai dit, vous avez parfois des flashs, des choses qui vous reviennent. On dirait que vous en savez plus sur certains jours que sur d'autres.

— Je ne comprends pas. Je n'ai pas le moindre souvenir de vous avoir rencontré, ni de ce qui s'est passé hier, ni le jour précédent, ni l'année précédente, d'ailleurs. Et pourtant, je peux me rappeler de choses datant d'il y a des années. Mon enfance. Ma mère. Je me rappelle l'université, tout juste. Je ne comprends pas comment tous ces vieux souvenirs ont pu survivre alors que tout le reste a été tout simplement effacé. »

Il hoche la tête sans arrêt en m'écoutant. Je suis certain qu'il a déjà entendu cela. Peut-être que je pose la même question toutes les semaines. Peut-être que nous avons exactement la même conversation.

« La mémoire est une chose complexe, commence-t-il. Les êtres humains sont dotés d'une mémoire à court terme qui peut stocker des faits et des informations pendant une minute environ, mais aussi d'une mémoire à long terme. C'est là que nous rangeons d'énormes quantités d'informations et les retenons pendant ce qui paraît être un temps infini. Nous savons aujourd'hui que ces deux fonctions sont contrôlées par des zones du cerveau apparemment différentes, reliées par des connexions neuronales. Il y a aussi un secteur du cerveau qui prend des souvenirs éphémères dans la mémoire courte et les encode dans la mémoire à long terme pour qu'ils puissent être convoqués plus tard. »

Il parle d'une manière fluide, rapide, comme s'il se trouvait désormais sur un terrain solide. J'ai dû être comme ça, autrefois, j'imagine, sûre de moi.

« On définit deux types principaux d'amnésie, dit-il. Le plus souvent, la personne amnésique ne parvient pas à se souvenir d'événements passés, et ce sont les plus récents qui sont les plus affectés. Par exemple, si le patient a eu un accident de voiture, il se peut qu'il ne se rappelle pas l'accident, ni les jours ni les semaines d'avant, mais il peut se souvenir parfaitement bien de tout ce qui s'est passé jusqu'à, disons, six mois avant l'accident. »

Je hoche la tête.

« Et l'autre ?

— L'autre est plus rare. Parfois, on constate une incapacité à transférer les souvenirs de la mémoire à court terme à la mémoire à long terme. Les gens souffrant de cette pathologie vivent dans l'instant, ils sont capables de se rappeler le passé immédiat exclusivement, et pendant un temps très court seulement. »

Il s'interrompt, comme s'il attendait que je dise quelque chose. C'est comme si nous avions chacun notre texte, comme si nous avions répété cette conversation de multiples fois.

« Je souffre des deux ? dis-je enfin. Une perte des souvenirs que j'avais, plus une incapacité à en fabriquer de nouveaux ? »

Il s'éclaircit la voix.

« Oui, malheureusement. Ce n'est pas courant, mais c'est parfaitement possible. Mais ce qui est inhabituel dans votre cas, c'est le schéma de votre amnésie. Généralement, vous n'avez aucun souvenir cohérent des années écoulées depuis votre petite enfance, mais vous paraissez incapable de concevoir de nouveaux souvenirs d'une manière que je n'ai jamais vue avant. Si je quittais cette pièce maintenant et que je revenais dans deux minutes, la plupart des gens souffrant d'une amnésie antérograde ne se rappelleraient pas m'avoir vu avant, en tout cas, pas aujourd'hui. Mais vous paraissez retenir des périodes de temps – jusqu'à vingt-quatre heures – que vous perdez ensuite. Ce n'est pas typique. Pour être honnête, ça n'a aucun sens, si l'on en croit ce que nous pensons être le fonctionnement de la mémoire. Cela laisse supposer que vous êtes capable de transférer parfaitement bien des choses de la zone à court terme à la zone à long terme. Je ne comprends pas comment il se fait que vous ne parveniez pas à les retenir. »

Je mène peut-être une vie au cours fragmentaire, mais au moins, les fragments sont assez importants pour que je manifeste un semblant d'indépendance. J'imagine que cela signifie que j'ai de la chance.

« Pourquoi ? Qu'est-ce qui a causé cela ? »

Il ne dit rien. Le silence règne dans le café. L'air paraît immobile, lourd. Quand il se met à parler, ses mots semblent rebondir contre les murs et revenir en écho. « Beaucoup de choses peuvent causer un handicap de la mémoire, dit-il. De la mémoire courte ou longue. La maladie, un traumatisme, certaines drogues. La nature exacte du handicap paraît changer en fonction de la zone du cerveau qui a été affectée.

— D'accord, mais qu'est-ce qui a causé mon handicap ? »

Il me regarde un moment.

« Qu'est-ce que Ben vous a dit ? »

Je repense à notre conversation dans la chambre. *Un accident*, a-t-il dit. *Un grave accident.*

« Il ne m'a pas vraiment dit grand-chose. Rien de précis, en tout cas. Il a juste dit que j'avais eu un accident.

— C'est exact, confirme-t-il en tendant le bras sous la table pour attraper son sac. Votre amnésie a été causée par un traumatisme. C'est vrai, au moins en partie. » Il ouvre son sac et en sort un livre. Au départ, je me demande s'il va consulter ses notes, mais il le prend et me le tend. « Je voudrais que vous preniez ceci, dit-il. Il vous expliquera tout. Mieux que moi. Sur ce qui a causé votre état, en particulier. Mais d'autres choses aussi. »

Je saisis le livre. Il est marron, relié en cuir,

maintenu bien fermé par un élastique. Je l'enlève et ouvre le volume à une page au hasard. Le papier est lourd et comporte des lignes à peine visibles, avec une marge tracée en rouge ; les pages sont couvertes d'une écriture serrée. « Qu'est-ce que c'est ?

— C'est un journal. Celui que vous tenez depuis quelques semaines. »

Je suis sous le choc.

« Un journal ? » Je me demande pourquoi c'est lui qui le détient.

« Oui, un journal de ce que nous faisons ces derniers temps. Je vous ai demandé d'en tenir un. Nous avons beaucoup travaillé pour essayer de découvrir exactement comment se comporte votre mémoire. J'ai pensé que cela pourrait vous aider de tenir un journal de ce que nous faisons ensemble. »

Je regarde le livre posé devant moi.

« Alors, c'est moi qui ai écrit ça ?

— Oui. Je vous ai dit d'écrire tout ce que vous vouliez. De nombreux amnésiques ont essayé des choses similaires, mais généralement ce n'est pas aussi utile qu'on pourrait le croire parce que la fenêtre de leur mémoire est très petite. Mais comme il y a des choses que vous vous rappelez pendant toute une journée, je ne voyais pas pourquoi vous ne jetteriez pas quelques notes dans un cahier à la fin de chaque journée. J'ai pensé que cela vous aiderait à maintenir un fil continu dans votre mémoire d'un jour à l'autre. Et je me suis dit que la mémoire était peut-être comme un muscle, qu'on pourrait la rendre plus forte en la faisant travailler.

— Et vous l'avez lu, au fur et à mesure que nous avancions ?

— Non, vous avez écrit seule, de votre côté.

— Mais comment… ? » Je change d'avis. « Est-ce que Ben me rappelle d'écrire dans mon journal ? »

Il secoue la tête.

« J'ai suggéré que vous n'en parliez pas, dit-il. Vous le cachez, chez vous. Je vous appelle pour vous dire où il est caché.

— Chaque jour ?

— Oui. Presque.

— Et Ben ? »

Il marque une pause avant de dire.

« Non, Ben ne l'a pas lu. »

Je me demande pourquoi ; que peut-il bien contenir que je refuse de montrer à mon mari ? Quels secrets puis-je bien avoir ? Des secrets que je ne connais même pas moi-même.

« Mais vous l'avez lu ?

— Vous me l'avez confié il y a quelques jours, dit-il. Vous m'avez dit que vous vouliez que je le lise. Que le moment était venu. »

Je regarde le livre. Je suis tout excitée. Un journal. Un lien à un passé perdu, même s'il n'est que récent.

« Avez-vous tout lu ?

— Oui. Presque tout. Je crois que j'ai lu tout ce qui était important, en tout cas. » Il marque une pause, détourne le regard et se gratte la nuque. Il est gêné, me dis-je. Je me demande s'il me dit la vérité, je m'inquiète de ce que contient ce livre. Il finit son café et dit : « Je ne vous ai pas forcée à me laisser le lire. Je veux que vous le sachiez. »

Je hoche la tête et finis ma boisson en silence, tout

en feuilletant le volume. À l'intérieur de la page de couverture, une liste de dates.

« Que veulent-elles dire ?

— Ce sont les dates où nous avons eu rendez-vous. Ainsi que celles que nous avons prévues. Nous les fixons au fur et à mesure. Je vous appelle pour vous les rappeler, pour vous dire d'aller voir dans votre journal. »

Je pense au petit papier jaune coincé entre les pages de mon agenda à la page d'aujourd'hui.

« Et aujourd'hui ?

— Aujourd'hui, comme c'était moi qui avais votre journal, nous avons écrit un pense-bête. »

Je hoche la tête et parcours les autres pages du livre. Elles sont couvertes d'une petite écriture dense que je ne reconnais pas. Page après page, des jours et des jours de travail.

Je me demande comment j'ai trouvé le temps, puis je repense au tableau dans la cuisine et la réponse m'apparaît, évidente : je n'ai rien d'autre à faire.

Je repose le volume sur la table. Un jeune homme vêtu d'un jean et d'un T-shirt entre et jette un œil vers notre table avant de se commander une boisson et de s'asseoir avec un journal. Il ne lève plus les yeux vers moi et la jeune femme de vingt ans en moi s'en trouve vexée. J'ai l'impression d'être invisible.

« Et si nous y allions ? » dis-je.

Nous refaisons le chemin de tout à l'heure en sens inverse. Le ciel s'est chargé de nuages et une fine brume s'est levée. Le sol paraît gorgé d'eau sous mes pas ; j'ai l'impression de marcher sur des sables mouvants. En passant devant l'aire de jeux, je vois un tourniquet, qui tourne tout seul alors que personne n'y est assis.

« Nous ne nous voyons pas ici d'habitude ? dis-je lorsque nous atteignons la grande route. Dans le café, veux-je dire ?

— Non, nous nous voyons le plus souvent dans mon bureau. Nous faisons des exercices. Des tests et d'autres choses.

— Alors, pourquoi nous sommes-nous rencontrés ici aujourd'hui ?

— Je voulais juste vous rendre votre journal. J'étais inquiet de savoir que vous ne l'aviez pas.

— Il m'est devenu très utile, c'est ça ?

— D'une certaine façon, oui. »

Nous traversons la route et retournons vers la maison que je partage avec Ben. Je vois la voiture du Dr Nash, toujours garée là où il l'a laissée, le minuscule jardin, la petite allée et les plates-bandes bien entretenues. Je n'arrive toujours pas à croire que c'est l'endroit où je vis.

« Voulez-vous entrer ? Voudriez-vous autre chose à boire ? »

Il secoue la tête.

« Non, non, merci. Il faut que j'y aille. Julie et moi avons des projets pour ce soir. »

Il reste là un moment, à me regarder. Je remarque ses cheveux, coupés court, la raie bien dessinée et les rayures verticales de sa chemise qui croisent la bande horizontale sur son pull-over. Je me rends compte qu'il n'a que quelques années de plus que l'âge que je croyais avoir en me réveillant ce matin.

« Julie est votre femme ? »

Il sourit et secoue la tête.

« Non, ma petite amie. Ma fiancée, en fait. Nous nous sommes fiancés, je n'arrête pas d'oublier. »

Je lui rends son sourire. Ce sont des détails dont je devrais me souvenir, j'imagine. Les petites choses. Peut-être que ce sont ces détails triviaux que j'écris régulièrement dans mon journal, ces petits crochets auxquels toute une vie est suspendue.

« Félicitations », dis-je, et il me remercie.

J'ai le sentiment que je devrais poser plus de questions, manifester plus d'intérêt, mais dans quel but ? Tout ce qu'il va me dire, je l'aurai oublié d'ici mon réveil demain matin. Tout ce que j'ai, c'est aujourd'hui.

« Il faut que je rentre, de toute façon, dis-je. Nous partons ce week-end. Sur la côte. Il faut que je fasse mon sac… »

Il sourit.

« Au revoir, Christine », dit-il. Il fait un pas, prêt à partir, puis se tourne vers moi.

« Dans votre journal, il y a mes numéros de téléphone. Au début. Appelez-moi si vous avez envie de me revoir. Pour que nous poursuivions votre traitement, évidemment. OK ?

— Si… ? »

Je me rappelle mon agenda, les rendez-vous que nous avons notés au crayon entre maintenant et la fin de l'année. « Je croyais que nous avions d'autres rendez-vous ?

— Vous comprendrez, lorsque vous lirez votre livre, dit-il. Vous comprendrez tout, je vous le promets.

— OK », dis-je. Je me rends compte que j'ai confiance en lui et je m'en réjouis. Je suis contente de ne pas avoir seulement mon mari sur lequel je puisse m'appuyer.

« C'est à vous de décider, Christine. Appelez-moi, quand vous voulez.

— Je le ferai », dis-je.

Il me fait un signe de la main, monte dans sa voiture et, en regardant par-dessus son épaule, il recule jusqu'à la rue et disparaît.

Je prépare une tasse de café que j'emporte dans le salon. Du dehors me parviennent des sifflements, ponctués par le grondement de marteaux-piqueurs et, de temps en temps, un grand éclat de rire saccadé, mais même ce bruit se réduit à un doux bourdonnement lorsque je m'installe dans le fauteuil. Les rideaux en dentelle laissent filtrer la pâle lumière du soleil et je sens sa chaleur tiède sur mes bras et mes cuisses. Je sors le journal de mon sac.

Je me sens tendue. Je ne sais pas ce que je vais trouver dans ce livre. Ce qui va choquer et surprendre. Quels mystères. Je vois l'album photos posé sur la table basse. Il s'y trouve une version de mon passé, choisie par Ben. Le volume que je tiens en contient-il une autre ? Je l'ouvre.

La première page est blanche, sans lignes. J'ai écrit mon nom à l'encre noire au milieu. *Christine Lucas.* Je m'étonne de n'avoir pas écrit *Personnel !* en dessous. Ou *Lecture interdite !*

Quelque chose a été ajouté, quelque chose d'inattendu, de terrifiant. De plus terrifiant que tout ce que j'ai vu aujourd'hui. Là, sous mon nom, à l'encre bleue et en lettres majuscules, se trouvent les mots suivants :

Mais il n'y a rien que je puisse faire. Je tourne la page.

Je commence à lire l'histoire de ma vie.

# DEUXIÈME PARTIE
# *Le journal de Christine Lucas*

*Vendredi 9 novembre*

Mon nom est Christine Lucas. J'ai quarante-sept ans. Je suis amnésique. Je suis assise ici, sur ce lit inconnu, en train d'écrire mon histoire, vêtue d'une nuisette en soie que l'homme qui se trouve au rez-de-chaussée – qui me dit être mon mari, et s'appeler Ben – m'a apparemment achetée pour mon quarante-sixième anniversaire. La pièce est plongée dans le silence et la seule lumière est celle de la lampe posée sur la table de nuit, une douce lueur orangée. J'ai l'impression de flotter, suspendue dans un nuage de lumière.

J'ai pris soin de fermer la porte de la chambre. J'écris ceci en privé. En cachette. J'entends mon mari dans le salon – le doux bruissement du canapé quand il se penche en avant ou se lève, une quinte de toux, poliment étouffée – mais je cacherai ce livre s'il monte au premier. Je le rangerai sous le lit ou sous l'oreiller. Je ne veux pas qu'il me surprenne en train d'écrire. Je ne veux pas avoir à lui dire comment j'ai eu ce cahier.

Je regarde le réveil sur la table de nuit. Il est presque onze heures ; il faut que je fasse vite. J'imagine que bientôt j'entendrai la télévision s'éteindre, un craquement du plancher quand Ben marchera dans la pièce, le cliquetis d'un interrupteur. Ira-t-il dans la cuisine se faire un sandwich ou se servir un verre d'eau ? Ou viendra-t-il directement se coucher ? Je ne sais pas. J'ignore ses rituels. Je ne connais même pas les miens.

Parce que je n'ai pas de mémoire. Selon Ben, selon le médecin que j'ai vu cet après-midi, quand je vais dormir, la nuit prochaine, mon esprit va effacer tout ce que je sais aujourd'hui. Tout ce que j'ai fait aujourd'hui. Je vais me réveiller demain matin comme ce matin. En pensant que je suis toujours une enfant. Que j'ai devant moi toute une vie de possibilités, de choix.

Et ensuite, je vais découvrir, à nouveau, que je me trompe. Mes choix ont déjà été faits. La moitié de ma vie est derrière moi.

Le médecin s'appelle Nash. Il m'a appelée ce matin, est venu me chercher en voiture et m'a emmenée dans un bureau. Il m'a interrogée et je lui ai répondu que je ne l'avais jamais vu auparavant ; il a souri, non sans gentillesse, et a ouvert l'ordinateur portable qui était posé sur son bureau.

Il m'a montré un film. Une vidéo, sur laquelle nous apparaissons, lui et moi, portant des vêtements différents mais assis sur les mêmes chaises, dans le même bureau. Dans le film, il me tendait un crayon et me demandait de dessiner des formes sur une feuille de papier, mais en regardant dans un miroir de manière à ce que tout apparaisse à l'envers. Il me semblait bien que je trouvais cela difficile mais, en regardant le film, je ne voyais que mes mains ridées et l'éclat de l'alliance à ma main gauche. À la fin de mon exercice, il a eu l'air content. « Vous allez de plus en plus vite », dit-il dans le film, puis il a ajouté que quelque part, au fond, au plus profond de moi, je devais me rappeler les effets des semaines d'entraînement, même si je ne me souvenais pas de l'entraînement lui-même.

« Ce qui veut dire que votre mémoire à long terme doit fonctionner, à un niveau quelconque », dit-il.

Là, je souris, mais je n'avais pas l'air heureuse. Puis ce fut la fin du film.

Le Dr Nash a fermé son ordinateur. Il a dit que nous nous voyions depuis quelques semaines, que j'avais une grave atteinte de quelque chose appelé mémoire épisodique. Il m'a expliqué que cela veut dire que je n'arrive pas à me rappeler des événements ou des détails autobiographiques, et il m'a dit que c'était généralement dû à un problème neurologique. Structurel ou chimique, a-t-il ajouté. Ou à un déséquilibre hormonal. C'est très rare, et apparemment je suis gravement atteinte. Lorsque je lui ai demandé à quel point, il a répondu que certains jours je n'arrive pas à me souvenir de grand-chose après ma petite enfance. J'ai repensé à ce matin, lorsque je me suis réveillée sans le moindre souvenir de ma vie d'adulte.

« Certains jours ? » ai-je dit.

Il n'a pas répondu, et son silence m'a fait comprendre ce qu'il voulait dire :

*Presque tous les jours.*

Il y a des traitements pour l'amnésie persistante, m'a-t-il expliqué – des médicaments, l'hypnose – mais nous avons déjà essayé la plupart d'entre eux.

« Vous êtes dans une position unique pour vous aider vous-même, Christine », a-t-il dit, et lorsque je lui ai demandé pourquoi, il m'a répondu que j'étais différente de la plupart des amnésiques.

« Votre tableau de symptômes ne laisse pas penser que vos souvenirs sont perdus à jamais. Vous pouvez vous souvenir de certaines choses pendant des heures. Jusqu'au moment où vous vous endormez. Vous pouvez même somnoler et vous rappeler des choses à votre réveil, tant que vous n'avez pas été profondément endormie. C'est très inhabituel. La plupart des amnésiques perdent leurs nouveaux souvenirs au bout de quelques secondes…

— Et ? » ai-je dit. Il m'a tendu un volume marron.

« Je pense qu'il pourrait être intéressant que vous commentiez votre traitement, vos ressentis, toutes les impressions ou les souvenirs qui vous reviennent. Dans ce journal. »

J'ai tendu la main et pris le volume. Ses pages étaient vierges.

Alors, c'est ça, mon traitement ? me suis-je dit. Tenir un journal ? Je veux me rappeler des choses, pas seulement les noter.

Il a dû percevoir ma déception.

« J'espère aussi que l'acte d'écriture, le fait d'écrire vos souvenirs, déclenchera un processus par lequel vous en aurez d'autres, dit-il. L'effet sera peut-être cumulatif. »

Je suis restée silencieuse un moment. Quel choix me restait-il, en fait ? Tenir un journal ou rester comme je suis, à jamais.

« OK, je le ferai.

— Bien. J'ai noté mes numéros au début du journal. Appelez-moi si vous vous trouvez dans la confusion. »

Je lui ai pris le livre et j'ai promis que je le ferais. Il y a eu un long silence et il a ajouté : « Nous avons fait du bon travail ces derniers temps sur votre enfance. Nous avons regardé des photos. Des petites choses comme cela. »

Je n'ai rien dit et il a sorti un cliché du dossier posé devant lui.

« Aujourd'hui, je voudrais que vous jetiez un œil là-dessus. La reconnaissez-vous ? »

C'était la photo d'une maison. Au début elle m'a paru totalement inconnue, mais lorsque j'ai vu la marche usée qui menait à la porte d'entrée, soudain, j'ai su. C'était la maison dans laquelle j'avais grandi, celle dans laquelle, ce matin, j'avais cru me réveiller. Elle m'avait semblé différente, d'une certaine manière moins réelle, mais je ne pouvais pas me tromper. J'avais une boule dans la gorge.

« C'est la maison où je vivais enfant », ai-je dit.

Il a hoché la tête et m'a dit que la plupart de mes souvenirs de petite enfance étaient intacts. Il m'a demandé de décrire l'intérieur de la maison.

Je lui ai dit ce que je me rappelais : la porte d'entrée donnait directement dans le salon, une petite salle à manger se trouvait à l'arrière de la maison, les visiteurs étaient incités à prendre l'allée qui séparait notre maison de celle des voisins et à entrer directement dans la cuisine par l'arrière.

« Autre chose ? m'a-t-il demandé. Et l'étage ?

— Deux chambres. Une sur le devant, l'autre sur l'arrière. On accédait à la salle de bains et aux toilettes par la cuisine. Elles étaient dans un bâtiment séparé jusqu'à ce qu'il soit joint au reste de la maison par deux murs en brique et un toit en tôle ondulée.

— Autre chose ? »

Je ne savais pas ce qu'il cherchait.

« Je ne suis pas certaine… »

Il m'a demandé si je me rappelais des petits détails.

C'est là que ça m'est revenu. « Ma mère avait placé un pot dans le garde-manger sur lequel était écrit le mot *Sucre.* Elle y mettait de l'argent. Elle cachait le pot sur la plus haute étagère. Il y avait aussi des confitures là-haut. Qu'elle faisait elle-même. Nous allions ramasser des baies dans un bois auquel nous nous rendions en voiture. Je ne me souviens plus de l'endroit. Nous nous enfoncions tous les trois dans les bois et ramassions des mûres. Des sacs pleins. Ensuite, ma mère les faisait bouillir pour faire de la gelée.

— Bien, a-t-il fait en hochant la tête. Excellent ! » Il écrivait sur une feuille posée devant lui. « Et celles-ci ? »

Il m'a montré deux ou trois autres photos. L'une d'elles était celle d'une femme qu'au bout d'un moment j'ai reconnue : c'était ma mère. Une de moi. Je lui ai dit ce que j'ai pu. Une fois cette séance terminée, il les a rangées.

« C'est bien. Vous vous êtes rappelé beaucoup plus de choses de votre enfance que d'habitude. Je crois que c'est grâce aux photographies. » Il a marqué une pause. « La prochaine fois, je voudrais vous en montrer d'autres. »

Je me demandais d'où il tenait ces photos, toutes

les choses qu'il savait de ma vie et que je ne savais pas moi-même.

« Puis-je la garder ? ai-je demandé. La photo de mon ancienne maison ? »

Il a souri.

« Bien sûr ! »

Il me l'a tendue et je l'ai glissée entre les pages de mon journal.

Il m'a ramenée chez moi. Il m'avait déjà dit que Ben ne savait rien de nos entrevues, mais là, il m'a expliqué que je devais réfléchir posément pour savoir si je voulais lui parler de ce journal que j'allais tenir. « Il se peut que vous soyez inhibée, réticente à écrire certaines choses. Je crois qu'il est très important que vous sentiez que vous pouvez écrire tout ce que vous voulez. Et Ben pourrait être contrarié d'apprendre que vous avez décidé de tenter une fois de plus un traitement. » Il a marqué un temps d'arrêt. « Il se peut que vous soyez obligée de le cacher.

— Mais comment saurai-je qu'il faut que j'y écrive ? » Il n'a rien dit. Une idée m'est venue. « Me le rappellerez-vous ? »

Il me l'a promis. « Mais il faut que vous me disiez où vous allez le cacher. » Nous étions en train de nous arrêter devant une maison. Il m'a fallu plusieurs secondes pour me rendre compte qu'il s'agissait de la mienne.

« Dans l'armoire. Je le mettrai au fond de l'armoire.

— Bonne idée. Mais il faut que vous écriviez dedans dès ce soir. Avant de vous endormir. Autrement, demain, ce ne sera qu'un livre vierge. Vous ne saurez pas ce que c'est. »

J'ai acquiescé, lui ai dit que je comprenais et suis sortie de la voiture.

« Prenez soin de vous, Christine », m'a-t-il dit.

Maintenant je suis assise dans le lit. J'attends mon mari. Je regarde la photo de la maison dans laquelle j'ai grandi. Cette maison a l'air si ordinaire, si quelconque. Et si familière.

Comment suis-je passée de là-bas à ici ? me dis-je. Que m'est-il arrivé ? Quelle est mon histoire ?

J'entends sonner l'horloge du salon. Minuit. Ben est dans l'escalier, il monte. Je vais cacher ce livre dans la boîte à chaussures que j'ai trouvée. Je vais le mettre dans l'armoire, là où j'ai dit au Dr Nash qu'il serait. Demain, s'il appelle, je reprendrai l'écriture.

*Samedi 10 novembre*

Je suis en train d'écrire, il est midi. Ben est en bas, il lit. Il croit que je me repose mais même si je suis fatiguée, je ne me repose pas. Je n'ai pas le temps. Il faut que j'écrive tout ça, avant que ce soit perdu. Il faut que j'écrive dans mon journal.

Je regarde ma montre et note l'heure qu'il est. Ben a proposé que nous allions nous promener cet après-midi. J'ai un peu plus d'une heure devant moi.

Ce matin je me suis réveillée sans savoir qui j'étais. Lorsque j'ai ouvert les yeux, je m'attendais à voir les contours anguleux d'une table de nuit, une lampe jaune. Une armoire massive dans le coin de la chambre et un papier peint avec des motifs discrets, des fougères aux couleurs pâles. Je m'attendais à entendre ma mère au rez-de-chaussée, en train de préparer du bacon, ou mon père dans le jardin, occupé à tailler la haie en sifflotant. Je m'attendais à ce que le lit où je me trouve soit un lit une personne, à ce qu'il ne contienne rien de plus qu'un lapin en peluche à l'oreille déchirée.

J'avais tort. Je suis dans la chambre de mes parents, me suis-je dit d'emblée, puis je me suis rendu compte que je ne reconnaissais rien. Cette chambre m'était complètement étrangère. Je me suis à nouveau allongée dans le lit. Il y a quelque chose qui ne va pas, me suis-je dit. Il se passe quelque chose de grave, de très grave.

Avant de descendre, j'avais vu les photographies disposées autour du miroir, lu les étiquettes. Je savais que je n'étais plus une enfant, ni même une adolescente et j'avais compris que l'homme que j'entendais, qui préparait le petit déjeuner en sifflotant avec la musique de la radio, n'était pas mon père, ni un colocataire, ni un petit ami, mais qu'il s'appelait Ben et qu'il était mon mari.

J'ai marqué un temps d'arrêt avant d'entrer dans la cuisine. J'avais peur. J'étais sur le point de le rencontrer, comme si c'était la première fois. À quoi ressemblerait-il ? Serait-il le même que sur les photos ? Ou étaient-elles aussi des images imprécises ? Serait-il plus âgé, plus gros, plus chauve ? Comment serait sa voix ? Ses mouvements seraient-ils harmonieux ? Avais-je trouvé un bon parti ?

Une vision, venue de nulle part, m'est apparue. Une femme – ma mère ? – me disant de faire attention. *Qui se marie à la hâte…*

J'ai poussé la porte. Ben me tournait le dos ; du bout de sa spatule, il était en train de retourner du bacon qui grésillait dans la poêle. Il ne m'avait pas entendue entrer.

« Ben ? » ai-je dit.

Il s'est retourné instantanément.

« Christine ! Tu vas bien ? »

Je ne savais pas quoi répondre. J'ai fini par dire :

« Oui, je crois. »

Il a eu l'air soulagé et a souri ; je l'ai imité. Il paraissait plus âgé que sur les photos qui se trouvaient au premier – son visage était plus ridé, ses cheveux commençaient à grisonner et son front à se dégarnir au niveau des tempes – mais il n'en était que plus, et non moins, séduisant. Sa mâchoire avait une dureté qu'on aurait plutôt vue chez un homme plus âgé, ses yeux brillaient de malice. Je me dis qu'il ressemblait à une version un peu plus vieille de mon père. J'aurais pu faire pire, me dis-je. Bien pire.

« Tu as vu les photos ? » m'a-t-il demandé.

J'ai répondu d'un hochement de tête.

« Ne t'inquiète pas. Je t'expliquerai tout. Et si tu allais t'asseoir ? »

Il a fait un geste vers l'entrée.

« La salle à manger est par là. Je te rejoins dans une seconde. Tiens, prends ça. »

Il m'a tendu un moulin à poivre et je suis partie vers la salle à manger. Quelques minutes plus tard, il m'a rejointe, tenant deux assiettes. Une pâle tranche de bacon nageait dans la graisse, à côté d'un œuf sur le plat et de deux tranches de pain. Tout en me regardant manger, il m'a expliqué comment je survivais, jour après jour.

Aujourd'hui, nous sommes samedi, m'a-t-il dit. Il travaille pendant la semaine, il est professeur. Il m'a parlé du téléphone que j'avais dans mon sac, du tableau accroché au mur de la cuisine. Il m'a montré où nous cachions nos fonds d'urgence – deux billets de vingt livres, roulés bien serrés et glissés derrière la pendule posée sur le manteau de la cheminée – et l'album photos dans lequel je peux avoir quelques aperçus de ma vie. Il m'a aussi dit qu'ensemble nous

nous en sortions. Je n'étais pas sûre de le croire, et pourtant je le devais.

Nous avons terminé notre petit déjeuner et je l'ai aidé à débarrasser la table et à ranger.

« Nous devrions aller nous promener, tout à l'heure. Si ça te dit… »

Je lui ai répondu que j'acceptais volontiers et il a eu l'air content.

« Je vais lire le journal, OK ? »

Je suis montée au premier. Une fois que j'ai été seule, ma tête s'est mise à tourner, pleine et vide en même temps. Je me suis sentie incapable d'appréhender quoi que ce soit. Rien ne me paraissait réel. Je regardais la maison dans laquelle je me trouvais – celle dont je savais désormais qu'elle était la mienne – avec des yeux qui la découvraient pour la première fois. Pendant un moment, j'ai eu envie de m'enfuir en courant. Il fallait que je me calme.

Je me suis assise au bord du lit dans lequel j'avais dormi. Je devrais faire ce lit, me suis-je dit. Ranger. M'occuper. J'ai saisi l'oreiller pour lui redonner sa forme, et à ce moment-là, quelque chose s'est mis à bourdonner.

Je ne savais pas ce que c'était. Le bruit était sourd, insistant. Une petite mélodie, ténue, lente. Mon sac se trouvait à mes pieds et lorsque je l'ai ramassé, je me suis rendu compte que le bourdonnement semblait venir de là. Me suis rappelé que Ben m'avait parlé du téléphone que j'avais dans mon sac.

Quand j'ai enfin découvert l'appareil, j'ai vu qu'il était allumé. Je l'ai regardé un long moment. Une partie de moi, profondément enfouie, à la limite extrême de ma mémoire, connaissait la raison de l'appel. J'ai décroché.

Une voix d'homme.

« Allô ? dit-il. Christine ? Christine, êtes-vous là ? »

J'ai répondu que oui.

« Je suis votre médecin. Vous allez bien ? Est-ce que Ben est avec vous ?

— Non, il est... De quoi s'agit-il ? »

Il m'a dit son nom et m'a expliqué que nous travaillions ensemble depuis quelques semaines.

« Sur votre mémoire, a-t-il précisé, et comme je ne disais rien, il a poursuivi : je veux que vous ayez confiance en moi. Je veux que vous alliez voir dans l'armoire de votre chambre. » Une autre pause, et il a repris : « Une boîte à chaussures, posée par terre, dans l'armoire. Regardez dedans. Il devrait y avoir un cahier. »

J'ai jeté un coup d'œil vers l'armoire dans le coin de la chambre.

« Comment savez-vous tout cela ?

— C'est vous qui me l'avez dit. Je vous ai vue hier. Nous avons décidé que vous deviez tenir un journal. C'est l'endroit où vous m'avez dit que vous alliez le cacher. »

Je ne vous crois pas, avais-je envie de dire, mais cela paraissait impoli et ce n'était pas complètement vrai.

« Allez-vous le prendre ? » a-t-il dit. J'ai répondu que oui.

Il a ajouté :

« Allez-y maintenant. Ne dites rien à Ben. Faites-le tout de suite. »

Sans couper la communication, je suis allée jusqu'à l'armoire. Il avait raison. Au fond se trouvait une boîte à chaussures – une boîte bleue avec le mot Scholl écrit sur le couvercle bancal – et, à l'intérieur, un cahier emballé dans du papier de soie.

« Vous l'avez ? » a demandé le Dr Nash.

J'ai sorti l'objet. Il était relié en cuir marron.

« Christine ?

— Oui, je l'ai.

— Bien. Avez-vous écrit dedans ? »

Je l'ai ouvert à la première page. J'ai vu ce que j'avais écrit. *Mon nom est Christine Lucas. J'ai quarante-sept ans. Je suis amnésique.* Je me suis sentie nerveuse, excitée. C'était comme espionner, mais c'était moi que j'espionnais.

« Oui, ai-je dit.

— Excellent ! »

Puis il m'a dit qu'il m'appellerait le lendemain et nous avons raccroché.

Je suis restée immobile. Là, accroupie par terre à côté de l'armoire, le lit toujours défait, je me suis mise à lire.

Au début, j'ai ressenti de la déception. Je ne me rappelais rien de ce que j'avais écrit. Ni le Dr Nash, ni les bureaux où je raconte qu'il m'a emmenée, ni les puzzles que je dis avoir faits avec lui. Malgré le fait que je venais d'entendre sa voix, je ne parvenais pas à voir son visage, ni à me voir avec lui. Je lisais ce livre comme une fiction. Tout à coup, entre deux pages vers la fin du cahier, j'ai trouvé une photographie. La maison dans laquelle j'avais grandi, celle dans laquelle je m'attendais à me trouver lorsque je m'étais réveillée ce matin. C'était bien réel, c'était bien une preuve. J'avais vu le Dr Nash et il m'avait donné cette photo, ce fragment de mon passé.

J'ai fermé les yeux. Hier j'avais décrit mon ancienne maison, le pot à sucre dans le garde-manger, j'avais raconté la cueillette des mûres dans la forêt. Ces souvenirs étaient-ils encore là ? Pouvais-je en retrouver d'autres ? J'ai pensé à ma mère, à mon père, m'efforçant de faire surgir autre chose. Des images se sont formées, silencieuses. Un tapis d'un orange fade, un vase vert olive. Une moquette rêche. Une combinaison pyjama jaune avec un canard rose cousu sur la poitrine et des boutons-pressions au milieu. Un siège-auto bleu marine et un pot, d'un rose passé.

Des couleurs et des formes, mais rien qui décrive une vie. Rien. Je veux voir mes parents, me suis-je dit, et c'est à ce moment-là que, pour la première fois, je me suis rendu compte que, quelque part, je savais qu'ils étaient décédés.

J'ai soupiré et me suis assise sur le bord du lit défait. Un stylo était coincé entre les pages du journal et, presque sans y penser, je l'ai sorti, dans l'intention d'en écrire davantage. Je l'ai tenu, juste au-dessus de la feuille, et ai fermé les yeux pour me concentrer.

C'est là que cela s'est produit. Je ne sais pas si c'est cette révélation – celle du décès de mes parents – qui en a entraîné d'autres, mais c'était comme si mon esprit se réveillait d'un long, d'un profond sommeil. Il a pris vie. Pas progressivement ; ça a été comme une décharge électrique. Une étincelle. Soudain, je n'étais plus assise dans une chambre à coucher, devant une page blanche, mais j'étais ailleurs. Dans le passé – un passé que je pensais avoir perdu –, et je pouvais toucher, sentir, goûter absolument tout. J'ai compris que j'étais en train de me souvenir.

Je me vois rentrer à la maison, dans cette maison où j'ai grandi. J'ai treize ou quatorze ans, j'ai hâte d'avancer dans l'histoire que je suis en train d'écrire, mais je trouve un mot posé sur la table de la cuisine. *Nous avons dû partir. Oncle Ted viendra te chercher à six heures.* Je me remplis un verre et je me fais un sandwich, puis je m'assois avec mon cahier. Mme Royce a dit que mes histoires étaient *fortes* et *émouvantes* ; selon elle, je pourrais en faire mon métier. Mais je n'arrive pas à penser à mon sujet, à me concentrer. La colère m'embrase, en silence. C'est leur faute. Où sont-ils ? Que font-ils ? Pourquoi n'ai-je pas été invitée ? Je froisse la feuille et la jette.

L'image s'évanouit, mais une autre apparaît aussitôt. Plus forte. Plus réelle. Mon père nous ramène à la maison. Je suis assise à l'arrière de la voiture, les yeux rivés sur un point sur le pare-brise. Une mouche crevée. Une saleté quelconque. Je ne sais pas. J'ouvre la bouche, sans vraiment savoir ce que je vais dire.

« Quand alliez-vous m'en parler ? »

Personne ne répond.

« Maman ?

— Christine, répond ma mère, s'il te plaît.

— Papa ? Quand allais-tu m'en parler ? » Silence. « Est-ce que tu vas mourir ? dis-je, les yeux toujours rivés sur la tache sur le pare-brise. Papa, tu vas mourir ? »

Il jette un coup d'œil par-dessus son épaule et me sourit.

« Bien sûr que non, mon ange. Bien sûr que non. Pas avant d'être vieux, très vieux. Avec plein, plein de petits-enfants ! »

Je sais qu'il ment.

« Nous allons nous battre, dit-il, je te le promets. »

J'ai le souffle coupé. J'ouvre les yeux. La vision a disparu, envolée. Je suis assise dans une chambre, dans celle où je me suis réveillée ce matin. Pourtant, l'espace d'un instant, elle avait l'air différente. Complètement ordinaire. Dépourvue de couleur. Sans la moindre énergie, comme si je regardais une photographie qui avait pâli au soleil. Comme si la vitalité du passé avait aspiré toute la vie du présent.

J'ai baissé les yeux vers le cahier que je tenais à la main. Le stylo avait glissé entre mes doigts et tracé une mince ligne bleue sur la page, avant de tomber. Mon cœur battait la chamade. Je m'étais rappelé quelque chose. Quelque chose d'extraordinaire. Ce n'était pas perdu. J'ai ramassé le stylo et me suis mise à écrire.

Je vais m'arrêter là. Lorsque je ferme les yeux et que j'essaie, par un effort de volonté, de faire revenir l'image, je le peux. Moi. Mes parents. En voiture vers la maison. Elle est toujours là. Moins vivante, comme si elle s'était ternie avec le temps, mais encore là. Malgré tout, je suis contente de l'avoir écrite. Je sais qu'elle finira par disparaître. Au moins, maintenant, elle n'est pas complètement perdue.

Ben doit avoir fini de lire son journal. Il m'a appelée d'en bas, m'a demandé si j'étais prête à sortir. J'ai dit que oui. Je vais cacher ce cahier dans l'armoire, trouver une veste et des bottes. J'écrirai à nouveau plus tard. Si je me souviens de le faire.

Ces pages, je les ai écrites il y a plusieurs heures. Nous avons passé l'après-midi dehors, mais nous sommes rentrés maintenant. Ben est dans la cuisine, il prépare du poisson pour le dîner. Il a allumé la radio et les notes assourdies d'une musique de jazz montent jusqu'à la chambre où je me trouve, en train d'écrire. Je n'ai pas proposé de faire la cuisine – j'étais trop impatiente de monter et de noter ce que j'ai vu cet après-midi – mais il n'a pas semblé s'en formaliser.

« Va faire une sieste. Tu as trois bons quarts d'heure avant le dîner. » J'ai hoché la tête. « Je t'appellerai quand ce sera prêt. »

Je regarde ma montre. Si j'écris vite, je devrais avoir le temps.

Nous avons quitté la maison juste avant une heure. Nous ne sommes pas allés loin et nous avons garé la voiture à côté d'un bâtiment massif, sans étages. Il paraissait abandonné ; à chacune des fenêtres murées était installé un pigeon gris et la porte était cachée derrière des plaques de tôle ondulée.

« C'est la piscine en plein air, a dit Ben en sortant de la voiture. Elle est ouverte en été, je crois. On marche un peu ? »

Un chemin cimenté montait en courbes vers le sommet de la colline. Nous marchions dans un silence qui n'était rompu que par le cri d'un des corbeaux posés sur le terrain de foot désert ou par l'aboiement plaintif d'un chien au loin, des voix d'enfants, le bourdonnement de la ville. Je pensais à mon père, à sa mort et au fait que je m'étais rappelé quelques fragments, au moins. Une joggeuse solitaire trottinait sur une piste de course et je l'ai observée un moment, avant que le sentier ne contourne une haute haie pour nous faire monter à flanc de colline. Cette butte était animée ; un petit garçon faisait voler un cerf-volant pendant que son père se tenait derrière lui, une fillette promenait un petit chien au bout d'une longue laisse.

« Nous sommes à Parliament Hill, a dit Ben. Nous venons souvent ici. »

Je n'ai rien dit. La ville s'étendait devant nous, sous les nuages bas. Elle avait l'air paisible, et plus petite que je l'imaginais ; j'arrivais à apercevoir les premières collines, de l'autre côté. Je voyais la silhouette élancée de la tour des Télécoms, le dôme de Saint-Paul, la centrale à Battersea, je les reconnaissais, même si ce n'était que vaguement et sans savoir pourquoi. Il y avait d'autres constructions remarquables, moins reconnaissables : un immeuble de verre dont la silhouette rappelait un gros cigare, une roue géante, très loin. Comme mon propre visage, le paysage me paraissait à la fois étranger et un peu familier.

« J'ai l'impression de reconnaître cet endroit, ai-je dit.

— Oui, a répondu Ben. Oui. Cela fait un moment que nous venons ici, même si la vue change tout le temps. »

Nous avons poursuivi notre promenade. La plupart des bancs étaient occupés par des gens, seuls ou en couples. Nous en avons trouvé un juste après le sommet de la colline et nous nous sommes assis. J'ai senti une odeur de ketchup ; un hamburger à moitié mangé dans une boîte en carton avait été laissé sous le banc.

Ben l'a ramassé délicatement et est allé le mettre dans une poubelle, puis il est revenu s'asseoir à côté de moi. Il a tendu un doigt.

« Ça, c'est Canary Wharf, m'a-t-il dit, en me montrant un édifice qui, même à cette distance, paraissait incroyablement haut. Il a été construit au début des années quatre-vingt-dix, je crois. Ce sont des bureaux, ce genre de choses. »

*Les années quatre-vingt-dix.* C'était bizarre d'entendre une décennie que je ne me rappelais pas avoir vécue ainsi résumée en deux mots. Je dois avoir manqué tant de choses, tant de films et de livres, tant d'événements. Des catastrophes, des tragédies, des guerres. Des pays tout entiers se sont peut-être démantelés tandis que j'errais, inconsciente, d'un jour à l'autre.

Et tant de ma propre vie, aussi. Tant de scènes que je ne reconnais pas, malgré le fait que je les voie tous les jours.

« Ben ? Parle-moi de nous.

— De nous ? Que veux-tu dire ? »

Je me suis tournée vers lui. Le vent soufflait en rafales au sommet de cette colline, je sentais le froid dans mes jambes. Un chien a aboyé quelque part. Je n'étais pas sûre de savoir jusqu'où aller ; il sait que je ne me souviens absolument pas de lui.

« Je suis désolée. Je ne sais rien de toi et moi. Je ne sais même pas comment nous nous sommes rencontrés, ni quand nous nous sommes mariés, ni rien. »

Il a souri et a glissé sur le banc pour se rapprocher de moi, pour que nous nous touchions. Il a posé son bras sur mes épaules. J'ai eu un mouvement de recul, puis je me suis rappelé qu'il n'était pas un étranger, mais l'homme que j'avais épousé.

« Que veux-tu savoir ?

— Je ne sais pas... comment nous sommes-nous rencontrés ?

— Eh bien, nous étions tous les deux à l'université. Tu venais de commencer ta thèse. Tu te souviens de ça ? »

J'ai secoué la tête. « Pas vraiment. Qu'est-ce que j'étudiais ?

— Tu es diplômée d'études anglaises. » J'ai eu un flash, une image fugace, très nette. Je me vois dans une bibliothèque, et me rappelle de vagues idées sur une thèse concernant les théories féministes et la littérature du début du XXe siècle, alors qu'en fait c'était juste quelque chose que je pouvais faire tout en travaillant à des romans, quelque chose que ma mère ne comprendrait peut-être pas, mais au moins y verrait une certaine légitimité. La scène est restée suspendue dans ma tête un moment, vacillante, si réelle que je pouvais presque la toucher, mais Ben s'est remis à parler et elle a disparu.

« Je préparais mon examen de fin d'études en chimie. Je te voyais constamment. À la bibliothèque, au bar, partout. J'étais ébloui par ta beauté mais je n'arrivais pas à trouver le courage de te parler. »

J'ai ri. « Vraiment ? » J'avais du mal à m'imaginer intimidante.

« Tu paraissais toujours si confiante. Si tenace. Tu restais assise pendant des heures, au milieu des livres, à lire et à prendre des notes, en sirotant du café. Tu étais si jolie. Je n'aurais jamais osé penser que tu t'intéresserais à moi. Puis, un jour, il s'est trouvé que j'étais assis à côté de toi à la bibliothèque, tu as accidentellement renversé ta tasse, et ton café s'est répandu sur mes livres. Tu étais si confuse, il n'y avait pourtant pas de quoi, et nous avons épongé le café. J'ai insisté pour t'en offrir un autre. Tu as fait remarquer que c'était plutôt à toi de m'en offrir un, pour te faire pardonner, j'ai dit d'accord et nous sommes allés prendre un café. Et voilà. »

J'ai essayé de visualiser la scène, de me souvenir de nous deux, jeunes, dans une bibliothèque, entourés de papiers trempés, en train de rire. Je n'y suis pas parvenue et j'ai ressenti le coup de poignard douloureux de la tristesse. J'imaginais que tous les couples devaient aimer l'histoire de leur rencontre – qui a parlé à qui et a dit quoi – et moi, je n'ai aucun souvenir de la nôtre. Le vent agitait la queue du cerf-volant du petit garçon ; on aurait dit le dernier râle d'un mourant.

« Que s'est-il passé ensuite ?

— Eh bien, nous sommes sortis ensemble. Le truc classique. J'ai terminé mes études, tu as fini ton doctorat, puis nous nous sommes mariés.

— Comment ? Lequel de nous deux a fait sa demande ?

— Oh… c'est moi qui t'ai demandé.

— Où ? Raconte-moi comment ça s'est passé.

— Nous étions follement amoureux l'un de l'autre, a déclaré Ben en détournant le regard vers l'horizon. Nous passions tout notre temps ensemble. Tu partageais une maison avec d'autres étudiants, mais tu n'y étais presque jamais. La plupart du temps, tu étais avec moi. Il nous paraissait normal, logique de vivre ensemble, de nous marier. Un jour, c'était la Saint-Valentin, je t'ai acheté un savon. Un savon très cher que tu aimais beaucoup, je l'ai sorti de son emballage et j'ai enfoncé une bague de fiançailles dedans, puis j'ai refait l'emballage et je te l'ai donné. Lorsque tu t'es préparée ce soir-là, tu l'as trouvée et tu as dit oui. »

J'ai souri intérieurement. Cela paraissait un peu alambiqué, cette histoire de bague incrustée dans un savon, avec le risque qu'éventuellement je n'utilise pas le savon en question, que je ne trouve pas la bague avant des semaines. Malgré tout, ce n'était pas dénué de romantisme.

« Et avec qui je cohabitais ?

— Oh, je ne me rappelle pas bien. Une amie. Bref, nous nous sommes mariés l'année suivante. Dans une église de Manchester, près de l'endroit où vivait ta mère. Ça a été une belle journée. À cette époque, je suivais une formation pour devenir professeur, nous n'avions pas beaucoup d'argent, mais la journée a été magnifique. Le soleil brillait, tout le monde était heureux. Puis nous sommes partis en voyage de noces. En Italie. Les lacs. Un voyage merveilleux. »

J'ai essayé de visualiser l'église, ma robe, la vue de la chambre d'hôtel. Rien ne m'est venu.

« Je ne me rappelle rien de tout cela, je suis désolée. »

Il a détourné le regard en faisant pivoter sa tête jusqu'à ce que je ne puisse plus voir son visage. « Cela n'a pas d'importance. Je comprends.

— Il n'y a pas beaucoup de photos, dans l'album. Il n'y a pas de photos de nous le jour de notre mariage.

— Nous avons eu un incendie, dans la précédente maison où nous vivions.

— Un incendie ?

— Oui. Notre maison est en gros partie en fumée. Nous avons perdu beaucoup de choses. »

J'ai soupiré. C'était injuste. J'avais perdu à la fois la mémoire et les souvenirs du passé.

« Que s'est-il passé ensuite ?

— Ensuite ?

— Oui, ai-je dit. Après le mariage, la lune de miel ?

— Nous nous sommes installés ensemble. Nous étions très heureux.

— Et ensuite ? »

Il a soupiré sans rien ajouter. C'est impossible, me suis-je dit. Ceci ne peut pas décrire toute ma vie. Il est impossible que je me résume à ça. Un mariage, une lune de miel, une vie conjugale. Mais à quoi donc m'attendais-je ? Qu'aurait-il pu y avoir d'autre ?

La réponse est venue d'un coup. Des enfants. Des bébés. Je me suis rendu compte avec un frisson que c'était cela qui paraissait absent de ma vie, de notre foyer. Il n'y avait pas de photos sur le manteau de la cheminée d'un fils ni d'une fille – cramponnée à un diplôme, en train de descendre des rapides en rafting, posant tout simplement, ennuyée, devant la caméra – ni de petits-enfants. Je n'avais pas eu d'enfant.

La déception m'a frappée comme une gifle. Le désir insatisfait était gravé au fer rouge dans mon inconscient. Même si je m'étais réveillée dans l'ignorance de mon âge, une partie de moi devait savoir que j'avais voulu avoir un enfant.

Soudain, j'ai vu ma propre mère, me parlant de l'horloge biologique, comme si c'était une bombe à retardement. « Dépêche-toi de faire toutes les choses que tu as envie d'accomplir dans la vie, parce qu'un jour, on ne sait jamais… »

Je savais ce qu'elle voulait dire. Boum ! Mes ambitions disparaîtraient et tout ce que je voudrais, ce serait d'avoir des enfants. « C'est ce qui m'est arrivé. Cela t'arrivera à toi aussi. Cela arrive à tout le monde. »

Mais apparemment, cela n'était pas arrivé. Ou autre chose était arrivé. J'ai regardé mon mari.

« Ben ? Qu'est-ce qui s'est passé après ? »

Il m'a regardée et a serré ma main.

« Après, tu as perdu la mémoire. »

Ma mémoire. On en revenait toujours à cela. Toujours.

Je regardais la ville qui s'étendait à nos pieds. Le soleil était très bas, une lumière faible filtrait à travers les nuages, projetant de longues ombres sur l'herbe. J'ai compris qu'il ferait bientôt nuit. Le soleil finirait par se coucher, la lune se lèverait dans le ciel. Un autre jour allait finir. Un autre jour perdu.

« Nous n'avons jamais eu d'enfants », ai-je dit. Ce n'était pas une question.

Il n'a pas répondu, mais s'est tourné pour me regarder. Il tenait mes mains entre les siennes, les a frottées comme pour les réchauffer.

« Non. Non, nous n'avons pas eu d'enfants. »

La tristesse se lisait sur son visage. Triste pour lui,

ou pour moi ? Je ne savais pas. Je l'ai laissé me frotter les mains, tenir mes doigts entre les siens. J'ai compris que, même malgré la confusion, je me sentais en sécurité là, aux côtés de cet homme. Je voyais bien qu'il était gentil, attentionné et patient. Peu importait l'horreur de ma situation, elle pourrait être tellement pire.

« Pourquoi ? »

Il n'a pas répondu. Il m'a regardée, l'expression de son visage était celle de la souffrance. Souffrance et déception.

« Comment cela s'est-il passé, Ben ? Comment en suis-je arrivée à être comme ça ? »

J'ai senti la tension qu'il éprouvait.

« Tu es certaine que tu veux savoir ? »

J'ai posé mon regard sur une petite fille au loin, sur un tricycle. Je savais que ce n'était certainement pas la première fois que je lui posais la question, ni la première fois qu'il devait m'expliquer tout cela. Si ça se trouve, je lui pose les mêmes questions tous les jours.

« Oui », ai-je dit. J'ai compris que, cette fois-ci, c'était différent. Cette fois, j'allais écrire ce qu'il me dirait.

Il a pris une grande inspiration. « C'était en décembre. Un froid glacial. Tu avais passé la journée dehors, au travail. Tu étais sur le chemin de la maison. Quelques minutes de marche. Il n'y a pas eu de témoins. Nous ne savons pas si tu étais en train de traverser la rue ou si la voiture qui t'a heurtée était montée sur le trottoir mais, de toute façon, tu as dû passer par-dessus le capot. Tu étais gravement blessée. Les deux jambes cassées. Un bras et une clavicule. »

Il a cessé de parler. J'entendais la pulsation étouffée de la ville. La circulation, un avion dans le ciel, le murmure du vent dans les arbres. Ben a serré ma main.

« Ils disent que c'est ta tête qui a dû heurter le sol en premier, que c'est pour ça que tu as perdu la mémoire. »

J'ai fermé les yeux. Je ne me rappelais rien de l'accident, de la collision, je ne ressentais aucune colère, aucun malaise. En fait, j'éprouvais seulement une sorte de regret lancinant. Un vide. Une ridule sur la surface du lac de la mémoire.

Il a serré ma main et j'ai posé la mienne sur la sienne, sentant le contact froid et dur de son alliance.

« Tu as eu de la chance de survivre », a-t-il dit.

J'ai senti le froid m'envahir.

« Qu'est-il arrivé au chauffeur ?

— Il ne s'est pas arrêté. Délit de fuite. Nous ne savons pas qui t'a heurtée.

— Mais qui ferait une chose pareille ? Qui serait capable de renverser quelqu'un et de s'en aller, comme ça ? »

Il n'a pas répondu. Je ne sais pas ce que j'espérais. J'ai repensé à ce que j'avais lu de mon rendez-vous avec le Dr Nash. Il avait évoqué un problème neurologique. Structurel ou chimique. Un déséquilibre hormonal. Je m'étais dit qu'il avait voulu parler d'une maladie. Quelque chose qui était arrivé, comme ça, comme venu de nulle part. Un de ces événements qui arrivent, c'est tout.

Mais ce que je venais d'entendre était pire ; cela avait été causé par quelqu'un, cela aurait pu être évité. Si j'avais pris un autre chemin pour rentrer ce soir-là – ou si le chauffeur de la voiture qui m'avait heurtée l'avait fait –, je serais toujours normale. Peut-être même serais-je déjà grand-mère.

« Pourquoi ? ai-je dit. Pourquoi ? »

Ce n'était pas une question à laquelle il pouvait répondre, et Ben n'a rien dit. Nous sommes restés silencieux un moment, nos mains nouées l'une dans l'autre. Le soir est tombé. La ville brillait de tous les bâtiments éclairés. L'hiver sera bientôt là, me dis-je. Bientôt, nous serons à la mi-novembre, puis décembre suivra, puis Noël. Je n'arrivais pas à imaginer comment je passais d'un point du temps à un autre. Je ne parvenais pas à m'imaginer vivre un enchaînement de jours tous identiques.

« On y va ? a dit Ben. On rentre ? »

Je n'ai pas répondu. « Où étais-je ? Le jour où j'ai été heurtée par la voiture. Qu'est-ce que j'avais fait avant ?

— Tu rentrais du travail.

— Quel travail ? Quelle était ma profession ?

— Tu avais un emploi temporaire de secrétaire – d'assistante personnelle en fait – auprès d'avocats, je crois bien.

— Mais pourquoi... ai-je commencé à dire.

— Il fallait que tu travailles pour que nous puissions payer l'emprunt de la maison. Ça a été dur, pendant un moment. »

Ce n'était pas cela que je voulais dire. Ce que je voulais dire, c'était : *Tu m'as dit que j'avais un doctorat. Comment se fait-il que j'aie accepté un boulot pareil ?*

« Mais pourquoi est-ce que je travaillais comme secrétaire ?

— C'était le seul emploi que tu avais trouvé. Les temps étaient durs. »

Je me suis souvenue de l'impression que j'avais eue auparavant. « Est-ce que j'écrivais ? Des livres ? »

Il a secoué la tête. « Non. »

Cela avait dû être une ambition transitoire. Ou peut-être avais-je essayé, sans succès. Au moment où je me suis tournée pour lui poser la question, les nuages se sont embrasés et, quelques secondes plus tard, une forte détonation a retenti. Ahurie, j'ai levé les yeux ; des étincelles dans le ciel, au loin, une pluie de lumière retombant sur la ville.

« Qu'est-ce que c'était ?

— Un feu d'artifice, a dit Ben. C'était Bonfire Night cette semaine. »

Quelques instants plus tard, une autre gerbe a éclairé le ciel, accompagnée d'une autre détonation.

« On dirait qu'il va y en avoir toute une série, veux-tu que nous restions pour le voir ? »

J'ai hoché la tête. Cela ne pouvait pas me faire de mal, et même si une partie de moi avait envie de rentrer à la maison en courant pour retrouver mon journal et y consigner tout ce que Ben venait de me dire, une autre partie voulait rester, espérant qu'il m'en dirait un peu plus. « Oui, restons. »

Il a souri et a passé son bras autour de mes épaules. Le ciel est resté noir pendant un moment, puis il y a eu un crépitement, et un sifflement aigu au moment où une minuscule étincelle montait en flèche. Elle est restée suspendue un long moment avant d'exploser en une gerbe orange dans un fracas impressionnant. C'était magnifique.

« En général, nous allons voir les feux d'artifice. L'un des plus grands qu'on organise dans la ville. Mais j'avais oublié que c'était ce soir. » Il a frotté tendrement son menton dans mon cou.

« Il te plaît, celui-ci ?

— Oui », ai-je dit. Je contemplais la ville, les explosions de couleurs dans le ciel au-dessus de nous, les soudaines illuminations. « C'est parfait. Comme ça, on les voit tous en même temps. »

Il a soupiré. Devant nos bouches, la buée de nos respirations se confondait ; nous sommes restés silencieux, à admirer les couleurs et les lumières qui transformaient le ciel. De la fumée montait des jardins de la ville, violemment illuminés – de rouge et d'orange, de bleu et de violet –, et l'air nocturne s'est chargé de fumée, il s'y est subitement mêlé une odeur de silex, sèche et métallique. Je me suis humecté les lèvres, ai senti le soufre ; tout à coup, un souvenir m'est brusquement revenu.

Il était d'une clarté impressionnante. Les sons étaient très forts, les couleurs très vives. J'avais l'impression non pas d'être en position d'observatrice, mais d'être au beau milieu du tourbillon. J'ai eu la sensation de tomber en arrière. Je me suis agrippée à la main de Ben.

Je me vois avec une femme. Elle a les cheveux roux, et nous sommes debout sur un toit, en train de regarder un feu d'artifice. J'entends la pulsation rythmée de la musique dans la pièce sous nos pieds et un vent froid est en train de souffler, ramenant vers nous un nuage de fumée âcre. Alors même que je ne porte qu'une petite robe, j'ai chaud, vibrant sous l'effet de l'alcool et du joint que je tiens encore entre mes doigts. Je sens du gravier sous mes pieds et je me souviens que j'ai enlevé mes chaussures et que je les ai laissées dans la chambre de cette fille, en bas. Je la regarde, elle se tourne pour me faire face ; je me sens vivante, si heureuse que j'en ai le vertige.

« Chrissy, dit-elle en me prenant le joint, ça te dit, un trip ? »

Je ne comprends pas ce qu'elle dit, je lui demande.

Elle rit.

« Mais si, tu sais ! Un trip. À l'acide. Je suis quasi certaine que Nige en a apporté. Il m'avait dit qu'il en aurait.

— Je ne suis pas certaine de vouloir.

— Allez ! Ça va être super ! »

Je ris et je lui reprends le joint, j'en aspire une grande bouffée comme pour lui prouver que je ne suis pas une fille chiante. Nous nous sommes promis que nous ne serions jamais chiantes.

« Je ne crois pas, dis-je. Ce n'est pas mon truc. Je crois que je vais m'en tenir à ça. Avec de la bière. OK ?

— Comme tu voudras », dit-elle en tournant son regard vers le ciel.

Je vois bien qu'elle est déçue, mais elle n'est pas fâchée ; et je me demande si elle ira quand même jusqu'au bout. Sans moi.

J'en doute. Je n'ai jamais eu auparavant une telle amie. Une amie qui sait tout de moi, en qui j'ai confiance, parfois même encore plus qu'en moi-même. Je la regarde, avec ses cheveux roux agités par le vent, l'extrémité du joint qui luit dans la nuit. Est-elle heureuse de la manière dont sa vie est en train de se dessiner ? Ou est-ce trop tôt pour le savoir ?

« Regarde ça ! » dit-elle en pointant du doigt un endroit où une chandelle vient d'exploser, découpant les silhouettes des arbres dans sa lueur rouge. « Sacrément beau, non ? »

Nous rions à l'unisson, puis nous restons silencieuses quelques minutes, en échangeant le joint. Pour finir, elle me tend ce qui reste du mégot détrempé et lorsque je refuse, elle l'enfonce dans les graviers du bout de son pied chaussé.

« On devrait descendre, dit-elle en m'attrapant par le bras. Je voudrais que tu rencontres quelqu'un.

— Ça ne va pas recommencer ! » dis-je, mais j'y vais quand même.

Nous nous frayons un chemin entre quelques couples enlacés dans l'escalier.

« Ce n'est pas encore un de ces connards de ton cours ?

— Je t'emmerde ! dit-elle, en dévalant l'escalier. Je croyais que t'allais adorer Alan !

— C'était le cas ! jusqu'au moment où il m'a dit qu'il était amoureux d'un type qui s'appelait Kristian.

— Oui, bon... dit-elle en riant. Comment j'étais censée savoir qu'Alan déciderait que ce serait à toi qu'il ferait son *coming out* ? Celui-ci est différent. Tu vas l'adorer. J'en suis sûre. Je te le présente c'est tout. Pas de pression.

— OK. »

J'ouvre la porte et nous rejoignons la fête.

La pièce est grande, avec des murs en béton et des ampoules nues qui pendent du plafond. Nous nous frayons un chemin jusqu'à la cuisine et nous nous servons une bière, puis nous trouvons un endroit à côté de la fenêtre. « Alors, il est où, ce type ? » dis-je, mais elle ne m'entend pas. Je sens l'alcool et l'herbe me monter à la tête et je me mets à danser. La pièce est pleine de gens, la plupart vêtus de noir. Putain d'étudiants des beaux-arts, me dis-je.

Quelqu'un vient et s'arrête devant nous. Je le reconnais. C'est Keith. Nous nous sommes déjà vus, à une autre fête, où nous avons fini la soirée à nous embrasser dans une des chambres. Mais maintenant, il est en train de parler à mon amie, montrant un des tableaux qu'elle a peints et qui est accroché au mur du salon. Je me demande s'il a décidé de m'ignorer, ou s'il ne se rappelle pas m'avoir déjà rencontrée. Dans un cas comme dans l'autre, c'est un con, me dis-je. Je finis ma bière.

« T'en veux une autre ?

— Ouais, me répond-elle. Tu veux bien aller les chercher pendant que je règle un truc avec Keith ? Ensuite, je te présente ce gars dont je t'ai parlé, OK ? »

Je ris.

« OK. Comme tu veux. »

Je m'éloigne en direction de la cuisine.

À ce moment-là, une voix, forte, me crie dans l'oreille.

« Christine ! Chris ! Ça va ? » Je suis dans la plus grande confusion ; la voix me paraît familière. J'ouvre les yeux. Dans un sursaut, je me rends compte que je suis dehors, la nuit, sur Parliament Hill, avec Ben qui crie mon nom et des feux d'artifice en train de peindre le ciel d'une couleur rouge sang.

« Tu avais les yeux fermés. Qu'est-ce qui se passe ? Qu'est-ce qui ne va pas ?

— Rien. »

J'avais la tête qui tournait, je pouvais à peine respirer. Je me suis détournée de mon mari, faisant semblant d'admirer la suite du spectacle.

« Je suis désolée. Rien. Tout va bien. Tout va bien.

— Tu trembles. Tu as froid ? Tu veux qu'on rentre à la maison. »

Je me suis rendu compte que j'avais froid. Que je voulais qu'on rentre à la maison. Je voulais noter tout ce que je venais de voir.

« Oui, ai-je dit. Ça ne t'ennuie pas ? »

Sur le chemin du retour, j'ai repensé à la vision que j'avais eue pendant le feu d'artifice. Elle m'avait frappée par sa clarté, la précision de ses contours. Elle m'avait saisie, m'avait engloutie comme si je vivais tout cela à nouveau. J'avais tout ressenti, tout goûté. L'air frais et la saveur pétillante de la bière. La brûlure de l'herbe au fond de ma gorge. La salive de Keith, chaude sur ma langue. Tout m'avait paru réel, presque plus réel que la vie que j'avais retrouvée en ouvrant les yeux.

Je ne savais pas exactement à quelle époque replacer cette scène. Elle datait de l'université, supposais-je, ou juste après. La fête où je m'étais vue était du genre de celles que devait apprécier une étudiante. Pas le moindre poids d'une quelconque responsabilité. C'était l'insouciance. La légèreté.

Et même si je ne pouvais pas me rappeler son nom, cette femme était importante pour moi. Ma meilleure amie. Pour toujours, m'étais-je dit, et alors même que je ne savais pas qui elle était, j'avais eu le sentiment d'être en sécurité, protégée, en sa compagnie.

Je me suis brièvement demandé si nous étions encore proches et j'ai essayé d'en parler à Ben sur le chemin du retour. Il était silencieux – pas malheureux, juste absorbé. Pendant un moment, j'ai envisagé de lui raconter toute ma vision, mais je me suis contentée de lui demander qui étaient mes amis, à l'époque où nous nous étions rencontrés.

« Tu en avais pas mal. Tu étais très appréciée.

— Est-ce que j'avais une meilleure amie ? Quelqu'un de spécial ? »

Il m'a jeté un coup d'œil, à ce moment-là.

« Non, dit-il, je ne crois pas. Pas particulièrement. »

Je me suis demandé pourquoi je ne parvenais pas à me souvenir du nom de cette femme, alors que je m'étais rappelé Keith et Alan.

« T'es sûr ?

— Oui, je suis sûr. »

Il a reporté son regard sur la route. Il s'est mis à pleuvoir. La lumière des magasins et celle des néons au-dessus des vitrines se reflétaient sur l'asphalte. Il y a tant de choses que je voulais lui demander, mais je n'ai rien dit ; j'ai laissé passer quelques minutes encore, et ça a été trop tard. Nous étions rentrés et il avait commencé à cuisiner. Il était trop tard.

Dès que j'ai eu fini d'écrire, Ben m'a appelée pour que je descende dîner. Il avait mis la table et nous avait servi deux verres de vin blanc, mais je n'avais pas faim et le poisson était trop sec. J'ai à peine touché à mon assiette. Ensuite, comme Ben avait préparé le repas, je lui ai proposé de faire la vaisselle. J'ai remporté les assiettes dans la cuisine et rempli l'évier d'eau chaude, sans cesser d'espérer que, plus tard, je pourrais trouver une excuse et remonter au premier pour lire mon journal et peut-être écrire davantage. Mais je n'y suis pas parvenue – rester seule autant de temps dans notre chambre allait éveiller les soupçons – alors nous avons passé la soirée devant la télévision.

Je n'ai pas réussi à me détendre. J'ai pensé à mon journal et ai regardé les aiguilles de la pendule posée sur la cheminée avancer lentement de neuf heures à dix heures, dix heures et demie. Finalement, quand elles se sont approchées de onze heures, j'ai compris que je n'aurais plus de temps ce soir et j'ai dit :

« Je crois que je vais aller me coucher. La journée a été longue. »

Il a souri, penchant un peu la tête.

« OK, chérie, dit-il. Je te rejoins dans un moment. »

J'ai approuvé d'un signe de tête et ai dit OK, mais en quittant la pièce, j'ai ressenti une angoisse grandissante. Cet homme est mon mari, je suis mariée avec lui, et pourtant j'avais vaguement l'impression que partager le même lit que lui était mal. Je n'arrivais pas à me rappeler l'avoir fait auparavant et je ne savais pas à quoi m'attendre.

Dans la salle de bains, je me suis brossé les dents sans me regarder dans le miroir, sans un regard vers les photos disposées tout autour. Une fois dans la chambre j'ai trouvé ma chemise de nuit pliée sur mon oreiller ; j'ai commencé à me déshabiller. Je voulais être prête avant qu'il n'arrive, être sous les couvertures. Pendant un moment, j'ai caressé l'idée absurde que je pourrais faire semblant de dormir.

J'ai enlevé mon pull et me suis regardée dans la glace. J'ai vu le soutien-gorge couleur chair que j'avais mis ce matin et j'ai eu une vision fugace de moi, enfant, demandant à ma mère pourquoi elle portait un soutien-gorge et pas moi, et d'elle me répondant qu'un jour j'en mettrai un, moi aussi. Et voilà que ce jour-là était venu, et il n'était pas venu progressivement, mais en un instant. Là, encore plus clairement que les rides sur mon visage, que la peau flétrie de mes mains, je voyais la preuve que je n'étais plus une petite fille, mais une femme. Là, dans les douces courbes arrondies de mes seins.

J'ai enfilé la chemise de nuit par la tête et l'ai fait glisser consciencieusement le long de mon corps. J'ai tâtonné en dessous pour enlever mon soutien-gorge, ai senti le poids de mes seins, puis ai déboutonné mon pantalon et l'ai enlevé. Je ne voulais pas aller plus avant dans l'examen de mon corps, pas ce soir, et une fois que j'eus retiré le collant et la culotte que j'avais enfilés ce matin, je me suis glissée sous l'édredon et ai fermé les yeux en me tournant sur le côté.

J'ai entendu la pendule sonner au rez-de-chaussée, puis, quelques minutes plus tard, Ben entrer dans la chambre. Je n'ai pas bougé, l'ai écouté se déshabiller, puis j'ai senti le lit s'enfoncer lorsqu'il s'est assis sur le matelas. Il est resté immobile un moment, et j'ai senti sa main, lourde, se poser sur ma hanche.

« Christine ? a-t-il dit en chuchotant. Tu es réveillée ? »

J'ai murmuré que oui.

« Tu t'es souvenue d'une amie aujourd'hui ? »

J'ai ouvert les yeux et me suis mise sur le dos. Je voyais la surface large de son dos nu, le fin duvet sur ses épaules.

« Oui », ai-je répondu. Il s'est tourné vers moi.

« Que t'es-tu rappelé ? »

Je lui ai dit, mais sans entrer dans les détails.

« Une fête. Nous étions étudiants, je crois. »

Il s'est alors levé et s'est tourné pour entrer dans le lit. J'ai vu qu'il était nu. Son pénis émergeait d'un nid de poils foncés et j'ai réprimé un rire. Je ne me souvenais pas d'avoir jamais vu d'organes génitaux masculins auparavant, même pas dans des livres, et pourtant ils ne m'étaient pas inconnus. Je me suis demandé quelle connaissance j'en avais, quelles expériences j'avais eues. Presque involontairement, j'ai détourné le regard.

« Tu t'es déjà rappelé cette fête, m'a-t-il dit en ramenant les couvertures sur sa poitrine. Elle te revient assez souvent, je crois. Tu as certains souvenirs qui paraissent refaire surface régulièrement. »

J'ai soupiré. Donc, ce n'est rien de nouveau, semblait-il dire. Pas de quoi s'enthousiasmer. Il s'est allongé à côté de moi et a remonté les couvertures sur nous deux. Il n'a pas éteint la lumière.

« Est-ce que je me rappelle souvent des choses ?

— Oui. Quelques trucs. Presque tous les jours.

— Les mêmes choses ? »

Il s'est tourné pour me regarder, se calant sur son coude.

« Parfois. Le plus souvent, oui. Il est rare qu'il y ait des surprises. »

J'ai détourné les yeux et ai fixé le plafond.

« Est-ce qu'il m'arrive de me souvenir de toi ? »

Il m'a de nouveau regardée.

« Non », a-t-il répondu. Il m'a pris la main. L'a serrée. « Mais ce n'est pas grave. Je t'aime. Ce n'est pas grave.

— Je dois être un fardeau épouvantable pour toi. »

Il a bougé sa main et s'est mis à me caresser le bras. Il y a eu un craquement provoqué par l'électricité statique. J'ai tressailli.

« Non, pas du tout. Je t'aime. »

Il a collé son corps contre moi et m'a embrassée sur les lèvres.

J'ai fermé les yeux, en pleine confusion. Voulait-il que nous fassions l'amour ? Pour moi, c'était un étranger ; même si intellectuellement je savais que nous nous couchions dans le même lit tous les soirs, que nous le faisions depuis que nous étions mariés, mon corps, lui, le connaissait depuis moins d'un jour.

« Je suis très fatiguée, Ben. »

Il a baissé la voix et s'est mis à murmurer :

« Je sais, ma chérie. » Il m'a embrassée doucement, sur la joue, les lèvres, les yeux. « Je sais. » Sa main est descendue sous les couvertures, et j'ai senti une boule d'angoisse se former dans ma poitrine, presque de la panique.

« Ben, ai-je dit, je suis désolée. »

J'ai attrapé sa main et interrompu sa descente. J'ai

résisté à l'envie pressante de la repousser comme si elle était quelque chose de révoltant et l'ai caressée.

« Je suis fatiguée. Pas ce soir, OK ? »

Il n'a rien dit, mais a retiré sa main et est resté allongé sur le dos. Je sentais la déception qu'il éprouvait me parvenir par vagues. Je ne savais pas quoi dire. Une partie de moi a pensé que je devais m'excuser, mais une autre partie, plus importante, m'a soufflé que je n'avais rien fait de mal. Nous sommes donc restés allongés, en silence, dans le lit, sans nous toucher, et je me suis demandé si cela arrivait souvent. Arrive-t-il souvent qu'il vienne se coucher en ayant envie de faire l'amour ? Que j'aie envie, moi ? Ou même que je me sente capable de le laisser me faire l'amour ? Cela se termine-t-il toujours ainsi, dans ce lourd silence, si je ne veux pas ?

« Bonne nuit, chérie », a-t-il dit au bout de quelques minutes, et la tension s'est dissipée. J'ai attendu qu'il ronfle paisiblement pour quitter doucement le lit, et ici, dans la chambre d'amis, je me suis assise pour écrire.

Je voudrais tant me souvenir de lui. Juste une fois.

*Lundi 12 novembre*

La pendule vient tout juste de sonner quatre heures, le jour commence à tomber. Ben ne va pas rentrer tout de suite mais tout en écrivant, assise, je tends l'oreille, je guette sa voiture. La boîte à chaussures est posée par terre à mes pieds, le papier de soie dans lequel ce journal était emballé déborde de la boîte. S'il arrive, je mettrai le livre dans l'armoire et je lui dirai que je me reposais. C'est malhonnête, mais pas trop, et il n'y a rien de mal à vouloir garder secret le contenu de mon journal. Je dois écrire ce que j'ai vu. Ce que j'ai appris. Mais cela ne signifie pas que je veux que quelqu'un – qui que ce soit – le lise.

J'ai vu le Dr Nash aujourd'hui. Nous étions assis l'un en face de l'autre, de part et d'autre de son bureau. Derrière lui, une armoire de classeurs, et, posé dessus, un modèle en plastique du cerveau, coupé au milieu, tranché comme une orange. Il m'a demandé comment je m'en sortais.

« Ça va, je suppose. »

La question était difficile – les quelques heures qui s'étaient écoulées depuis mon réveil ce matin-là étaient les seules dont je me souvenais clairement.

J'avais vu mon mari, comme si c'était la première fois quand bien même je savais que ce n'était pas le cas, mon médecin m'avait appelée pour me parler de mon journal. Puis, après le déjeuner, il était venu me chercher et m'avait ramenée à son cabinet.

« J'ai écrit dans mon journal, ai-je dit. Après votre appel. Samedi. »

Il a eu l'air content.

« Pensez-vous que cela vous ait aidée ?

— Oui, je crois. »

Je lui ai raconté les souvenirs qui m'étaient venus. La vision de la femme à la fête, le moment où j'avais appris la maladie de mon père. Il a pris des notes pendant que je parlais.

« Est-ce que vous vous rappelez encore ces choses maintenant ? Ou vous en souveniez-vous lorsque vous vous êtes réveillée ce matin ? »

J'ai hésité. La vérité était que je ne m'en souvenais pas. Ou pas complètement. Ce matin, j'avais relu les pages de samedi – le petit déjeuner avec mon mari, la promenade à Parliament Hill. Cela m'avait paru aussi irréel qu'une fiction, rien à voir avec moi, et je m'étais surprise à lire et relire le même passage, encore et encore, essayant de le graver dans mon esprit, de l'y fixer. Cela m'avait pris, pour finir, plus d'une heure.

J'ai relu tout ce que Ben m'avait dit, sur notre rencontre, notre mariage, notre vie commune, et je n'ai rien ressenti. Pourtant, d'autres éléments m'étaient restés. La femme, par exemple. Mon amie. Je ne parvenais pas à me rappeler des détails – le feu d'artifice le soir de la fête, le fait d'être sur le toit avec elle, la rencontre avec un homme appelé Keith –

mais le souvenir d'elle existait encore en moi et ce matin, en lisant et relisant les pages de samedi, des détails m'étaient revenus. La couleur flamboyante de ses cheveux, les vêtements noirs qui avaient sa préférence, sa ceinture cloutée, son rouge à lèvres écarlate, cette manière qu'elle avait de faire croire que fumer, c'était la chose la plus cool au monde. Je ne me souvenais pas de son nom, mais maintenant je me rappelais la soirée où nous nous étions rencontrées, dans une pièce dont l'atmosphère était saturée de fumée de cigarettes, qui résonnait des sifflements et sonneries des flippers et des sons métalliques d'un mauvais juke-box. Elle m'avait donné du feu lorsque je lui en avais demandé, puis s'était présentée et avait proposé que je me joigne à elle et à son groupe d'amis. Nous avions bu de la vodka et de la bière, et, plus tard, elle avait retenu mes cheveux quand, la tête dans les toilettes, j'avais vomi la plus grande partie de ce que j'avais bu. « On dirait que nous sommes amies pour de bon, cette fois ! m'avait-elle lancé en riant, alors que je me redressais. Je ne ferais pas ça pour n'importe qui, tu sais ! »

Je l'avais remerciée et, sans véritable raison, comme si cela expliquait mon comportement, je lui avais dit que mon père était décédé. « Merde... » avait-elle lâché, et, dans l'un de ces moments de brusque passage de l'idiotie éthylique à la compassion efficace, elle m'avait ramenée à sa chambre et nous avions mangé des tartines et bu du café noir, tout en écoutant des disques et en parlant de nos vies, jusqu'à ce que le jour commence à se lever.

Elle avait des tableaux calés contre le mur et au bout du lit, des cahiers de croquis jonchaient le sol de la pièce. « Tu es une artiste ? » lui avais-je demandé, et elle avait hoché la tête. « C'est pour ça que je suis là, à la fac. » Je me suis souvenue d'elle en train de me dire qu'elle étudiait les beaux-arts. « Je finirai prof, bien entendu, mais d'ici là il faut bien rêver, non ? » J'avais ri. « Et toi, tu fais des études de quoi ? » Je lui avais répondu que j'étudiais l'anglais. « Ah, alors, tu veux écrire des romans ou enseigner ? » Elle avait ri, sans méchanceté, mais je ne lui avais pas parlé de l'histoire sur laquelle j'avais travaillé dans ma chambre avant de venir. « Sais pas, avais-je répondu. J'imagine que je suis un peu comme toi. » Elle avait ri à nouveau et ajouté : « Bon, alors, à nous ! » et nous avions trinqué avec du café. Pour la première fois depuis des mois, j'avais eu l'impression que les choses allaient peut-être bien.

Je me rappelais tout cela. Je m'épuisais dans cet effort de volonté pour fouiller le vide de ma mémoire, pour essayer de trouver un détail minuscule qui pourrait déclencher la remémoration. Et les souvenirs de ma vie avec mon mari ? Ils avaient disparu. Le fait de relire ces mots n'avait rien réactivé, pas même le plus petit résidu de souvenir. Il me semblait que non seulement la promenade à Parliament Hill n'avait pas eu lieu, mais que rien de ce qu'il m'avait dit à ce moment-là n'avait existé.

« Je me rappelle certaines choses, ai-je dit au Dr Nash. Des choses d'une époque antérieure, dont je me suis souvenue hier. Elles sont toujours là. Et je peux me souvenir de plus de détails, aussi. Mais je n'arrive absolument pas à me souvenir de ce que nous avons fait hier. Ni samedi. Je peux essayer de reconstruire une image de la scène que je décris dans mon journal, mais je sais que ce n'est pas un souvenir. Je sais que je ne fais que l'imaginer. »

Il a hoché la tête.

« Y a-t-il quelque chose qui vous reste d'avant-hier ? Un petit détail que vous avez noté dans votre journal et que vous pouvez vous rappeler ? La soirée, par exemple ? »

J'ai réfléchi à ce que j'avais écrit sur le partage du lit. Je me suis rendu compte que je me sentais coupable. Coupable du fait que, malgré la gentillesse de mon mari, je n'étais pas parvenue à me donner à lui. « Non, ai-je menti, rien. »

Je me suis interrogée sur ce qu'il aurait pu faire différemment pour que j'aie envie de le prendre dans mes bras, de le laisser me faire l'amour. Des fleurs ? Des chocolats ? Doit-il inventer des prémices romantiques chaque fois qu'il a envie de faire l'amour, comme si c'était la première fois ? Je réalisais à quel point pour lui les voies de la séduction étaient réduites. Il ne peut même pas me faire écouter le premier morceau de musique sur lequel nous avons dansé à notre mariage, ni refaire le repas que nous avons pris la première fois que nous avons mangé au restaurant, parce que je ne m'en souviens pas. Et de toute manière, je suis sa femme ; il ne devrait pas, chaque fois qu'il a envie de faire l'amour, avoir à me séduire comme si nous venions de nous rencontrer pour la première fois.

Mais arrive-t-il que je le laisse me faire l'amour, ou peut-être que j'aie moi-même envie ? M'arrive-t-il de me réveiller et d'en savoir assez pour que le désir existe, sans être forcé ?

« Je ne me rappelle même pas Ben, ai-je dit. Je

n'avais pas la moindre idée de qui il était ce matin. »

Il a hoché la tête.

« Et vous aimeriez bien ? »

J'ai failli rire.

« Bien sûr ! Je veux me souvenir de mon passé. Je veux savoir qui je suis. Qui j'ai épousé. Tout cela fait partie d'un tout…

— Bien entendu. » Il a marqué une pause, avant de poser ses coudes sur son bureau et de joindre ses deux mains devant son visage, comme s'il réfléchissait intensément à ce qu'il allait dire, ou à la manière de le dire. « Ce que vous m'avez dit est encourageant. Cela nous laisse supposer que les souvenirs ne sont pas perdus, pas complètement. Le problème ne serait pas le stockage, mais l'accès. »

Au bout d'un moment, je lui ai demandé : « Vous voulez dire que mes souvenirs sont là, c'est juste que je ne peux pas y accéder ? »

Il a souri. « Si vous voulez, oui. »

J'ai ressenti une immense frustration, de l'impatience.

« Alors, comment dois-je faire pour me rappeler plus de choses ? »

Il s'est adossé et a regardé dans les notes étalées devant lui.

« La semaine dernière, le jour où je vous ai donné votre journal, avez-vous écrit que je vous ai montré une photo de votre ancienne maison ? Je vous l'ai même donnée, je crois.

— Oui, je l'ai écrit.

— Vous aviez l'air de vous souvenir de beaucoup plus de choses après avoir vu cette photo qu'à l'instant où je vous ai posé des questions sur l'endroit que vous habitiez sans vous montrer la photo en premier. » Il a marqué une pause.

« Ce qui, encore une fois, n'est pas surprenant. Mais je voudrais voir ce qui se passe si je vous montre des images de la période que vous ne vous rappelez plus. Je veux voir si quelque chose vous revient dans ce cas-là. »

J'étais hésitante, perplexe sur les résultats de cette approche, mais je savais que je n'avais pas d'autre choix que d'accepter.

« OK, ai-je dit.

— Bien ! Nous allons juste regarder une photo aujourd'hui. » Il a sorti un cliché de son dossier, puis s'est levé pour contourner le bureau et venir s'asseoir à côté de moi. « Avant que nous la regardions, vous rappelez-vous d'un détail de votre mariage ? »

Je savais déjà qu'il n'y avait rien de ce côté-là ; pour moi, mon mariage avec l'homme avec lequel je m'étais réveillée ce matin n'avait tout simplement pas eu lieu.

« Non, rien.

— Vous êtes sûre ? »

J'ai confirmé. « Oui. »

Il a posé la photo sur le bureau devant moi. « Vous vous êtes mariée ici, dit-il en tapotant l'image. C'était une église, une petite église basse avec une flèche minuscule. Complètement inconnue. Alors ? »

J'ai fermé les yeux et essayé de me vider l'esprit. Une vision d'eau. Mon amie… Un sol carrelé, blanc et noir. Rien d'autre.

« Non, je ne me souviens même pas de l'avoir déjà vue. »

Il a paru déçu. « Vous êtes sûre ? »

J'ai de nouveau fermé les yeux. Le noir. J'ai essayé de penser au jour de mon mariage, d'imaginer Ben, en costume, moi, en robe de mariée, debout dans l'herbe devant l'église, mais rien n'est venu. Pas le moindre souvenir. J'ai senti la tristesse me gagner. Comme toutes les futures mariées, j'avais dû passer des semaines à tout organiser, à choisir ma robe et, tout angoissée, à attendre que les retouches soient faites, à prévoir le rendez-vous chez le coiffeur, à réfléchir au maquillage. J'imaginais toutes mes tortures pour décider du menu, choisir les chants, les fleurs, espérant à tout instant que la journée serait à la hauteur de mes impossibles attentes. Et maintenant, je n'ai plus aucun moyen de savoir si ça s'est passé comme ça. Tout m'a été pris, toutes les traces ont été effacées. Tout, à part l'homme que j'ai épousé.

« Non, ai-je dit. Il ne se passe rien. »

Il a rangé la photo.

« D'après les notes que j'ai récupérées, vous vous êtes mariée à Manchester. L'église s'appelle Saint-Mark. Celle-ci est une photo récente – c'est la seule que j'aie pu obtenir – mais j'imagine qu'elle n'a guère changé depuis cette époque-là.

— Il n'y a pas de photos de notre mariage. »

C'était à la fois une question et une affirmation.

« Non, elles ont été perdues suite à un incendie dans votre maison, apparemment. »

J'ai acquiescé. L'entendre le dire donnait à l'information plus de solidité, la faisait paraître plus réelle, d'une certaine manière. Le fait qu'il soit médecin me semblait donner à ses mots une autorité que n'avait pas Ben.

« Quand me suis-je mariée ?

— Cela devait être au milieu des années quatre-vingts.

— Avant mon accident... »

Le Dr Nash a eu l'air gêné. Je me suis demandé si je lui avais déjà parlé de l'accident qui m'avait privée de ma mémoire.

« Vous savez ce qui a causé votre amnésie ?

— Oui. J'en ai parlé à Ben. L'autre jour. Il m'a tout raconté. Je l'ai écrit dans mon journal. »

Il a hoché la tête.

« Et quels sont vos sentiments par rapport à ça ?

— Je ne sais pas trop. »

À vrai dire, je n'avais pas le moindre souvenir de l'accident et, du coup, il ne me paraissait pas réel. Tout ce que je connaissais, c'étaient ses effets. Ce qu'il avait fait de moi.

« J'ai l'impression que je devrais détester la personne qui m'a fait ça, ai-je dit. Surtout qu'on ne l'a jamais arrêtée, qu'elle n'a jamais été punie pour m'avoir laissée dans cet état. Pour avoir détruit ma vie. Mais ce qui est bizarre, c'est que je ne la déteste pas, pas vraiment. Je ne peux pas. Je n'arrive pas à l'imaginer, à me représenter cette personne. C'est comme si elle n'existait pas. »

Il a eu l'air déçu.

« C'est cela que vous pensez ? Que votre vie est détruite ?

— Oui, ai-je répondu après un temps de réflexion. Oui, c'est ce que je pense. » Il est resté silencieux. « C'est bien le cas, non ? »

Je ne sais pas ce que j'espérais qu'il fasse, ou dise. J'imagine qu'une partie de moi voulait qu'il me dise à quel point je me trompais, qu'il essaie de me convaincre que ma vie valait la peine d'être vécue. Mais il n'en a rien fait. Il s'est contenté de me regarder. Droit dans les yeux. J'ai alors remarqué la couleur étonnante de ses yeux. Bleus, avec des éclats gris.

« Je suis désolé, Christine. Je suis désolé. Je fais tout ce que je peux, et je pense que je peux vous aider. Je le pense vraiment. Vous devez me croire.

— Je vous crois. Je vous crois. »

Il a mis sa main sur la mienne, qui était posée sur le bureau entre nous. Elle était lourde. Chaude. Il a serré mes doigts et, pendant une seconde, j'ai ressenti de l'embarras, pour lui, et aussi pour moi. Mais quand j'ai vu son visage, quand j'ai vu l'expression de tristesse qu'il dégageait, j'ai compris que c'était le geste d'un jeune homme réconfortant une femme plus âgée. Rien de plus.

« Pardon, ai-je dit, il faut que j'aille aux toilettes. »

Lorsque je suis revenue, j'ai constaté qu'il nous avait servi du café. Nous nous sommes installés de part et d'autre du bureau. Il paraissait éviter que nos regards se croisent et feuilletait des papiers, multipliant les gestes maladroits et inutiles. Au début, j'ai cru qu'il était gêné de m'avoir pris la main, mais il a levé les yeux et a dit : « Christine, je voulais vous demander quelque chose. Deux choses, en fait. » J'ai hoché la tête. « D'abord, j'ai décidé de publier votre cas. Il est assez inhabituel et je crois qu'il serait tout à fait intéressant de communiquer les détails à la communauté scientifique au sens large. Êtes-vous d'accord ? »

J'ai regardé les revues, empilées en tas désordonnés sur les étagères autour du bureau. Était-ce ainsi qu'il prévoyait de poursuivre sa carrière, ou de la consolider ? Est-ce la raison de ma présence ici ? L'espace d'un instant j'ai envisagé de lui dire que je préférerais qu'il ne se serve pas de mon histoire, mais je me suis contentée d'un : « Oui, bien sûr. »

Il a souri.

« Bien. Merci. Maintenant, une autre question. Plutôt une espèce d'idée, en fait. Quelque chose que je voudrais essayer. Cela vous ennuierait-il ?

— À quoi pensez-vous ? »

J'éprouvais une certaine tension, mais j'étais soulagée qu'il en arrive enfin à me dire ce qu'il avait derrière la tête.

« Eh bien... D'après votre dossier, après votre mariage avec Ben, vous êtes restés dans la maison que vous partagiez à l'est de Londres. »

Il a marqué une pause. Sortie de nulle part s'est élevée une voix qui devait être celle de ma mère. Une vie dans le péché – un claquement de langue, un hochement de tête qui en disait long.

« Puis, au bout d'un an environ, vous avez emménagé dans une maison. Vous êtes restés là en gros jusqu'à votre hospitalisation. »

Il s'est interrompu, puis a repris.

« Ce n'est pas loin de l'endroit où vous vivez aujourd'hui. »

Je commençais à comprendre où il voulait en venir.

« Je me suis dit que nous pourrions partir maintenant, nous arrêter en chemin et la visiter. Qu'en pensez-vous ? »

Ce que j'en pensais ? Je ne savais pas. Il était impossible de répondre à cette question. Je savais que c'était sensé, que cela pourrait m'aider d'une manière que ni lui ni moi ne pouvions encore comprendre, et malgré tout j'étais réticente. Mon passé me paraissait soudain dangereux. Un endroit qu'il pourrait être peu avisé d'aller explorer.

« Je ne sais pas trop, ai-je dit.

— Vous avez vécu là un certain nombre d'années.

— Je sais, mais…

— Nous pouvons y aller et juste la regarder de l'extérieur. Nous ne sommes pas obligés d'entrer.

— D'entrer ? Comment… ?

— Oui, j'ai écrit au couple qui y vit actuellement. Nous nous sommes parlé au téléphone. Ils ont dit que si cela pouvait vous aider, ils seraient heureux de vous laisser la visiter. »

J'étais surprise. « Vraiment ? »

Il a détourné un peu le regard – un instant, mais assez pour que je remarque sa gêne. Je me suis demandé ce qu'il pouvait bien être en train de me cacher. « Oui, a-t-il dit, avant de poursuivre : Je ne me donne généralement pas ce mal pour tous mes patients. » Je n'ai rien dit. Il a souri. « Je crois vraiment que cela peut vous aider, Christine. »

Que pouvais-je faire d'autre qu'accepter ?

J'avais eu l'intention d'écrire dans mon journal pendant le trajet, mais il n'a pas été long et j'avais tout juste fini de relire l'entrée précédente quand nous nous sommes arrêtés devant une maison. J'ai refermé mon journal et ai levé les yeux. La maison ressemblait à celle que nous avions quittée ce matin – celle dont il fallait que je me rappelle que c'était la mienne désormais – avec ses briques rouges, ses boiseries peintes, la même porte-fenêtre et le même jardin bien entretenu. Cette maison-ci avait juste l'air plus grande, et une fenêtre percée dans le toit laissait penser que les combles avaient été aménagés, contrairement à chez nous. J'ai trouvé difficile de comprendre pourquoi nous avions quitté cet endroit pour nous installer à une distance qui ne devait pas excéder trois kilomètres, dans une maison presque identique. Au bout d'un moment, j'ai compris : les souvenirs. Les souvenirs d'une époque plus heureuse, avant mon accident, lorsque nous étions heureux, que nous menions une vie normale. Ben avait forcément ces souvenirs, même si moi, je les avais perdus.

J'ai soudain eu la certitude absolue que la maison me révélerait des choses. Me révélerait mon passé.

« Je veux entrer », ai-je dit.

Là, je marque une pause. Je veux écrire la suite, mais elle est importante – trop importante pour que je le fasse avec précipitation – et Ben va bientôt rentrer. Il est déjà en retard. Le ciel est noir, la rue résonne des bruits de portières qui claquent ; ce sont les gens qui rentrent chez eux. Des voitures ralentissent devant la maison – bientôt, l'une d'elles sera celle de Ben, et il rentrera. Il vaut mieux que j'arrête maintenant, que je range mon journal, bien caché dans l'armoire.

Je reprendrai plus tard.

J'étais en train de replacer le couvercle de la boîte à chaussures lorsque j'ai entendu la clé de Ben dans la serrure. En entrant dans la maison, il m'a appelée et j'ai répondu que j'allais descendre dans un moment. Même si je n'ai aucune raison de cacher le fait que j'ouvre l'armoire, j'ai refermé la porte doucement, puis je suis descendue accueillir mon mari.

La soirée a été fragmentée. Mon journal m'appelait. Pendant le repas, je me suis demandé si je pourrais écrire avant de faire ma toilette, en me lavant, je me suis demandé si je devais feindre une migraine et écrire. Mais ensuite, après avoir accompli quelques tâches à la cuisine, Ben a dit qu'il avait un peu de travail et s'est installé dans son bureau. J'ai soupiré, soulagée, et lui ai dit que j'allais me coucher.

C'est là que je me trouve maintenant. J'entends Ben, le tapotement des touches de son clavier, et j'admets que ce bruit est réconfortant. J'ai lu ce que j'ai écrit avant le retour de Ben ce soir et je peux à nouveau me revoir à l'endroit où je me trouvais cet après-midi : devant une maison dans laquelle j'ai vécu un jour. Je peux reprendre le fil de mon histoire.

Cela s'est produit dans la cuisine.

Une femme – Amanda – avait ouvert la porte lorsque nous avions sonné. Elle avait accueilli le Dr Nash avec une poignée de main, et moi, avec un regard qui hésitait, flottant, entre la pitié et la fascination.

« Vous devez être Christine, m'a-t-elle dit en

penchant la tête et en me tendant une main manucurée, entrez donc ! »

Elle a refermé la porte derrière nous. Elle portait un chemisier beige, des bijoux en or. Elle s'est présentée et a dit :

« Restez aussi longtemps que vous le souhaitez, je vous en prie. Aussi longtemps que nécessaire, d'accord ? »

J'ai hoché la tête et ai regardé autour de moi. Nous étions dans un hall d'entrée clair, marchant sur une moquette. Le soleil qui entrait par la fenêtre mettait en valeur un bouquet de tulipes rouges dans un vase posé sur une petite table. Le silence était lourd d'embarras. « C'est une très jolie maison », a enfin dit Amanda et, pendant un moment, j'ai eu l'impression que le Dr Nash et moi étions des acheteurs potentiels et elle, un agent immobilier impatient de conclure une affaire.

« Nous l'avons achetée il y a environ dix ans. Nous l'adorons. Elle est si claire. Voulez-vous voir le salon ? »

Nous l'avons suivie jusqu'au salon. Les meubles étaient rares, de bon goût. Je n'ai rien ressenti, pas même une vague impression de connu ; cela aurait pu être n'importe quelle pièce de n'importe quelle maison dans n'importe quelle ville.

« Merci infiniment de nous laisser visiter les lieux, a dit le Dr Nash.

— Oh, je vous en prie ! » a-t-elle répondu avec un reniflement bizarre. Je l'ai imaginée pratiquant l'équitation, ou arrangeant des fleurs.

« Avez-vous beaucoup changé la décoration depuis votre arrivée ici ? a demandé le Dr Nash.

— Oh, un peu, mais rien d'extraordinaire. »

J'ai contemplé le plancher clair et les murs blancs, le canapé beige, les reproductions d'art moderne accrochées au mur. J'ai repensé à la maison que j'avais quittée ce matin ; elle était aux antipodes de celle-ci.

« Vous rappelez-vous la maison lorsque vous vous y êtes installée ? » a demandé le Dr Nash.

Elle a soupiré. « Très vaguement, je le crains. Il y avait de la moquette. Une couleur un peu biscuit, je crois. Et du papier peint, avec des rayures, si je me souviens bien. » J'ai essayé de me représenter la pièce telle qu'elle la décrivait. Rien ne m'est venu. « Il y avait une cheminée, que nous avons fait enlever. Je le regrette, aujourd'hui. C'était un élément original.

— Christine ? a dit le Dr Nash. Retrouvez-vous quelque chose ? » J'ai secoué la tête. « Pourrions-nous voir le reste ? »

Nous sommes montés à l'étage, qui comportait deux chambres. « Giles travaille beaucoup à la maison », a-t-elle dit en ouvrant celle qui donnait sur la rue. Il y avait un bureau, des armoires à archives et des livres. « Je crois que c'était la chambre des propriétaires précédents. » Elle m'a regardée, mais je n'ai rien dit. « Elle est un peu plus grande que l'autre pièce, mais Giles n'arrive pas à dormir ici, à cause de la circulation. » Il y a eu une pause. « Il est architecte. » À nouveau, je n'ai rien dit. « C'est d'ailleurs une drôle de coïncidence, a-t-elle poursuivi. L'homme à qui nous avons acheté la maison était aussi architecte. Nous l'avons rencontré lorsque nous sommes venus la visiter. Mon mari et lui se sont bien entendus. Je crois que nous avons fait baisser son prix de quelques milliers de livres juste à cause de ce point commun. » Une autre pause. Je me suis demandé si elle s'attendait à être félicitée. « Giles est en train de monter son propre cabinet. »

*Un architecte,* me suis-je dit. Pas un enseignant, comme Ben. Ces gens ne pouvaient pas être ceux à qui il avait vendu la maison. J'ai essayé d'imaginer la pièce avec un lit à la place du bureau en verre, avec de la moquette et du papier peint à la place du plancher naturel et des murs blancs.

Le Dr Nash s'est tourné vers moi.

« Alors ? »

J'ai secoué la tête.

« Non. Rien. Je ne me rappelle rien. »

Nous avons jeté un œil sur l'autre chambre, la salle de bains. Rien ne m'est revenu et nous avons fini par redescendre jusqu'à la cuisine.

« Vous êtes certains de ne pas vouloir une tasse de thé ? a dit Amanda. Ce n'est vraiment pas un problème, il est déjà prêt.

— Non, merci », ai-je dit.

La pièce était austère. Des lignes et des arêtes. Les appareils étaient blancs et chromés, et le plan de travail paraissait avoir été coulé dans du béton. Une coupe contenant des citrons verts apportait une unique touche de couleur. « Je crois que nous devrions y aller, ai-je suggéré au Dr Nash.

— Bien sûr », a dit Amanda. Son enthousiasme efficace paraissait avoir disparu, remplacé par une expression de déception. Je me suis sentie coupable ; elle espérait visiblement qu'une visite de sa maison provoquerait le miracle qui me guérirait.

« Pourrais-je avoir un verre d'eau ? » lui ai-je demandé.

Son visage s'est éclairé sur-le-champ.

« Bien sûr ! Je vais vous donner ça. »

Elle m'a tendu un verre d'eau et c'est là, au moment où je saisissais le verre, que je l'ai vu.

Amanda et le Dr Nash ont tous les deux disparu. Je suis seule. Sur le plan de travail, je vois un poisson, mouillé, brillant, posé sur un plat ovale. J'entends une voix. Une voix d'homme. C'est la voix de Ben, me dis-je, mais plus jeune, on dirait. « Du vin blanc ou rouge ? » Et je me tourne pour le voir entrer dans la cuisine. C'est la même cuisine – celle dans laquelle je me trouvais avec le Dr Nash et Amanda – mais la peinture des murs est différente. Ben tient une bouteille de vin dans chaque main, et c'est le même Ben, mais plus mince, avec moins de gris dans les cheveux, et il a une moustache. Il est nu et son pénis à moitié en érection tressaute d'une façon comique à chacun de ses pas. Sa peau est lisse, ferme sur ses bras et sa poitrine musclés, et je ressens le puissant élan du désir. Je me vois ouvrir la bouche de surprise, mais je ris.

« Blanc, non ? » dit-il et il rit avec moi, puis pose les deux bouteilles sur la table et s'approche de moi. Il m'entoure de ses bras, puis je suis là, à fermer les yeux, à entrouvrir les lèvres, comme involontairement, à l'embrasser, et lui à m'embrasser, et je sens son sexe contre mon entrejambe et ma main descendre vers ses cuisses. Et tout en l'embrassant, je me dis : Je dois me souvenir de ça, de ces sensations. Je dois écrire ça dans mon livre. Voilà ce que je veux écrire.

Je me laisse alors aller contre lui, pressant mon corps contre le sien, et ses mains se mettent à tirailler ma robe, cherchant la fermeture Éclair. « Arrête ! dis-je. Mais… » mais tout en lui disant non, en lui demandant d'arrêter, j'ai l'impression que j'ai envie de lui plus que je n'ai jamais eu envie de personne auparavant. « Montons, dis-je, vite », et nous quittons la cuisine, nous arrachant nos vêtements tout en montant dans la chambre avec sa moquette grise et son papier peint à motifs bleus, et pendant tout ce temps-là, je me dis : Oui, voilà ce sur quoi je dois écrire dans mon prochain roman, voilà les sensations que je veux saisir.

J'ai trébuché. Un bruit de verre cassé, et l'image devant moi a disparu. C'était comme si on était arrivé à la fin de la bobine du film, les images sur l'écran avaient laissé place à une lumière tremblotante où dansaient des grains de poussière. J'ai ouvert les yeux.

J'étais toujours là, dans cette cuisine, mais maintenant c'était le Dr Nash qui était debout devant moi et Amanda un peu en retrait, et ils me regardaient tous les deux, inquiets, tendus. Je me suis rendu compte que j'avais laissé tomber le verre.

« Christine, a dit le Dr Nash, Christine, tout va bien ? »

Je n'ai pas répondu. Je ne savais pas quoi ressentir. C'était la première fois – pour autant que je sache – que je me souvenais de mon mari.

J'ai fermé les yeux et essayé de faire revenir la vision par un effort de volonté. J'ai essayé de revoir le poisson, le vin, mon mari, avec sa moustache, nu, son pénis tressautant, mais rien ne voulait revenir.

Le souvenir avait disparu, s'était évaporé, comme s'il n'avait jamais existé ou avait été englouti par le présent.

« Oui, ai-je dit, ça va. Je...

— Qu'est-ce qui ne va pas ? a demandé Amanda. Ça va aller ?

— Je me suis rappelé quelque chose. » J'ai vu les mains d'Amanda se poser sur sa bouche et son visage prendre une expression de plaisir.

« Vraiment ? Mais c'est merveilleux ! Quoi ? Que vous êtes-vous rappelé ?

— S'il vous plaît... » a dit le Dr Nash. Il a avancé d'un pas, m'a prise par le bras. Des éclats de verre crissaient sous ses pieds.

« Mon mari, ai-je dit. Ici. Je me suis souvenue de mon mari... »

Le visage d'Amanda s'est décomposé. *C'est tout ?* semblait-elle vouloir dire.

« Docteur Nash, je me suis rappelé Ben ! » Je me suis mise à trembler.

« Bien, dit le Dr Nash. Très bien ! Excellent ! »

Ensemble, ils m'ont accompagnée jusqu'au salon. Je me suis assise sur le canapé. Amanda m'a tendu une grande tasse de thé, un biscuit sur une assiette. Elle ne comprend pas, me suis-je dit. Elle ne peut pas comprendre. Je me suis rappelé Ben jeune homme. Et moi, jeune. Nous deux, ensemble. Je sais que nous étions amoureux. Je n'ai plus besoin de le croire sur parole. C'est important. Beaucoup plus important qu'elle ne pourra jamais le soupçonner.

Sur le chemin du retour, j'étais tout excitée. Animée par une énergie fébrile. Je regardais le monde, au-dehors – ce monde étrange, mystérieux, inconnu –, et je n'y voyais plus de menace, mais des possibilités. Le Dr Nash m'a dit qu'il pensait que nous étions vraiment sur la bonne voie. Il paraissait agité. *C'est très bien,* ne cessait-il de dire. *C'est très bien.* Je n'étais pas certaine de savoir si c'était très bien pour moi ou pour lui, pour sa carrière. Il m'a dit qu'il aimerait que nous fassions un scanner, et presque sans y réfléchir, j'ai répondu que j'étais d'accord. Il m'a aussi donné un téléphone portable, me disant qu'il appartenait auparavant à sa petite amie. Il était différent de celui que Ben m'avait donné. Il était plus petit et il s'ouvrait en deux pour dévoiler un clavier et un écran. « Nous en avons un dont nous ne nous servons pas, dit-il. Vous pouvez m'appeler n'importe quand. Dès que c'est important. Et gardez-le toujours avec vous. C'est *via* ce téléphone que je vous rappellerai votre journal. » Ceci s'est passé il y a plusieurs heures déjà. Maintenant je comprends qu'il me l'a donné pour pouvoir m'appeler sans que Ben le sache. Il l'a dit explicitement, d'ailleurs. *J'ai appelé l'autre jour et c'est Ben qui a décroché. Cela pourrait bien devenir compliqué. Avec ça, ce sera plus facile.* Je l'avais accepté sans poser de question.

Je me suis souvenue de Ben. Souvenue que je l'aimais. Il va bientôt rentrer. Peut-être plus tard, quand nous irons au lit, je me rattraperai, je me ferai pardonner mon comportement de la nuit dernière. Je me sens vivante. Tout un horizon de possibilités nouvelles qui s'ouvre et me donne le vertige.

*Mardi 13 novembre*

C'est l'après-midi. Ben va bientôt rentrer après une autre journée de travail. Je suis assise avec ce journal devant moi. Un homme – le Dr Nash – m'a appelée vers midi et m'a dit où le trouver. J'étais assise dans le salon quand il m'a téléphoné, et au début je n'ai pas cru qu'il savait qui j'étais. « Regardez dans la boîte à chaussures rangée dans l'armoire, a-t-il fini par dire, vous trouverez un livre. » Je ne l'ai pas cru mais il a tenu à rester en ligne pendant que je regardais, et il avait raison. Mon journal était là, enveloppé dans du papier de soie. Je l'ai sorti comme s'il s'agissait d'un objet fragile et ensuite, après avoir dit au revoir au Dr Nash, je me suis assise à côté de l'armoire et je l'ai lu. Depuis le début.

J'étais tendue, sans savoir pourquoi. Le journal avait un parfum défendu, dangereux, alors que c'était peut-être uniquement dû au soin que j'avais pris à le cacher. Je ne cessais de lever les yeux pour regarder l'heure, et il m'est même arrivé de le fermer rapidement et de le ranger dans son papier de soie en entendant le bruit d'une voiture dans la rue. Mais maintenant, je suis calme. J'écris ceci à la fenêtre de la chambre, installée à côté du bow-window.

J'éprouve une impression familière à cet endroit, comme si c'était une place que j'occupais souvent. Je vois ce qui se passe dans la rue ; dans une direction, une rangée d'arbres et, au fond, un vague aperçu sur un parc, dans l'autre, une rangée de maisons et une autre route, plus passante. Je me rends compte que même si j'ai choisi de ne pas parler de mon journal à Ben, rien de terrible n'arriverait s'il le découvrait. C'est mon mari. Je peux avoir confiance en lui.

Je relis le passage sur l'excitation que j'ai éprouvée hier sur le chemin du retour. Elle a disparu. Maintenant je me sens apaisée. Sereine. Des voitures passent. Parfois quelqu'un passe, à pied, un homme en train de siffloter, ou une jeune mère qui emmène son enfant au parc, puis, plus tard, qui revient. Au loin, un avion, proche de l'atterrissage, qui paraît presque immobile.

Les maisons en face sont vides, la rue est calme à l'exception de l'homme qui siffle et de l'aboiement d'un chien mécontent. L'agitation du matin, avec son concert de portes qui se ferment, d'au revoir mélodieux et de moteurs qui ronflent a disparu. Je me sens seule au monde.

Il se met à pleuvoir. Des grosses gouttes s'écrasent sur la vitre devant mon visage, restent suspendues un instant, puis, rejointes par d'autres, commencent leur lente descente le long de la paroi de verre. Je plaque ma main sur la vitre froide.

Tant de choses me séparent du reste du monde.

Je lis le compte rendu de la visite de la maison que je partageais avec mon mari. Était-ce seulement hier que j'ai écrit ces mots ? Je n'ai pas l'impression qu'ils m'appartiennent. Je lis aussi le récit du jour dont je me suis souvenu. Où j'embrassais mon mari, dans la maison que nous avons achetée ensemble, il y a si longtemps. Et lorsque je ferme les yeux, je la revois. L'image est floue, d'abord, imprécise, puis elle vacille un instant et, soudain, devient parfaitement nette avec une intensité presque accablante. Mon mari et moi nous arrachant mutuellement nos vêtements. Ben me tenant, ses baisers devenant de plus en plus pressants, de plus en plus profonds. Je me souviens que nous n'avons ni mangé le poisson, ni bu le vin. Quand nous avons fini de faire l'amour, nous sommes restés au lit le plus longtemps possible, les jambes emmêlées, ma tête posée sur sa poitrine, sa main me caressant les cheveux, sa semence en train de sécher sur mon ventre. Nous ne parlions pas. Le bonheur nous enveloppait comme un nuage.

« Je t'aime. » Il chuchote, comme s'il n'avait jamais prononcé ces mots auparavant, et, malgré le fait qu'il a dû le faire de nombreuses fois, ils paraissent nouveaux. Interdits et dangereux.

Je lève les yeux vers lui, contemple sa barbe de trois jours, ses lèvres pulpeuses et le contour de son nez. « Je t'aime aussi », dis-je en chuchotant, collée à sa poitrine, comme si les mots étaient fragiles. Je ferme les yeux et il dépose un baiser sur mes paupières, les effleurant à peine du bout de ses lèvres. Je me sens en sécurité, chez moi. J'ai l'impression que là, tout contre son corps, c'est le seul endroit où je me sens parfaitement bien. Le seul endroit où j'ai jamais voulu être. Nous restons silencieux un moment, enlacés, nos peaux se mêlant, respirant au même rythme. Comme si le silence permettait à cet instant de durer toujours, ce qui n'est pas encore suffisant.

La voix de Ben rompt le charme.

« Il faut que je parte », dit-il et j'ouvre les yeux et lui prends la main. Elle est chaude. Douce. Je l'approche de ma bouche et l'embrasse. Le goût du verre, et de la terre.

« Déjà ? »

Il m'embrasse à nouveau. « Oui. Il est plus tard que tu ne le crois. Je vais rater mon train. »

Je sens mon corps tomber. La séparation me paraît impensable. Insupportable. « Reste un peu plus longtemps…, dis-je. Prends le train suivant… »

Il rit.

« Je ne peux pas, Chris, tu le sais. »

Je l'embrasse à nouveau.

« Je sais, dis-je, je sais. »

Après son départ, je prends une douche. Je reste longtemps, me savonne lentement, savourant le contact de l'eau comme si c'était une sensation nouvelle. Dans la chambre, je me mets du parfum, enfile ma chemise de nuit et une robe de chambre, avant de descendre au rez-de-chaussée, dans le salon.

Il fait noir. J'allume la lumière. Sur la table devant moi se trouve une machine à écrire, où est installée une feuille de papier blanc, et, à côté, une pile de feuilles noircies, retournées. Je m'assois devant la machine. Je commence à taper. *Chapitre deux.*

Je marque une pause. Je ne sais pas comment continuer, comment commencer. Je soupire, les doigts posés sur les touches. Le contact me paraît naturel, frais et doux, en harmonie avec le bout de mes doigts. Je ferme les yeux et recommence à taper.

Mes doigts dansent sur les touches, automatiquement, presque sans y penser. Lorsque j'ouvre les yeux, j'ai tapé une seule phrase.

*Lizzy ne savait pas ce qu'elle avait fait, ni comment cela pouvait être défait.*

Je regarde la phrase. Concrète. Écrite là, sur la page.

Nul, me dis-je. Je suis en colère. Je sais que je peux faire mieux. Cela est arrivé, il y a deux étés de cela, les mots se déversaient, sortaient de mon esprit pour tomber sur la feuille comme une pluie de confettis, qui formait une histoire. Et maintenant ? Quelque chose n'allait pas. La langue était devenue solide, raide. Dure.

Je prends un crayon et barre la phrase d'un trait. Je me sens un peu mieux, mais maintenant je me retrouve à nouveau démunie, sans savoir par où commencer.

Je me lève et allume une cigarette que je prends dans le paquet que Ben a laissé sur la table. J'aspire une longue bouffée, la retiens dans mes poumons, expire. Pendant un moment, je regrette que ce ne soit pas de l'herbe, me demande où je pourrais m'en procurer, pour la prochaine fois. Je me sers un verre – vodka pure dans un verre à whisky – et en avale une gorgée. Il faudrait que ça suffise. L'angoisse de la page blanche, me dis-je. Comment suis-je devenue une telle putain de caricature ?

La dernière fois. Comment ai-je fait la dernière fois ? Je vais jusqu'aux bibliothèques qui recouvrent les murs du salon et, la cigarette coincée entre les lèvres, prends un livre sur l'étagère la plus haute. Il doit y avoir des indices, là-dedans. C'est certain.

Je pose la vodka et tripote le livre entre mes mains. J'effleure du bout des doigts la couverture, comme si le livre était fragile, et caresse doucement le titre. *For the Morning Birds*, dit-il. *Christine Lucas.* Je l'ouvre et me mets à le feuilleter.

L'image a disparu. Mes yeux se sont ouverts. La pièce dans laquelle je me trouve paraît morne et grise, et ma respiration est irrégulière. J'ai vaguement conscience du fait que j'ai été fumeuse un jour, mais cette impression, rapidement, a fait place à autre chose. Était-ce vrai ? Avais-je écrit un roman ? Avait-il été publié ? Je me suis levée ; mon journal est tombé par terre. Si c'était vrai, j'avais été quelqu'un, quelqu'un qui avait une vie, avec des projets et des ambitions, des réussites. J'ai descendu les escaliers en courant.

Était-ce vrai ? Ben ne m'avait rien dit ce matin. Rien sur le fait que j'étais écrivain. Ce matin j'avais relu le récit de notre promenade à Parliament Hill. Là, il m'avait dit que j'étais secrétaire au moment de mon accident.

J'ai examiné les rayonnages de livres dans le salon. Des dictionnaires. Un atlas. Un guide de bricolage. Quelques romans, en grand format, et, vu leur état, personne ne les avait lus. Mais rien de moi. Rien qui laisse penser que j'avais été publiée un jour. Je tournais en rond, à moitié folle. Il est forcément ici, me suis-je dit. Forcément. C'est alors qu'une autre pensée m'est venue. Peut-être ma vision n'était-elle pas un souvenir, mais une invention. Peut-être que, faute d'une véritable histoire sur laquelle méditer, mon esprit avait créé un souvenir de toutes pièces. Peut-être mon inconscient avait-il décidé que j'étais un écrivain parce que j'avais toujours voulu en être un.

J'ai remonté l'escalier quatre à quatre. Les étagères dans le bureau étaient couvertes de dossiers et de manuels d'informatique, et je n'avais pas vu le moindre livre dans les chambres en explorant la maison ce matin. Je suis restée là, un moment, puis j'ai vu l'ordinateur devant moi, silencieux et noir. Je savais quoi faire, même si je ne savais pas d'où me venait ce savoir. Je l'ai allumé et il a bourdonné, sous le bureau ; l'écran s'est éclairé quelques instants plus tard. Des notes de musique sont sorties du haut-parleur crépitant à côté de l'écran, puis une image est apparue. Une photographie de Ben et moi, tous les deux souriants. Au milieu de nos visages, une boîte qui disait *Nom d'utilisateur* et, en dessous, *Mot de passe.*

Dans ma vision, je tapais à la machine, mes doigts dansaient sur les touches comme s'ils étaient mus par l'instinct. J'ai positionné le curseur clignotant dans la première boîte et placé mes mains au-dessus du clavier. Était-ce vrai ? Savais-je taper ? J'ai laissé mes doigts se poser sur les touches. Ils se sont mis à bouger, sans le moindre effort, mes petits doigts allant chercher les touches les plus distantes où ils devaient aller, les autres se posant à leur place à côté. J'ai fermé les yeux et, sans réfléchir, j'ai commencé à taper, écoutant seulement le bruit de ma respiration et le cliquetis des touches en plastique. Lorsque j'ai terminé, j'ai regardé ce que j'avais fait, ce que j'avais écrit dans la boîte. Je m'attendais à n'importe quoi, mais ce que j'ai vu a provoqué un choc.

*Le renard brun agile saute par-dessus le chien paresseux.*

J'ai regardé fixement l'écran. C'était vrai. Je savais taper. Peut-être que ma vision n'était pas une invention, mais un souvenir.

Peut-être avais-je écrit un roman.

J'ai couru jusqu'à la chambre. Tout ceci n'avait aucun sens. Pendant un moment j'ai été comme anéantie : je devenais folle. Le roman paraissait exister et ne pas exister en même temps, être réel et aussi totalement imaginaire. Je ne me rappelais rien du tout, rien de son intrigue, des personnages, pas même la raison pour laquelle je lui avais donné ce titre, et pourtant, malgré tout, il me semblait réel, comme s'il battait en moi – un cœur palpitant.

Et pourquoi Ben ne me l'avait-il pas dit ? Pourquoi n'avait-il pas gardé un exemplaire de mon roman ? Je l'ai vu, caché quelque part dans la maison, emballé dans du papier, rangé dans une boîte dans le grenier ou dans la cave. Pourquoi ?

Une explication m'est venue à l'esprit. Ben m'avait dit que j'avais eu un emploi de secrétaire. Peut-être était-ce pour cela que je savais taper, peut-être était-ce la seule raison.

J'ai fouillé dans mon sac à la recherche d'un des téléphones portables, sans me préoccuper de savoir lequel c'était, sans même m'inquiéter de savoir qui j'appelais. Mon mari ou mon médecin ? Les deux étaient pour moi des étrangers. J'ai ouvert l'appareil et ai fait défiler le menu jusqu'à ce que je trouve un nom que je reconnaissais, puis j'ai appuyé sur le bouton d'appel.

« Docteur Nash ? C'est Christine. » Il a commencé à parler mais je l'ai interrompu. « Écoutez. Ai-je déjà écrit quelque chose ?

— Pardon ? »

Il avait l'air désorienté et, un instant, j'ai craint d'avoir fait quelque chose de terriblement mal. Je me suis demandé s'il savait qui j'étais, mais il a dit : « Christine ? »

Je lui ai répété ce que je venais de dire.

« Je viens d'avoir un souvenir. J'écrivais quelque chose, il y a des années, au début de ma relation avec Ben, je crois. Un roman. Ai-je déjà écrit un roman ? »

Il ne paraissait pas comprendre ce que je voulais dire.

« Un roman ?

— Oui. On dirait que je me souviens d'avoir voulu être écrivain lorsque j'étais enfant. Je viens de me demander si j'ai jamais écrit quoi que ce soit. Ben m'a dit que j'avais été secrétaire, mais je me demandais…

— Il ne vous a pas dit ? finit-il par lâcher. Vous étiez en train de travailler sur votre second roman lorsque vous avez perdu la mémoire. Votre premier texte avait été publié. Il avait bien marché. Je ne dirais pas que c'était un best-seller, mais il avait eu un certain succès. »

Les mots se sont télescopés les uns aux autres. *Un roman. Un succès. Publié.* C'était donc vrai, mon souvenir en était véritablement un. Je ne savais pas quoi dire. Quoi penser.

Je lui ai dit au revoir, puis je me suis mise à écrire ces pages.

Le réveil sur la table de nuit annonce dix heures et demie. J'imagine que Ben viendra se coucher bientôt, mais je suis toujours assise au bord du lit, à écrire. Je lui ai parlé après le dîner. J'avais passé l'après-midi dans une grande fébrilité, à aller d'une pièce à l'autre, regardant tout comme si c'était la première fois, me demandant pourquoi il avait si soigneusement tenu à faire disparaître toute preuve de cette petite réussite. Cela n'avait pas de sens. Avait-il honte ? Éprouvait-il de la gêne ? Avais-je écrit des choses sur lui, sur notre vie ensemble ? Ou y avait-il une raison bien plus grave ? Quelque chose de plus sombre que je ne pouvais pas encore discerner ?

Au moment où il est rentré, j'avais décidé que je lui demanderais franchement, mais maintenant ? Maintenant, cela ne me paraissait pas possible. C'était comme si je l'accusais de m'avoir menti.

J'ai parlé sur un ton aussi détaché que possible.

« Ben ? Comment est-ce que je gagnais ma vie ? »

Il a levé les yeux de son journal.

« Est-ce que j'avais un travail ?

— Oui, a-t-il répondu. Tu as eu un emploi de secrétaire pendant un moment. Juste après notre mariage. »

J'ai essayé de ne rien trahir de mon émotion dans ma voix.

« Ah bon ? J'ai l'impression qu'autrefois j'avais envie d'écrire. »

Il a replié les pages du journal et m'a accordé toute son attention.

« Une impression ?

— Oui, je me souviens clairement que j'aimais les livres quand j'étais enfant. Et il me semble me rappeler vaguement que j'avais envie de devenir écrivain. » Il a tendu son bras vers moi et m'a pris la main. Ses yeux paraissaient tristes. Déçus. *Quel dommage,* semblaient-ils dire. *Pas de chance. À mon avis, tu ne le deviendras jamais.* « Tu es sûr ? ai-je demandé. Il me semble me rappeler... »

Il m'a interrompue.

« Christine, s'il te plaît. Tu es en train d'imaginer des choses... »

Tout le reste de la soirée, je suis restée silencieuse, n'entendant que les pensées qui me tournaient dans la tête. Pourquoi ferait-il ça ? Pourquoi fait-il comme si je n'avais jamais écrit un mot ? Pourquoi ? Je l'ai regardé, endormi sur le canapé, ronflant doucement. Pourquoi ne lui avais-je pas dit que je savais que j'avais écrit un roman ? Lui faisais-je donc si peu confiance ? Je m'étais souvenue de nous deux allongés, enlacés, nous murmurant des mots d'amour tandis que le jour tombait. Comment en étions-nous arrivés là ?

C'est alors que j'ai commencé à imaginer ce qui se passerait si je tombais par hasard sur un exemplaire de mon livre dans un placard, ou au fond de la plus haute étagère. Qu'en penserais-je, si ce n'est : Vois jusqu'où tu es tombée. Regarde ce que tu étais capable de faire, avant qu'une voiture sur une route verglacée ne te prenne tout, ne fasse de toi une bonne à rien.

Ce ne serait pas un moment de bonheur. Je me

suis imaginée hystérique – encore plus que cet après-midi ; au moins, ma compréhension avait été progressive, déclenchée par un souvenir attendu avec impatience –, en train de hurler, de pleurer. L'effet aurait pu être très destructeur.

Pas étonnant que Ben ait voulu me cacher cet élément de mon passé. Je l'imagine maintenant, sortant tous les exemplaires des bibliothèques, les brûlant dans le barbecue métallique sur le porche derrière, avant de décider ce qu'il me dirait. Comment réinventer au mieux mon passé pour le rendre tolérable. Que me donner à croire pour le reste de ma vie.

Mais c'est fini, ça. Je connais la vérité. Ma propre vérité, pas celle qu'on m'a dite, mais celle que je me suis rappelée. Et elle est écrite désormais, esquissée dans ce journal plutôt que dans ma mémoire, mais malgré tout permanente.

Je me rends compte que le livre que je suis en train d'écrire – le second, me dis-je avec fierté – pourrait être dangereux, aussi bien que nécessaire. Ce n'est pas une fiction. Il pourrait révéler des choses qu'il vaudrait mieux laisser ignorées. Des secrets qui ne doivent pas remonter à la lumière.

Mais mon stylo continue à courir sur la page.

*Mercredi 14 novembre*

Ce matin, j'ai demandé à Ben s'il avait déjà été moustachu. Je me sentais encore en pleine confusion, ne parvenant pas à démêler le vrai du faux. Je m'étais réveillée tôt et, contrairement aux jours précédents, je n'avais pas pensé que j'étais encore une enfant. Je m'étais sentie adulte. J'avais une sexualité. La question que je me posais n'était pas : *Pourquoi suis-je au lit avec un homme ?* mais plutôt : *Qui est-il ?* et *Qu'avons-nous fait ?* Dans la salle de bains, j'ai regardé mon reflet avec horreur, mais les photos qui entouraient le miroir paraissaient me renvoyer un écho de vérité. J'ai vu le nom de l'homme – Ben – et, sans que je sache pourquoi, il m'a paru familier. Mon âge, mon mariage, autant de faits qu'on me rappelait régulièrement, qui ne m'étaient pas dits pour la première fois. Des choses enfouies, mais pas profondément.

Le Dr Nash m'avait appelée au moment du départ de Ben. Il m'avait rappelé l'existence de mon journal, puis après m'avoir dit qu'il viendrait me chercher pour m'emmener passer mon scanner, je l'avais relu. Il me semblait que je pouvais peut-être me rappeler quelques éléments et même des passages entiers que je savais avoir écrits. C'était comme si un résidu de souvenir avait survécu à la nuit.

Peut-être était-ce la raison pour laquelle il me fallait être sûre que les choses qu'il contenait étaient vraies. J'ai appelé Ben.

« Ben, ai-je dit, quand il a décroché et après m'être assurée que je ne le dérangeais pas. Est-ce que tu as eu, à une époque, une moustache ?

— C'est une drôle de question ! » m'a-t-il répondu. J'ai entendu le bruit d'une cuillère tintant dans une tasse et l'ai imaginé en train de remuer le sucre dans son café, son journal étalé devant lui. Je me suis sentie gênée. Sans savoir jusqu'où je pouvais poursuivre.

« Je viens de... je viens d'avoir un souvenir, je crois. »

Un silence. « Un souvenir ?

— Oui, je crois bien. » Mon esprit s'est arrêté sur les choses que j'avais écrites l'autre jour – sa moustache, son corps nu, son érection – et celles que je m'étais rappelées hier. Nous deux au lit. Nos baisers. L'espace d'un instant, elles ont été illuminées, avant de replonger et de disparaître dans les profondeurs. Soudain, j'ai pris peur. « J'ai l'impression que je me souviens de toi avec une moustache. »

Il a ri et je l'ai entendu poser sa tasse. J'ai senti la terre ferme se dérober. Peut-être que tout ce que j'avais écrit était un mensonge. Après tout, je suis une romancière, me suis-je dit. Ou je l'étais.

La futilité de ma logique m'a frappée en plein visage. J'écrivais de la fiction, par conséquent mon affirmation selon laquelle j'avais été écrivain était peut-être une fiction elle aussi. Auquel cas, je n'avais pas écrit de la fiction. J'en ai eu le vertige.

Cela m'avait paru vrai, pourtant. Je me le suis répété. De plus, je savais taper. Ou du moins, j'avais écrit que je savais…

« Alors ? ai-je demandé, aux abois. C'est juste que… c'est important.

— Réfléchissons », a-t-il dit. Je l'ai imaginé, les yeux fermés, mordant sa lèvre inférieure, l'image même de la concentration. « J'imagine que ça a dû arriver, une fois, dit-il. Mais cela n'a pas duré. C'était il y a des années… » Puis, après une pause : « Oui, en fait, je crois bien que j'en ai eu une. Pendant une semaine, à peu près. C'était il y a longtemps.

— Merci. » J'étais soulagée. Le sol m'a semblé un peu plus stable sous mes pieds.

« Ça va ? » m'a-t-il demandé et j'ai répondu par l'affirmative.

Le Dr Nash est venu me chercher à midi. Il m'avait dit de déjeuner avant son arrivée, mais je n'avais pas faim. Je devais être angoissée. « Nous allons rencontrer un de mes collègues, le Dr Paxton. » Je n'ai rien dit. « C'est un expert dans le domaine de l'imagerie fonctionnelle de patients qui ont des problèmes comme le vôtre. Nous travaillons ensemble depuis un moment.

— OK », ai-je répondu. Nous étions dans sa voiture, à l'arrêt dans la circulation. « Vous ai-je appelé hier ? » lui ai-je demandé. Il me l'a confirmé.

« Vous lisez votre journal ? »

Je lui ai répondu par l'affirmative.

« Je l'ai relu presque intégralement. J'ai sauté des passages. Il est déjà assez long. »

Il semblait intéressé.

« Quelles parties avez-vous sautées ? »

J'ai réfléchi un instant.

« Il y a des passages qui me paraissent connus. Je suppose qu'ils me donnent l'impression de me rappeler des choses que je sais déjà. Que je me rappelle…

— Ça, c'est bien, très bien. »

J'ai senti mon visage rougir de plaisir.

« Alors, pour quelle raison vous ai-je appelé hier ?

— Vous vouliez savoir si vous aviez vraiment écrit un roman.

— Et c'est vrai ? J'ai écrit un roman ? »

Il s'est tourné vers moi. Il souriait.

« Oui, dit-il. Oui, c'est vrai. »

La voiture qui nous précédait a démarré et nous l'avons suivie. Je me sentais soulagée. Je savais que ce que j'avais écrit était vrai. Je me suis laissée aller et ai profité du trajet pour me détendre.

Le Dr Paxton était plus âgé que je ne l'avais imaginé. Il portait une veste en tweed, et des touffes de poils blancs indisciplinés lui sortaient des oreilles et du nez. Il avait la tête de quelqu'un qui aurait dû être à la retraite.

« Bienvenue au Vincent Hall Imaging Centre », m'a-t-il lancé une fois les présentations faites puis, sans détourner le regard, il m'a fait un clin d'œil et m'a serré la main. « Ne vous inquiétez pas, ce n'est pas aussi impressionnant que le nom le laisse supposer. Venez, entrez. Je vais vous montrer les lieux. »

Nous sommes entrés dans le bâtiment.

« Nous sommes rattachés à la fois à l'hôpital et à l'université. Ce qui peut être aussi bien une bénédiction qu'une malédiction. » Je n'ai pas saisi ce qu'il voulait dire et j'ai attendu qu'il s'explique, mais il n'a rien ajouté. J'ai souri.

« Vraiment ? » ai-je dit.

Il essayait de m'aider. Je voulais être polie.

« Tout le monde veut que nous fassions absolument tout, a-t-il répondu en riant. Et personne ne veut nous payer quoi que ce soit. »

Nous avons traversé une salle d'attente. On y voyait quelques chaises vides, des exemplaires des mêmes magazines que ceux que Ben me laissait à la maison – *Radio Times, Hello !* auxquels s'ajoutaient maintenant *Country Life* et *Marie Claire* – et des gobelets en plastique. On aurait dit qu'il y avait eu une fête et que tout le monde était parti en catastrophe. Le Dr Paxton a marqué une pause devant une autre porte. « Voudriez-vous voir la salle de contrôle ?

— Oui, ai-je dit, s'il vous plaît.

— L'IRM fonctionnelle est une technique relativement nouvelle, a-t-il expliqué, une fois la porte franchie. Avez-vous entendu parler de l'IRM ? L'imagerie par résonance magnétique ?

Nous étions dans une petite pièce, éclairée seulement par la lueur blafarde d'une rangée d'écrans d'ordinateurs. Un mur comportait une fenêtre, de l'autre côté de laquelle se trouvait une autre pièce, où était installée une grande machine cylindrique, avec un lit qui en sortait comme une langue. J'ai commencé à avoir peur. Je ne savais rien de cette machine. Sans souvenirs, comment aurais-je pu en avoir une quelconque idée ?

« Non. »

Il a souri. « Je suis désolé. Comment le pourriez-vous ? L'IRM est une procédure relativement standard. C'est un peu comme une radio de tout le corps par tranches. Ici nous utilisons certaines techniques identiques mais nous regardons précisément comment le cerveau fonctionne. Ses processus. »

Le Dr Nash a alors pris la parole – pour la première fois depuis un moment – et sa voix semblait toute ténue, presque timide. Je me suis demandé s'il était pétrifié par son admiration pour le Dr Paxton ou s'il cherchait à tout prix à l'impressionner.

« Si vous avez une tumeur cérébrale, il nous faut scanner votre tête pour découvrir à quel endroit se trouve la tumeur, quelle partie du cerveau est affectée. Ça, c'est examiner la structure. Ce que l'IRM fonctionnelle nous permet de voir, c'est de quelle partie du cerveau vous vous servez pour effectuer certaines tâches. Nous voulons voir comment votre cerveau gère votre mémoire.

— Quelle partie s'allume, en quelque sorte, a dit Paxton. Où circule la sève.

— Et cela va nous aider ? ai-je demandé.

— Nous espérons que ça nous aidera à identifier l'endroit endommagé, a répondu le Dr Nash. À comprendre ce qui s'est détraqué. Ce qui ne marche pas correctement.

— Et ça m'aidera à retrouver la mémoire ? »

Il a marqué une pause, puis a dit :

« Nous l'espérons. »

J'ai enlevé mon alliance et mes boucles d'oreilles et les ai posées sur un plateau en plastique. « Il faut aussi que vous laissiez votre sac ici », a dit le Dr Paxton. Ensuite, il m'a demandé si j'avais une autre partie du corps percée. « Vous seriez étonnée de ce qu'on voit, ma chère, m'a-t-il dit lorsque j'ai secoué la tête. Bon, cette machine est un peu assourdissante, pas très discrète. Vous allez avoir besoin de ça. » Il m'a tendu une paire de boules Quies jaunes.

« Prête ? »

J'ai hésité. « Je ne sais pas. »

La peur commençait à s'insinuer en moi. La pièce semblait rétrécir et s'assombrir, et, de l'autre côté de la vitre, le scanner lui-même se dressait, menaçant. J'avais l'impression de l'avoir déjà vu, ou en avoir vu un semblable.

« Je ne suis pas sûre que je veuille le faire », ai-je dit.

Le Dr Nash est venu près de moi. Il a posé sa main sur mon bras.

« C'est complètement indolore, seulement un peu bruyant.

— Ce n'est pas dangereux ?

— Absolument pas. Je serai là, de l'autre côté de la vitre. Nous pourrons vous voir du début à la fin. »

Je devais paraître encore inquiète, parce qu'à ce moment-là le Dr Paxton a dit : « Ne vous inquiétez pas, vous êtes entre de bonnes mains, ma chère. Tout se passera comme sur des roulettes. » Je l'ai regardé, il a souri et a ajouté : « Pensez à vos souvenirs, perdus quelque part dans votre esprit. Tout ce que nous faisons avec cette machine, c'est essayer de repérer l'endroit où ils se trouvent. »

Il faisait froid, en dépit de la couverture dans laquelle ils m'avaient enroulée, et noir, à l'exception d'une lumière rouge, qui clignotait quelque part dans la pièce, suspendue à un miroir à quelques centimètres au-dessus de ma tête, incliné de manière à refléter l'image d'un écran d'ordinateur qui était installé ailleurs. En plus des boules Quies, je portais un casque, dans lequel ils m'avaient dit qu'ils me parleraient, mais pour le moment ils ne disaient rien. Je n'entendais qu'un bourdonnement lointain, le bruit de ma respiration, difficile et lourde, le battement assourdi de mon cœur.

Dans ma main droite, je tenais bien serrée une poire en plastique remplie d'air. « Pressez-la, si vous avez besoin de nous dire quelque chose, avait dit le Dr Paxton. Nous ne pourrons pas vous entendre si vous parlez. » J'ai caressé la surface lisse du caoutchouc et j'ai attendu. Je voulais fermer les yeux, mais ils m'avaient dit de les garder ouverts, de regarder l'écran. Des cales en mousse me maintenaient la tête parfaitement immobile ; je n'aurais pas pu bouger, même si j'avais voulu. Allongée sous cette couverture, comme un linceul.

Un moment d'immobilité, puis un clic. Si fort que j'ai sursauté, malgré les boules Quies, suivi d'un second, puis d'un troisième. Un son grave, venant de l'intérieur de la machine, ou de l'intérieur de ma tête. Je n'arrivais pas à savoir. Une énorme bête en train de se réveiller, la pause silencieuse avant l'attaque. J'ai serré la poire en caoutchouc, déterminée à ne pas la presser, puis un bruit, comme une sonnerie ou une perceuse, encore et encore, d'une force insoutenable, si violent que tout mon corps tremblait à chaque nouveau choc. J'ai fermé les yeux.

Une voix dans mon oreille.

« Christine, pouvez-vous ouvrir les yeux, s'il vous plaît ? »

Ils pouvaient donc me voir.

« Ne vous inquiétez pas, tout va bien. »

*Bien ?* me suis-je dit. Qu'en savent-ils ? Que savent-ils de ce que c'est qu'être moi, allongée là, dans une ville dont je ne me souviens pas, avec des gens que je ne connais pas. Je suis en train de flotter, sans le moindre ancrage, à la merci de la première brise.

Une voix différente. Celle du Dr Nash.

« Pouvez-vous regarder les images ? Identifiez-les, dites ce qu'elles représentent, mais seulement dans votre tête. Ne dites rien à haute voix. »

J'ai ouvert les yeux. Au-dessus de moi, dans les petits miroirs, ont défilé des dessins, l'un après l'autre, blancs sur fond noir. Un homme. Une échelle. Une chaise. Un marteau. Je les énonçais l'un après l'autre, puis un message est apparu : *Merci ! Maintenant, détendez-vous.* Et je me le suis répété, me suis dit de continuer à m'occuper l'esprit, me demandant en même temps comment on pouvait se détendre dans le ventre d'une machine pareille.

D'autres instructions sont apparues sur l'écran. *Rappelez-vous un événement passé,* puis, en dessous, les mots suivants se sont affichés : *Une fête.*

J'ai fermé les yeux.

Je me suis efforcée de penser à la fête qui m'était revenue lorsque Ben et moi avions assisté au feu d'artifice. J'ai essayé de me revoir sur le toit à côté de mon amie, d'entendre le bruit de la soirée à nos pieds, de sentir le parfum du soufre dans l'air.

Des images venaient mais elles ne paraissaient pas réelles. Je savais que je n'étais pas en train de me souvenir, mais d'inventer.

J'ai essayé de voir Keith, de me souvenir de lui en train de m'ignorer, mais rien ne voulait venir. Ces souvenirs étaient à nouveau perdus pour moi. Enterrés, comme pour toujours, même si maintenant, au moins, je sais qu'ils existent, qu'ils sont là, quelque part, enfermés, hors de portée.

Mon esprit s'est tourné vers les festivités de mon enfance. Des anniversaires, avec ma mère, ma tante et ma cousine Lucy. Une partie de Twister. Le jeu du mouchoir. Les chaises musicales. Un deux trois soleil. Ma mère avec des paquets de bonbons qu'elle emballait pour en faire des prix. Des sandwiches aux rillettes et au thon, sans la croûte. Du *trifle* avec de la gelée.

Je me souviens d'une robe blanche avec des volants aux manches, des socquettes à volants, des chaussures noires. Mes cheveux sont encore blonds, et je suis assise à une table devant un gâteau, avec des bougies. Je prends une grande inspiration, je me penche en avant, je souffle. De la fumée s'élève vers le plafond.

Des souvenirs d'une autre fête s'imposent alors. Je me vois à la maison, regardant par la fenêtre de ma chambre. Je suis nue, j'ai environ dix-sept ans. Dehors, des tables sur tréteaux, dans la rue, disposées en longues rangées, chargées de plateaux de friands à la saucisse et de sandwiches, de carafes de jus d'orange. Il y a des Union Jacks partout, des guirlandes à toutes les fenêtres. Bleu. Rouge. Blanc.

Les enfants sont déguisés – des pirates, des enchanteurs, des Vikings – et les adultes essaient de constituer des équipes pour une course à l'œuf. Je vois ma mère de l'autre côté de la rue, attachant une cape autour du cou de Matthew Soper, et, juste sous ma fenêtre, mon père est installé dans un transat, un verre de jus de fruits à la main.

« Reviens au lit », dit une voix. Je me retourne. Dave Soper est assis sur mon lit, sous mon poster des Slits. Le drap blanc est enroulé autour de lui, il est taché de sang. Je ne lui avais pas dit que, pour moi, c'était la première fois.

« Non, dis-je. Lève-toi ! Il faut que tu te rhabilles avant que mes parents reviennent ! »

Il rit, mais gentiment. « Allez… »

J'enfile mon jean.

« Non, dis-je tout en cherchant un T-shirt. Lève-toi. S'il te plaît… »

Il a l'air déçu. Je ne pensais pas que cela arriverait – ce qui ne veut pas dire que je ne voulais pas que ça arrive – et maintenant, je voudrais être seule. Cela n'a rien à voir avec lui.

« OK », dit-il en se levant. Son corps paraît blanc et maigre, son pénis presque absurde. Je détourne les yeux pendant qu'il s'habille. Mon monde a changé, me dis-je. J'ai franchi une ligne et je ne peux pas reculer. « Salut », dit-il, mais je ne réponds pas. J'attends qu'il soit parti pour me retourner.

Une voix dans mon oreille m'a rappelée dans le présent.

« Bien. D'autres images, maintenant, Christine, a dit le Dr Paxton. Regardez chacune d'elles et dites-vous qui c'est, ou ce que c'est. D'accord ? Prête ? »

J'ai dégluti avec difficulté. Qu'allaient-ils me montrer ? me suis-je demandé. Qui ? Quel mal cela allait-il me faire ?

*Oui,* me suis-je dit intérieurement. Et nous avons commencé.

La première photo était en noir et blanc. Un enfant – une fille, de quatre ou cinq ans – dans les bras d'une femme. La fille pointait le doigt vers quelque chose et elles riaient toutes les deux, et dans le fond, un peu flou, se trouvaient un grillage et, derrière, un tigre. Une mère, me suis-je dit, avec sa fille, au zoo. Puis j'ai eu un choc ; j'ai examiné le visage de l'enfant et me suis rendu compte que la petite fille, c'était moi, et la mère, c'était la mienne. Ma gorge s'est serrée. Je ne me rappelais pas être jamais allée dans un zoo, et pourtant nous y étions, j'en avais la preuve. *Moi,* ai-je dit dans ma tête, me souvenant des instructions. *Ma mère.* J'ai regardé fixement l'écran, essayant de graver son image dans ma mémoire, mais l'image a disparu et a été remplacée par une autre, de ma mère encore, plus âgée, ne paraissant pourtant pas assez vieille pour avoir besoin de la canne sur laquelle elle s'appuie. Elle sourit mais elle a l'air épuisée, les yeux profondément enfoncés dans son visage aux joues trop creuses. Ma mère, me suis-je dit à nouveau, et d'autres mots me sont venus, spontanément : *elle souffre.* J'ai involontairement fermé les yeux. Il fallait que je me force à les rouvrir. Je me suis mise à serrer la poire que je tenais à la main.

Les images défilaient à un rythme rapide, et j'en ai seulement reconnu quelques-unes. L'une d'elles représentait l'amie que j'avais vue dans mon souvenir et, avec un frisson d'excitation, je l'ai reconnue presque immédiatement. Elle ressemblait à ce que j'avais imaginé d'elle, vêtue d'un vieux jean et d'un T-shirt, en train de fumer, ses cheveux roux détachés, en bataille. Une autre photo la montrait avec les cheveux courts et teints en noir, une paire de lunettes de soleil sur la tête. Ensuite est arrivée une photo de mon père – tel qu'il était lorsque j'étais petite fille, souriant, heureux, lisant le journal dans notre salon – puis une photo de Ben et moi, avec un autre couple que je n'ai pas reconnu.

Les autres photos étaient celles d'étrangers. Une femme noire dans un uniforme d'infirmière, une autre femme en tailleur, assise devant une bibliothèque, regardant par-dessus ses lunettes en demi-lunes, le visage grave. Un homme aux cheveux roux, au visage rond, un autre avec une barbe. Un enfant, de six ou sept ans, un garçon mangeant une glace et, ensuite, le même garçon, assis à un bureau, en train de dessiner. Un groupe de gens qui, sans poser vraiment, regardaient l'objectif. Un homme, assez beau, les cheveux noirs, un peu longs, les yeux plissés derrière une paire de lunettes à monture foncée, avec une cicatrice sur la joue. Elles défilaient, l'une après l'autre, ces photos, et je les regardais toutes, essayais de les identifier, de me rappeler comment – ou même si – elles faisaient partie intégrante du tissu de ma vie. J'obéissais aux instructions. Je m'appliquais et, malgré tout, je sentais la panique monter. Le bourdonnement de la machine paraissait de plus en plus aigu, de plus en plus fort, jusqu'à devenir une sirène, une alarme, et mon ventre s'est durci comme de la pierre. Je n'arrivais plus à respirer, j'ai fermé les yeux, et le poids de la couverture, lourde comme une dalle en marbre, commençait à m'écraser ; j'avais l'impression de me noyer.

J'ai serré la main droite, mais elle s'est refermée sur du vide, un poing fermé. Mes ongles se sont plantés dans ma paume. J'avais laissé échapper la poire. J'ai poussé un cri, un cri inarticulé.

« Christine, a dit une voix dans mon oreille. Christine. »

Je ne l'ai pas reconnue, je ne savais pas ce qu'ils voulaient que je fasse, et j'ai crié à nouveau, et commencé à agiter les jambes pour me débarrasser de la couverture.

« Christine ! »

La voix parlait plus fort, la sirène s'est progressivement arrêtée, une porte s'est ouverte brusquement et il y a eu des voix dans la pièce, des mains se sont posées sur moi, sur mes bras, mes jambes, ma poitrine, et j'ai ouvert les yeux.

« Tout va bien, a dit le Dr Nash dans mon oreille. Tout va bien. Je suis là. »

Après m'avoir calmée, en m'assurant que tout irait bien – et après m'avoir rendu mon sac, mes boucles d'oreilles et mon alliance –, le Dr Nash et moi sommes allés à la cafétéria. Elle se trouvait au bout d'un couloir, une petite pièce, avec des chaises en plastique orange et des tables en Formica jauni. Des plateaux de gâteaux et de sandwiches fatigués étaient en train de rancir dans la lumière crue. Je n'avais pas d'argent dans mon sac à main, j'ai laissé le Dr Nash m'offrir une tasse de café et un morceau de gâteau à la carotte. J'ai choisi une place à côté de la fenêtre pendant qu'il payait. Dehors, le soleil brillait, les ombres étaient longues sur la pelouse. Des fleurs violettes parsemaient l'herbe.

Le Dr Nash a rapproché sa chaise de la table. Il paraissait bien plus détendu, maintenant que nous étions tous les deux à nouveau seuls. « Voilà, a-t-il dit en posant le plateau devant moi. J'espère que ça ira. »

J'ai vu qu'il s'était pris un thé ; le sachet flottait encore dans le liquide trouble lorsqu'il a pris du sucre dans le bol posé au milieu de la table et l'a ajouté à sa boisson. J'ai bu une gorgée de mon café et j'ai grimacé. Il était amer et trop chaud.

« C'est parfait, ai-je dit. Merci.

— Je suis désolé », a-t-il lâché au bout d'un moment. Au début, j'ai cru qu'il me parlait du café. « Je n'avais pas imaginé que cet examen puisse vous être si pénible.

— C'est très oppressant et bruyant.

— Oui, je sais.

— Et j'ai laissé échapper la poire d'alerte. »

Il a tourné sa cuillère dans son thé, en silence. Il a posé le sachet de thé sur le plateau et bu une gorgée.

« Que s'est-il passé ? ai-je demandé.

— Difficile à dire. Vous avez été prise de panique.

Ce n'est pas rare. On n'est pas bien là-dedans, comme vous l'avez dit. »

J'ai baissé les yeux vers ma part de gâteau. Intacte. Trop sec.

« Les photographies. Qui étaient ces gens ? Où les avez-vous eues ?

— Certaines viennent de votre dossier médical. Ben les avait données, il y a des années. Je vous ai demandé d'en prendre chez vous pour cet exercice. Vous avez dit qu'elles étaient disposées autour du miroir, dans votre salle de bains. D'autres représentaient des personnes que vous n'avez jamais rencontrées. Nous appelons ça des contrôles. Nous les avons toutes mélangées. Certaines de ces images montraient des gens que vous avez connus à un très jeune âge, des gens que vous devriez, pourriez, vous rappeler. Des membres de votre famille. Des amis d'école. Les autres, c'étaient des gens d'une époque de votre vie dont vous n'arrivez absolument pas à vous souvenir. Le Dr Paxton et moi essayons de savoir s'il y a une différence dans la manière dont vous tentez d'accéder aux souvenirs d'une période à une autre. La réaction la plus forte s'est manifestée quand vous avez vu votre mari, mais vous avez réagi à d'autres. Même si vous ne vous souvenez pas des gens de votre passé, les schémas d'excitation neuronale sont indubitablement présents.

— Qui était la femme aux cheveux roux ? » ai-je demandé.

Il a souri.

« Une vieille amie, peut-être ?

— Savez-vous comment elle s'appelle ?

— Je crains que non. Les photos étaient dans votre dossier. Elles n'étaient pas annotées. »

J'ai hoché la tête. Une vieille amie. Je savais cela, bien sûr – c'était son nom qui me manquait.

« Vous avez dit que j'ai réagi aux photos, pourtant ?

— À certaines, oui.

— Et c'est bon signe ?

— Il va falloir que nous examinions les résultats plus en détail pour savoir véritablement quelles conclusions nous pouvons tirer. Ces tests sont très nouveaux, dit-il. Expérimentaux.

— Je comprends. » J'ai coupé un morceau du gâteau à la carotte. Il était aussi trop amer et le glaçage était trop sucré. Nous sommes restés silencieux un moment. Je lui ai offert du gâteau, mais il a refusé en tapotant son ventre. « Il faut que je me surveille », a-t-il dit, même si je ne voyais pas la moindre raison de s'inquiéter, pas encore. Son ventre était assez plat, même s'il paraissait être du genre à prendre de l'embonpoint avec l'âge. Pour l'instant, il était jeune et l'âge l'affectait à peine.

J'ai pensé à mon propre corps. Je ne suis pas grosse, je n'ai pas de kilos superflus, et pourtant mon corps me surprend. Lorsque je m'assois, il prend une forme différente de celle à laquelle je m'attends. Mes fesses tombent, mes cuisses se frottent lorsque je croise les jambes. Je me penche pour attraper ma tasse et mes seins bougent dans mon soutien-gorge, comme s'ils voulaient me rappeler qu'ils existent. Lorsque je me douche, je sens la peau trembloter sous mes bras, d'une manière à peine perceptible. Il y a plus de moi que je ne le crois, je prends plus de place que je ne l'imagine. Je ne suis pas une petite fille, à la chair ferme, la peau bien tendue sur les os, même plus une adolescente, mon corps commence à empiler des couches de graisse.

J'ai regardé la part de gâteau et me suis demandé ce qui allait se passer dans les années à venir. Peut-être allais-je continuer à prendre de l'ampleur. Devenir enveloppée, gonfler petit à petit comme un ballon de baudruche. Ou alors je resterais comme je suis maintenant, sans jamais m'y faire, me contentant de regarder les rides se creuser sur mon visage, la peau de mes mains devenir aussi fine qu'une pelure d'oignon, me voyant me transformer en une vieille femme, étape par étape, dans le miroir de la salle de bains.

Le Dr Nash a baissé les yeux et s'est gratté le sommet de la tête. Entre ses cheveux, j'ai vu la peau de son crâne, plus claire, elle dessinait une couronne autour de sa tête. Il ne l'a certainement pas encore remarqué, me suis-je dit, mais un jour il le verra. Il verra sa photo de dos, ou surprendra son reflet dans une cabine d'essayage, ou son coiffeur fera un commentaire, ou encore sa petite amie. L'âge nous rattrape tous, me suis-je dit tandis qu'il levait les yeux. De manière différente.

« Oh, a-t-il fait d'une voix enjouée qui paraissait forcée. Je vous ai apporté quelque chose. Un cadeau. Enfin, pas vraiment un cadeau, juste quelque chose que vous voudriez peut-être avoir. » Il s'est penché et a ramassé sa serviette. « Vous en avez probablement déjà un exemplaire », m'a-t-il dit en l'ouvrant. Il en a sorti un paquet. « Tenez. »

Je savais ce que c'était au moment même où je l'ai

eu entre les mains. Quoi d'autre ? Il pesait son poids dans ma main. Il l'avait emballé dans une enveloppe matelassée, qu'il avait fermée avec du Scotch. Elle portait mon nom écrit avec un épais marqueur noir. *Christine*.

« C'est votre roman. Celui que vous avez écrit. »

Je ne savais pas comment réagir. Une preuve, ai-je pensé. Une preuve que ce que j'avais écrit était vrai, si demain j'en avais besoin.

Dans l'enveloppe se trouvait un seul exemplaire d'un roman. Je l'ai sorti. C'était un livre de poche, qui n'était pas neuf. Une tasse de café avait laissé une trace ronde sur la couverture et la tranche était jaunie par le temps. Je me suis demandé si le Dr Nash m'avait donné son propre exemplaire, si ce livre était encore disponible. Le volume à la main, je me suis revue comme dans la vision de l'autre jour : plus jeune, beaucoup plus jeune, tendant le bras vers ce roman en essayant de trouver une piste pour le suivant. Quelque part, je savais que cela n'avait pas marché – le second roman n'avait jamais été achevé.

« Merci, ai-je dit, merci beaucoup. »

Il a souri.

« Je vous en prie. »

Je l'ai caché sous mon manteau, et, pendant tout le chemin du retour, il a palpité à l'unisson de mon cœur.

Une fois à la maison, j'ai feuilleté mon roman, mais rapidement. Je voulais écrire autant de choses que je pouvais me rappeler dans mon journal avant que Ben ne rentre à la maison, mais, après avoir terminé et rangé mon journal, je me suis dépêchée de descendre pour regarder de près le cadeau que je venais de recevoir.

J'ai retourné le livre. Sous la couverture se trouvait le dessin au pastel d'un bureau, sur lequel était posée une machine à écrire. Une corneille était perchée sur le chariot, la tête penchée sur le côté, on aurait dit qu'elle lisait la feuille qui y était installée. Au-dessus de la corneille était écrit mon nom, et encore au-dessus le titre.

*For the Morning Birds,* disait-il. *Christine Lucas.*

Mes mains se sont mises à trembler quand j'ai ouvert le livre. À l'intérieur se trouvait une page de titre, une dédicace. *À mon père,* puis les mots *Tu me manques.*

J'ai fermé les yeux. Un effluve de souvenir. Je vois mon père, étendu sur un lit sous de violentes lumières blanches, la peau translucide, couvert de sueur ; il brille presque. Je vois un tube dans son bras, une poche de liquide clair suspendue à une perche de perfusion, un plateau en carton et un tube de cachets. Une infirmière, qui prend son pouls, sa tension, et il ne se réveille pas. Ma mère, assise de l'autre côté du lit, s'efforçant de ne pas pleurer tandis que j'essaie de faire venir mes larmes.

Une odeur monte à ce moment-là. Des fleurs coupées, une terre profonde, sale. Je revois le jour où nous l'avons incinéré. Je porte du noir – ce que je sais ne pas être inhabituel – mais cette fois sans maquillage. Ma mère, assise à côté de ma grand-mère. Les rideaux sont ouverts, le cercueil s'éloigne sur les rails, et je pleure lorsque je vois mon père se transformer en débris et cendres. Ma mère serre ma main, puis nous rentrons à la maison, buvons un vin pétillant bon marché et mangeons des sandwiches tandis que le soleil descend. L'image se dissout dans la pénombre.

Je soupire. J'ai ouvert les yeux. Mon roman, posé devant moi.

J'ai tourné les pages jusqu'au titre, jusqu'à la première ligne. *C'est alors,* avais-je écrit, *que, le moteur hurlant, le pied enfoncé sur la pédale de l'accélérateur, elle retira ses mains du volant et ferma les yeux. Elle savait ce qui allait arriver. Elle savait où cela la mènerait. Elle l'avait toujours su.*

J'ai poursuivi jusqu'au milieu du livre. J'ai lu un paragraphe, puis un autre proche de la fin.

J'avais écrit l'histoire d'une femme appelée Lou, d'un homme – son mari, supposais-je – appelé George, et le roman paraissait se passer en pleine guerre. J'étais déçue. Je ne sais pas ce que j'attendais – une autobiographie, peut-être ? – mais apparemment les réponses que ce roman pourrait me donner seraient limitées.

Malgré tout, ai-je pensé, le retournant pour en regarder la quatrième, je l'ai écrit, ce livre, il a été publié.

À l'endroit où aurait pu se trouver une photographie de l'auteur, il n'y avait rien. Une courte biographie, rien d'autre.

*Christine Lucas est née en 1960, dans le nord de l'Angleterre. Elle étudie l'anglais à l'University College de Londres, où elle vit aujourd'hui. C'est son premier roman.*

J'ai souri en mon for intérieur, submergée par un élan de bonheur et de fierté. C'est moi qui l'ai fait.

Je voulais le lire, en percer les secrets, mais en même temps je ne voulais pas. J'avais peur que la réalité me ravisse mon bonheur. Soit j'aimerais le roman et ressentirais de la tristesse parce que je n'en écrirais jamais d'autre, ou je ne l'aimerais pas et serais frustrée de constater que je n'avais jamais cultivé mon talent. Je ne savais pas quelle option était la plus probable, mais je savais qu'un jour, incapable de résister à l'attraction de la seule chose que j'aie jamais accomplie, je saurais. Je ferais cette découverte.

Mais pas aujourd'hui. Aujourd'hui, j'avais autre chose à découvrir, quelque chose de plus terrible que la tristesse, de plus destructeur qu'une simple frustration. Quelque chose qui pourrait me briser en mille morceaux.

J'ai essayé de remettre le livre dans l'enveloppe. Apparemment, autre chose s'y trouvait. Un mot, plié en quatre, un papier craquant, sur lequel le Dr Nash avait écrit : *J'ai pensé que ceci pourrait vous intéresser !*

J'ai déplié la feuille. En haut, il avait ajouté *Standard, 1988*. En dessous, la photocopie d'un article de journal, à côté, une photo. J'ai observé la page pendant une seconde ou deux avant de comprendre que l'article portait sur mon livre et que sur la photo, c'était moi.

Mes mains tremblaient. Je ne savais pas pourquoi. C'était un article qui avait des années : bons ou mauvais, les retentissements d'alors avaient disparu depuis longtemps. C'était désormais du domaine de l'histoire, les échos se sont complètement éteints. Mais c'était important pour moi. Comment mon œuvre avait-elle été reçue, toutes ces années auparavant ? Avais-je eu du succès ?

J'ai survolé l'article, espérant en comprendre le ton avant de devoir en analyser les détails. Des mots m'ont sauté aux yeux. Ils étaient, pour la plupart, positifs. *Fouillé. Finesse. Talentueuse. Humanité. Brutal.*

J'ai regardé la photo. Noir et blanc. Je suis assise devant un bureau, mon corps tourné vers l'appareil. Ma posture est empruntée. Quelque chose me met mal à l'aise, et je me suis demandé si c'était la personne qui prenait la photo, ou la position dans laquelle je me tenais. Pourtant, je souris. Mes cheveux sont longs et détachés, et bien que la photo ne soit pas en couleur, ils paraissent plus foncés qu'aujourd'hui, comme si je les teignais en noir, ou qu'ils étaient mouillés. Derrière moi on distingue des portes-fenêtres, et à travers les vitres, à peine visible dans le coin de la photo, se trouve un arbre dépourvu de feuillage. Il y a une légende en dessous : *Christine Lucas, dans sa maison au nord de Londres.*

Il m'a semblé que ce devait être la maison que j'avais visitée avec le Dr Nash. Pendant une seconde, j'ai eu un désir presque irrépressible de retourner là-bas, en prenant cette photo avec moi, et de me convaincre qu'effectivement c'était bien vrai, j'existais à ce moment-là. C'était bien moi.

Mais je savais tout cela, bien entendu. Même si je ne pouvais pas m'en souvenir, je savais que là, debout dans la cuisine, je m'étais rappelé Ben, et son pénis qui tressautait.

J'ai souri et ai effleuré la photo, la caressant du bout des doigts, à la recherche d'indices cachés comme le ferait un aveugle. J'ai dessiné les contours de ma chevelure, ai fait courir mes doigts sur mon visage. Sur ce cliché, j'ai l'air mal à l'aise mais aussi radieuse, d'une certaine façon. C'est comme si je détenais un secret, que je le gardais comme un porte-bonheur. Mon roman a été publié, c'est sûr, mais il y a autre chose, quelque chose de plus.

Je l'examine de près. Je vois bien la courbe de mes seins dans la robe ample que je porte, cette manière de caler un bras en travers de mon ventre. Un souvenir remonte de je ne sais où – moi, posant pour la photo, le photographe devant moi, derrière son trépied, la journaliste avec qui je viens de parler de mon travail restée dans la cuisine. Elle nous interpelle, nous demande comment ça va, et nous répondons en chœur « Bien ! » d'une voix joyeuse, puis éclatons de rire.

« Je n'en ai plus pour longtemps », dit-il en changeant de pellicule.

La journaliste a allumé une cigarette et lance un appel, non pas pour me demander si ça me dérange, mais parce qu'elle veut un cendrier. Je suis ennuyée, mais seulement un peu. La vérité, c'est que je crève d'envie de fumer moi aussi, mais j'ai arrêté, depuis que j'ai découvert que…

J'ai à nouveau regardé la photo et j'ai su. Sur cette photo, je suis enceinte.

Mon cerveau s'est figé un instant, puis s'est lancé dans une activité folle. Il a trébuché, s'est heurté aux arêtes aiguës de la révélation, le fait que non seulement j'avais porté un enfant, et je le portais au moment où cette photo avait été prise dans ma salle à manger, mais je le savais, j'en étais heureuse.

Cela n'avait aucun sens. Que s'était-il passé ?

L'enfant devait avoir… quel âge ? Dix-huit, dix-neuf, vingt ans aujourd'hui ?

Mais il n'y a pas d'enfant, me dis-je. Où est mon fils ?

J'ai senti mon monde vaciller à nouveau. Ce mot : *fils*. Je l'avais pensé, je me l'étais formulé avec certitude. Sans que je sache comment, quelque part au plus profond de moi, je savais que l'enfant que j'avais porté était un garçon.

Je me suis agrippée au dossier de la chaise pour ne pas tomber, et c'est alors qu'un autre mot est remonté à la surface et a explosé. *Adam*. J'ai senti mon univers sortir de son sillon et prendre un autre cours.

J'avais mis l'enfant au monde. Nous l'avions appelé Adam.

Je me suis levée et le paquet contenant le roman est tombé par terre. Mon esprit s'emballait comme un moteur qui démarrait enfin, des boules d'énergie rebondissaient contre mes parois intérieures comme si elles cherchaient à tout prix à se libérer. Il était lui aussi absent de l'album posé dans le salon. Je le savais. Je me serais souvenue d'avoir vu une photo de mon propre enfant en le feuilletant ce matin. J'aurais demandé à Ben qui il était. J'en aurais parlé dans mon journal. J'ai fourré la coupure de presse dans l'enveloppe avec le livre et suis montée à l'étage quatre à quatre. Une fois dans la salle de bains, je me suis plantée devant le miroir. Je n'ai pas jeté un coup d'œil à mon reflet mais ai examiné les photos du passé, celles que je dois utiliser pour me reconstruire lorsque je ne me souviens de rien.

Ben et moi. Moi, seule, et Ben, seul. Nous deux avec un autre couple, plus âgé, que j'imagine être ses parents. Moi, beaucoup plus jeune, portant une écharpe, en train de caresser un chien, souriante, heureuse. Mais Adam n'y est pas. Pas de bébé, pas de petit enfant. Pas de photos de son premier jour d'école, d'un événement sportif, de vacances. Aucune photo de lui occupé à construire des châteaux de sable. Rien.

Cela n'avait aucun sens. Ce sont assurément des photos que tous les parents prennent, qu'aucun parent ne jette ?

Elles sont forcément là, me suis-je dit. J'ai soulevé les portraits pour voir s'il y en avait d'autres collés en dessous, des couches d'histoire superposées comme des strates. Il n'y avait rien. Rien que les carreaux bleu clair sur le mur, la surface lisse du miroir. Une nudité béante.

*Adam*. Le mot tournoyait dans ma tête. Mes yeux se sont fermés et d'autres souvenirs ont frappé, cogné avec violence, scintillant un moment avant de disparaître, de laisser place au suivant. Je vois Adam, ses cheveux blonds dont je savais qu'un jour ils deviendraient bruns, le T-shirt Spiderman qu'il avait absolument voulu porter jusqu'à ce qu'il soit bien trop petit pour lui et qu'il avait fallu jeter à la poubelle. Je le vois dans un landau, endormi, et je me souviens d'avoir pensé qu'il était le bébé le plus parfait, la chose la plus parfaite que j'aie jamais vue. Je le vois sur un vélo bleu – un tricycle en plastique – sachant, je ne sais comment, que nous le lui avions acheté pour son anniversaire, et qu'il voulait en faire partout où on le lui permettait. Je le vois dans un parc, penché sur le guidon, souriant de toutes ses dents en dévalant une pente vers moi et, une seconde plus tard, je le vois basculer et s'écraser par terre parce que le vélo a buté sur quelque chose et s'est plié sous lui. Je me revois en train de tenir mon fils, en pleurs, épongeant quelques gouttes de sang sur son visage, trouvant une de ses dents par terre, à côté d'une roue qui tourne encore. Je le vois en train de me montrer une peinture qu'il venait de faire – une bande bleue pour le ciel, du vert pour le sol et, entre les deux, trois silhouettes aux contours tremblotants et une minuscule maison – et je vois le lapin en peluche qu'il trimbalait partout.

En un instant, j'ai été catapultée dans le présent, dans la salle de bains où je me trouvais, mais j'ai fermé les yeux à nouveau. Je voulais me souvenir de lui à l'école, ou adolescent, ou me le représenter avec moi ou avec son père. Mais je n'y arrivais pas. Lorsque j'essayais de faire surgir mes souvenirs, ils voletaient et disparaissaient, comme une plume portée par le vent qui change de direction chaque fois qu'une main tente de la saisir. Je l'ai vu tenant une glace dégoulinante, puis le visage barbouillé de réglisse, puis dormant à l'arrière d'une voiture. Tout ce que je pouvais faire, c'était regarder ces images qui apparaissaient puis s'évanouissaient aussi vite qu'elles étaient venues.

Il m'a fallu toute ma force pour me retenir de déchirer les photos accrochées devant moi. Je voulais les arracher toutes, cherchant des preuves de l'existence de mon fils. Comme si je craignais que le moindre mouvement puisse faire que mes membres me trahissent, je me tenais parfaitement immobile devant le miroir, tous les muscles de mon corps tendus à l'extrême.

Pas la moindre photo sur la cheminée. Pas de chambre d'adolescent avec des posters de stars sur les murs. Pas de T-shirt au lavage ni dans les piles de repassage. Pas de vieilles chaussures de sport dans le placard sous l'escalier. Même s'il avait quitté la maison, il y aurait encore des preuves de son existence, non ? Une trace quelconque.

Mais non, il n'est pas dans cette maison. Je me suis rendu compte que c'était comme s'il n'existait pas, comme s'il n'avait jamais existé, et j'en ai eu un terrible frisson.

Je ne sais pas combien de temps je suis restée dans la salle de bains, à contempler son absence. Dix minutes ? Vingt ? Une heure ? À un certain moment j'ai entendu une clé tourner dans la serrure de la porte d'entrée, le frottement des semelles que Ben essuyait sur le paillasson. Je n'ai pas bougé. Il est allé dans la cuisine, puis dans la salle à manger, m'a appelée du pied de l'escalier et m'a demandé si tout allait bien. Il avait l'air anxieux, sa voix avait pris une tonalité aiguë que je n'avais pas perçue ce matin, mais je me suis contentée de marmonner que ça allait. Je l'ai entendu aller dans le salon, allumer la télévision.

Le temps s'est arrêté. Tout s'est effacé dans mon esprit. Tout sauf le besoin de savoir ce qui était arrivé à mon fils et, en part égale, la crainte de ce que je pourrais bien découvrir.

J'ai caché mon roman dans l'armoire et suis descendue.

Je me suis arrêtée à la porte du salon. J'ai essayé de ralentir ma respiration mais sans succès ; je suffoquais, étranglée par l'émotion. Comment parler à Ben, comment pouvais-je évoquer Adam avec lui ? Il me demanderait comment je le savais, et que répondrais-je alors ?

Mais cela n'avait pas d'importance. Rien n'avait d'importance. Rien d'autre que savoir ce qu'était devenu mon fils. J'ai fermé les yeux et lorsque j'ai senti que j'avais réussi à me calmer autant que possible, j'ai poussé doucement la porte. Je l'ai sentie glisser sur la moquette rêche.

Ben ne m'a pas entendue. Il était assis sur le canapé, devant la télévision, une assiette posée en équilibre sur ses genoux, dans laquelle il restait un demi-biscuit. J'ai senti monter une vague de colère. Il avait l'air si détendu, si heureux, un sourire épanoui sur le visage. Il s'est mis à rire. J'ai eu envie de me précipiter sur lui, de l'attraper et de crier jusqu'à ce qu'il me dise tout, qu'il me dise pourquoi il m'avait caché mon roman, pourquoi il avait caché toutes les traces de l'existence de mon fils. Je voulais exiger de lui qu'il me rende tout ce que j'avais perdu.

Mais je savais que cela était vain. J'ai toussoté. Un faible raclement de gorge, on ne peut plus discret. Un petit bruit qui voulait dire : *Je te demande pardon de te déranger mais…*

Il m'a vue et a souri : « Chérie ! Te voici ! »

Je suis entrée dans la pièce. « Ben. » Ma voix était crispée. Je ne la reconnaissais pas. « Ben, il faut que je te parle. »

Son visage s'est décomposé sous l'effet de l'angoisse. Il s'est levé et s'est approché de moi, son assiette est tombée par terre.

« Qu'est-ce qui se passe, chérie ? Tu vas bien ?

— Non », ai-je dit. Il s'est arrêté à un mètre environ de moi. Il m'a tendu les bras pour que je vienne m'y réfugier, mais je n'ai pas bougé.

« Qu'est-ce qui ne va pas ? »

J'ai regardé mon mari, son visage. Il paraissait dominer la situation, comme s'il avait déjà connu cela auparavant, comme s'il était habitué à ces moments d'hystérie.

Je ne pouvais plus tenir sans prononcer le nom de mon fils.

« Où est Adam ? » ai-je lâché. Les mots ont déferlé dans un souffle. « Où est-il ? »

L'expression de Ben a changé. Était-ce de la surprise ? Un choc ? Il a dégluti avec peine.

« Dis-moi ! »

Il m'a prise dans ses bras. Je voulais le repousser, mais je me suis retenue. « Christine, s'il te plaît, calme-toi. Tout va bien. Je peux tout t'expliquer. OK ? »

Je voulais lui dire que non, tout n'allait pas bien du tout, mais je n'ai pas ouvert la bouche. J'ai détourné mon visage, l'enfouissant dans les plis de sa chemise pour le lui cacher.

Je me suis mise à trembler.

« Dis-moi, s'il te plaît, dis-moi maintenant. »

Nous nous sommes assis sur le canapé. Moi à un bout, lui à l'autre – la distance maximale entre nous.

Je ne voulais pas qu'il parle, mais il a parlé.

Il l'a répété :

« Adam est mort. »

Je me suis contractée. Ses mots étaient tranchants comme des lames de rasoir.

J'ai pensé à la mouche collée sur le pare-brise de la voiture qui nous ramenait de chez ma grand-mère.

Il a de nouveau parlé. « Christine, mon amour… Je suis désolé… »

J'ai ressenti de la colère. De la colère contre lui. Salaud, me suis-je dit, alors que je savais bien que ce n'était pas sa faute. Je me suis forcée à dire : « Comment ? »

Il a soupiré.

« Adam était dans l'armée. »

C'était comme si j'étais atteinte de paralysie. Tout s'est estompé, et soudain il ne me restait plus que de la douleur, et rien d'autre. De la douleur, concentrée en un seul point.

Un fils dont j'ignorais l'existence était devenu soldat. Une pensée m'a traversée. Une pensée absurde. Que va penser ma mère ?

Ben s'est remis à parler, des phrases brutales, hachées. « Il était dans la marine royale. Il était stationné en Afghanistan. Il a été tué. L'an dernier. »

J'ai dégluti. Ma gorge était sèche.

« Pourquoi ? ai-je murmuré, puis : Comment ?

— Christine…

— Je veux savoir, j'ai besoin de savoir. »

Il a tendu le bras pour me prendre la main et je l'ai laissé faire, mais j'étais soulagée qu'il renonce à se rapprocher sur le canapé.

« Tu ne veux pas tout savoir, quand même ? »

Ma colère a explosé. Je ne pouvais me retenir. De la colère et de la panique. « C'était mon fils ! »

Il a détourné les yeux, regardé vers la fenêtre. « Il

se trouvait dans un véhicule blindé. » Il parlait lentement. Presque en chuchotant. « Ils escortaient des troupes. Il y a eu une bombe, au bord de la route. Un soldat a survécu. Adam et l'autre n'ont pas eu cette chance. »

J'ai fermé les yeux et ma voix, devenue basse, n'était plus qu'un murmure. « Est-il mort sur le coup ? A-t-il souffert ? »

Ben a soupiré.

« Non, a-t-il fini par dire au bout d'un moment. Il n'a pas souffert. D'après eux, c'est allé très vite. »

J'ai levé les yeux vers l'endroit où il se trouvait. Il ne m'a pas regardée.

*Tu mens,* me suis-je dit.

J'ai vu Adam se vidant de son sang au bord d'une route et me suis efforcée de chasser cette image, me concentrant sur rien, sur du vide.

Mon cerveau s'est mis à tournoyer. Des questions. Des questions que je n'osais pas poser au cas où les réponses me tueraient. À quoi ressemblait-il lorsqu'il était enfant ? Adolescent ? Homme ? Étions-nous proches ? Est-ce que nous nous disputions ? Était-il heureux ? Étais-je une bonne mère ?

Et comment le petit garçon qui avait joué avec un tricycle en plastique avait-il fini par être tué à l'autre bout du monde ?

« Qu'est-ce qu'il faisait en Afghanistan ? Pourquoi là-bas ? »

Ben m'a alors expliqué que nous étions en guerre. Une guerre contre la terreur, même si je ne comprenais pas ce qu'il voulait dire. Il m'a ensuite parlé d'un attentat, un attentat terrible, aux États-Unis. Qui avait fait des milliers de victimes.

« Et maintenant, j'apprends que mon fils est mort en Afghanistan ? Je ne comprends pas…

— C'est compliqué, dit-il. Il a toujours voulu entrer dans l'armée. Il pensait qu'il faisait son devoir.

— Son devoir ? Tu étais d'accord avec ça ? Et moi, qu'en pensais-je ? Pourquoi ne l'as-tu pas persuadé de faire autre chose ? N'importe quoi d'autre ?

— Christine, c'était ce qu'il voulait. »

Pendant un moment intolérable, j'ai failli éclater de rire.

« Pour aller se faire tuer ? C'est cela qu'il voulait ? Pourquoi ? Je ne l'ai même jamais connu. »

Ben n'a pas répondu. Il a serré ma main, et une seule larme a roulé sur ma joue, chaude comme de l'acide, puis une autre, puis des dizaines d'autres. Je les ai essuyées, redoutant de ne plus jamais pouvoir arrêter mes pleurs.

J'ai senti mon esprit se refermer peu à peu, se vider, se retirer dans le néant.

« Je ne l'ai même jamais connu. »

Plus tard, Ben a descendu du premier une boîte et l'a posée sur la table basse devant nous.

« Je les garde là-haut. Pour plus de sécurité. »

Contre quoi ? me suis-je demandé. La boîte était grise, en métal. Le genre de boîte dans laquelle on range peut-être de l'argent ou des documents importants.

Quel que soit son contenu, il est sans doute dangereux. J'ai imaginé des animaux sauvages, des scorpions et des serpents, des rats affamés, des crapauds venimeux. Ou un virus invisible, un produit radioactif.

« Pour plus de sécurité ? »

Il a soupiré.

« Il y a des choses qu'il ne serait pas bon que tu trouves par hasard un jour où tu es seule. Des choses qu'il vaut mieux que je t'explique. »

Il s'est assis à côté de moi et a ouvert la boîte. Je n'y ai rien vu d'autre que des papiers.

« Voici Adam bébé », a-t-il dit en sortant une poignée de photos, et il m'en a tendu une.

C'est une photo de moi, dans la rue. Je marche en direction du photographe et j'ai un bébé, Adam, attaché à ma poitrine dans un porte-bébé. Son corps est face au mien, mais il regarde par-dessus son épaule vers la personne qui prend la photo, et le sourire sur son visage est une approximation édentée du mien.

« C'est toi qui as pris ça ? »

Ben a hoché la tête. J'ai à nouveau regardé le cliché. Il était déchiré, les coins étaient tachés, les couleurs ternissaient comme si l'image était lentement en train de se décolorer jusqu'à disparaître.

Moi. Un bébé. Cela ne paraissait pas réel. J'essayais de me dire que j'étais mère.

« C'était quand ? »

Ben a regardé par-dessus mon épaule. « Il devait avoir environ six mois à ce moment-là, ça doit être en 1987. »

J'avais vingt-sept ans. Une vie entière s'était écoulée depuis.

La vie de mon fils.

« Quand est-il né ? »

Il a replongé sa main dans la boîte et m'a donné un morceau de papier. « Janvier », a-t-il dit. C'était un papier jaune, très mince. Un certificat de naissance. Je l'ai lu en silence. Son nom était là. Adam.

« Adam Wheeler », ai-je dit à haute voix. Pour moi autant que pour Ben.

« Wheeler est mon nom de famille, a-t-il dit. Nous avons décidé qu'il devait porter mon nom.

— Bien sûr », ai-je répondu. J'ai levé le papier jusqu'au niveau de mon visage. Il paraissait trop léger pour être dépositaire de tant de sens. Je voulais l'inhaler, faire en sorte qu'il devienne partie intégrante de moi.

« Attends », a dit Ben. Il m'a pris le papier et l'a plié.

« Il y a d'autres photos, dit-il. Veux-tu les voir ? »

Il m'en a donné quelques autres.

« Nous n'en avons pas tant que ça, a-t-il dit tandis que je les examinais. Nous en avons perdu beaucoup. »

À l'entendre, on avait l'impression qu'elles avaient été abandonnées dans des trains ou confiées à la garde d'étrangers.

« Oui, je me souviens. Il y a eu un incendie. »

J'avais parlé sans réfléchir.

Il a eu une drôle d'expression, les yeux plissés, le regard acéré.

« Tu t'en souviens ? »

Soudain, je ne savais plus. Avait-il mentionné ce feu ce matin ou me rappelais-je ce qu'il m'avait dit l'autre jour ? Ou bien était-ce tout simplement que je l'avais lu dans mon journal après le petit déjeuner ?

« C'est toi qui m'en as parlé.
— Ah bon ?
— Oui.
— Quand ? »

Quand était-ce ? Était-ce ce matin même ou les jours précédents ? Je pensais à mon journal, me rappelais l'avoir lu après son départ pour le travail. Il avait fait mention du feu lorsque nous étions assis à Parliament Hill.

J'aurais pu lui révéler l'existence de mon journal à ce moment-là, mais quelque chose m'a retenue. Il ne paraissait pas content du tout que quelque chose me soit revenu. « Avant que tu ne partes travailler, ai-je dit. Lorsque nous avons feuilleté l'album. J'imagine que c'est à ce moment-là. »

Il a froncé les sourcils. Je me sentais mal de lui mentir mais je me sentais incapable de gérer des révélations supplémentaires.

« Comment le saurais-je, autrement ? »

Il m'a regardée droit dans les yeux.

« Évidemment. »

J'ai marqué un temps d'arrêt, les yeux posés sur les photos que je tenais dans ma main. Elles étaient si peu nombreuses, c'était malheureux, et je voyais bien que la boîte ne pouvait pas en contenir beaucoup d'autres. Étaient-elles vraiment tout ce que j'aurais jamais pour décrire la vie de mon fils ?

« Comment ce feu a-t-il démarré ? »

La pendule sur la cheminée a sonné.

« C'était il y a des années, dans notre ancienne maison. Celle dans laquelle nous habitions avant de venir ici. » Je me suis demandé s'il parlait de celle que j'avais visitée. « Nous avons beaucoup perdu. Des livres, des papiers, ce genre de choses.

— Mais comment s'est-il déclenché ? »

Pendant un moment, il n'a rien dit. Sa bouche s'est ouverte, refermée, puis il a dit : « C'était un accident, rien d'autre qu'un accident. »

Je me suis demandé ce qu'il me cachait. Avais-je oublié une cigarette allumée, le fer à repasser branché, une casserole sur le feu ? Je me suis imaginée dans la cuisine où je m'étais tenue avant-hier, son plan de travail en béton et ses appareils blancs, mais des années en arrière. Je me suis vue debout devant une friteuse bouillante, secouant le panier métallique qui contenait des pommes de terre en rondelles que j'étais en train de cuisiner, les regardant flotter à la surface avant de les remuer et de les replonger dans l'huile. Je me suis vue entendre la sonnerie du téléphone, m'essuyer les mains sur le tablier noué autour de ma taille, aller jusqu'à l'entrée.

Et alors ? L'huile avait-elle pris feu pendant que je décrochais le téléphone, ou étais-je partie dans le salon, ou dans la salle de bains, sans le moindre souvenir d'avoir commencé à préparer le repas ?

Je ne sais pas, je ne peux pas savoir. Mais c'était gentil de la part de Ben de me dire que cela avait été un accident. L'environnement domestique comportait tellement de dangers pour quelqu'un qui n'avait plus de mémoire, et un autre mari aurait pu montrer du doigt mes erreurs et mes oublis, aurait pu se montrer incapable de résister et adopter la position de supériorité morale qui pourrait être légitimement la sienne. Je lui ai touché le bras et il a souri.

J'ai passé les photos en revue. Sur l'une d'entre

elles, Adam portait un chapeau de cow-boy en plastique et un foulard jaune et brandissait un fusil en plastique sous le nez du photographe. Sur une autre, il avait quelques années de plus, son visage était plus fin, ses cheveux commençaient à foncer. Il portait une chemise boutonnée jusqu'au col et une cravate d'enfant.

« Celle-là a été prise à l'école, a dit Ben. C'est un portrait officiel. » Il m'a montré la photo et a ri. « Regarde, quel dommage ! Elle est ratée. »

L'élastique de la cravate était visible, mal caché sous le col. J'ai effleuré l'image du bout des doigts. Elle n'est pas ratée, me suis-je dit. Elle est parfaite.

J'ai essayé de me rappeler mon fils, de me voir à genoux devant lui avec une cravate à élastique dans les mains, ou en train de lui peigner les cheveux, ou d'essuyer du sang séché sur un genou égratigné.

Rien n'est venu. Le garçon de la photo avait les mêmes lèvres pleines que moi et ses yeux ressemblaient vaguement à ceux de ma mère, mais, à part cela, il aurait pu être un étranger.

Ben a sorti une autre photo et me l'a donnée. C'était Adam un peu plus âgé – il devait avoir cinq ou six ans.

« Tu trouves qu'il me ressemble ? » m'a demandé Ben.

Il tenait un ballon de foot et portait un short et un T-shirt blanc. Ses cheveux étaient courts et collés par la sueur.

« Un peu, dis-je. Peut-être. »

Ben a souri et, ensemble, nous avons continué à regarder les photos. On y voyait surtout Adam et moi, parfois, il y en avait une de lui seul. Ben avait dû prendre la plupart d'entre elles. Sur certaines, il était avec des amis, plusieurs le montraient à une fête, vêtu d'un costume de pirate, portant une épée en carton. Sur une autre, il avait un petit chien noir dans les bras.

Au milieu des photos, il y avait une lettre. Elle était adressée au père Noël et écrite au crayon de cire bleu. Les lettres irrégulières dansaient d'un bout à l'autre de la page. Il veut un vélo, dit-il, ou un petit chien, et il promet d'être gentil. Elle est signée et il a ajouté son âge. Quatre ans.

Je ne sais pas pourquoi, mais au moment où je l'ai lue tout s'est écroulé autour de moi. Le chagrin a explosé dans ma poitrine comme une grenade. J'étais calme, pas résignée, mais calme, et cette sérénité a disparu comme une bulle qui éclate. En dessous, j'étais à vif.

« Je suis désolée, ai-je dit en lui rendant le tout. Je ne peux pas. Pas maintenant. »

Il m'a prise dans ses bras. J'ai senti une nausée monter et ai tenté de la réprimer. Il m'a dit de ne pas m'inquiéter, que tout irait bien, m'a rappelé qu'il était là pour moi, qu'il le serait toujours. Je me suis accrochée à lui et nous sommes restés ainsi, nous balançant doucement. Je me sentais engourdie, totalement absente de la pièce dans laquelle nous étions assis. Je l'ai regardé se lever pour aller me chercher un verre d'eau, l'ai regardé refermer la boîte de photos. Je sanglotais. Je voyais bien qu'il était triste lui aussi, mais son expression paraissait déjà nuancée d'autre chose. C'était peut-être de la résignation ou de l'acceptation, mais pas un choc.

Dans un frisson, j'ai compris qu'il avait déjà fait

tout cela auparavant. Son chagrin n'est pas nouveau. Il a eu le temps de se déposer au fond de lui, de devenir partie intégrante de son vécu, il n'est plus un séisme qui l'ébranle.

Seul mon chagrin est nouveau, chaque jour.

J'ai marmonné une excuse. Suis montée dans la chambre. Ai ouvert l'armoire et ai repris mon écriture.

Ces moments volés. Accroupie devant l'armoire ou appuyée contre le lit. En train d'écrire. Je suis fébrile. Les mots se déversent, presque sans que je réfléchisse. Des pages et des pages. Je suis ici à nouveau, tandis que Ben pense que je me repose. Je ne peux pas m'arrêter, je veux tout écrire.

Je me demande s'il en était ainsi lorsque j'écrivais mon roman, ce déferlement sur la page. Ou si le processus était plus lent, plus réfléchi. Si seulement je pouvais me rappeler.

Lorsque je suis redescendue, je nous ai préparé une tasse de thé. En y versant le lait, j'ai pensé à toutes les fois où j'avais dû préparer le repas pour Adam, des purées de légumes, des compotes de fruits. J'ai apporté une tasse à Ben. « Est-ce que j'étais une bonne mère ? lui ai-je demandé.

— Christine…

— Il faut que je sache. Alors, comment je m'en sortais ? Avec un enfant ? Il devait être très petit lorsque je…

— … tu as eu ton accident ? Il avait deux ans. Tu étais une mère formidable. Jusque-là. Après… »

Il s'est tu, laissant la fin de la phrase s'éteindre, et

a détourné les yeux. Je me suis demandé ce qu'il ne disait pas, ce qu'il préférait ne pas me dire.

Mais j'en savais assez pour remplir quelques trous. Je ne suis peut-être pas capable de me rappeler cette époque, mais je peux l'imaginer. Je me vois en train d'écouter quelqu'un me rappeler que je suis mariée et que je suis mère, me dire que mon mari et mon fils vont venir me voir. Je peux m'imaginer en train de les saluer tous les jours comme si je ne les avais jamais vus auparavant, sans grande chaleur, peut-être, ou tout simplement ahurie. Je peux concevoir la peine dans laquelle nous avons dû nous trouver. Tous.

« Ce n'est pas grave, ai-je dit. Je comprends.

— Tu ne pouvais pas t'occuper de toi. Tu étais beaucoup trop malade pour que je puisse m'occuper de toi à la maison. On ne pouvait pas te laisser seule, ne serait-ce que quelques minutes. Tu oubliais ce que tu étais en train de faire. Tu partais, comme ça, n'importe où. J'étais inquiet à l'idée que tu pouvais te faire couler un bain et laisser le robinet ouvert, ou essayer de te préparer quelque chose à manger et oublier que tu avais commencé. C'était trop pour moi. Alors je suis resté à la maison et je me suis occupé d'Adam. Ma mère nous a aidés. Mais tous les soirs, nous venions te voir et... »

Je lui ai pris la main.

« Je suis désolé, a-t-il dit. Je trouve juste que c'est difficile de repenser à cette époque.

— Je sais. Je sais. Et ma mère ? Est-ce qu'elle a aidé aussi ? Ça lui plaisait, d'être grand-mère ? »

Il a hoché la tête et a paru près de parler.

« Elle est décédée, n'est-ce pas ? » ai-je demandé.

Il m'a pris la main. « Elle est morte il y a quelques années. Je suis désolé. »

J'avais raison. J'ai senti mon esprit se fermer hermétiquement, comme s'il ne pouvait plus gérer d'autre chagrin, plus la moindre parcelle de ce passé crypté, mais je savais que je me réveillerais demain sans rien me souvenir de tout ceci.

Que pouvais-je écrire dans mon journal qui me permettrait de vivre jusqu'au lendemain, au jour suivant, au jour encore suivant ?

Une image s'est mise à flotter devant moi. Une femme aux cheveux roux. Adam dans l'armée. Un nom est apparu, spontanément. *Que va penser Claire ?*

Il était enfin là. Le nom de mon amie. *Claire.*

« Et Claire ? Mon amie, Claire. Est-elle encore vivante ?

— Claire ? » a dit Ben. Il a eu l'air désorienté pendant un long moment, puis son expression a changé. « Tu te souviens de Claire ? »

Il avait l'air surpris. Je me rappelais – d'après mon journal, du moins – lui avoir dit, quelques jours auparavant, que je m'étais souvenue d'elle à une fête, sur un toit.

« Oui. Nous étions amies. Qu'est-elle devenue ? »

Ben m'a lancé un regard triste, et pendant un moment, je suis restée tétanisée. Il a parlé lentement, mais ses révélations n'étaient pas aussi terribles que je l'avais redouté. « Elle a déménagé. Il y a des années. Cela doit faire presque vingt ans. Juste deux ou trois ans après notre mariage, en fait.

— Déménagé où ?

— En Nouvelle-Zélande.

— Est-ce que nous sommes toujours en contact ?

— Vous l'avez été pendant un moment, mais maintenant vous ne l'êtes plus. »

Cela ne me paraissait pas possible. *Ma meilleure amie,* avais-je écrit, après m'être souvenue d'elle à Parliament Hill, et j'avais eu la même impression de proximité lorsque j'avais pensé à elle aujourd'hui. Autrement, pourquoi me préoccuperais-je de ce qu'elle pensait ?

« Nous nous sommes disputées ? »

Il a hésité, et à nouveau j'ai senti comme un calcul, un ajustement. J'ai compris bien sûr : Ben savait ce qui allait me blesser. Il a eu des années pour apprendre à anticiper mes réactions, savoir ce que j'allais trouver acceptable et ce qui représentait un terrain dangereux pour nous. Après tout, ce n'est pas la première fois qu'il a cette conversation avec moi. Il a eu l'occasion de s'exercer, d'apprendre comment trouver des chemins qui ne vont pas lacérer le paysage de ma vie et m'envoyer rouler dans un autre inconnu.

« Non. Je ne crois pas. Vous ne vous êtes pas disputées. Ou tu ne m'en as pas parlé. Je crois que vous vous êtes tout simplement éloignées, puis Claire a rencontré quelqu'un, elle l'a épousé et ils ont déménagé. »

Une image m'est alors revenue. Claire et moi en train de plaisanter sur le fait que nous n'allions jamais nous marier.

« Le mariage, c'est pour les losers ! » disait-elle en portant une bouteille de rouge à ses lèvres, et j'étais d'accord, même si je savais qu'un jour je serais sa demoiselle d'honneur et qu'elle serait la mienne, et que nous nous trouverions assises dans une chambre d'hôtel, vêtues d'organza, en train de siroter du champagne, une flûte à la main, tandis que quelqu'un nous coifferait.

Une bouffée d'amour m'a soudain envahie. Même si je ne me rappelle presque rien de notre époque, de notre vie ensemble – et demain, même ça aura disparu –, je sens confusément que nous sommes toujours liées, que pendant un certain temps elle a tout signifié pour moi.

« Est-ce que nous sommes allés à son mariage ?

— Oui, a-t-il répondu en ouvrant la boîte posée sur ses genoux pour farfouiller dedans. Il y a quelques photos là-dedans. »

C'étaient des photos de mariage, mais pas des photos officielles ; elles étaient floues et sombres, prises par un amateur. Par Ben, ai-je pensé. J'ai examiné la première avec circonspection. Jusque-là, les images que j'avais de Claire venaient de ma mémoire.

Elle était telle que je l'avais imaginée. Grande, mince. Plus belle, peut-être. Elle était debout au sommet d'une falaise, sa robe diaphane volait dans la brise, le soleil couchant sur la mer en arrière-plan. Magnifique. J'ai posé la photo et parcouru les autres. Sur certaines elle était avec son mari, un homme que je ne reconnaissais pas, et sur d'autres j'étais avec eux, vêtue de soie bleu clair, un tout petit peu moins belle qu'elle. C'était donc vrai : j'avais été sa demoiselle d'honneur.

« Y en a-t-il de notre mariage ? »

Il a secoué la tête.

« Elles étaient dans un autre album. Il a disparu. »

Le feu. Bien sûr.

Je lui ai rendu les photos. J'avais l'impression de regarder une autre vie, pas la mienne. J'avais une furieuse envie de monter au premier, d'écrire sur ce que j'avais découvert.

« Je suis fatiguée. Il faut que je me repose.

— Certainement », a-t-il dit. Il a tendu la main. « Donne. » Il a pris le paquet de photos et les a rangées dans la boîte.

« Je vais mettre ça en sécurité », a-t-il déclaré en refermant le couvercle. Je suis montée, ai pris mon journal et j'ai écrit.

Minuit. Je suis au lit. Seule. J'essaie de donner un sens à tout ce qui s'est passé aujourd'hui. À tout ce que j'ai appris. Je ne sais pas si je vais y arriver.

J'ai décidé de prendre un bain avant le dîner. J'ai fermé la porte de la salle de bains à clé derrière moi et, en lançant un rapide regard aux photos disposées autour du miroir, je n'y ai vu que ce qui manquait. J'ai ouvert le robinet d'eau chaude.

La plupart du temps, je ne dois pas me rappeler Adam du tout, et pourtant, aujourd'hui, il m'est revenu après avoir vu une photo seulement. Ces photos-ci sont-elles choisies exprès pour m'ancrer dans mon identité sans me rappeler ce que j'ai perdu ?

La pièce a commencé à se remplir de vapeur chaude. J'entendais mon mari au rez-de-chaussée. Il avait allumé la radio et des notes de jazz montaient jusqu'à moi, vaporeuses, indistinctes. Puis s'y est ajouté le claquement rythmé d'un couteau sur une planche ; je me suis rendu compte que nous n'avions pas mangé. Il devait être en train de couper des carottes, des oignons, des poivrons. De préparer le dîner, comme si c'était un jour normal.

Pour lui, c'est un jour ordinaire, me suis-je dit. Je suis écrasée de chagrin, mais pas lui.

Je ne lui en veux pas de ne pas m'avoir parlé, jour après jour, d'Adam, de ma mère, de Claire. À sa place, je ferais pareil. Ces choses sont douloureuses, et si je peux passer une journée entière sans m'en souvenir, le chagrin m'est épargné, et lui n'a pas la souffrance de l'avoir causé. Comme il doit être tentant pour lui de garder le silence, et comme la vie doit être difficile, en sachant que je promène ces brisures de souvenir en moi, tout le temps, partout, comme de minuscules bombes, et qu'à n'importe quel moment l'une d'entre elles peut perforer la surface et me forcer à vivre la douleur comme si c'était la première fois, en l'entraînant lui aussi dans la souffrance.

Je me suis déshabillée lentement, ai plié mes vêtements, les ai posés sur la chaise à côté de la baignoire. Nue, je me suis plantée devant le miroir et ai regardé mon corps, si étranger. Je me forçais à détailler les rides sur ma peau, mes seins qui tombaient. Je ne me connais pas, me suis-je dit. Je ne reconnais ni mon corps, ni mon passé.

J'ai avancé d'un pas. Les voilà, sur mon ventre, sur mes fesses et mes seins. De minces lignes argentées, les balafres éparses de l'histoire. Je ne les avais pas vues auparavant, parce que je ne les avais pas cherchées. Je me suis imaginée en train de surveiller leur progression, voulant qu'elles disparaissent tandis que mon corps prenait de l'ampleur. Maintenant, je suis heureuse qu'elles soient là, pour me rappeler.

Mon reflet commençait à s'estomper dans la brume. J'ai de la chance, me suis-je dit. De la chance d'avoir Ben, d'avoir quelqu'un pour s'occuper de moi, ici, dans ce lieu qui est ma maison, même si je ne m'en souviens pas. Je ne suis pas la seule à souffrir. Il a traversé les mêmes épreuves que moi aujourd'hui, mais il ira se coucher en sachant que, demain, il risque de devoir revivre tout cela à nouveau. Un autre mari aurait pu se sentir incapable de gérer, ou ne pas vouloir. Un autre mari aurait pu me quitter. J'ai regardé fixement mon visage, comme si j'essayais de graver cette image dans mon cerveau, de la fixer au plus près de la surface pour que, à mon réveil demain matin, il ne soit pas si étranger, si insolite. Une fois qu'il a eu complètement disparu, je me suis détournée de moi-même et suis entrée dans le bain. Je m'y suis endormie.

Je ne rêvais pas – ou je ne le crois pas, du moins – mais lorsque je me suis réveillée, j'étais dans la confusion. Je me trouvais dans une autre salle de bains, l'eau était encore chaude, on tapait à la porte. J'ai ouvert les yeux et n'ai rien reconnu. Le miroir était nu, sans décoration, accroché aux carreaux qui étaient blancs, pas bleus. Un rideau de douche était suspendu à une tringle au-dessus de moi, deux verres retournés étaient posés sur une tablette au-dessus du lavabo et, à côté des toilettes, on voyait un bidet.

J'ai entendu une voix. « J'arrive. » Et je me suis rendu compte que c'était la mienne. Je me suis assise dans la baignoire et ai regardé la porte verrouillée. Deux peignoirs de bain étaient suspendus à des crochets sur le mur opposé, tous les deux blancs, assortis, portant les initiales R.G.H. Je me suis levée.

« Allez, viens ! » a lancé la voix de l'autre côté de la porte. Elle ressemblait à celle de Ben, sans lui ressembler, en même temps. Elle s'est mise à chantonner. « Allez, viens ! allez, viens, allez, viens, viens !

— Qui est là ? » ai-je demandé, mais la voix continuait de chantonner. Je suis sortie du bain. Le sol était carrelé, blanc et noir, en diagonale. Il était mouillé, je me suis sentie glisser, mes pieds, mes jambes se sont dérobés. Je suis tombée lourdement par terre, arrachant le rideau de douche dans ma chute. Ma tête a heurté le lavabo. J'ai poussé un cri : « À l'aide ! »

Je me suis alors réveillée, au son d'une autre voix, différente, en train de m'appeler.

« Christine ! Chris ! Ça va ? » disait-elle, et, soulagée, je me suis rendu compte que c'était Ben et que j'avais rêvé. J'ai ouvert les yeux. J'étais allongée dans un bain, mes vêtements pliés sur une chaise à côté de moi, des images de ma vie scotchées sur les carreaux bleu clair au-dessus du lavabo.

« Oui, ça va. C'était juste un cauchemar. »

Je suis sortie du bain, nous avons dîné, puis je suis montée me coucher. Je voulais écrire, noter tout ce que j'avais appris avant que cela ne s'efface. Je n'étais pas certaine d'en avoir le temps avant que Ben ne vienne au lit.

Mais que pouvais-je faire ? J'ai passé beaucoup de temps à écrire aujourd'hui. Il va certainement avoir des soupçons, se demander ce que j'ai fait si longtemps, toute seule, à l'étage. Je lui ai raconté que j'étais fatiguée, que j'avais besoin de me reposer, et il m'a crue.

Je ne peux pas dire que je ne me sens pas coupable. Je l'ai entendu, marchant à pas feutrés dans la maison, ouvrant et fermant les portes doucement pour ne pas me réveiller, tandis que je suis penchée sur mon journal et que j'écris sans relâche. Mais je n'ai pas le choix. Il faut que je consigne tout cela. C'est ce qui me paraît le plus important, parce que autrement je perdrai ces souvenirs pour toujours. Je dois trouver une excuse et retourner à mon journal.

« Je crois que, ce soir, je vais dormir dans la chambre d'amis, ai-je dit. Je ne me sens pas bien. Tu comprends ? »

Il a dit qu'il comprenait, qu'il viendrait me voir demain matin pour s'assurer que j'allais bien, avant de partir travailler, puis m'a embrassée en me souhaitant bonne nuit. Je l'entends maintenant, il éteint la télévision et tourne la clé dans la serrure de la porte d'entrée. Il nous enferme. Cela ne me ferait aucun bien de partir à l'aventure, j'imagine. Pas dans mon état.

Je n'arrive pas à croire que dans un moment, lorsque je vais m'endormir, je vais à nouveau oublier l'existence même de mon fils. Les souvenirs de lui avaient paru, paraissent encore, si réels, si vivants. Et je m'étais souvenue de lui, même après m'être assoupie dans le bain. Il ne paraît pas possible qu'un sommeil plus long puisse tout effacer, et pourtant Ben et le Dr Nash me disent que c'est exactement ce qui se passe.

Oserais-je croire qu'ils se trompent ? Chaque jour, je me rappelle plus de choses, je me réveille en sachant mieux qui je suis. Peut-être que nous progressons, que le fait d'écrire dans ce journal fait remonter des souvenirs à la surface.

Peut-être qu'aujourd'hui est le jour que je considérerai comme un tournant *a posteriori.* C'est possible.

Je suis fatiguée maintenant. Je vais bientôt arrêter, puis je vais cacher mon journal, éteindre la lumière. Dormir. Et prier pour que demain, à mon réveil, je me souvienne de mon fils.

*Jeudi 15 novembre*

Je me trouvais dans la salle de bains. Je ne savais pas depuis combien de temps j'étais là. À regarder. Toutes ces photos de Ben et moi, souriants, heureux d'être ensemble, alors que nous aurions dû être trois. Je les regardais fixement, sans bouger, comme si je pensais que cela pourrait faire surgir l'image d'Adam, existant soudain par la force de ma volonté. Mais cela n'est pas arrivé. Il est resté invisible.

Je m'étais réveillée sans me souvenir de lui. Pas le moindre souvenir. Je croyais toujours que la maternité était quelque chose qui appartenait à l'avenir, une possibilité chatoyante et un peu inquiétante. Même après avoir vu mon visage de presque cinquantenaire, appris que j'étais mariée, assez âgée pour être bientôt grand-mère, même après que ces faits m'eurent heurtée de plein fouet, je n'étais pas prête à faire face au journal dont m'avait parlé le Dr Nash lors de son appel. Je n'imaginais pas que j'allais découvrir que j'étais mère aussi. Que j'avais eu un enfant.

Je tenais le journal entre mes mains. Dès que j'ai eu achevé sa lecture, j'ai su que c'était vrai. J'avais eu un enfant. Je le sentais, j'aurais presque cru qu'il était encore avec moi, dans les pores de ma peau. J'ai lu et relu les pages, essayant de les fixer dans ma mémoire.

Puis j'ai continué et découvert qu'il était mort. Cela ne paraissait pas réel. Pas possible. Mon cœur résistait à cette information, essayait de la rejeter alors même que je savais qu'elle était vraie. La nausée s'est emparée de moi. La bile est montée dans ma gorge, et lorsque je l'ai ravalée, tout s'est mis à tournoyer dans la pièce. Pendant un moment, j'ai senti que j'allais tomber en avant. Le journal a glissé jusqu'au sol et j'ai étouffé un cri de douleur. Je me suis levée, me suis jetée vers l'avant et suis sortie de la chambre.

Je me suis dirigée vers la salle de bains, pour regarder à nouveau les photos parmi lesquelles il aurait dû se trouver. J'étais en plein désespoir, je ne savais pas ce que j'allais faire lorsque Ben rentrerait à la maison. Je l'ai imaginé en train de rentrer, m'embrasser, préparer à dîner, je nous ai vus ensemble à table. Ensuite, nous regarderions la télévision, ou nous ferions ce que nous faisions d'habitude le soir, et tout ce temps il me faudrait faire comme si j'ignorais que j'avais perdu un fils. Ensuite, nous irions nous coucher, ensemble, et après…

Cela me semblait être au-dessus de mes forces. Je ne suis pas parvenue à me retenir. En fait, je ne savais pas vraiment ce que je faisais. Je me suis mise à arracher les photos, à les tirer, à les déchirer. Il m'a semblé que cela ne prenait pas beaucoup de temps. Tout à coup, elles étaient là. Dans mes mains. Éparpillées sur le sol de la salle de bains. Flottant dans l'eau au fond de la cuvette des toilettes.

J'ai attrapé ce journal et l'ai fourré dans mon sac. Mon porte-monnaie était vide, alors j'ai pris un des deux billets de vingt livres dont j'avais lu qu'ils étaient cachés derrière la pendule sur la cheminée, puis je suis sortie de la maison en courant. Je ne savais pas où j'allais. Je voulais voir le Dr Nash mais je n'avais pas la moindre idée de l'endroit où il se trouvait, ni de la manière dont je pourrais m'y rendre si je l'avais su. Je me suis sentie complètement démunie. Seule. Je me suis mise à courir.

Arrivée dans la rue, j'ai tourné à gauche, vers le parc. C'était un après-midi ensoleillé. La lumière orangée se reflétait sur les voitures garées et dans les flaques d'eau laissées par l'averse de ce matin, mais il faisait froid. J'étais enveloppée par la buée de ma respiration. J'ai serré mon manteau contre moi, remonté mon écharpe sur mes oreilles et pressé le pas. Des feuilles tombaient des arbres, voletaient dans le vent, s'amassaient dans le caniveau, formant des tas marron et humides.

Je suis descendue du trottoir. Un bruit de freins. Une voiture s'est arrêtée dans un grand crissement de pneus. Une voix d'homme, étouffée, émise derrière une vitre.

« Dégage ! Espèce de connasse ! »

J'ai levé les yeux. J'étais au milieu de la rue, une voiture à l'arrêt devant moi, son conducteur hurlant de fureur. J'ai eu une vision, moi-même, le métal contre l'os, qui se plie, qui cède, puis la glissade sur le capot, ou sous les roues, d'une voiture, la chute, puis étendue, une masse emmêlée, la fin d'une vie détruite.

Est-ce que cela pouvait être si simple ? Une seconde

collision mettrait-elle fin à ce qui avait été déclenché par la première, toutes ces années auparavant ? J'ai l'impression d'être morte depuis vingt ans, mais est-ce là que tout ceci doit finalement aboutir ?

À qui manquerais-je ? À mon mari. À mon médecin, peut-être, même si pour lui je ne suis qu'une patiente. Mais il n'y a personne d'autre. Mon cercle peut-il s'être réduit à ce point ? Mes amis m'ont-ils abandonnée, l'un après l'autre ? Comme je serais vite oubliée, si je mourais.

J'ai regardé l'homme dans la voiture. C'est lui, ou quelqu'un comme lui, qui m'a fait ça. Qui m'a tout pris. Qui m'a même pris moi-même. Et lui, il est encore là, encore vivant.

Pas encore, me suis-je dit. Pas encore. Quelle que soit la manière dont ma vie devait finir, je ne voulais pas que ce soit ainsi. J'ai pensé au roman que j'avais écrit, à l'enfant que j'avais élevé, même au feu d'artifice auquel j'avais assisté avec ma meilleure amie, toutes ces années auparavant. J'ai encore des souvenirs à exhumer. Des choses à découvrir. Ma propre vérité à trouver.

J'ai articulé un vague « pardon » et je me suis remise à courir, j'ai traversé la rue, franchi la grille et je suis entrée dans le parc.

Une cabane s'élevait au milieu de la pelouse. Une buvette. J'y suis entrée, je me suis acheté un café puis suis allée m'asseoir sur un banc, les mains serrées autour du gobelet en plastique pour les réchauffer. En face de moi se trouvait une aire de jeux. Un toboggan, des balançoires, un tourniquet. Un petit garçon est venu s'asseoir sur un siège en forme de coccinelle qui était fixé au sol par un gros ressort. Je l'ai regardé se balancer d'avant en arrière, une glace à la main, malgré le froid.

J'ai soudain eu une vision de moi, en compagnie d'une autre petite fille dans un parc. Je nous ai vues toutes les deux, montant les marches en bois jusqu'à une cage d'où nous pouvions glisser sur un toboggan métallique jusqu'au sol. Comme cela me paraissait haut, en ce temps-là, il y a des années, et maintenant, en regardant l'aire de jeux, je voyais qu'il devait être à peine plus grand que moi aujourd'hui. Nos robes étaient tachées de boue, nous nous faisions gronder par nos mères et rentrions en sautillant, serrant entre nos doigts des sachets de bonbons aux fruits et de chips d'un orange vif.

S'agissait-il d'un souvenir ou d'une invention ?

J'ai observé le petit garçon. Il était tout seul. Le parc paraissait désert. Il n'y avait que nous, dans le froid, sous un ciel plombé de sombres nuages. J'ai bu une gorgée de mon café.

« Hé, a fait le garçon. Hé ! Madame ! »

J'ai levé les yeux, puis baissé à nouveau la tête.

« Hé ! » Il criait plus fort. « Madame ! Tu m'aides ? Tu me fais tourner ! »

Il s'est levé et est allé jusqu'au tourniquet.

« Tu me fais tourner ! »

Il essayait de pousser l'engin métallique mais malgré ses efforts, clairement lisibles sur son visage, la chose frémissait à peine. Il a baissé les bras, paraissant déçu. « S'il te plaît… a-t-il dit.

— Ça va aller », lui ai-je dit. Il avait l'air vraiment déçu. J'ai bu une autre gorgée de mon café. J'attendrais ici, jusqu'à ce que sa mère revienne de là où elle était partie. Je le surveillerais.

Il a grimpé sur le tourniquet, s'est hissé jusqu'à se positionner exactement au centre. « Tu me fais tourner ! » Il parlait moins fort. Il me suppliait. Je regrettais d'être venue là, j'aurais voulu pouvoir le faire partir. Je me sentais exclue du monde. Pas naturelle. Dangereuse. J'ai repensé aux photos que j'avais arrachées du mur et laissées par terre dans la salle de bains. J'étais venue ici pour trouver la paix. Pas ça.

J'ai regardé le garçon. Il avait bougé, il essayait à nouveau de mettre en branle le tourniquet ; ses pieds touchaient à peine le sol de l'endroit où il s'était assis, sur la plateforme. Il paraissait si frêle. Si impuissant. Je l'ai rejoint.

« Tu me pousses ! »

J'ai posé mon café par terre et souri.

« Tiens-toi bien ! »

J'ai poussé de tout mon poids contre la barre. Elle était étonnamment lourde, mais j'ai senti qu'elle commençait à bouger et l'ai accompagnée en marchant pour accélérer la rotation.

« C'est parti ! » ai-je dit.

Je me suis assise au bord de la plateforme.

Il souriait, enthousiaste, cramponné à la barre métallique comme si nous tournions bien plus vite que nous ne le faisions en réalité. Il avait l'air d'avoir les mains gelées, elles étaient presque bleues. Il portait un manteau vert qui semblait beaucoup trop léger, un jean retourné en bas. Je me suis demandé qui l'avait emmené dehors sans gants ni écharpe ni bonnet.

« Où est ta maman ? » Il a haussé les épaules. « Et ton papa ?

— Sais pas, a-t-il répondu. Maman dit que papa, il est parti. Elle dit qu'il nous aime plus. »

Je l'ai regardé. Il l'avait dit sans la moindre expression de souffrance, ni de déception. Pour lui, c'était une information factuelle. Pendant un moment, le tourniquet a paru rester parfaitement immobile, comme si c'était le monde qui tournait autour de nous deux et non pas nous qui tournions dans le monde.

« Je suis sûre que ta maman t'aime, elle », ai-je dit.

Il est resté silencieux quelques secondes.

« Des fois, a-t-il répondu.

— Mais d'autres fois, non ? »

Il a attendu. « Je ne crois pas. » J'ai senti des coups dans ma poitrine, comme si quelque chose se retournait. Ou se réveillait.

« Elle dit ça. Des fois.

— Ça, c'est dommage. » J'ai regardé le banc sur lequel j'avais été assise avancer vers nous, puis reculer. Nous nous sommes remis à tourner, encore et encore.

« Comment t'appelles-tu ?

— Alfie. » Nous avons ralenti ; le monde a cessé de défiler derrière sa tête. Mes pieds sont entrés en contact avec le sol et j'ai donné un coup de talon ; nous sommes repartis de plus belle. J'ai répété son nom, comme si je me parlais toute seule. *Alfie.*

« Maman, elle dit parfois qu'elle serait mieux si je vivais autre part. »

J'essayais de garder mon sourire, une voix joyeuse. « Je suis sûre qu'elle plaisante ! »

Il a haussé les épaules.

Tout mon corps s'est tendu. Je me suis vue en train de lui demander s'il avait envie de venir avec moi. Chez moi. Pour y vivre. J'imaginais son visage qui s'éclairerait tout en me disant qu'il n'était pas censé suivre des étrangers. *Mais je ne suis pas une étrangère,* lui répondrais-je. Je le prendrais dans mes bras – il serait lourd et il aurait une odeur de bonbon, de chocolat – et ensemble nous irions dans le café. *Quel jus tu veux ?* dirais-je et il demanderait un jus de pomme. Je lui achèterais une boisson et des bonbons, puis nous quitterions le parc. Il me tiendrait par la main sur le chemin du retour, jusqu'à la maison que je partageais avec mon mari, et ce soir-là je lui couperais sa viande, lui écraserais ses pommes de terre, puis, une fois qu'il serait en pyjama, je lui lirais une histoire avant de le border, endormi, dans son lit, et de l'embrasser doucement sur le front. Et demain...

Demain ? Il n'y a pas de demain pour moi, me suis-je dit. Tout comme je n'avais pas d'hier.

« Maman ! » s'est-il écrié. L'espace d'un instant, j'ai cru qu'il s'adressait à moi, mais il a bondi du tourniquet et s'est mis à courir vers le café.

« Alfie ! » me suis-je écrié à mon tour, puis j'ai vu une femme marchant vers nous, un gobelet en plastique dans chaque main. Elle s'est accroupie.

« Ça va, mon tigre ? » a-t-elle dit tandis qu'il se jetait dans ses bras, et elle a levé les yeux par-dessus les épaules de son fils et m'a regardée. Elle avait les sourcils froncés, les traits de son visage s'étaient durcis. Je n'ai rien fait de mal ! avais-je envie de crier. Laissez-moi !

Mais je n'ai rien dit. J'ai détourné les yeux et, une

fois qu'elle est partie avec Alfie, je me suis levée du tourniquet. Le ciel s'assombrissait, prenait une couleur bleu-noir. Je me suis assise sur un banc. Je ne savais pas quelle heure il était, ni depuis combien de temps j'étais sortie. Je savais juste que je ne pouvais pas rentrer à la maison, pas encore. Je ne pouvais pas affronter Ben. Je ne pouvais pas affronter l'obligation de faire semblant que je ne savais rien d'Adam, que je n'avais pas la moindre idée que j'étais mère. Pendant un moment, j'ai eu envie de tout lui dire. Sur mon journal, sur le Dr Nash. Tout. Mais j'ai repoussé cette idée. Je ne voulais pas rentrer, mais je n'avais nulle part où aller.

Je me suis levée et j'ai commencé à marcher tandis que le ciel virait au noir.

La maison était plongée dans l'obscurité. Je ne savais pas à quoi m'attendre lorsque j'ai poussé la porte d'entrée. Ben serait inquiet de ne pas me trouver ; il avait dit qu'il serait rentré vers cinq heures. Je le voyais en train de faire les cent pas dans le salon – pour une raison inconnue, alors que je ne l'avais pas vu fumer ce matin, mon imagination ajoutait une cigarette allumée à la scène – ou peut-être était-il sorti, parcourant les rues en voiture, à ma recherche. J'ai imaginé des équipes de policiers et de volontaires faisant du porte-à-porte avec ma photo, et je me suis sentie coupable. J'ai essayé de me dire que même si je n'avais pas de mémoire, je n'étais pas une enfant, je n'étais pas une personne disparue, pas encore, mais je suis malgré tout entrée dans la maison prête à m'excuser.

Je l'ai appelé.

« Ben ! »

Pas de réponse, mais j'ai senti bien plus que je n'ai entendu du mouvement. Un craquement du parquet, quelque part au-dessus de ma tête, un changement presque imperceptible dans l'équilibre de la maison. J'ai de nouveau crié, plus fort cette fois.

« Ben !

— Christine ? » a fait une voix. Elle paraissait faible, proche de la fêlure.

« Ben, c'est moi. Je suis là. »

Il est apparu au-dessus de moi, debout au sommet de l'escalier. Il avait l'air d'avoir dormi. Il portait les mêmes vêtements que ce matin, quand il était parti travailler, mais sa chemise était froissée et sortait de son pantalon, ses cheveux, ébouriffés dans tous les sens, accentuaient son expression ahurie – on aurait presque cru qu'il avait mis les doigts dans une prise de courant. Un vague souvenir s'est mis à flotter, des cours de science et des générateurs de Van de Graaff, mais il n'est pas parvenu à éclore.

Il a commencé à descendre l'escalier.

« Chris, tu es rentrée !

— Il... Il fallait que j'aille prendre l'air.

— Dieu merci », a-t-il dit. Il s'est approché de moi et m'a pris la main. Il s'y est cramponné comme s'il allait la serrer, ou comme pour s'assurer qu'elle était bien vraie, mais ne l'a pas bougée.

« Dieu merci ! »

Il m'a regardée, les yeux écarquillés, brillants. Ils luisaient dans la semi-pénombre comme s'il avait pleuré. Comme il m'aime, me suis-je dit. Je me sentais encore plus coupable.

« Je suis désolée, ai-je dit. Je n'avais pas l'intention de… »

Il ne m'a pas laissée finir. « Oh, ne nous soucions pas de ça, d'accord ? »

Il a porté ma main à ses lèvres. Son expression a changé, son visage manifestait du plaisir, du bonheur. Tous les signes de l'angoisse avaient disparu. Il m'a embrassée.

« Mais…

— Tu es rentrée, maintenant, c'est tout ce qui compte. » Il a allumé la lumière puis passé ses doigts dans ses cheveux pour leur donner un semblant d'ordre. « Bon ! a-t-il fait en rentrant sa chemise dans son pantalon, et si tu montais te rafraîchir un peu ? Ensuite, je me disais qu'on pourrait sortir, qu'est-ce que tu en penses ?

— Je ne crois pas, ai-je dit. Je…

— Oh, Christine, on devrait ! Tu as besoin de te remonter le moral, on dirait.

— Mais, Ben, je n'en ai pas envie.

— S'il te plaît… » Il m'a à nouveau pris la main, la serrant doucement. « Cela me ferait tellement plaisir. » Il a pris mon autre main et les a rassemblées, au creux des siennes. « Je ne sais pas si je te l'ai dit ce matin. Aujourd'hui, c'est mon anniversaire. »

Que pouvais-je faire ? Je n'avais pas envie de sortir. Mais en fait, je n'avais envie de rien. Je lui ai dit que je ferais comme il avait dit, que j'allais monter me rafraîchir, puis je verrais comment je me sentais. Je suis montée. Son humeur m'avait troublée. Il m'avait paru si inquiet, mais dès qu'il s'était avéré que j'étais saine et sauve, son inquiétude s'était envolée. Son amour était-il aussi fort ? Me faisait-il confiance au point que tout ce qui lui importait, c'était que rien ne m'arrive et non pas ce que j'avais fait ?

Je suis allée dans la salle de bains. Peut-être n'avait-il pas vu les photos éparpillées par terre ; peut-être avait-il sincèrement cru que j'étais sortie faire une promenade. J'avais encore le temps de dissimuler la vérité. De cacher ma colère et mon chagrin.

J'ai refermé la porte à clé derrière moi. J'ai tiré sur la ficelle qui commandait la lumière. Le sol avait été nettoyé et là, disposées autour du miroir comme si elles n'avaient jamais bougé, se trouvaient les photos, chacune parfaitement remise en état.

J'ai dit à Ben que je serais prête dans une demi-heure. Je me suis assise dans la chambre et, aussi vite que j'ai pu, j'ai écrit.

*Vendredi 16 novembre*

Je ne sais pas ce qui s'est passé après ça. Qu'ai-je fait après que Ben m'a dit que c'était son anniversaire ? Une fois que je suis montée au premier et que j'ai découvert les photos, replacées où elles étaient avant que je les arrache ? Je ne sais pas. Peut-être ai-je pris une douche, me suis-je changée, peut-être sommes-nous sortis, au restaurant, au cinéma. Je n'en sais rien. Je n'ai rien écrit et je ne m'en souviens pas, bien que cela se soit passé il y a seulement quelques heures. Si je ne demande pas à Ben, c'est complètement perdu. J'ai l'impression que je suis en train de devenir folle.

Ce matin, aux premières heures du jour, je me suis réveillée ; il était allongé à mes côtés. Un étranger, à nouveau. La chambre était plongée dans l'obscurité, dans le silence. Je suis restée allongée, tétanisée par la peur, sans savoir qui j'étais, ni où je me trouvais. Je ne pouvais penser qu'à courir, me sauver, mais je ne parvenais pas à bouger. Mon esprit me semblait comme évidé, creux, puis des mots sont venus affleurer à la surface. *Ben. Mari. Mémoire. Accident. Mort. Fils.*

*Adam.*

Ils sont restés suspendus devant moi, tantôt nets, tantôt flous. Je n'arrivais pas à les relier entre eux. Je ne savais pas ce qu'ils signifiaient. Ils tournoyaient dans ma tête, des échos, une litanie, puis le rêve m'est revenu, le rêve qui avait dû me réveiller.

J'étais dans une chambre, dans un lit. Dans mes bras se trouvait un corps, un homme. Il était allongé sur moi, lourd ; son dos était large. Je me sentais bizarre, étrange, la tête trop légère, le corps trop lourd, la chambre se balançait sous moi et lorsque j'ouvrais les yeux, le plafond s'obstinait à rester flou.

Je ne savais pas qui était l'homme – sa tête était trop proche de la mienne pour que je puisse voir son visage – mais je sentais tout, même les poils sur sa poitrine, qui irritaient mes seins nus. Il y a eu un goût sur ma langue, velouté, sucré. Il était en train de m'embrasser. Il était trop brutal ; je voulais qu'il arrête mais je n'ai rien dit.

« Je t'aime », a-t-il dit dans un murmure, ses mots se perdant dans mes cheveux, dans mon cou. Je savais que je voulais parler – même si je ne savais pas ce que je voulais dire – mais je ne comprenais pas comment je devais faire. Ma bouche ne paraissait pas connectée à mon cerveau ; je restais donc là tandis qu'il m'embrassait et murmurait dans mes cheveux. Je me souvenais que j'avais envie tout en voulant qu'il arrête, que je lui avais dit, quand il avait commencé à m'embrasser, que nous ne ferions pas l'amour, mais sa main était descendue le long de mon dos jusqu'à mes fesses et je l'avais laissé faire. Et à nouveau, au moment où il avait soulevé mon chemisier et glissé sa main en dessous, je m'étais dit : Là, je ne te laisserai pas aller plus loin. Je ne vais pas t'arrêter, pas maintenant, parce que j'aime ce que tu me fais. Parce que j'aime la chaleur de tes mains sur mes seins, parce que mon corps répond par de minuscules frémissements de plaisir. Parce que, pour la première fois, je me sens femme. Mais je ne ferai pas l'amour avec toi. Pas ce soir. Nous n'irons pas plus loin, il n'en est pas question. Puis il m'avait enlevé mon chemisier et avait défait mon soutien-gorge, et ce n'était pas sa main qui me caressait les seins, mais sa bouche, et je continuais à me dire que j'allais l'arrêter, bientôt. Le mot *non* avait même commencé à se former, à se construire dans mon esprit, mais le temps que je l'énonce, il me poussait sur le lit, m'enlevait mes sous-vêtements, et tout cela s'était transformé en autre chose, une sorte de gémissement que je reconnus vaguement comme étant du plaisir.

J'ai senti quelque chose entre mes genoux. C'était dur. « Je t'aime », a-t-il répété. Je me suis rendu compte que c'était son genou, qu'il cherchait à me faire écarter les miens. Je ne voulais pas le laisser faire mais, en même temps, je savais que je le devais, que je lui avais permis d'aller trop loin, que j'avais vu s'envoler une par une mes chances de dire quelque chose, d'arrêter tout ça. Et maintenant, je n'avais plus le choix. Je l'avais désiré à ce moment-là, au moment où il avait défait sa braguette et où il s'était maladroitement débarrassé de ses sous-vêtements, et donc je devais le vouloir encore maintenant, maintenant que j'étais allongée sous lui.

J'essayais de me détendre. Il s'est cambré, a gémi

– un son grave, surprenant, qui est monté du tréfonds de lui – et j'ai vu son visage. Je ne l'ai pas reconnu, pas dans mon rêve, mais maintenant je le reconnaissais. Ben. « Je t'aime », a-t-il dit, et je savais que je devais dire quelque chose, qu'il était mon mari, alors même que j'avais l'impression que je l'avais rencontré pour la première fois le matin même. Je pouvais l'arrêter. Je pouvais lui faire confiance pour qu'il s'arrête.

« Ben, je... »

Il m'a fait taire en collant sa bouche mouillée sur la mienne, et je l'ai senti entrer brutalement en moi. Douleur, ou plaisir. Je ne savais pas. Je me suis accrochée à son dos, moite de sueur, et j'ai essayé de m'ouvrir à lui, essayé de prendre du plaisir à ce qui se passait, puis, lorsque j'ai compris que je n'y arrivais pas, j'ai essayé de l'ignorer. Je l'ai bien cherché, me suis-je dit, tout en me disant que je n'avais jamais voulu ça. Est-il possible de vouloir et de ne pas vouloir quelque chose en même temps ? Est-il possible que le désir et la peur coexistent ?

J'ai fermé les yeux. J'ai vu un visage souriant. Un étranger, avec des cheveux noirs, une barbe. Une cicatrice lui barrant la joue. Il me paraissait familier, et pourtant je n'avais pas le moindre souvenir de l'avoir rencontré. Tandis que je le regardais, son sourire a disparu, et c'est à ce moment-là que, dans mon rêve, j'ai poussé un cri. C'est à ce moment-là que je me suis réveillée ; je me trouvais allongée dans un lit immobile, silencieux, avec Ben allongé à côté de moi, et sans avoir la moindre idée de l'endroit où je me trouvais.

Je suis sortie du lit. Pour aller aux toilettes ? Pour

me sauver ? Je ne savais pas où j'allais, ce que j'allais faire. Si j'avais seulement su que mon journal existait, j'aurais ouvert l'armoire, aussi doucement que possible, et sorti la boîte à chaussures, mais je ne l'ai pas fait. Je suis descendue au rez-de-chaussée. La porte d'entrée était fermée à clé, le clair de lune paraissait bleu à travers la vitre couverte de givre. Je me suis rendu compte que j'étais nue.

Je me suis assise sur la première marche de l'escalier. Le soleil s'est levé, l'entrée est passée du bleu à l'orange enflammé. Rien n'avait de sens ; le rêve n'en avait aucun. Il m'avait paru trop vrai, et je m'étais réveillée dans la chambre qui était précisément celle de mon rêve, à côté d'un homme que je ne m'attendais pas à voir.

Et maintenant, maintenant que j'ai lu mon journal après l'appel du Dr Nash, une pensée commence à se former. Se pourrait-il qu'il s'agisse d'un souvenir ? D'un souvenir que j'ai retenu de la nuit précédente ?

Je ne sais pas. Si c'est le cas, c'est le signe que je progresse, j'imagine. Mais cela veut aussi dire que Ben s'est imposé à moi, et pire, lorsqu'il l'a fait, j'ai eu la vision d'un étranger barbu, avec une cicatrice sur le visage. De tous les souvenirs possibles, celui-ci paraît être bien cruel à retenir.

Mais peut-être cela ne signifie-t-il rien. C'était juste un rêve. Juste un cauchemar. Ben m'aime et l'étranger barbu n'existe pas.

Mais comment pourrais-je jamais le savoir avec certitude ?

Plus tard, j'ai vu le Dr Nash. Nous étions à l'arrêt à un feu rouge, il tapotait le volant du bout des doigts, pas tout à fait en rythme avec la musique de la radio – de la pop que je ne reconnaissais pas, et que je n'appréciais pas –, tandis que je gardais le regard fixé devant moi. Je l'avais appelé ce matin, dès que j'avais fini de lire mon journal, fini de raconter le rêve qui était peut-être un souvenir. Il fallait que je parle à quelqu'un – la nouvelle selon laquelle j'étais mère avait provoqué en moi une minuscule déchirure qui menaçait de s'étendre, de mettre ma vie en pièces – et il avait suggéré que nous avancions le rendez-vous de la semaine à aujourd'hui. Il m'avait demandé d'apporter mon journal. Je ne lui avais pas dit ce qui n'allait pas, avec l'intention d'attendre que nous soyons dans son bureau, mais maintenant je ne savais plus si je pourrais.

Le feu est passé au vert. Il a cessé de tapoter et nous sommes repartis dans un cahot.

« Pourquoi Ben ne me parle-t-il pas d'Adam ? me suis-je entendue dire. Je ne comprends pas. Pourquoi ? »

Il m'a lancé un coup d'œil mais n'a rien dit. Nous avions un peu avancé. Un chien en plastique trônait sur la plage arrière de la voiture qui nous précédait, sa tête hochait d'une manière comique, et juste derrière j'ai vu la tête blonde d'un petit enfant. J'ai pensé à Alfie.

Le Dr Nash a toussé.

« Dites-moi ce qui s'est passé. »

C'était vrai, donc. Une partie de moi espérait qu'il me demande de quoi je parlais mais, après avoir prononcé le nom d'Adam, j'ai compris à quel point cet espoir avait été futile, à quel point il m'avait égarée. Adam me paraît réel. Il existe, en moi, dans ma conscience, prenant de la place comme personne d'autre. Ni Ben, ni le Dr Nash. Pas même moi, je n'occupe la même place.

J'ai ressenti de la colère. Il savait tout depuis le début.

« Et vous, ai-je dit. Vous m'avez donné mon roman. Et pourquoi ne m'avez-vous pas parlé d'Adam ?

— Christine ? Racontez-moi ce qui s'est passé. »

J'ai continué à regarder à travers le pare-brise. « J'ai eu un souvenir. »

Il m'a lancé un coup d'œil.

« Vraiment ? »

Je n'ai rien répondu.

« Christine, a-t-il dit, j'essaie de vous aider. »

Je lui ai raconté.

« C'était l'autre jour, quand vous m'avez donné mon roman. J'ai regardé la photo de l'article que vous y aviez jointe, et soudain, je me suis rappelé le jour où elle avait été prise. Je ne sais pas pourquoi. Cela m'est revenu, tout simplement. Et je me suis souvenue que j'étais enceinte. »

Il n'a rien dit.

« Vous saviez ? Pour Adam ? »

Il a parlé lentement.

« Oui, je savais. C'est dans votre dossier. Il avait seulement quelques années lorsque vous avez perdu la mémoire. » Il a marqué une pause. « De plus, nous avons déjà parlé de lui. »

L'angoisse s'est mise à me tétaniser. J'ai frissonné, malgré la chaleur qui régnait dans la voiture. Je savais qu'il était possible, même probable, que je me sois souvenue d'Adam avant, mais cette vérité brute

– j'étais déjà passée par tout ceci auparavant, et je repasserais à nouveau par le même chemin – m'a ébranlée.

Il a dû sentir ma surprise.

« Il y a quelques semaines, vous m'avez dit que vous aviez vu un enfant dans la rue. Un petit garçon. Au départ, vous aviez l'impression très claire que vous le connaissiez, qu'il était perdu, mais qu'il rentrait à la maison, dans votre maison, et que vous étiez sa mère. Ensuite, ça vous était revenu. Vous en avez parlé à Ben, et il vous a parlé d'Adam. Plus tard ce jour-là vous m'avez raconté. »

Je ne me rappelais rien de tout ceci. Je me suis souvenue qu'il ne parlait pas d'une étrangère, mais de moi.

« Mais vous ne m'en avez jamais parlé depuis ? »

Il a soupiré.

« Non… »

Spontanément, je me suis souvenue de ce que j'avais lu ce matin, des images qu'il m'avait montrées tandis que j'étais allongée dans le scanner.

« Il y avait des photos de lui lorsque j'ai passé mon scan ! Il y avait des photos…

— Oui, je les avais prises dans votre dossier…

— Mais vous n'avez pas dit qui il était ! Pourquoi ? Je ne comprends pas.

— Christine, vous devez comprendre : je ne peux pas commencer toutes les séances en vous disant tout ce que je sais et que vous ignorez. En plus, dans ce cas, j'ai décidé que cela ne serait pas une bonne chose pour vous.

— Pas une bonne chose ?

— Non. Je savais que cela vous contrarierait

beaucoup d'apprendre que vous aviez un enfant et que vous l'aviez oublié. »

Nous étions en train de nous garer dans un parking souterrain. La douce lumière du jour diminuait, laissant la place à la lumière crue des néons, à une odeur d'essence et de béton. Je me suis demandé ce qu'il m'avait encore caché, trouvant que c'était contraire à l'éthique ; quelles autres bombes à retardement transportais-je dans ma tête, amorcées, le compte à rebours en marche, prêtes à exploser.

« Il n'y a pas d'autre… ? ai-je demandé.

— Non, s'est-il empressé de répondre. Vous n'aviez qu'Adam. C'était votre seul enfant. »

Il employait le passé. Le Dr Nash savait donc lui aussi qu'il était mort. Je ne voulais pas demander, mais je devais le faire.

Je me suis forcée à parler.

« Vous saviez qu'il avait été tué ? »

Il a garé la voiture et coupé le moteur. Le parking était sombre, éclairé seulement par des flaques de lumière fluorescente, et il était plongé dans le silence. Je n'entendais rien que, de temps en temps, une portière qui claquait, un ascenseur qui tremblait dans sa cage. Pendant un moment, je me suis dit qu'il restait une chance. Peut-être avais-je tort. Adam était vivant. Mon esprit s'est illuminé à cette idée. J'avais ressenti la réalité d'Adam dès que j'avais lu les pages le concernant ce matin, mais pas la réalité de sa mort. J'essayais de me la représenter, ou de me rappeler ce que j'avais dû ressentir au moment où on m'avait appris qu'il avait été tué, et je n'y parvenais pas. Quelque chose ne collait pas. Le chagrin aurait certainement dû m'écraser. Chaque jour devait être rempli d'une constante douleur, empreinte de nostalgie, sachant qu'une partie de moi est morte et que je ne serais plus jamais comblée. Mon amour pour mon fils serait certainement assez fort pour que je me rappelle sa perte. S'il était vraiment mort, alors sûrement mon chagrin serait une force encore plus puissante que mon amnésie.

Je me suis rendu compte que je ne croyais pas mon mari. Je ne croyais pas que mon fils était mort. Pendant un moment, mon bonheur est resté suspendu, en équilibre. C'est alors que le Dr Nash a parlé.

« Oui, dit-il, je savais. »

Un espoir fou venait d'éclater en moi comme une minuscule explosion, pour se transformer en son exact contraire. C'était pire qu'une déception. Plus destructif, une douleur incandescente.

« Comment… ? »

Je n'ai rien pu dire d'autre.

Il m'a raconté la même histoire que Ben. Adam, dans l'armée. Une bombe au bord de la route. J'écoutais, déterminée à trouver la force de ne pas pleurer. Lorsqu'il a terminé, il y a eu un silence, un moment d'immobilité, avant qu'il ne pose sa main sur la mienne.

« Christine, a-t-il dit doucement. Je suis désolé. »

Je ne savais pas quoi dire. Je l'ai regardé. Il était penché vers moi. J'ai baissé les yeux, regardé sa main sur la mienne, barrée de minuscules égratignures. Je l'ai vu chez lui, plus tard. En train de jouer avec un chaton, peut-être un chiot. Menant une vie normale.

« Mon mari ne me parle pas d'Adam, ai-je dit. Il

garde toutes les photos de lui enfermées dans une boîte métallique. Pour ma propre protection. »

Le Dr Nash n'a rien dit.

« Pourquoi ferait-il ça ? »

Il a regardé par la fenêtre. J'ai vu que le mot *salope* avait été peint à la bombe sur le mur face à nous.

« Laissez-moi vous poser la même question. Pourquoi pensez-vous qu'il ferait une chose pareille ? »

J'ai réfléchi, réfléchi à toutes les raisons possibles. Pour qu'il puisse me contrôler. Avoir du pouvoir sur moi. Pour qu'il puisse me priver de cette seule chose qui ferait de moi une femme complète. J'ai alors compris que je ne croyais à aucune de ces hypothèses. Il ne me restait que le fait, cru. « Je suppose que c'est plus facile pour lui. De ne pas me dire, si je ne me rappelle pas.

— Pourquoi est-ce plus facile pour lui ?

— Parce que je trouve la chose si perturbante ? Ce doit être horrible, de devoir me dire tous les jours que non seulement j'ai eu un enfant, mais qu'il est mort. Et d'une manière aussi atroce.

— D'autres raisons, à votre avis ? »

Je suis restée silencieuse, puis j'ai soudain compris.

« Eh bien, ce doit être dur pour lui aussi. Il était le père d'Adam et… »

J'ai pensé au fait qu'il devait maîtriser son propre chagrin, en plus du mien.

« C'est difficile pour vous, Christine, a-t-il dit, mais vous devez essayer de vous rappeler que c'est difficile pour Ben aussi. Plus difficile encore, d'une certaine façon. Il vous aime profondément, j'imagine, et…

— Et pourtant, je ne me souviens même pas qu'il existe.

— C'est vrai. »

J'ai soupiré. « J'ai dû l'aimer, autrefois. Après tout, je l'ai épousé. » Il n'a rien dit. J'ai repensé à l'étranger avec lequel je m'étais réveillée ce matin, aux photos de notre vie ensemble que j'avais vues, au rêve – ou souvenir – que j'avais eu au milieu de la nuit. J'ai pensé à Adam, à Alfie, à ce que j'avais fait, à ce que j'avais envisagé de faire. Une vague de panique m'a envahie. Je me suis sentie prise au piège, comme s'il n'y avait pas d'issue, comme si mon esprit bondissait d'un fait à un autre, cherchant la liberté, la libération.

Ben, me suis-je dit. Je peux m'accrocher à Ben. Il est fort.

« Quel désastre, ai-je murmuré. Je me sens complètement écrasée. »

Il s'est tourné pour me faire face.

« Si seulement je pouvais faire quelque chose pour que tout ceci soit plus facile pour vous. »

Il semblait être vraiment sincère, comme s'il était prêt à faire tout son possible pour m'aider. Il y avait une sorte de tendresse dans son regard, dans sa manière de poser sa main sur la mienne, et là, dans la semi-pénombre du parking souterrain, je me suis surprise à me demander ce qui arriverait si je couvrais sa main avec la mienne, si je rapprochais un peu mon visage du sien, en soutenant son regard, les lèvres entrouvertes, à peine. Se pencherait-il un peu en avant lui aussi ? Essaierait-il de m'embrasser ? Le laisserais-je faire ?

Ou penserait-il que j'étais ridicule ? Absurde. Je

me suis peut-être réveillée ce matin en croyant que je n'avais pas encore trente ans, mais ce n'est pas le cas. J'ai presque cinquante ans. Je suis presque assez âgée pour être sa mère. Je me suis contentée de le regarder. Il est resté parfaitement immobile, à me regarder. Il paraissait fort. Assez fort pour m'aider. Pour m'aider à surmonter.

J'ai ouvert la bouche pour parler, sans savoir ce que j'allais dire, mais le son étouffé d'une sonnerie de téléphone m'a interrompue. Le Dr Nash n'a pas bougé, si ce n'est pour retirer sa main, et j'ai compris que le téléphone devait être un des miens.

J'ai sorti l'appareil de mon sac à main. Ce n'était pas celui qui était muni d'un clapet, mais celui que mon mari m'avait donné. L'écran affichait : *Ben.*

Lorsque j'ai vu son nom, je me suis rendu compte à quel point j'étais injuste. Il était en deuil aussi. Et il lui fallait vivre avec, tous les jours, sans pouvoir m'en parler, sans pouvoir trouver le moindre réconfort auprès de sa femme.

Et il faisait tout cela par amour.

Et j'étais là, assise dans un parking avec un homme dont il ignorait l'existence. J'ai repensé aux photos que j'avais vues ce matin dans l'album. Ben et moi, encore et encore. Souriants. Heureux. Amoureux. Si je devais rentrer et les regarder maintenant, je n'y verrais peut-être que celui qui manquait. Adam. Mais c'était les mêmes photos et, sur ces photos, nous nous regardions comme si personne d'autre n'existait au monde.

Nous avons été amoureux, c'était évident.

« Je le rappellerai plus tard. » J'ai rangé le téléphone

dans mon sac. Je lui parlerai ce soir, me suis-je dit. De mon journal. Du Dr Nash. De tout.

Le Dr Nash a toussé. « Nous devrions monter au bureau, dit-il. Et commencer ?

— Bien sûr », ai-je répondu. Sans le regarder.

Je me suis mise à écrire dans la voiture pendant que le Dr Nash me ramenait à la maison. La plupart des pages sont à peine lisibles, des gribouillis hâtifs. Le Dr Nash n'a rien dit tandis que j'écrivais, mais je le voyais me regarder à la dérobée tandis que je cherchais le bon mot ou une meilleure expression. Je me suis demandé ce qu'il pensait – avant notre départ de son bureau, il m'avait demandé mon accord pour présenter mon cas à une conférence à laquelle il avait été invité. « À Genève », avait-il dit, incapable de cacher un éclair de fierté. Je lui ai donné mon accord et j'ai imaginé qu'il me demanderait bientôt s'il pourrait faire une photocopie de mon journal. *Pour ses recherches.*

Lorsque nous sommes arrivés devant ma maison, il m'a dit au revoir et a ajouté : « Je suis surpris que vous ayez voulu écrire votre journal dans la voiture. Vous paraissez très… déterminée. Je suppose que vous ne voulez pas prendre le risque que quelque chose vous échappe. »

Je sais ce qu'il voulait dire. Plutôt que déterminée, il voulait dire frénétique. Frénétiquement impatiente. Impatiente de tout transcrire.

Et il a raison. Je suis déterminée. Une fois rentrée, j'ai terminé d'écrire à la table de la salle à manger, j'ai refermé mon journal et l'ai rangé dans sa cachette avant de me déshabiller lentement. Ben m'avait laissé un message sur le téléphone. *Et si on sortait ce soir,* disait-il. *Dîner dehors. C'est vendredi…*

J'ai enlevé le pantalon en lin bleu marine que j'avais trouvé dans mon armoire ce matin. Ensuite, le chemisier bleu clair qui m'avait semblé aller le mieux avec ce pantalon. J'étais déconcertée. J'avais donné au Dr Nash mon journal lors de notre séance – il m'avait demandé s'il pouvait le lire et j'avais accepté. C'était avant de parler de son invitation à Genève, et je me demandais maintenant si c'était pour cette raison qu'il me l'avait demandé. « C'est excellent ! s'était-il exclamé après l'avoir lu. C'est vraiment bien. Vous vous rappelez beaucoup de choses, Christine. Beaucoup de souvenirs sont en train de vous revenir. Il n'y a pas de raison que cela ne continue pas. Vous devez vous sentir très encouragée… »

Mais je ne me sentais pas encouragée. Je ressentais une immense confusion. Avais-je flirté avec lui, ou lui avec moi ? C'était sa main qui était venue sur la mienne, mais je l'avais laissé faire et je n'avais pas retiré la mienne.

« Vous devez continuer à écrire », m'avait-il dit en me rendant mon journal et je lui avais répondu que je le ferais.

Maintenant, de retour dans ma chambre, j'essayais de me convaincre que je n'avais rien fait de mal. Je me sentais malgré tout coupable. Parce que j'avais apprécié. L'attention, le sentiment d'un lien. Pendant un moment, au milieu de tous les événements, il y avait eu une minuscule étincelle de bonheur. Je m'étais sentie charmante. Désirable.

J'ai ouvert mon tiroir à sous-vêtements. Là, rangés

au fond, j'ai trouvé une culotte en soie noire et un soutien-gorge assorti. Je les ai mis – ces vêtements dont je savais qu'ils devaient m'appartenir alors même qu'en les enfilant je n'avais pas l'impression que c'était le cas – sans cesser de penser à mon journal, caché dans l'armoire. Que penserait Ben, s'il le trouvait ? S'il lisait tout ce que j'avais écrit, tout ce que j'avais ressenti ? Comprendrait-il ?

Je me suis mise devant le miroir. Il comprendrait. Forcément. J'ai examiné mon corps avec mes yeux, avec mes mains. Je l'ai exploré, j'ai fait courir mes doigts sur ses contours, ses courbes, comme s'il était quelque chose de nouveau, un cadeau. Quelque chose à découvrir, depuis le début.

Même si je savais que le Dr Nash n'avait pas flirté avec moi, pendant le bref moment où j'avais cru que c'était le cas, je ne m'étais pas sentie vieille. Je m'étais sentie vivante.

Je ne sais pas combien de temps je suis restée ainsi. Pour moi le temps s'étire à l'infini, il n'a presque aucun sens. Les années m'ont traversée sans laisser de trace. Les minutes n'existent pas. Je n'avais que le carillon de la pendule en bas pour me signifier que le temps passait. Je regardais mon corps, les lourdeurs sur mes fesses et mes hanches, les poils noirs sur mes jambes, sous mes bras. J'ai trouvé un rasoir dans la salle de bains ; je me suis savonné les jambes, puis ai fait glisser la lame froide sur ma peau. J'avais dû faire ces gestes avant, un nombre infini de fois, et pourtant j'avais l'impression de faire quelque chose d'étrange, de presque ridicule. Je me suis entaillé la peau du mollet – un tout petit élancement de douleur, puis une goutte rouge s'est formée, suspendue un instant avant de dégouliner le long de ma jambe. Je l'ai épongée d'un doigt, étalant le sang comme du miel sur une tartine, avant de le goûter du bout de la langue. Le goût du savon et du métal chaud. Il ne coagulait pas. J'ai laissé le sang couler sur ma peau, désormais toute douce, puis je l'ai épongé avec un mouchoir en papier.

De retour dans la chambre, j'ai enfilé des bas et une robe noire, moulante. J'ai choisi un collier en or dans la boîte posée sur la commode, une paire de boucles d'oreilles assorties. Je me suis assise devant la glace et me suis maquillée, j'ai lissé et laqué mes cheveux. J'ai mis un peu de parfum au creux de mes poignets et derrière mes oreilles. Et alors que je me préparais, un souvenir m'a traversée, flottant comme une brume. Je me vois en train de dérouler des bas sur mes jambes, de les accrocher à un porte-jarretelles, d'attacher un soutien-gorge, mais c'était un autre moi, dans un autre lieu, une chambre calme. Il y a une musique de fond, douce, et au loin j'entends des voix, des portes qui s'ouvrent et se ferment, le bourdonnement lointain de la circulation. Je me sens paisible et heureuse. Je me tourne vers le miroir, examine mon visage dans la lumière douce de la bougie. Pas mal, me dis-je. Pas mal du tout.

Le souvenir est tout juste hors de portée. Il luit sous la surface, et alors que je peux voir des détails, des images éparses, il est enfoui trop profondément pour que je puisse suivre la piste qu'il ouvre. Je vois une bouteille de champagne posée sur une table de nuit. Deux verres. Un bouquet de fleurs sur le lit, une carte. Je comprends que je suis dans une chambre d'hôtel, seule, à attendre, attendre l'homme que j'aime. J'entends frapper à la porte, je me vois me lever, avancer vers la porte, mais tout s'arrête là, comme si j'étais en train de regarder la télévision et que, soudain, l'antenne s'est déconnectée. Même si la femme que je voyais dans le miroir était une étrangère – et avec le maquillage et les cheveux laqués, cette étrangeté était encore plus flagrante que d'habitude, probablement –, je me suis sentie prête. Pour quoi, je ne savais pas, mais je me sentais prête. J'allais descendre au rez-de-chaussée pour attendre mon mari, l'homme que j'avais épousé, l'homme que j'aimais.

Que j'aime, me suis-je dit, en me forçant. L'homme que j'aime.

J'ai entendu sa clé tourner dans la serrure, la porte s'ouvrir, des pieds qu'on essuie sur le paillasson. Un sifflement ? Ou était-ce le son de ma respiration, rauque, lourde ?

Une voix.

« Christine ? Christine, tu vas bien ?

— Oui, ai-je dit. Je suis là. »

Un raclement de gorge, le bruit de l'anorak qu'on accroche, un cartable qu'on pose.

Il a crié d'en bas.

« Tout va bien ? Je t'ai appelée, cet après-midi. Je t'ai laissé un message. »

Le craquement des escaliers. Pendant un moment j'ai pensé qu'il allait monter directement et aller dans la salle de bains ou dans son bureau, sans venir me voir d'abord, et je me suis sentie bête, ridicule, habillée comme je l'étais, attendant mon mari, celui que j'avais épousé depuis Dieu sait combien d'années, portant les vêtements de quelqu'un d'autre. J'ai regretté de ne pas pouvoir enlever le costume, effacer le maquillage et me retransformer en la femme que je suis, mais j'ai entendu un grognement tandis qu'il enlevait une chaussure, puis l'autre, et j'ai compris qu'il s'était assis pour mettre ses pantoufles. L'escalier a de nouveau craqué et il est entré dans la chambre.

« Chérie... » a-t-il commencé, avant de s'interrompre. Son regard s'est promené sur mon visage, a détaillé tout mon corps de haut en bas et est remonté pour croiser le mien. Je ne parvenais pas à savoir ce qu'il pensait.

« Ouah, dit-il, tu es... » Il a secoué la tête.

« J'ai trouvé ces vêtements et je me suis dit que ce serait bien que je m'habille un peu. On est vendredi soir, après tout. C'est le week-end.

— Oui, a-t-il dit, toujours debout à l'entrée de la pièce. Oui, mais...

— Veux-tu que nous sortions ? »

Je me suis levée pour le rejoindre. « Embrasse-moi », ai-je dit, et bien que je ne l'aie pas tout à fait prévu, j'avais l'impression que c'était ce qu'il fallait faire : j'ai passé mes bras autour de son cou. Il sentait le savon, la sueur et le travail. Une odeur un peu sucrée, comme celle des crayons de cire. Un souvenir a ondoyé brièvement devant mes yeux – moi à genoux avec Adam par terre, en train de dessiner – mais il s'est évaporé.

« Embrasse-moi », ai-je répété. Ses mains sont venues me saisir la taille.

Nos lèvres se sont rejointes. En s'effleurant, au départ. Un baiser avant la nuit ou pour dire au revoir, un baiser lorsqu'on est en public, un baiser destiné à sa mère. Je n'ai pas bougé mes bras et il m'a embrassée à nouveau. De la même façon.

« Embrasse-moi, Ben, ai-je dit. Un vrai baiser. »

« Ben, l'ai-je interrogé plus tard. Sommes-nous heureux ? »

Nous étions assis dans un restaurant, où nous étions déjà venus auparavant, m'avait-il dit, même si je ne le savais pas. Des photos encadrées de gens dont j'ai supposé qu'ils étaient des célébrités locales décoraient les murs, un four était grand ouvert au fond, attendant qu'on y mette les pizzas. J'ai chipoté dans l'assiette de melon posée devant moi. Je ne me rappelais pas l'avoir commandée.

« Ce que je veux dire, ai-je repris, nous sommes mariés depuis… combien de temps ?

— Voyons, a-t-il dit, ça fait vingt-deux ans. » Cela paraissait inimaginable, si longtemps. Je repensais à la vision que j'avais eue en me préparant cet après-midi. Des fleurs dans une chambre d'hôtel. Je ne pouvais attendre que lui.

« Sommes-nous heureux ? »

Il a posé sa fourchette et a bu une gorgée du vin blanc qu'il avait commandé. Une famille est arrivée et ils se sont installés à une table voisine de la nôtre. Des parents un peu âgés, une fille qui avait une vingtaine d'années. Ben s'est mis à parler.

« Nous sommes amoureux, si c'est le sens de ta question. Moi, je t'aime, en tout cas. »

Elle était là, la phrase à laquelle je devais répondre que je l'aimais, moi aussi. Les hommes disent toujours je t'aime sous la forme d'une question sous-entendue.

Mais que pouvais-je dire ? C'est un étranger. L'amour ne naît pas en l'espace de vingt-quatre heures, peu importe à quel point j'ai pu vouloir croire que ça arrive.

« Je sais que tu ne m'aimes pas », a-t-il lâché. Je l'ai regardé, choquée. « Ne t'inquiète pas. Je comprends la situation dans laquelle tu te trouves – nous nous trouvons. Tu ne te souviens pas, mais nous étions amoureux, autrefois. Totalement, complètement. Comme dans les histoires, tu vois ? Roméo et Juliette, tous ces trucs. » Il essayait de rire, mais il a seulement eu l'air emprunté.

« Je t'aimais et tu m'aimais. Nous étions heureux, Christine. Très heureux.

— Jusqu'à mon accident. »

Ce dernier mot l'a fait tressaillir. En avais-je trop dit ? J'avais relu mon journal mais était-ce aujourd'hui qu'il m'avait parlé du délit de fuite ? Je ne savais pas mais, malgré tout, *accident* était un mot que n'importe qui dans ma situation aurait logiquement choisi. J'ai décidé de ne pas m'en soucier.

« Oui, a-t-il dit avec tristesse. Jusque-là nous étions heureux.

— Et aujourd'hui ?

— Aujourd'hui ? J'aurais aimé que la situation soit différente, mais je ne suis pas malheureux, Chris. Je t'aime. Je ne voudrais vivre avec personne d'autre. »

Et moi ? me suis-je dit. Suis-je malheureuse ?

J'ai lancé à la dérobée un regard vers la table voisine. Le père tenait une paire de lunettes sur son nez et lisait la carte en plissant les yeux tandis que la femme arrangeait le chapeau de sa fille et lui ôtait son écharpe. La fille restait assise sans bouger, le regard dans le vide, la bouche un peu entrouverte. Sa main droite tremblait sous la table. Un mince filet de salive coulait sur son menton. Son père a surpris mon regard et j'ai détourné les yeux, revenant à mon mari, mais trop précipitamment pour cacher que je m'étais indûment attardée. Ils doivent être habitués à ça – aux gens qui détournent les yeux, quelques secondes trop tard.

J'ai soupiré.

« Si seulement je pouvais me rappeler ce qui s'est passé.

— Ce qui s'est passé ? a dit Ben. Pourquoi ? »

J'ai repensé à tous les autres souvenirs qui m'étaient revenus. Ils avaient été brefs, éphémères. Ils avaient disparu, maintenant, ils s'étaient évanouis. Mais je les avais notés ; je savais qu'ils avaient existé – qu'ils existaient toujours, quelque part. Ils étaient juste égarés.

J'avais la certitude qu'il devait y avoir une clé, un souvenir qui allait déverrouiller tous les autres.

« Je crois que si je pouvais me rappeler mon accident, alors peut-être que je pourrais me rappeler d'autres choses aussi. Pas tout, peut-être, mais des choses. Notre mariage, par exemple, notre lune de miel. Je ne me souviens même pas de ça. »

J'ai bu une gorgée de vin. J'avais failli dire le nom de notre fils, et je m'étais rappelé à temps que Ben ne savait pas que j'avais relu des pages le concernant. « Juste me réveiller en me rappelant qui je suis. »

Ben a fermé le poing et l'a calé sous son menton.

« Les médecins ont dit que ça n'arrivera pas.

— Mais ils ne savent pas avec certitude, si ? Ils pourraient se tromper ?

— J'en doute. »

J'ai posé mon verre. Il avait tort. Il pensait que tout était perdu, que mon passé avait complètement disparu. Peut-être l'heure était-elle venue de lui parler des moments épars que j'avais encore, du Dr Nash, de mon journal, de tout.

« Mais il m'arrive de me rappeler des choses », ai-je lancé.

Il a paru surpris.

« Je pense que des choses me reviennent, des flashs. »

Il a desserré le poing.

« Vraiment ? Quelles choses ?

— Oh, ça dépend. Parfois, ce n'est pas grand-chose. Juste des impressions, des sensations, par-ci par-là. Un peu comme des rêves, mais ils paraissent trop réels pour que ce soit des inventions de ma part. » Il n'a rien dit. « C'est sûrement des souvenirs. »

Je me suis tue, m'attendant à ce qu'il me pose des questions, qu'il veuille que je lui raconte tout ce que j'avais vu, et qu'il me demande comment je savais quels souvenirs j'avais revécus.

Mais il n'a pas parlé. Il a continué à me regarder, le visage triste. J'ai repensé aux souvenirs que j'avais transcrits, à celui dans lequel il m'avait proposé du vin, dans la cuisine de notre première maison.

« J'ai eu une vision de toi, beaucoup plus jeune…

— Et qu'est-ce que je faisais ?

— Pas grand-chose. Tu étais debout dans la cuisine. » J'ai repensé à la fille, sa mère, son père, assis à quelques mètres de nous. Ma voix est devenue un chuchotement. « Tu m'embrassais. »

C'est alors qu'il a souri.

« Je me suis dit que si j'étais capable d'avoir un souvenir, alors peut-être que je suis capable d'en avoir plein… »

Il a tendu le bras et m'a saisi la main.

« Mais le truc, c'est que demain, tu ne te rappelleras plus ce souvenir. C'est tout le problème. Tu n'as pas la moindre fondation sur laquelle bâtir ta mémoire. »

J'ai soupiré. Ce qu'il disait était vrai ; je ne peux pas passer le reste de ma vie à écrire tout ce qui m'arrive, c'est impossible s'il faut aussi que je relise tout chaque jour.

J'ai à nouveau regardé la famille assise à côté de nous. La fille mangeait maladroitement du minestrone à la cuillère, trempant le bavoir que sa mère lui avait attaché autour du cou. Je voyais très bien à quoi ressemblait leur vie ; brisée, piégée dans le rôle du soutien permanent, un rôle dont ils avaient espéré se débarrasser des années auparavant.

Nous sommes pareils, me suis-je dit. J'ai besoin qu'on me nourrisse à la cuillère, moi aussi. Et comme ces parents aiment leur enfant, Ben m'aime d'une manière qui ne sera jamais réciproque.

Et pourtant, peut-être que nous étions différents. Peut-être que nous avions encore de l'espoir.

« Est-ce que tu veux que j'aille mieux ? » lui ai-je demandé.

Il a eu l'air surpris.

« Christine, s'il te plaît…

— Peut-être que je pourrais voir quelqu'un ? Un médecin ?

— Nous avons déjà essayé…

— Mais peut-être que ça vaut la peine d'essayer à nouveau ? La médecine fait tout le temps des progrès. Peut-être qu'il y a un nouveau traitement ? Autre chose que nous pourrions essayer ? »

Il a serré ma main.

« Christine, il n'y en a pas. Crois-moi. Nous avons tout essayé.

— Quoi ? dis-je. Qu'avons-nous essayé ?

— Chris, s'il te plaît. Ne…

— Qu'avons-nous essayé ? Dis-moi !

— Tout, tout. Tu ne sais pas ce que ça a été. »

Il avait l'air mal à l'aise. Ses yeux regardaient à droite, à gauche, comme s'il s'attendait à prendre un coup, sans savoir d'où il pouvait venir. J'aurais pu laisser la question passer, mais je m'y refusais.

« Quoi, Ben ? » Il fallait que je sache. « C'était comment ? »

Il n'a pas répondu.

« Dis-moi ! »

Il a levé la tête et a dégluti avec difficulté. Il avait l'air terrifié, le visage rouge, les yeux écarquillés.

« Tu étais dans le coma. Tout le monde pensait que tu allais mourir. Mais pas moi. Je savais que tu étais forte, que tu t'en sortirais. Je savais que tu irais mieux. Et un jour, l'hôpital m'a appelé et m'a dit que tu t'étais réveillée. Pour eux, c'était un miracle, mais je savais que ce n'était pas le cas. C'était toi, ma Chris, en train de me revenir. Tu étais abasourdie. Perdue. Tu ne savais pas où tu étais et tu ne te rappelais rien de l'accident, mais tu m'as reconnu, et ta mère, même si tu ne savais pas vraiment qui nous étions. Ils nous ont dit de ne pas nous inquiéter, qu'une amnésie temporaire était normale après un accident aussi grave, mais que cela passerait. Mais après… »

Il a haussé les épaules, baissé les yeux vers la serviette qu'il tenait entre ses mains. Pendant un moment, je me suis dit qu'il n'allait pas continuer.

« Après quoi ?

— Eh bien, ton état a semblé empirer. Je suis venu te voir un jour et tu n'avais pas la moindre idée de qui j'étais. Tu as pensé que j'étais un médecin. Puis tu as oublié qui tu étais, toi. Tu n'arrivais pas à te rappeler ton nom, ton année de naissance. Rien. Ils ont compris que tu avais aussi cessé de créer de nouveaux souvenirs. Ils t'ont fait passer des tests, des scanners. Tout. Mais les résultats n'étaient pas bons. Ils ont dit que ton accident avait provoqué ton amnésie. Que ce serait définitif. Qu'il n'y avait pas de traitement, qu'ils ne pouvaient rien faire.

— Rien ? Ils n'ont rien fait ?

— Non. Ils ont dit que ta mémoire reviendrait ou non, et que plus le temps passait, moins il y avait de chances qu'elle revienne. Ils m'ont dit que tout ce que je pouvais faire, c'était m'assurer que je pourrais m'occuper de toi. Et c'est ce que j'essaie de faire depuis ce temps-là. » Il a pris mes deux mains entre les siennes, me caressant les doigts, frottant l'anneau rigide de mon alliance.

Il s'est penché en avant, jusqu'à ce que sa tête ne soit plus qu'à quelques centimètres de la mienne. « Je t'aime », a-t-il chuchoté, mais je n'ai pas pu répondre et nous avons terminé notre repas dans un silence presque total. Le ressentiment grandissait en moi. La colère. Il paraissait si déterminé à accepter que je ne puisse pas être aidée. Si catégorique. Soudain l'envie de lui parler de mon journal, du Dr Nash, a disparu. Je voulais garder mes secrets pour moi, encore un peu, du moins. Je sentais que c'était la seule chose que j'avais et dont je pouvais être certaine qu'elle m'appartenait.

Nous sommes rentrés à la maison. Ben s'est fait un café et je suis montée à la salle de bains. Là, j'ai écrit autant que j'ai pu sur la journée qui venait de s'écouler, puis j'ai enlevé mes vêtements et mon maquillage. Ai enfilé une robe de chambre. Un autre jour est sur le point de se terminer. Bientôt je vais dormir et mon cerveau va commencer à tout effacer. Demain, je repasserai à nouveau par toutes les étapes.

J'ai compris que je n'avais pas d'ambition. Je ne peux pas. Tout ce que je veux, c'est me sentir normale. Vivre comme tout le monde, avec des expériences enrichissantes, chaque jour donnant forme au suivant. Je veux mûrir, apprendre des choses et accumuler du savoir. Là, dans la salle de bains, j'ai pensé à la fin de ma vie. À quoi ressemblera ma vieillesse ? Vais-je me réveiller sans savoir que mes os sont vieux, mes articulations raides et douloureuses ? Je n'arrive pas à imaginer comment je supporterai de découvrir que ma vie est derrière moi, qu'elle s'est déjà déroulée et qu'il n'en reste pas une trace. Pas de coffre aux trésors plein de souvenirs, pas la moindre richesse issue de l'expérience, pas de sagesse accumulée à transmettre. Que sommes-nous d'autre que la somme de nos souvenirs ? Comment me sentirai-je lorsque je me regarderai dans le miroir et verrai l'image de ma grand-mère ? Je ne sais pas, mais je ne peux pas me permettre de penser à cela maintenant.

J'ai entendu Ben aller dans la chambre. Je me suis rendu compte que je ne pourrais pas ranger mon journal dans l'armoire, et je l'ai posé sur la chaise à côté de la baignoire, sous mes vêtements. Je le déplacerai plus tard, me suis-je dit, une fois qu'il sera endormi. J'ai éteint la lumière et suis allée dans la chambre.

Ben était assis dans le lit et il me regardait. Je n'ai rien dit, suis entrée dans le lit à côté de lui. J'ai découvert qu'il était nu. « Je t'aime, Christine », a-t-il murmuré et il s'est mis à m'embrasser, dans le cou, sur la joue, sur les lèvres. Son haleine était chaude et avait le piquant de l'ail. Je ne voulais pas qu'il m'embrasse mais je ne l'ai pas repoussé. Je l'ai bien cherché, me suis-je dit. En portant cette robe ridicule, en mettant du maquillage et du parfum, en lui demandant de m'embrasser avant que nous sortions.

Je me suis tournée vers lui et bien que je ne le veuille pas, lui ai rendu son baiser. J'ai essayé de nous imaginer tous les deux dans la maison que nous venions d'acheter, nous arrachant mutuellement nos vêtements en montant dans la chambre, tandis que, dans la cuisine, notre déjeuner, resté cru, perdait toute sa fraîcheur. Je me suis dit que je devais l'aimer en ce temps-là – sinon, pourquoi l'aurais-je épousé ? – et qu'il n'y avait donc aucune raison pour que je ne l'aime pas aujourd'hui. Je me suis aussi dit que ce que je faisais était important, une expression d'amour et de gratitude. Lorsque sa main s'est posée sur mon sein, je ne l'ai pas arrêté, me répétant que c'était naturel, normal. Et je ne l'ai pas arrêté non plus lorsqu'il a glissé sa main entre mes jambes et l'a posée sur mon pubis, et j'ai été la seule à savoir que plus tard, bien plus tard, lorsque j'ai commencé à gémir doucement, ce n'était pas à cause de ses gestes. Ce n'était pas du tout du plaisir, c'était de la peur, à cause de ce que j'ai vu lorsque j'ai fermé les yeux.

Moi, dans une chambre d'hôtel. La même que celle que j'avais vue plus tôt dans la soirée, pendant que je me préparais. Je vois les bougies, le champagne, les fleurs. J'entends les coups frappés à la porte, je me vois poser le verre dans lequel je buvais, me lever et aller ouvrir. Je ressens de l'excitation, de l'impatience. L'air est lourd de promesses. Le sexe et la rédemption. Je tends la main, saisis la poignée de la porte, qui est froide, dure. Je respire fort. Enfin, tout va bien se passer.

Puis c'est le trou. Un blanc dans ma mémoire. La porte qui s'ouvre, vers moi, mais je ne vois pas qui se tient derrière.

Là, dans le lit avec mon mari, la panique m'a écrasée, venue de nulle part. « Ben ! » ai-je crié, mais il ne s'est pas arrêté. Il n'a même pas paru m'entendre. « Ben ! » ai-je dit à nouveau. J'ai fermé les yeux et me suis cramponnée à lui. Je suis retombée en tournoyant dans le passé.

Il est dans la pièce. Derrière moi. Cet homme, mais comment ose-t-il ? Je me contorsionne mais je ne vois rien. La douleur, brûlante. Une pression sur ma gorge. Je ne peux pas respirer. Ce n'est pas mon mari, ce n'est pas Ben, mais ses mains courent partout sur moi, sur mon corps, ses mains, sa chair me recouvrent. J'essaie de respirer mais je n'y parviens pas. Mon corps, agité de soubresauts, écrasé, se transforme en cendres, en air. De l'eau, dans mes poumons. J'ouvre les yeux et je ne vois rien que du rouge. Je vais mourir, ici, dans cette chambre d'hôtel. Dieu, me dis-je, je n'ai jamais voulu ça. Je n'ai jamais cherché ça. Il faut que quelqu'un m'aide. Que quelqu'un vienne. J'ai fait une terrible erreur, oui, mais je ne mérite pas cette punition. Je ne mérite pas de mourir.

Je me sens disparaître. Je veux voir Adam. Je veux voir mon mari. Mais ils ne sont pas là. Il n'y a personne d'autre que moi, et cet homme, cet homme qui a mis ses mains autour de mon cou.

Je glisse, je tombe, la chute libre. Vers le noir. Je ne dois pas dormir. Je ne dois pas dormir. Je… ne… dois… pas… dormir.

Le souvenir s'est arrêté, brutalement, laissant un vide blanc, terrible. Mes yeux se sont ouverts d'un seul coup. J'étais de retour dans ma maison, dans mon lit, mon mari en moi. « Ben ! » me suis-je écriée, mais il était trop tard. Avec de petits grognements étouffés, il a éjaculé. Je me suis accrochée à lui, le serrant aussi fort que possible, puis, au bout d'un moment, il m'a embrassée dans le cou et m'a redit qu'il m'aimait, puis : « Chris, mais tu pleures… »

Les sanglots se précipitaient, incontrôlables.

« Qu'est-ce qui ne va pas ? Je t'ai fait mal ? »

Que pouvais-je lui dire ? Je tremblais tandis que

mon esprit essayait de mettre de l'ordre dans ce qu'il avait vu. Une chambre d'hôtel pleine de fleurs. Du champagne et des bougies. Un étranger, les mains autour de mon cou.

Que pouvais-je dire ? Je n'ai pu que pleurer davantage et le repousser, puis attendre. Attendre qu'il s'endorme, pour pouvoir sortir du lit en catimini et tout retranscrire dans mon journal.

*Samedi, 2 h 07 du matin*

Je n'arrive pas à dormir. Ben est en haut, il est retourné se coucher, et j'écris dans la cuisine. Il pense que je bois une tasse de chocolat chaud qu'il vient de me préparer. Il pense que je vais bientôt revenir me coucher.

J'y retournerai mais, d'abord, il faut que j'écrive encore.

La maison est silencieuse mais, avant, tout paraissait vivant. Amplifié. J'avais caché mon journal dans l'armoire et j'étais retournée doucement dans le lit après avoir écrit ce que j'avais vu pendant que nous faisions l'amour, mais je me sentais malgré tout agitée. J'entendais le tic-tac de la pendule en bas, son carillon qui sonnait les heures. Les doux ronflements de Ben. Je sentais le poids de l'édredon en plume sur ma poitrine, je ne voyais rien d'autre que la lueur du réveil à côté de moi. Je m'étais tournée sur le dos et avais fermé les yeux. Je ne voyais que moi, avec une paire de mains serrées fort autour de mon cou ; je ne pouvais plus respirer. Tout ce que j'entendais, c'était ma voix, des échos de ma voix. J'allais mourir.

Je pensais à mon journal. Cela m'aiderait-il d'écrire

encore ? De le relire ? Arriverais-je à le sortir de sa cachette sans réveiller Ben ?

Il était étendu, à peine visible dans la pénombre. Tu me mens, me suis-je dit. Parce que c'est la vérité. Il me ment sur mon roman, sur Adam. Et maintenant, je suis persuadée qu'il me ment sur la manière dont j'en suis arrivée là, ainsi piégée.

Je voulais le secouer, le réveiller. Crier. Pourquoi ? Pourquoi me dis-tu que j'ai été renversée par une voiture sur une route verglacée ? Je me demande de quoi il me protège. Je me demande quelle peut être l'horrible vérité.

Et qu'y a-t-il d'autre que je ne sache pas ?

Mes pensées allaient de mon journal à la boîte métallique, celle dans laquelle Ben garde les photos d'Adam. Peut-être y aura-t-il plus de réponses dans la boîte, me suis-je dit. Peut-être découvrirai-je la vérité.

J'ai décidé de sortir du lit. J'ai remonté l'édredon pour ne pas que mon mari se réveille. J'ai sorti mon journal de sa cachette et suis retournée, à pas de loup, sur le palier. La maison me paraissait différente, baignée maintenant dans les lueurs du clair de lune bleuté. Figée, immobile.

J'ai refermé la porte de la chambre derrière moi, il y a eu un doux frottement de bois sur la moquette, un imperceptible cliquetis lorsque le pêne s'est enclenché. Là, sur le palier, j'ai relu rapidement ce que j'avais écrit. Le passage où Ben me disait que j'avais été heurtée par une voiture. J'ai relu les pages où il niait le fait que j'avais écrit un roman. J'ai relu les lignes sur notre fils.

Il fallait que je voie une photo d'Adam. Mais où devais-je chercher ?

« Je les garde à l'étage, avait-il dit. Pour plus de sécurité. »

Je savais cela. Je l'avais écrit. Mais où, exactement ? Dans la chambre d'amis ? Le bureau ? Comment allais-je commencer à chercher quelque chose dont je ne me souvenais même pas de l'avoir vu un jour ?

J'ai remis le journal à sa place et me suis dirigée vers le bureau, refermant cette porte-là aussi. Le clair de lune entrait par la fenêtre et projetait une lueur argentée dans la pièce. Je n'osais pas allumer la lumière, je ne pouvais pas courir le risque que Ben me surprenne là, à fouiller. Il me demanderait ce que je cherchais et je n'avais rien à lui dire, aucune raison qui justifie ma présence dans cette pièce. Cela provoquerait trop de questions exigeant des réponses.

La boîte était métallique, avais-je écrit. Et grise. J'ai d'abord regardé sur le bureau. Un minuscule ordinateur, avec un écran incroyablement plat, des stylos et des crayons dans un pot, des papiers rangés en piles ordonnées, un presse-papiers en céramique en forme d'hippocampe. Au-dessus du bureau était accroché un planning piqueté d'autocollants de couleurs, des ronds et des étoiles. Sous le bureau se trouvaient un cartable en cuir et une corbeille à papier, tous les deux vides, et, à côté, une armoire à classement.

J'ai d'abord regardé à cet endroit-là. J'ai ouvert le premier tiroir, lentement, doucement. Il était plein de papiers, rangés dans des dossiers étiquetés *Maison*,

*Travail, Argent.* J'ai regardé sous les dossiers. J'y ai trouvé un flacon en plastique plein de pilules mais je ne suis pas parvenue à lire l'étiquette dans la pénombre. Le second tiroir était rempli d'articles de papeterie – des boîtes, des blocs, des stylos, du Tipp-Ex – et je l'ai refermé doucement avant de m'accroupir pour ouvrir le dernier tiroir.

Une couverture ou une serviette ; c'était difficile à identifier, dans le noir. J'ai soulevé un coin, tâtonné, touché un métal froid. J'ai sorti le tissu. En dessous se trouvait la boîte métallique, plus grande que je ne l'avais imaginée, si grande qu'elle remplissait presque le tiroir. Je l'ai palpée entre mes mains et me suis rendu compte qu'elle était aussi plus lourde que je ne m'y attendais ; j'ai failli la laisser tomber en la sortant. Je l'ai posée par terre.

La boîte était là, devant moi. Pendant un moment, je n'ai pas su ce que je voulais faire, si même je voulais l'ouvrir. Quelles surprises pourrait-elle renfermer ? Comme la mémoire, elle pourrait contenir des vérités dont je ne pouvais même pas concevoir le premier mot. Des rêves inimaginables, des horreurs inattendues. J'avais peur. Mais ces vérités sont tout ce que j'ai, me suis-je dit. Elles sont mon passé. Elles constituent mon humanité. Sans elles je ne suis rien. Rien d'autre qu'un animal.

J'ai respiré profondément, les yeux fermés, et commencé à soulever le couvercle.

Il a un peu bougé mais pas beaucoup. J'ai fait une nouvelle tentative, peut-être était-il coincé, puis encore une fois, avant de comprendre. Il était fermé à clé. Ben l'avait fermé à clé.

J'ai essayé de rester calme, mais un accès de colère

montait, irrépressible. Qui était-il pour avoir verrouillé cette boîte de souvenirs ? Pour m'interdire l'accès à ce qui m'appartenait ?

La clé ne devait pas être loin, j'en étais certaine. J'ai regardé dans le tiroir. Ai déplié la couverture, l'ai secouée. Je me suis levée, j'ai renversé le pot à crayons sur le bureau et en ai examiné le contenu. Rien.

Aux abois, j'ai fouillé les autres tiroirs autant que la semi-pénombre me le permettait. Je n'ai pas trouvé la clé et j'ai compris qu'elle pouvait être n'importe où. Absolument n'importe où. Je suis tombée à genoux.

C'est alors qu'un bruit a résonné. Un craquement, si ténu que j'ai cru que c'était peut-être mon propre corps. Mais alors, un autre bruit. Une respiration. Ou un soupir.

Une voix. Celle de Ben.

« Christine ? »

Puis, plus fort :

« Christine ! »

Que faire ? J'étais assise dans son bureau, avec la boîte métallique dont je n'étais pas censée me souvenir, là, par terre, devant moi. J'ai senti la panique m'envahir. Une porte s'est ouverte, la lumière du palier s'est allumée. Il venait.

J'ai réagi promptement. J'ai remis la boîte à sa place et, sacrifiant le silence à la précipitation, j'ai brusquement refermé le tiroir.

« Christine ? » a-t-il à nouveau demandé. Des pas sur le palier. « Christine chérie ? C'est moi. Ben. » J'ai rangé les crayons et les stylos dans le pot sur le bureau puis je me suis écroulée par terre. La porte s'est entrouverte.

J'ai su ce qu'il fallait faire à la minute où je l'ai fait. J'ai réagi instinctivement, allant chercher la force dans un instinct encore plus profond que mes tripes.

« Au secours ! » ai-je hurlé lorsqu'il a fait son apparition à la porte.

Sa silhouette se découpait dans la lumière du couloir et, pendant un moment, j'ai vraiment ressenti la terreur que je mimais.

« S'il vous plaît, aidez-moi ! »

Il a allumé la lumière et s'est avancé vers moi.

« Christine ! Que se passe-t-il ? » a-t-il dit.

Il s'est accroupi à côté de moi.

J'ai eu un mouvement de recul, me suis éloignée de lui, jusqu'à ce que je me retrouve collée contre le mur sous la fenêtre.

« Qui êtes-vous ? » ai-je dit.

J'ai découvert que je m'étais mise à pleurer, à trembler comme une hystérique. Je griffais le mur derrière moi, m'accrochais au rideau qui était suspendu au-dessus de ma tête comme si j'essayais de me mettre debout. Ben restait où il était, de l'autre côté de la pièce. Il a tendu la main vers moi, comme si j'étais un animal sauvage, dangereux.

« C'est moi, ton mari.

— Mon quoi ? ai-je dit, avant de poursuivre : Qu'est-ce qui m'arrive ?

— Tu souffres d'amnésie, a-t-il dit. Nous sommes mariés depuis des années. » Ensuite, tandis qu'il me préparait le chocolat chaud qui est encore posé devant moi, je l'ai laissé me dire, depuis le début, ce que je savais déjà.

*Dimanche 18 novembre*

Tout ça s'est passé aux premières heures du jour, samedi. Aujourd'hui nous sommes dimanche. Il est midi, ou pas loin. Un jour entier est passé, sans que je l'aie transcrit. Vingt-quatre heures perdues. Vingt-quatre heures passées à croire tout ce que Ben m'a dit. À croire que je n'ai jamais écrit un roman, jamais eu un fils. À croire que c'est un accident qui m'a volé mon passé.

Peut-être que, contrairement à aujourd'hui, le Dr Nash n'a pas appelé hier, et je n'ai pas trouvé mon journal. Ou peut-être qu'il l'a fait et que j'ai choisi de ne pas le lire. Un frisson m'a parcourue. Que se passerait-il si un jour il choisissait de ne plus jamais appeler ? Je ne le retrouverais jamais, je ne le lirais jamais, je ne saurais même jamais qu'il a existé. Je ne connaîtrais pas mon passé.

Ce serait impensable. Je le sais aujourd'hui. Mon mari me raconte une version de la manière dont j'en suis arrivée à ne plus avoir de mémoire, mon intuition m'en souffle une autre. Je me demande si j'ai jamais demandé au Dr Nash ce qui s'est passé. Et même si je l'ai fait, puis-je croire ce qu'il me dit ? La seule vérité que j'ai est celle qui est écrite dans ce journal.

Écrite par moi. Je dois m'en souvenir. Écrite par moi.

Je repense à ce matin. Je me rappelle que le soleil est entré brutalement à travers les rideaux et m'a réveillée d'un seul coup. Mes yeux se sont ouverts pour découvrir un décor inconnu et j'ai été décontenancée. Pourtant, même si aucun événement particulier ne me revenait, j'avais l'impression de revoir une longue et riche histoire, pas seulement quelques courtes années. Et je savais, même si c'était confusément, que dans cette histoire il y avait un enfant, mon enfant. Pendant cette fraction de seconde avant que je sois pleinement consciente, j'ai su que j'étais mère. Que j'avais élevé un enfant, que mon corps n'était plus le seul corps qu'il était de mon devoir de nourrir et de soigner.

Je me suis retournée, ai découvert la présence d'un autre corps dans le lit, un bras posé sur ma taille. Pas la moindre panique ; je me suis sentie en sécurité. Je me suis réveillée complètement et les images et les sensations ont commencé à fusionner pour devenir des vérités et des souvenirs. D'abord, j'ai vu mon petit garçon, je me suis entendue dire son nom – Adam – et je l'ai vu en train d'accourir vers moi. Puis je me suis rappelé mon mari. Son nom. Je me suis sentie très amoureuse. J'ai souri.

L'impression de sérénité n'a pas duré. J'ai regardé l'homme étendu à côté de moi ; son visage n'était pas celui que je m'attendais à voir. Un moment plus tard, je me suis rendu compte que je ne reconnaissais pas la pièce dans laquelle j'avais dormi, que je ne me rappelais pas être arrivée ici. Et finalement, j'ai réalisé que je n'arrivais pas à me rappeler quoi que ce soit clairement. Ces débris ponctuels, déconnectés, n'étaient pas des bribes de souvenirs, mais ils étaient toute ma mémoire.

Ben me les a expliqués, bien entendu. Ou tout au moins des fragments. Et ce journal m'a donné les compléments, après l'appel du Dr Nash. Je n'avais pas eu le temps de tout relire – j'avais annoncé à Ben que je restais en haut, prétextant une migraine, puis j'avais guetté le moindre mouvement au rez-de-chaussée, inquiète que Ben puisse monter à tout moment avec une aspirine et un verre d'eau – et j'avais sauté de grands passages. Mais j'en avais suffisamment lu. Le journal me dit qui je suis, comment j'en suis arrivée là, de quoi je souffre et ce que j'ai perdu. Il me dit que tout n'est pas perdu. Que mes souvenirs reviennent, même si c'est lentement. Le Dr Nash me l'a confirmé, le jour où je l'ai regardé lire mon journal. *Beaucoup de choses vous reviennent, Christine,* avait-il dit. *Il n'y a pas de raison que cela ne continue pas.* Et le journal me dit que le délit de fuite est un mensonge, que quelque part, bien caché, se trouve le souvenir de ce qui s'est passé la nuit où j'ai perdu la mémoire, et que je peux y accéder. Que l'événement n'a rien à voir avec une voiture et une route verglacée, mais avec du champagne, des fleurs et des coups frappés à la porte d'une chambre d'hôtel.

Et maintenant j'ai un nom. Le nom de la personne que je m'attendais à voir lorsque j'ai ouvert les yeux ce matin n'était pas Ben.

*Ed.* Je me suis réveillée en m'attendant à me trouver à côté de quelqu'un appelé Ed.

À ce moment-là, je ne savais pas qui était cet *Ed.* Je me suis dit que peut-être ce n'était personne, c'était un nom que j'avais inventé, pêché n'importe où. Ou peut-être était-ce un ancien amant, une aventure d'une nuit que je n'avais pas complètement oubliée. Mais maintenant, j'ai lu ce journal. J'ai appris que j'ai été attaquée dans une chambre d'hôtel. Et donc je sais qui est cet Ed.

C'est l'homme qui se trouvait de l'autre côté de la porte ce soir-là. L'homme qui m'a agressée. L'homme qui m'a volé ma vie.

Ce soir j'ai mis mon mari à l'épreuve. Je ne voulais pas, je n'avais même pas prémédité la chose, mais j'avais passé la journée à me torturer. Pourquoi m'avait-il menti ? Pourquoi ? Et me ment-il tous les jours ? N'y a-t-il qu'une version du passé qu'il me raconte ou plusieurs ? J'ai besoin d'avoir confiance en lui, me dis-je. Je n'ai personne d'autre.

Nous avons mangé de l'agneau ; un gigot bon marché, gras et trop cuit. Je promenais la même bouchée dans mon assiette, la trempant dans la sauce, la portant à ma bouche avant de la reposer sur l'assiette.

« Comment en suis-je arrivée à être comme ça ? » ai-je demandé.

J'avais essayé de faire remonter la vision de la chambre d'hôtel mais elle était restée fuyante, tout juste hors de ma portée. D'une certaine façon, j'en étais soulagée.

Ben a levé les yeux de son assiette, l'air surpris.

« Christine, chérie, je ne…

— S'il te plaît, ai-je rétorqué précipitamment, il faut que je sache. »

Il a posé ses couverts.

« Bon, a-t-il dit.

— Il faut que tu me dises tout. Absolument tout. »

Il m'a regardée, les sourcils froncés.

« Tu es sûre ?

— Oui. »

J'ai hésité, puis ai décidé de me lancer.

« Il y a des gens qui croient peut-être que ce serait mieux de ne pas me donner tous les détails. En particulier s'ils sont bouleversants. Mais moi, je ne crois pas. Je crois que tu devrais tout me dire, pour que je puisse décider seule ce que je dois ressentir. Tu comprends ?

— Chris… Que veux-tu dire ? »

J'ai détourné les yeux. J'ai contemplé la photo de nous deux qui était posée sur le buffet. « Je ne sais pas, je sais que je n'ai pas toujours été comme ça. Et que maintenant, je le suis. Il a dû se passer quelque chose. Quelque chose de terrible. Je dis juste que je le sais. Je sais que ça a dû être atroce. Quand bien même, je veux savoir de quoi il s'agit. Il faut que je sache. Que je sache ce qui m'est arrivé. Ne me mens pas, Ben, s'il te plaît. »

Il a tendu le bras et m'a attrapé la main.

« Chérie, je ne ferais jamais une chose pareille. »

Puis il s'est mis à me raconter.

« C'était en décembre, les routes étaient verglacées… » et j'ai écouté, avec une appréhension grandissante, son récit de l'accident de voiture. Lorsqu'il a eu terminé, il a repris son couteau et sa fourchette et s'est remis à manger.

« Tu es sûr ? Tu es sûr que c'était un accident ? »

Il a laissé échapper un soupir.

« Pourquoi ? »

J'essayais de réfléchir à ce que je pouvais me permettre de dire. Je ne voulais pas révéler que je m'étais remise à écrire, que je tenais un journal, mais je voulais être aussi honnête que possible.

« Plus tôt aujourd'hui, j'ai eu une impression bizarre. Presque analogue à un souvenir. Comme si c'était en relation avec la cause de mon état actuel.

— Quel genre d'impression ?

— Je ne sais pas.

— Un souvenir ?

— On dirait.

— Est-ce que tu t'es rappelé des détails particuliers sur ce qui s'est passé ? »

J'ai repensé à la chambre d'hôtel, aux bougies, aux fleurs. L'impression qu'elles ne venaient pas de Ben, que ce n'était pas lui que j'attendais dans cette chambre. J'ai repensé aussi à cette sensation d'étouffement.

« Quel genre de choses ?

— Un détail ou un autre.

— Concernant la voiture qui t'a heurtée ? Sa couleur ? Si tu as vu qui était au volant ? »

J'avais envie de lui hurler à la figure : Pourquoi me demandes-tu de croire que j'ai été heurtée par une voiture ? Se peut-il vraiment que cette histoire soit plus facile à croire que celle qui s'est vraiment passée, quelle qu'elle soit ?

Une histoire plus facile à entendre, ai-je pensé, ou plus facile à raconter ?

« Non, pas vraiment. C'était plutôt une impression d'ensemble.

— Une impression d'ensemble ? a-t-il répété. Qu'est-ce que tu entends par là ? »

Son ton de voix était monté d'un cran, il paraissait presque en colère. Je n'étais plus certaine de vouloir poursuivre la discussion.

« Rien. Ce n'était rien. Juste l'impression bizarre que quelque chose de vraiment grave était en train de se passer, et une sensation de douleur. Mais je ne me souviens pas du moindre détail. »

Il a paru se détendre.

« Ce n'est probablement rien, simplement ton esprit qui te joue des tours. Essaie d'ignorer, c'est tout. »

Ignorer ? me dis-je. Comment pouvait-il me demander de faire ça ? Avait-il peur que je me rappelle la vérité ?

C'est possible, j'imagine. Il m'a déjà dit aujourd'hui que j'ai été heurtée par une voiture. Il ne peut pas se réjouir à l'idée que ses mensonges soient découverts, même si dès demain je les aurai oubliés. En particulier s'il ment pour me préserver. Je vois bien comment le fait de croire que j'ai eu un accident avec une voiture serait plus facile pour nous deux. Mais comment vais-je jamais découvrir ce qui s'est vraiment passé ?

Et qui attendais-je, dans cette chambre ?

« OK, ai-je fini par dire, parce que je ne pouvais pas dire autre chose. Tu as probablement raison. » Nous sommes retournés à notre agneau, qui était froid. Une autre pensée m'est venue. Une pensée terrible. Brutale. Et s'il avait raison ? Et si c'était bien un délit de fuite ? Et si mon esprit avait inventé la chambre d'hôtel, l'agression ? Peut-être que tout cela n'était qu'une invention. Une création de mon imagination, pas un souvenir. Était-il possible que, incapable de saisir le simple fait d'un accident sur une route verglacée, j'aie tout inventé ?

Si c'est le cas, ma mémoire ne fonctionne pas. Les choses ne me reviennent pas. Je ne vais pas de mieux en mieux, je suis en train de devenir folle.

J'ai pris mon sac et l'ai renversé sur le lit. Tout son contenu étalé. Mon porte-monnaie, mon carnet à fleurs, un rouge à lèvres, un poudrier, des mouchoirs en papier. Un téléphone portable, puis un autre. Un paquet de bonbons à la menthe. Des pièces de monnaie. Un carré de papier jaune.

Je me suis assise sur le lit et me suis mise à fouiller ces débris. J'ai d'abord pris le minuscule carnet et me suis dit que j'avais de la chance en voyant le nom du Dr Nash gribouillé à l'encre noire au dos, puis je lus le mot *bureau* écrit entre parenthèses à côté du numéro de téléphone. On était dimanche. Il ne s'y trouverait pas.

Le papier jaune était collant sur un bord ; des poussières et des cheveux s'y étaient déposés, mais rien n'était écrit dessus. Je commençais à me demander ce qui m'avait laissé penser, même l'espace d'un instant, que le Dr Nash m'avait donné son numéro personnel, lorsque je me suis souvenue qu'il l'avait écrit sur la première page de mon journal. *Appelez-moi si vous vous sentez perdue,* m'avait-il dit.

Je l'ai trouvé, puis j'ai ramassé les deux téléphones. Je ne me souvenais plus lequel m'avait été donné par le Dr Nash. J'ai examiné rapidement le plus grand des deux ; tous les appels venaient de Ben ou lui étaient adressés. Le second, à clapet, avait rarement été utilisé. Pourquoi le Dr Nash me l'avait-il donné, si ce n'était pour des cas comme celui-ci ? me suis-je dit. Comment suis-je en ce moment, si ce n'est perdue ? Je l'ai ouvert et ai composé son numéro.

Silence, pendant quelques instants, puis une sonnerie bourdonnante, interrompue par une voix.

« Allô ? »

Il avait l'air endormi, alors qu'il n'était pas tard.

« Qui est à l'appareil ?

— Docteur Nash », ai-je dit à mi-voix. J'entendais Ben en bas, là où je l'avais laissé, en train de regarder une espèce de concours d'amateurs à la télévision. Du chant, des rires, ponctués de séquences d'applaudissements.

« C'est Christine. »

Une pause. Un réajustement mental.

« Oh… OK. Comment… »

J'ai été submergée par une vague inattendue de déception. Il n'avait pas l'air content d'avoir de mes nouvelles.

« Je suis désolée, ai-je dit. J'ai trouvé votre numéro au début de mon journal.

— Bien sûr, a-t-il répondu. Bien sûr. Comment allez-vous ? » Je n'ai pas répondu.

« Est-ce que tout va bien ?

— Je suis désolée », ai-je dit.

Les mots m'échappaient, l'un après l'autre.

« Il faut que je vous voie. Maintenant. Ou demain. Oui. Demain. J'ai eu un souvenir. Hier soir. Je l'ai écrit. Une chambre d'hôtel. Quelqu'un qui frappe à la porte. Je ne pouvais plus respirer. Je... Docteur Nash ?

— Christine, doucement... Que s'est-il passé ? »

J'ai pris une grande inspiration.

« J'ai eu un souvenir. Je suis certaine qu'il a un rapport avec la cause de mon amnésie. Mais cela n'a aucun sens. Ben m'a dit que j'avais été heurtée par une voiture. »

J'ai entendu du mouvement, comme s'il changeait de position, et une autre voix. Une voix de femme.

« Ce n'est rien », a-t-il dit, et il marmonna quelque chose que je n'arrivais pas à entendre.

« Docteur Nash ? Docteur Nash ? Est-ce que j'ai été heurtée par une voiture ?

— Je ne peux pas vraiment vous parler, là, tout de suite », et j'ai de nouveau entendu la voix de la femme, plus forte maintenant, qui se plaignait. J'ai senti quelque chose m'agiter de l'intérieur. De la colère, ou de la panique.

« S'il vous plaît ! » ai-je dit. Ma prière est sortie dans un sifflement.

D'abord un silence, puis sa voix à nouveau, autoritaire maintenant.

« Je suis désolé. Je suis un peu occupé. L'avez-vous écrit ? »

Je n'ai pas répondu. *Occupé*, avait-il dit. Je les ai vus, lui et sa petite amie, me suis demandé ce que j'avais bien pu interrompre. Il a repris :

« Ce que vous vous êtes rappelé, l'avez-vous écrit

dans votre journal ? Assurez-vous que vous l'avez bien écrit.

— OK, mais... »

Il m'a interrompue.

« Nous parlerons demain. Je vous appellerai. Sur ce numéro, d'accord. Je vous le promets. »

Une impression de soulagement, mêlée à autre chose, d'inattendu. De difficile à définir. Du bonheur ? Du plaisir ?

Non, c'était plus que ça. Un peu d'angoisse, un peu de certitude, dans un léger frisson de plaisir anticipé. Je le ressens encore tout en écrivant, une heure plus tard, mais maintenant, je sais l'identifier. Quelque chose dont je ne sais pas si je l'ai déjà éprouvé avant. De l'anticipation.

Anticipation de quoi ? Va-t-il me dire tout ce que j'ai besoin de savoir, me confirmer que mes souvenirs sont en train de revenir, goutte à goutte, que mon traitement est en train d'opérer ? Ou s'agit-il de plus ?

Je pense à ce que j'ai dû ressentir lorsqu'il m'a touchée dans le parking, ce que j'ai dû avoir en tête pour ignorer un appel de mon mari. Peut-être la vérité est-elle plus simple. Je me réjouis à la perspective de lui parler.

« Oui, ai-je dit lorsqu'il m'a dit qu'il m'appellerait. Oui. S'il vous plaît. »

Mais lorsque j'ai énoncé ces mots, il avait déjà raccroché. J'ai pensé à la voix féminine et compris qu'ils devaient être au lit.

J'ai chassé cette idée de mon esprit. Si je la poursuivais, je deviendrais folle pour de bon.

*Lundi 19 novembre*

Il y avait beaucoup de monde dans le café. Le genre d'établissement faisant partie d'une chaîne. Tout était vert ou marron, et jetable, même si les affiches accrochées sur les murs recouverts de moquette garantissaient qu'ici on respectait l'environnement. J'ai bu du café qu'on m'avait servi dans un gobelet en carton d'une taille impressionnante, tandis que le Dr Nash s'installait dans le fauteuil en face de celui dans lequel je m'étais écroulée.

C'était la première fois que j'avais l'occasion de le regarder pour de bon ; ou la première fois aujourd'hui, du moins, ce qui revient au même. Il m'avait appelée – sur le téléphone à clapet – peu de temps après avoir débarrassé les restes de mon petit déjeuner, puis il était venu me chercher environ une heure plus tard. J'avais relu la plus grande partie de mon journal. J'ai gardé les yeux rivés sur le paysage tandis que nous roulions jusqu'au café. J'étais dans une grande confusion. Très grande. Ce matin à mon réveil – même si je n'étais pas certaine de connaître mon propre nom – je savais que j'étais une adulte et une mère, alors que je n'avais pas la moindre idée que j'avais une bonne quarantaine d'années et que mon fils était mort. Les moments de la journée, jusqu'à l'arrivée du Dr Nash, n'avaient cessé de me désorienter, un choc après l'autre – le miroir de la salle de bains, l'album, puis, plus tard, ce journal –, et le sommet avait été la certitude que je n'avais pas confiance en mon mari. Je n'avais pas éprouvé l'envie d'examiner autre chose de trop près.

Mais maintenant, je voyais qu'il était plus jeune que je ne l'imaginais, et même si j'avais écrit qu'il n'avait pas besoin de faire attention à son poids, cela ne signifiait pas qu'il était aussi mince que je l'avais supposé. Il dégageait une sorte de solidité, accentuée par sa veste trop large pour sa carrure dont les manches laissaient parfois apparaître des avant-bras étonnamment poilus.

« Comment vous sentez-vous aujourd'hui ? » m'a-t-il demandé, une fois installé.

J'ai haussé les épaules.

« Je ne sais pas. Je suis déconcertée, je crois. »

Il a hoché la tête.

« Continuez. »

J'ai repoussé le biscuit que le Dr Nash m'avait donné sans que je lui aie demandé.

« Eh bien, je me suis réveillée en sachant, je ne sais pas pourquoi, que j'étais adulte. Je n'avais pas conscience que j'étais mariée, mais je n'étais pas vraiment surprise de découvrir qu'il y avait quelqu'un dans le lit avec moi.

— C'est bien, même si… » commença-t-il.

Je l'ai interrompu.

« Mais hier, j'ai écrit qu'à mon réveil je savais que j'avais un mari…

— Donc, vous continuez à écrire dans votre journal ? » dit-il, et j'ai approuvé d'un signe de tête.

« L'avez-vous apporté ? »

Il était dans mon sac. Mais je ne voulais pas qu'il lise certaines choses, que je ne voulais laisser voir à personne. Des choses personnelles. Mon histoire. La seule histoire que j'aie.

Des choses que j'avais écrites sur lui.

« Je l'ai oublié », ai-je prétendu.

Je n'ai pas su s'il était déçu.

« OK, dit-il, ce n'est pas grave. Je vois bien que c'est frustrant : un jour vous vous rappelez quelque chose et, le lendemain, on dirait que le souvenir est reparti. Mais c'est un progrès, malgré tout. D'une manière générale, vous avez plus de souvenirs qu'avant. »

Je me suis demandé si ce qu'il avait dit était encore vrai. Dans les premières entrées du journal, j'avais écrit que je me rappelais mon enfance, mes parents, une fête avec ma meilleure amie. J'avais vu mon mari quand nous étions jeunes, au début de notre histoire d'amour, je m'étais vue, moi, en train d'écrire un roman. Mais depuis ? Ces derniers temps, je ne vois que le fils que j'ai perdu et l'agression qui m'a laissée dans l'état où je me trouve. Des choses qu'il serait peut-être préférable que j'oublie.

« Vous avez dit que vous étiez inquiète à propos de Ben ? Que vous raconte-t-il sur la cause de votre amnésie ? »

J'ai dégluti avec peine. Ce que j'avais écrit hier avait paru distant, lointain. Presque de la fiction. Un accident de voiture. De la violence dans une chambre d'hôtel. Aucune des deux scènes n'avait semblé avoir le moindre lien avec moi. Pourtant, je n'avais pas d'autre choix que de croire que j'avais écrit la vérité. Que Ben m'avait vraiment menti sur les événements qui m'avaient rendue telle que je suis.

« Continuez… »

Je lui ai dit ce que j'avais transcrit, en commençant par l'histoire de Ben sur mon accident et en finissant par mon souvenir de la chambre d'hôtel, en omettant de dire que nous étions en train de faire l'amour au moment où le second épisode m'était revenu et de détailler l'ambiance romantique – les fleurs, les bougies et le champagne.

Tout en parlant, je ne le quittais pas des yeux. Il murmurait par moments un encouragement et se grattait le menton. Il a même froncé les sourcils, bien que son expression trahisse plus la réflexion que la surprise.

« Vous saviez tout ça, n'est-ce pas ? ai-je dit, après avoir terminé mon récit. Vous le saviez ? »

Il a posé son gobelet.

« Pas vraiment, non. Je savais que ce n'était pas un accident de voiture qui avait causé vos problèmes, mais je sais, depuis que j'ai lu votre journal, que c'est ce que vous dit Ben. Je savais aussi que vous étiez probablement à l'hôtel le soir de votre… de votre… le soir où vous avez perdu la mémoire. Mais les autres détails que vous mentionnez sont nouveaux. Et pour autant que je sache, c'est la première fois que vous vous souvenez de quelque chose vous-même. C'est une bonne nouvelle. »

*Une bonne nouvelle* ? Je me suis demandé s'il aurait voulu que je sois contente. « Alors c'est vrai ? Ce n'était pas un accident de voiture ? »

Il a marqué une pause, puis a dit :

« Non. Non, ce n'en était pas un.

— Mais pourquoi ne m'avez-vous pas dit que Ben me mentait ? Quand vous avez lu mon journal ? Pourquoi vous ne m'avez pas dit la vérité ?

— Parce que Ben doit avoir ses raisons, et qu'il me semblait que je n'avais pas le droit de vous détromper. Pas à ce moment-là.

— Alors, vous m'avez menti, vous aussi ?

— Non, je ne vous ai jamais menti. Je ne vous ai jamais dit que c'était un accident de voiture. »

J'ai repensé à ce que j'avais lu ce matin.

« Mais l'autre jour, dis-je. Dans votre bureau. Nous en avons parlé... » Il a secoué la tête.

« Je ne parlais pas d'un accident, a-t-il rectifié. Vous avez dit que Ben avait raconté comment ça s'était passé, alors j'ai pensé que vous connaissiez la vérité. Je n'avais pas lu votre journal, à ce moment-là, ne l'oubliez pas. Nous avons dû nous emmêler les pinceaux... »

Je voyais bien comment ce genre de chose pouvait arriver, l'un comme l'autre essayant d'éviter un sujet auquel nous ne voulions pas donner de nom.

« Alors, que s'est-il vraiment passé dans cette chambre d'hôtel ? Qu'est-ce que je faisais là ?

— Je ne sais pas tout.

— Alors, dites-moi ce que vous savez. » Les mots étaient sortis sur un ton de colère, mais il était trop tard pour les reprendre. Je l'ai regardé ôter une miette imaginaire sur son pantalon.

« Vous êtes certaine que vous voulez savoir ? »

J'ai eu l'impression qu'il était en train de me donner une dernière chance. *Vous pouvez toujours vous en aller,* semblait-il dire. *Vous pouvez continuer à vivre sans savoir ce que je suis sur le point de vous dire.*

Mais il avait tort. Je ne pouvais pas. Sans la vérité je ne vis qu'à moitié.

« Oui », ai-je dit.

Il parlait à voix basse. En bredouillant. Il commençait des phrases pour les interrompre au bout de quelques mots seulement. L'histoire était une spirale, comme si elle tournait autour d'un événement affreux, qu'il valait mieux ne pas nommer. Quelque chose qui rendait dérisoires les conversations anodines que j'imaginais être le quotidien du lieu.

« C'est vrai. Vous avez été agressée. C'était… » Il s'est arrêté. « Eh bien, c'était assez affreux. On vous a retrouvée en train d'errer. En pleine confusion. Vous n'aviez pas le moindre papier sur vous et vous n'aviez pas le moindre souvenir, ne sachant ni qui vous étiez ni ce qui était arrivé. Vous étiez blessée à la tête. La police a cru d'abord que vous aviez été agressée dans la rue. » Un autre silence. « On vous a retrouvée enroulée dans une couverture, couverte de sang. »

J'étais tétanisée.

« Qui m'a trouvée ? ai-je demandé.

— Je ne suis pas sûr…

— Ben ?

— Non. Pas Ben. Un étranger. Cette personne vous a calmée. A appelé une ambulance. Vous avez été admise dans un hôpital, bien entendu. Il y avait une hémorragie interne qui exigeait une opération d'urgence.

— Mais comment ont-ils su qui j'étais ? »

Pendant un moment atroce, je me suis dit que

peut-être ils n'avaient jamais découvert qui j'étais. Peut-être que tout cela, l'histoire, même mon nom, m'avait été donné le jour où on m'avait découverte. Même Adam.

Le Dr Nash a repris.

« Ce n'était pas difficile. Vous vous étiez enregistrée à l'hôtel sous votre propre nom. Et Ben avait déjà contacté la police pour déclarer votre disparition. Avant même qu'on vous retrouve. »

J'ai repensé à l'homme qui avait frappé à la porte de cette chambre, l'homme que j'attendais.

« Ben ne savait pas où j'étais ?

— Non. Apparemment, il n'en avait pas la moindre idée.

— Il ne savait pas non plus avec qui j'étais, qui m'a fait ça ?

— Non. Personne n'a jamais été arrêté. Il y avait très peu d'indices et, bien sûr, vous ne pouviez pas vraiment aider la police dans son enquête. On a supposé que la personne qui vous avait attaquée avait tout enlevé de la chambre d'hôtel, vous avait laissée et était partie. Personne n'a vu quiconque entrer ni sortir. Apparemment, il y avait beaucoup d'animation dans l'hôtel ce soir-là ; c'était une espèce de réception, les gens entraient et sortaient. Vous êtes probablement restée inconsciente un moment après l'agression. Il était près de minuit lorsque vous êtes descendue et avez quitté l'hôtel. Personne ne vous a vue sortir. »

J'ai soupiré. Je réalisais que la police avait dû classer l'affaire, il y a des années. Pour tout le monde sauf moi – même pour Ben – c'était de l'histoire ancienne, très ancienne. Je ne saurais jamais qui m'avait fait ça et pourquoi. À moins que je me souvienne.

« Que s'est-il passé ensuite ? Après que j'ai été emmenée à l'hôpital ?

— L'opération a réussi, mais il y a eu des effets secondaires. On a apparemment eu du mal à vous stabiliser après l'opération. Votre tension, en particulier. » Il a marqué une pause.

« Vous avez été dans le coma pendant un moment.

— Un coma ?

— Oui. On ne savait pas si vous alliez vous en sortir, mais bon, vous avez eu de la chance. Vous étiez exactement où il fallait et ils vous ont administré un traitement puissant. Vous êtes revenue. Mais ensuite, il s'est avéré que votre mémoire avait disparu. Au départ, ils ont cru que ce serait peut-être temporaire. Une combinaison de blessures à la tête et d'anoxie. C'était une hypothèse raisonnable…

— Pardon, mais…, l'ai-je interrompu. Anoxie ? »

Le mot m'avait interpellée.

« Excusez-moi, a-t-il dit. Privation d'oxygène. »

J'ai senti ma tête se mettre à flotter entre deux eaux. Tout s'est mis à rétrécir, à se déformer, comme si tout rapetissait, ou que moi, je grandissais. Je me suis entendue dire :

« Privation d'oxygène ?

— Oui, vous aviez les symptômes d'un sévère manque d'oxygène au cerveau. Cohérent avec l'empoisonnement au dioxyde de carbone, en l'absence d'autre preuve, ou la strangulation. Des marques sur votre cou le corroboraient. Mais ils ont trouvé que l'explication la plus probable était que vous aviez failli vous noyer. » Il a fait une pause tandis que j'intégrais ce qu'il était en train de me dire. « Vous rappelez-vous quoi que ce soit sur une noyade ? »

J'ai fermé les yeux. Je ne voyais rien d'autre qu'une carte sur un oreiller sur laquelle j'avais lu les mots *Je t'aime.* J'ai secoué la tête.

« Vous vous êtes remise, mais votre mémoire ne s'est pas améliorée. Vous êtes restée à l'hôpital deux ou trois semaines. D'abord dans l'unité de soins intensifs, puis en médecine générale. Lorsque vous avez été assez bien pour pouvoir être déplacée, on vous a ramenée à Londres. »

Ramenée à Londres. Bien sûr. J'avais été trouvée près d'un hôtel ; je devais être loin de la maison. Je lui ai demandé où ça s'était passé.

« À Brighton. Avez-vous la moindre idée de la raison qui vous a amenée là-bas ? Un lien avec cette région ? »

J'essayais de penser à des vacances, mais rien n'est venu.

« Non, aucune. Aucune que je connaisse, en tout cas.

— Cela aiderait peut-être d'aller là-bas, un jour. Pour voir si vous vous rappelez. »

Je me suis instantanément figée. J'ai secoué la tête.

Il a acquiescé. « OK. Il peut y avoir des milliers de raisons pour lesquelles vous étiez là-bas, bien sûr. »

Oui, ai-je pensé, mais seulement une qui justifiait la douce lumière de bougies et des bouquets de roses, mais sans la présence de mon mari.

« Oui. Bien sûr. » Je me suis demandé si l'un ou l'autre d'entre nous allait énoncer le mot *liaison,* et comment Ben avait dû se sentir lorsqu'il avait compris où j'étais allée et pourquoi.

C'est alors que tout s'est éclairé. La raison pour laquelle Ben ne m'avait pas donné la véritable explication de mon amnésie. Pourquoi voudrait-il me rappeler qu'un jour, même brièvement, j'avais choisi un autre homme que lui ? Un frisson m'a parcourue. J'avais préféré un autre homme à mon mari et voilà le prix que j'avais payé.

« Que s'est-il passé après ? Me suis-je réinstallée avec Ben ? »

Il a secoué la tête. « Non, non, a-t-il dit. Vous étiez encore très malade. Vous deviez rester à l'hôpital.

— Combien de temps y suis-je restée ?

— Vous étiez en médecine générale, tout d'abord. Pendant quelques mois.

— Et ensuite ?

— Vous avez été déplacée... » Il a hésité – j'ai cru que j'allais devoir lui demander de poursuivre – et ajouté : « ... dans un service psychiatrique. »

Le mot m'a fait un choc. « Un service psychiatrique ? » J'ai imaginé des endroits effrayants, pleins de gens cinglés, en train de hurler, complètement dérangés. Je ne pouvais pas m'imaginer dans un endroit pareil.

« Oui.

— Mais pourquoi ? Pourquoi m'a-t-on envoyée là-bas ? »

Il parlait doucement, mais le ton trahissait la lassitude. Je me suis soudain sentie convaincue que nous avions déjà parlé de tout ceci auparavant, peut-être de multiples fois, probablement avant que je commence à tenir mon journal.

« C'était plus sûr. Vous vous étiez assez bien remise de vos blessures physiques, mais vos problèmes de mémoire étaient très sérieux. Vous ne saviez pas qui vous étiez, ni où vous vous trouviez. Vous manifestiez des symptômes de paranoïa, prétendant que les médecins conspiraient contre vous. Vous tentiez continuellement de vous échapper. » Il a attendu. « Vous deveniez de plus en plus ingérable. On vous a déplacée pour votre propre sécurité, autant que pour la sécurité des autres.

— Des autres ?

— Il vous arrivait de donner des coups. »

J'ai tenté d'imaginer ce que ça avait dû être. Je me suis représenté une personne qui se réveillait chaque jour dans la confusion la plus totale, sans savoir qui elle était, ni où elle se trouvait, ni pourquoi on l'avait mise à l'hôpital. Demandant des explications et ne les obtenant pas. Entourée de gens qui en savaient plus long sur elle qu'elle-même. Cela avait dû être l'enfer.

Je me suis rappelé que nous parlions de moi.

« Et ensuite ? »

Il n'a pas répondu. Je l'ai vu lever les yeux vers la porte, derrière moi, comme s'il guettait l'arrivée de quelqu'un. Mais il n'y avait personne, elle ne s'est pas ouverte, personne n'est ni sorti ni entré. Je me suis demandé s'il pensait à s'enfuir.

« Docteur Nash, ai-je dit, que s'est-il passé ensuite ?

— Vous êtes restée là-bas quelque temps. »

Sa voix n'était plus qu'un chuchotement. Il m'a déjà raconté ça auparavant, mais cette fois-ci, il sait que je vais l'écrire et que je vais le garder avec moi au-delà de quelques heures.

« Combien de temps ? »

Comme il n'a pas répondu, j'ai dû reposer ma question.

« Combien de temps ? »

Il a levé les yeux vers moi, une expression de tristesse et de douleur sur le visage. « Sept ans. »

Il a payé l'addition et nous sommes sortis du café. Je me sentais engourdie. Je ne savais pas à quoi je m'attendais. Quand avais-je vécu le pire de ma maladie ? Mais je ne pensais pas que ce serait à ce moment-là, pas au beau milieu de toute cette douleur.

Tandis que nous marchions, le Dr Nash s'est tourné vers moi.

« Christine, j'ai une suggestion à vous faire. »

J'ai remarqué la légèreté avec laquelle il parlait, comme s'il me demandait quel était mon parfum de glace préféré. Une légèreté qui ne pouvait être qu'affectée.

« Allez-y, ai-je dit.

— Je pense que cela pourrait vous aider si vous visitiez le service hospitalier où vous avez été soignée, dit-il, où vous avez passé tant de temps. »

Ma réaction a été instantanée. Réflexe.

« Non ! Pourquoi ferais-je ça ?

— Vous êtes en train de faire l'expérience du souvenir. Repensez à ce qui s'est passé lorsque nous avons visité votre ancienne maison. » J'ai hoché la tête. « Vous vous êtes rappelé quelque chose, à ce moment-là. Je pense que cela pourrait se reproduire. Nous pourrions déclencher d'autres souvenirs.

— Mais…

— Il n'y a aucune obligation. Mais… écoutez. Je vais être honnête avec vous. J'ai déjà pris des dispositions avec eux. Ils seraient heureux de vous accueillir. De nous accueillir. Quand nous voulons. Il suffit que je leur passe un coup de fil pour leur dire que nous arrivons. Je viendrai avec vous. Et si vous vous sentez bouleversée ou mal à l'aise, nous partons. Tout se passera bien, je vous le promets.

— Vous pensez que cela pourrait m'aider à aller mieux ? Vraiment ?

— Je ne sais pas, mais c'est bien possible.

— Quand ? Quand voulez-vous que nous y allions ? »

Il s'est arrêté. Je me suis rendu compte que la voiture à côté de laquelle nous nous trouvions devait être la sienne.

« Aujourd'hui, a-t-il lâché. Je pense que nous devrions y aller aujourd'hui. » Puis il a ajouté quelque chose d'étrange :

« Nous n'avons pas de temps à perdre. »

Je n'étais pas obligée d'y aller. Le Dr Nash ne m'a pas forcée à accepter cette expédition. Mais même si je ne me rappelle pas l'avoir fait – comme je ne me rappelle pas grand-chose, en fait – j'ai dû dire *oui*.

Le trajet n'a pas été long et nous sommes restés silencieux. Je ne pensais à rien. Rien à dire, rien à ressentir. Mon esprit était vide. Comme évidé. J'ai sorti mon journal de mon sac – sans me préoccuper du fait que j'avais dit au Dr Nash ne pas l'avoir emporté avec moi – et j'y ai écrit ce qui précède. Je voulais noter notre conversation dans les moindres détails. Je l'ai fait, en silence, presque machinalement, et nous n'avons pas échangé un mot non plus lorsqu'il a garé la voiture et lorsque nous avons parcouru les couloirs aseptisés avec leur odeur de café refroidi et de peinture fraîche. Des gens étaient déplacés d'un endroit à un autre en fauteuil roulant, une perfusion accrochée sur une perche. Des affiches se décollaient à moitié sur les murs. Les néons au plafond clignotaient et bourdonnaient. Je pensais seulement aux sept années que j'avais passées ici. On aurait dit toute une vie ; toute une vie dont je ne me rappelais absolument rien.

Nous nous sommes arrêtés devant une porte double. Pavillon Fisher. Le Dr Nash a appuyé sur le bouton d'un interphone fixé au mur puis marmonné quelque chose dans le haut-parleur. Il a tort, me suis-je dit tandis que les portes s'ouvraient. Je n'ai pas survécu à cette agression. La Christine Lucas qui a ouvert la porte de cette chambre d'hôtel est morte.

Une autre porte double.

« Ça va, Christine ? » m'a-t-il demandé tandis que la première se refermait derrière nous ; nous étions dans une sorte de sas. Je n'ai pas répondu. « C'est une unité de sécurité. » J'ai soudain été en proie à la conviction que la porte derrière moi se fermait pour toujours, que je ne ressortirais jamais d'ici.

J'ai dégluti avec peine. « Je vois », ai-je dit. La porte intérieure a commencé à s'ouvrir. Je ne savais pas ce que je verrais au-delà, je n'arrivais pas à croire que j'avais été ici, avant.

« Prête ? » a lancé le Dr Nash.

Un long couloir. Des portes de part et d'autre, et tandis que nous avancions j'ai vu qu'elles ouvraient sur des chambres dont les cloisons étaient vitrées. Chacune comprenait un lit, certains étaient faits, d'autres pas, certains étaient occupés, la plupart étaient vides.

« Les patients ici souffrent de pathologies variées, m'a-t-il expliqué. Beaucoup d'entre eux présentent des troubles schizo-affectifs, certains sont bipolaires, d'autres ont une anxiété aiguë, une dépression. »

J'ai regardé à travers une vitre. Une fille était assise sur son lit, nue, les yeux rivés sur la télévision. Dans une autre se trouvait un homme qui, assis sur les talons, se balançait d'avant en arrière, les bras serrés autour du corps comme s'il essayait de se protéger du froid.

« Sont-ils enfermés ? ai-je demandé.

— Ici les patients ont été admis en vertu de la loi de 1987, le Mental Health Act, qui autorise l'hospitalisation sans consentement. Ils sont ici pour leur bien, mais contre leur volonté.

— Pour leur bien ?

— Oui. Ils représentent un danger soit pour eux-mêmes, soit pour les autres. Dans leur cas, la sécurité est un enjeu majeur. »

Nous avons poursuivi notre route. Une femme a levé les yeux lorsque nous sommes passés devant sa chambre, et même lorsque son regard a croisé le nôtre, son visage n'a pas trahi la moindre expression. Elle s'est mise à se gifler, tout en me regardant, et lorsque j'ai grimacé, elle a recommencé. Une vision s'est mise à voleter devant mes yeux – enfant, je visite un zoo et j'observe un tigre qui marche de long en large dans sa cage – mais je l'ai repoussée et j'ai continué à marcher, résolue à ne plus regarder ni à gauche ni à droite.

« Quand ai-je été amenée ici ?

— Avant d'être ici, vous étiez dans le service de médecine générale. Dans un lit, comme tout le monde. Vous passiez des week-ends à la maison, avec Ben. Mais vous êtes devenue de plus en plus difficile à gérer.

— Difficile ?

— Vous vous enfuyiez. Ben a dû se mettre à fermer les portes de la maison à clé. Vous avez eu quelques crises d'hystérie, où vous étiez convaincue qu'il vous avait fait du mal, que vous étiez enfermée contre votre volonté. Pendant un moment, vous avez été bien en retournant à l'hôpital, puis vous avez commencé à avoir les mêmes comportements là-bas aussi.

— Alors, ils ont dû trouver un moyen de m'enfermer », ai-je dit.

Nous avions atteint le poste des infirmières. Un homme portant un uniforme était assis devant un bureau et entrait des données dans un ordinateur. Il a levé les yeux quand il nous a vus approcher et nous a annoncé que le médecin serait bientôt là. Il nous a invités à nous asseoir. J'ai examiné son visage – le nez crochu, le clou en or dans l'oreille –, espérant que quelque chose allumerait une étincelle de reconnaissance. Rien. Le service me paraissait complètement inconnu.

« Oui, a repris le Dr Nash. Une fois, vous avez disparu. Pendant à peu près quatre heures et demie. La police vous a retrouvée, à côté d'un des canaux. Vous n'étiez vêtue que d'un pyjama et d'une robe de chambre. Ben a dû aller vous chercher au commissariat. Vous refusiez de suivre les infirmières. Ils n'ont pas eu le choix. »

Il m'a dit que sur-le-champ Ben avait commencé à faire des démarches pour qu'on me mette ailleurs.

« Il avait le sentiment qu'un service psychiatrique n'était pas le meilleur endroit pour vous. Il avait raison, vraiment. Vous n'étiez pas dangereuse, ni pour vous-même, ni pour les autres. Il est même possible que le fait d'être entourée de gens plus malades que vous faisait empirer votre état. Il a écrit aux médecins, au directeur de l'hôpital, à votre député. Mais il n'y avait aucune place disponible, nulle part. Et ensuite, un centre pour personnes souffrant d'atteintes cérébrales aiguës s'est ouvert. Il a multiplié les démarches, on vous a fait un bilan, on a jugé que vous pouviez y être admise, mais le financement était problématique. Ben avait dû cesser de travailler un certain temps pour s'occuper de vous et il n'avait pas les moyens de payer, mais il n'était pas question qu'on lui oppose un refus. Apparemment, il les a menacés d'aller raconter l'histoire à la presse. Des réunions, des commissions, des appels ont eu lieu, et pour finir ils ont accepté de prendre les frais en charge et vous avez été admise comme patiente. L'État s'est engagé à payer tant que vous y seriez. On vous a installée là-bas il y a environ dix ans. »

J'ai pensé à mon mari ; j'essayais de l'imaginer en train d'écrire des lettres, de s'agiter, de faire des menaces. Cela ne me paraissait pas possible. L'homme que j'avais rencontré ce matin était effacé, respectueux. Pas vraiment faible, mais résigné. Il ne semblait pas être du genre à faire des vagues.

Je ne suis pas la seule, me suis-je dit, dont la blessure a changé la personnalité.

« La clinique était assez petite, a repris le Dr Nash. Quelques chambres dans un centre de cure. Un petit nombre de résidents. Et beaucoup de personnel pour s'occuper de vous. Vous aviez un peu plus d'indépendance là-bas. Vous étiez en sécurité. Vous avez progressé.

— Mais je n'étais pas avec Ben ?

— Non, il vivait à la maison. Il fallait qu'il continue à travailler, et il ne pouvait pas s'il s'occupait de vous. Il a décidé… »

Un souvenir m'a traversé l'esprit comme un éclair, m'arrachant brusquement à l'instant pour me catapulter dans le passé. Tout était un peu flou, entouré d'une sorte de brume, et les images étaient si brillantes que j'ai failli détourner les yeux. Je me vois en train de marcher dans ces mêmes couloirs ; on me ramène vers une chambre qui me semble vaguement être la mienne. Je porte des charentaises, une tunique bleue qui s'attache dans le dos. La femme qui m'accompagne est noire, en uniforme. « Voilà, chérie, me dit-elle. Regarde qui est venu te rendre visite ! » Elle me lâche la main et me guide vers le lit.

Un groupe d'étrangers est assis autour du lit et me regarde. Je vois un homme avec des cheveux noirs et une femme portant un béret, mais je n'arrive pas à distinguer leur visage. Je ne suis pas dans la bonne chambre, ai-je envie de dire. C'est une erreur. Mais je ne dis rien.

Un enfant, de quatre ou cinq ans, se lève. Il était assis au bord du lit. Il avance vers moi en courant et il dit « Maman » et je vois bien qu'il me parle ; ce n'est qu'à ce moment-là que je comprends qui il est. *Adam.* Je m'accroupis, il se jette dans mes bras, je le serre et je l'embrasse sur les cheveux, avant de me remettre debout. « Qui êtes-vous ? dis-je à l'adresse des gens autour du lit. Que faites-vous ici ? »

L'homme paraît soudain triste, la femme avec le béret se lève et dit :

« Chris, Chrissy, c'est moi. Tu sais qui je suis, non ? » puis elle fait un pas vers moi et je vois qu'elle pleure aussi.

« Non, dis-je. Non ! Sortez ! Sortez ! » Je me retourne, prête à quitter la chambre. Une autre femme est là, debout derrière moi, je ne sais pas qui elle est, ni comment elle est arrivée ici, et je me mets à pleurer. Je commence à m'écrouler sur le sol, mais l'enfant est là, il s'accroche à mes genoux, je ne sais pas qui il est mais il n'arrête pas de m'appeler maman, et il le répète, encore, encore. *Maman. Maman. Maman.* Je ne sais pas pourquoi, ni même qui il est, ni pourquoi il se cramponne à moi…

Une main s'est posée sur mon bras. J'ai tressailli comme sous l'effet d'une piqûre.

« Christine ? Ça va ? Le Dr Wilson est là. »

J'ai ouvert les yeux, regardé autour de moi. Une femme en blouse blanche se tenait devant nous.

« Docteur Nash », a-t-elle dit.

Elle lui a serré la main puis s'est tournée vers moi.

« Christine ?

— Oui, ai-je dit.

— Je suis ravie de vous rencontrer. Je m'appelle Hilary Wilson. »

J'ai serré la main qu'elle me tendait. Elle était un peu plus âgée que moi. Ses cheveux commençaient à grisonner et une paire de demi-lunes pendaient, accrochées à une chaîne en or, sur sa poitrine.

« Comment allez-vous ? » m'a-t-elle demandé, et, sortie de nulle part, est arrivée la certitude que je l'avais déjà rencontrée. Elle a désigné le couloir d'un mouvement de tête.

« On y va ? »

Son bureau était grand, les murs étaient tapissés de livres et le sol couvert de boîtes pleines de papiers. Elle s'est assise à son bureau et nous a indiqué deux chaises face à elle, sur lesquelles nous nous sommes installés, le Dr Nash et moi. Je l'ai regardée sortir un dossier d'une pile sur son bureau et l'ouvrir.

« Voyons cela, voyons ce qu'il y a dans ce dossier. »

Son image s'est figée. Je la connaissais. J'avais vu sa photo quand j'étais allongée dans le scanner, et même si je ne l'avais pas reconnue à ce moment-là, je savais maintenant qui elle était. J'étais déjà venue ici. De nombreuses fois. Assise au même endroit, sur la même chaise ou une autre semblable, la regardant prendre des notes dans un dossier pendant qu'elle m'observait à travers les lunettes délicatement posées sur le bout de son nez.

« Je vous ai déjà rencontrée, ai-je dit. Je me souviens… »

Le Dr Nash m'a regardée, puis s'est tourné vers le Dr Wilson.

« Oui, a-t-elle répondu, c'est vrai. Même si nos rencontres n'ont pas été si fréquentes. »

Elle m'a expliqué qu'elle venait juste de commencer à travailler ici lorsque j'ai quitté le service et qu'au début je ne faisais même pas partie des patients qu'on lui avait confiés.

« En tout cas, c'est très encourageant que vous vous souveniez de moi. Vous étiez une de nos résidentes il y a bien longtemps. »

Le Dr Nash s'est penché en avant et a dit que cela m'aiderait peut-être de voir la chambre dans laquelle j'avais vécu. Elle a hoché la tête, cherché dans le dossier puis, au bout d'une minute, a annoncé qu'elle ne savait pas laquelle avait été la mienne. « De toute manière, il est possible que vous ayez déménagé un certain nombre de fois. C'est le cas pour beaucoup de nos patients. Nous pourrions demander à votre mari ? D'après le dossier, Adam et lui vous rendaient visite presque tous les jours. »

J'avais lu ce matin les pages sur Adam et j'ai senti un éclair de joie lorsqu'elle a prononcé son nom, et du soulagement aussi en apprenant que je l'avais un peu vu grandir, mais j'ai secoué la tête.

« Non, ai-je dit, je préférerais ne pas appeler Ben. »

Le Dr Wilson n'a pas discuté.

« Apparemment, une de vos amies appelée Claire vous rendait visite régulièrement. Et elle ?

— Nous ne nous voyons plus.

— Ah, a-t-elle dit. C'est dommage. Tant pis. Je peux vous raconter un peu comment était la vie ici, à cette époque-là. » Elle a jeté un coup d'œil à ses notes, puis a joint ses mains devant elle. « Votre traitement était essentiellement assuré par un psychiatre lors de consultations. Vous avez subi des séances d'hypnose, mais je crains que le succès ait été très limité et éphémère. » Elle a poursuivi sa lecture. « Vous n'avez pas eu beaucoup de traitements chimiques. Un sédatif, quelques fois, surtout pour vous aider à dormir – cela peut être assez bruyant ici, comme vous pouvez vous en douter. »

Je me suis rappelé le hurlement que j'avais imaginé à mon arrivée et me suis demandé si autrefois il aurait pu sortir de ma bouche.

« Comment était-ce ? ai-je demandé. Étais-je heureuse ? »

Elle a souri.

« La plupart du temps, oui. Tout le monde vous aimait bien. Vous sembliez vous entendre particulièrement bien avec l'une des infirmières.

— Comment s'appelait-elle ? »

Elle a parcouru ses notes.

« Ce n'est pas dans le dossier, malheureusement. Vous faisiez beaucoup de réussites.

— Des réussites ?

— Avec des cartes à jouer. Peut-être le Dr Nash pourra-t-il vous expliquer ça après ? »

Elle a levé les yeux.

« D'après ce que je lis, il vous arrivait d'être violente, dit-elle. Ne vous inquiétez pas. Ce n'est pas inhabituel dans des cas comme le vôtre. Les gens qui ont subi de graves traumatismes à la tête manifestent souvent des tendances à la violence, en particulier lorsque la partie du cerveau correspondant à la retenue a été lésée. De plus, les patients souffrant d'amnésie comme la vôtre ont tendance à faire ce que nous appelons "confabuler". Comme les choses autour d'eux paraissent n'avoir aucun sens, ils se sentent obligés d'inventer des détails. Sur eux et sur les gens qui les entourent, ou sur leur passé, sur ce qui leur est arrivé. On pense que c'est dû au désir de combler les trous dans la mémoire. Ce qui est compréhensible, d'une certaine manière. Mais cela peut souvent conduire à des comportements violents lorsque l'imagination de l'amnésique se trouve contrariée. La vie a dû être très déroutante pour vous. En particulier quand vous receviez des visites. »

Des visites. Soudain, j'ai eu peur d'avoir peut-être frappé mon fils.

« Que faisais-je ?

— Il vous arrivait de frapper des membres du personnel.

— Mais pas Adam ? Pas mon fils ?

— Non, si j'en crois ces notes. » J'ai soupiré, pas complètement soulagée. « Nous avons des pages d'une espèce de journal que vous teniez, dit-elle. Cela vous aiderait peut-être d'y jeter un coup d'œil ? Peut-être pourriez-vous mieux comprendre votre confusion. »

Cela me paraissait dangereux. J'ai consulté le Dr Nash du regard et il a hoché la tête. Elle a poussé une feuille de papier bleu vers moi, je l'ai prise, d'abord trop effrayée pour la regarder.

Lorsque j'y suis parvenue, j'ai découvert une écriture très irrégulière. Au début, les lettres étaient bien formées et bien calées entre les lignes qui sillonnaient la page, mais vers la fin elles étaient grandes et brouillonnes, de plusieurs centimètres de haut ; il n'y avait plus que quelques mots par ligne. J'avais peur de ce que je risquais d'y découvrir, mais j'ai commencé à lire.

*8 h 15.* Ainsi commençait la première entrée. *Je me suis réveillée. Ben est ici.* Directement en dessous j'avais écrit : *8 h 17. Ignorer l'entrée précédente. Elle a été écrite par quelqu'un d'autre.* Et en dessous encore : *8 h 20. Maintenant, je suis réveillée. Avant je ne l'étais pas. Ben est ici.*

J'ai levé les yeux. « C'était vraiment moi, ça ?

— Oui. Pendant longtemps, il a semblé que vous aviez en permanence l'impression de vous réveiller tout juste après un long, un très long sommeil. Regardez ça. » Le Dr Wilson a attiré mon attention sur la page qui se trouvait devant moi et a commencé à en citer des passages. « *Je dors depuis si longtemps. C'était comme si j'étais MORTE. Je viens juste de me réveiller. Je vois à nouveau, pour la première fois.* Apparemment, on vous encourageait à écrire ce que vous ressentiez, pour vous aider à vous rappeler ce qui s'était passé avant, mais en fait vous avez été de plus en plus persuadée que les entrées précédentes avaient été écrites par quelqu'un d'autre. Vous avez commencé à penser que les gens ici pratiquaient des expériences sur vous, vous retenaient contre votre gré. »

J'ai de nouveau regardé la page. Elle était tout entière remplie d'entrées presque identiques, chacune distante de la précédente d'à peine quelques minutes. J'en étais pétrifiée.

« Allais-je vraiment si mal ? »

Mes mots semblaient résonner dans ma tête.

« Pendant un temps, oui, a dit le Dr Nash. Vos notes indiquent que vous gardiez en mémoire des périodes de quelques secondes seulement. Parfois, une minute ou deux. Ce laps de temps s'est progressivement allongé avec les années. »

Je n'arrivais pas à croire que j'avais écrit ça. Cela semblait être l'œuvre de quelqu'un dont l'esprit était complètement fragmenté. Pulvérisé. J'ai relu les mots encore une fois. *C'était comme si j'étais MORTE.*

« Je suis désolée, ai-je dit. Je ne peux pas… »

Le Dr Wilson a repris la feuille.

« Je comprends, Christine. C'est bouleversant. Je… »

La panique s'est tout à coup emparée de moi. Je me suis levée, mais la pièce s'est mise à tourner autour de moi.

« Je veux partir, ai-je dit. Ce n'est pas moi. Ce n'est pas possible, ce n'est pas moi. Je ne frapperais jamais qui que ce soit. Jamais. Je… »

Le Dr Nash s'est également levé, le Dr Wilson l'a imité. Elle a fait un pas en avant, heurtant le coin de son bureau ; des papiers ont volé, sont tombés par terre. Une photo.

« Mon Dieu », ai-je dit. Elle a baissé les yeux et s'est accroupie pour la recouvrir précipitamment. Mais j'en avais assez vu.

« C'était moi ? ai-je dit, la voix de plus en plus aiguë. C'était moi ? »

La photo était le portrait d'une jeune femme. Ses cheveux avaient été tirés pour dégager son visage. Au début, on aurait dit qu'elle portait un masque d'Halloween. Un œil était ouvert et regardait l'objectif, l'autre était fermé à cause d'un énorme hématome bleu violacé, et ses lèvres étaient tuméfiées, roses, lacérées de coupures. Ses joues étaient distendues, donnant à l'ensemble de son visage une apparence grotesque. Ça m'a fait penser à de la pulpe de fruit. À des prunes, pourries, éclatées.

« C'était moi ? » ai-je hurlé ; malgré les déformations et les enflures du visage, je voyais bien que c'était moi.

Ma mémoire s'arrête ici, se fracture en deux. Une partie de moi était calme, silencieuse. Sereine. Elle regardait l'autre partie qui gesticulait et criait, et qui devait être retenue par le Dr Nash et le Dr Wilson. *Tu devrais te tenir, enfin,* semblait-elle dire. *C'est très gênant.*

Mais l'autre partie était plus forte. Elle avait pris le dessus, était devenue le vrai moi. Je criais, encore et encore, et me débattais. Je me suis jetée sur la porte. Le Dr Nash s'est précipité. Je l'ai ouverte d'un coup et me suis mise à courir, sans savoir du tout où je pouvais aller. Une image de portes verrouillées. Des alarmes qui se déclenchent. Un homme, qui me poursuit. Mon fils, qui pleure. J'ai déjà agi comme ça, me suis-je dit.

Ma mémoire se vide.

Ils ont dû me calmer, d'une façon ou d'une autre, me persuader de suivre le Dr Nash. Dans le souvenir suivant, j'étais assise dans sa voiture, lui au volant. Le ciel commençait à se couvrir, les rues paraissaient grises, comme aplaties. Il parlait, mais je n'arrivais pas à me concentrer. Il me semblait que mon esprit avait trébuché, était retombé dans un autre abîme, et maintenant il n'arrivait pas à rattraper son retard. Je regardais par la fenêtre les gens qui faisaient des courses, les passants avec leur chien, des poussettes et des vélos, et je me demandais si cette recherche de la vérité était vraiment ce que je voulais. Oui, cela pourrait m'aider à progresser, mais quel gain pouvais-je en espérer ? Je ne m'attends pas à me réveiller un jour en sachant tout, comme les gens normaux, en sachant ce que j'ai fait la veille, les projets que j'ai pour le jour suivant, en connaissant le chemin tortueux qui m'a conduite au lieu et au moment présents, à être la personne que je suis. Au mieux, je peux espérer qu'un jour, en me regardant dans la glace, je n'aurai pas un choc terrible, que je me rappellerai que j'ai épousé un homme appelé Ben et perdu un fils appelé Adam, que je n'aurai pas besoin de voir un exemplaire de mon roman pour savoir que j'en ai écrit un.

Mais même cela paraissait inaccessible. J'ai repensé à ce que j'avais vu dans le Pavillon Fisher. De la folie et de la douleur. Des esprits qui avaient été brisés. Je suis plus proche de ce stade-là, me suis-je dit, que je ne le suis de la guérison ; peut-être vaudrait-il mieux que j'apprenne à vivre dans mon état, après tout. Je pourrais dire au Dr Nash que je ne veux plus le voir et je pourrais brûler mon journal, enterrer les vérités que j'ai déjà apprises, les cacher aussi soigneusement que celles que je ne connais pas encore. Je fuirais ainsi mon passé mais je n'aurais pas de regrets – en quelques heures à peine, l'existence de mon journal ou de mon docteur disparaîtrait de mon esprit – puis je pourrais vivre simplement. Un jour suivrait le précédent, sans aucun lien. Oui, parfois, le souvenir d'Adam ressurgirait. J'aurais un jour de chagrin, de douleur, je me rappellerais ce qui me manque, mais cela ne durerait pas. Avant longtemps, je m'endormirais, et doucement j'oublierais. Comme ce serait facile. Tellement plus facile que ça.

Je repensais à la photo que j'avais vue. L'image avait marqué mon esprit d'une manière indélébile. Qui m'a fait ça ? Pourquoi ? Le souvenir que j'avais eu de la chambre d'hôtel m'est revenu. Il était encore là, juste en dessous de la surface, tout juste hors de ma portée. J'avais relu ce matin que j'avais des raisons de croire à une liaison, mais maintenant je comprenais que – même si c'était vrai – je n'arrivais pas à me rappeler avec qui. Tout ce que j'avais, c'était un nom, dont je m'étais souvenue au réveil il y a quelques jours, sans la moindre promesse qu'un jour j'en saurais plus, même si je le voulais.

Le Dr Nash parlait toujours. Je n'avais pas la moindre idée de ce qu'il racontait et je l'ai interrompu.

« Est-ce que je vais mieux ? »

Le temps d'un battement de cœur, j'ai pensé qu'il n'avait pas la réponse, puis il a dit :

« Pensez-vous que ce soit le cas ? »

Est-ce que je le pensais ? Je ne savais pas.

« Je ne sais pas. Oui. J'imagine que oui. J'arrive parfois à me rappeler des choses de mon passé. J'ai des flashs de souvenirs. Ils me reviennent lorsque je relis mon journal. Ils me paraissent réels. Je me rappelle Claire. Adam. Ma mère. Mais ils sont comme des fils que je n'arrive pas à garder en main. Des ballons qui s'envoleraient vers le ciel avant que je puisse les attraper. Je n'arrive pas à me rappeler mon mariage. Je ne me souviens plus des premiers pas d'Adam, de son premier mot. Je ne me souviens plus de son premier jour d'école, de sa remise de diplôme.

De rien. Je ne sais même pas si j'étais là. Peut-être Ben a-t-il décidé que ce n'était absolument pas utile que j'y aille. » J'ai pris une inspiration. « Je ne me rappelle même plus le moment où j'ai appris sa mort. Ni son enterrement. » Je me suis mise à pleurer. « J'ai l'impression de devenir folle. Parfois je ne sais même pas s'il est mort. Vous le croyez ? Parfois je crois que Ben me ment sur ce point, comme sur tout le reste.

— Tout le reste ?

— Oui, mon roman, l'agression, les circonstances dans lesquelles j'ai perdu la mémoire. Tout.

— Mais pourquoi pensez-vous qu'il ferait une chose pareille ? »

Une pensée m'est venue.

« Parce que je le trompais ? Parce que je lui étais infidèle ?

— Christine, ce n'est pas probable, ne pensez-vous pas ? »

Je n'ai rien dit. Il avait raison, bien entendu. Au fond, je ne croyais pas que ses mensonges pouvaient être une vengeance conséquente à un événement qui avait eu lieu il y a des années et des années. L'explication était probablement beaucoup plus terre à terre.

« Vous savez, a dit le Dr Nash, je crois que vous allez mieux. Vous vous rappelez des choses. Beaucoup plus souvent que lors de nos premières rencontres. Ces bribes de souvenirs ? Elles sont clairement un signe de progrès. Elles veulent dire… »

Je me suis tournée vers lui.

« Des progrès ? Vous appelez ça des progrès ? »

Je criais presque, la colère me submergeait comme si je ne parvenais plus à la contenir.

« Si c'est ça, alors je ne sais pas si j'ai envie d'en faire. »

Les larmes coulaient maintenant, incontrôlables.

« Je ne veux pas ! »

J'ai fermé les yeux et me suis laissée aller à mon chagrin. Finalement, l'impuissance n'était pas une sensation si désagréable. Je n'éprouvais pas la moindre honte. Le Dr Nash m'a parlé, me disant d'abord de ne pas être fâchée, que tout irait bien, puis de me calmer. Je l'ai ignoré. Je n'arrivais pas à me calmer et je ne voulais pas.

Il a arrêté la voiture. Coupé le moteur. J'ai ouvert les yeux. Nous avions quitté la route principale et nous étions arrêtés devant un parc. À travers le rideau de mes larmes, j'ai vu un groupe de garçons, des adolescents, je suppose, en train de jouer au foot ; des tas de manteaux leur servaient de poteaux de buts. Il avait commencé à pleuvoir mais ils continuaient. Le Dr Nash s'est tourné vers moi.

« Christine, je suis désolé. Peut-être que notre visite d'aujourd'hui était une erreur. Je ne sais pas. Je me suis dit que nous pourrions déclencher d'autres souvenirs. J'avais tort. En tout cas, vous n'auriez pas dû voir cette photo.

— Je ne sais même pas si c'est la photo », ai-je dit. J'avais arrêté de sangloter mais mon visage était ruisselant. J'ai senti un gros paquet de morve couler de mes narines. « Vous auriez un mouchoir ? » ai-je demandé. Il a tendu le bras et s'est mis à chercher dans la boîte à gant. « C'est tout, ai-je poursuivi. Voir ces gens, imaginer que j'ai été comme ça, un jour. Et le journal. Je n'arrive pas à croire que c'était moi qui écrivais ça. Je ne peux pas imaginer que j'étais aussi malade. »

Il m'a tendu un mouchoir.

« Mais vous ne l'êtes plus », a-t-il dit.

J'ai pris le Kleenex et je me suis mouchée.

« Peut-être que c'est pire, ai-je dit doucement. J'ai écrit que c'était comme d'être morte. Mais ça ? Mais ça, c'est pire. C'est comme mourir, tous les jours. Encore et toujours. Il faut que j'aille mieux. Je ne me vois pas continuer comme ça bien longtemps. Je sais que je vais m'endormir ce soir, et demain je vais me réveiller, et à nouveau je ne saurai plus rien, et le jour suivant ce sera pareil, et le lendemain encore pareil. Je n'arrive pas à l'imaginer. Je ne peux pas affronter cette perspective. Ce n'est pas la vie, c'est une existence où l'on saute d'un moment au suivant sans la moindre idée de son passé, et sans le moindre projet pour l'avenir. C'est comme ça que j'imagine l'existence des animaux. Le pire, c'est que je ne sais même pas ce que je ne sais pas. Peut-être y a-t-il des tas de choses qui vont me faire grand mal. Des choses dont je n'ai même pas encore rêvé. »

Il a posé sa main sur la mienne. Je me suis écroulée contre lui, sachant ce qu'il allait faire, ce qu'il fallait qu'il fasse, et c'est ce qui s'est produit. Il a ouvert les bras et m'a enlacée, et je l'ai laissé faire.

« Tout va bien, a-t-il dit. Tout va bien. »

J'ai senti sa poitrine sous ma joue et inspiré son odeur, un mélange de linge propre et un effluve d'une autre nature. La transpiration et le sexe. Il avait la main dans mon dos et je l'ai sentie bouger, toucher mes cheveux, ma tête, d'abord légèrement, puis plus fermement lorsque je me suis remise à sangloter.

« Tout va bien se passer », a-t-il dit en chuchotant. J'ai fermé les yeux.

« Je veux juste me rappeler ce qui s'est passé, ai-je dit. La nuit où j'ai été agressée. J'ai l'impression confuse que si je parvenais à me rappeler cet événement, si seulement j'y arrivais, je me rappellerais tout. »

Il a parlé doucement.

« Il n'y a pas la moindre preuve que ce sera le cas. Pas la moindre raison…

— Mais c'est ce que je pense. Je le sais, c'est tout. »

Il m'a serrée contre lui. Doucement, si doucement que c'était à peine perceptible. J'ai senti son corps, ferme, contre le mien, et ai inspiré profondément. J'ai pensé à un autre moment, quand on m'avait tenue serrée. Un autre souvenir.

Mes yeux sont fermés, là aussi, et mon corps est pressé contre celui d'un autre, même si c'est différent. Je lutte, j'essaie de me dégager, mais il est fort et il me tire pour me plaquer contre lui. Il parle. « Salope, dit-il. Traînée », et je voudrais me disputer avec lui, mais je ne le fais pas. Mon visage est écrasé contre sa chemise, et comme avec le Dr Nash, je pleure, je crie. J'ouvre les yeux et je vois le tissu bleu de sa chemise, une porte, une coiffeuse avec trois miroirs et un tableau – qui représente un oiseau – au-dessus. Je vois sur son bras, fort, musclé, une veine apparente. « Lâche-moi ! » dis-je, puis je tourne, je tombe, ou c'est le plancher qui monte à ma rencontre, je ne sais pas. Il m'attrape par les cheveux, il me traîne jusqu'à la porte. Je me tords le cou pour arriver à voir son visage.

C'est là que ma mémoire flanche à nouveau. Je me rappelle avoir regardé son visage, mais je ne sais plus ce que j'ai vu. Un visage sans traits, sans contours. Mon esprit est incapable de gérer ce vide, il fait défiler des visages connus, des absurdes impossibilités. Je vois le Dr Nash. Le Dr Wilson. Le réceptionniste du Pavillon Fisher. Mon père. Ben. Je vois même mon propre visage, fendu d'un large sourire tandis que je brandis le poing, prête à frapper.

« S'il te plaît, dis-je en pleurant, s'il te plaît, non. » Mais mon agresseur aux multiples visages frappe quand même, et je sens le goût du sang. Il me traîne sur le plancher, puis je suis dans la salle de bains, sur les carreaux froids, noirs et blancs. Le sol est moite de condensation, la pièce embaume la fleur d'oranger, et je me rappelle à quel point je me réjouissais de prendre ce bain, de me faire belle, pensant que peut-être je serais encore dans le bain lorsqu'il arriverait, et qu'il m'y rejoindrait, et que nous ferions l'amour, soulevant des vagues dans l'eau savonneuse, trempant le sol, nos vêtements, tout. Parce qu'enfin, après tous ces mois de doute, tout est clair pour moi. J'aime cet homme. Enfin, je le sais. Je l'aime.

Ma tête s'écrase sur le sol. Une fois, deux fois, une troisième fois. Ma vision se trouble, je vois double, puis elle revient. Un bourdonnement dans mes oreilles, il crie quelque chose, mais je n'entends pas ce qu'il dit. Il y a des échos, comme s'ils étaient deux à me tenir, à me tordre le bras, à m'attraper les cheveux par poignées tout en m'enfonçant leurs genoux dans le dos. Je le supplie de me laisser tranquille, et je suis deux, moi aussi. J'avale. Du sang.

Ma tête est brutalement tirée en arrière. Panique. Je suis à genoux. Je vois de l'eau, des bulles, de plus en plus fines. J'essaie de parler mais je ne peux pas. Sa main autour de mon cou, je ne peux plus respirer. Je suis projetée vers l'avant, je tombe, je tombe, si rapidement que j'ai l'impression que ça ne va jamais s'arrêter, puis ma tête est dans l'eau. De la fleur d'oranger dans ma gorge.

J'ai alors entendu une voix.

« Christine ! disait-elle. Christine ! Arrêtez ! »

J'ai ouvert les yeux. Je n'étais plus dans la voiture. Je courais. Dans le parc, aussi vite que je le pouvais, le Dr Nash sur mes talons.

Nous nous sommes assis sur un banc. La structure était en béton, et l'assise était faite de lattes de bois. L'une d'entre elles manquait et celles qui restaient ployaient sous notre poids. Je sentais le soleil sur ma nuque, je voyais les longues ombres qu'il projetait sur le sol. Les garçons jouaient toujours au foot, mais le match devait tirer à sa fin ; certains d'entre eux s'éloignaient du terrain, d'autres parlaient, un des tas de manteaux avait disparu, laissant le but à moitié marqué. Le Dr Nash m'a demandé ce qui s'était passé.

« Je me suis rappelé quelque chose, ai-je dit.

— Sur la nuit où vous avez été agressée ?

— Oui. Comment le savez-vous ?

— Vous avez crié, dit-il, vous n'arrêtiez pas de dire "laisse-moi", encore et encore.

— C'était comme si j'y étais. Je suis désolée.

— S'il vous plaît, ne vous excusez pas. Voulez-vous me dire ce que vous avez vu ? »

La vérité était que je ne le voulais pas. J'avais l'impression qu'un instinct primitif me disait qu'il valait mieux garder ce souvenir pour moi. Mais j'avais besoin de son aide, je savais que je pouvais lui faire confiance. Je lui ai tout raconté.

Lorsque j'ai eu terminé, il est resté silencieux un moment, puis a repris :

« Autre chose ?

— Non, ai-je répondu. Je ne crois pas.

— Vous ne vous souvenez pas à quoi il ressemblait ? Cet homme qui vous a attaquée ?

— Non, je ne le vois pas du tout.

— Ni son nom ?

— Non, rien. » J'ai hésité. « Pensez-vous que cela m'aiderait de savoir qui m'a fait ça ? De le voir ? De me souvenir de lui ?

— Christine, rien ne nous prouve que ce soit véritablement le cas. Rien qui le laisse penser.

— Mais c'est possible ?

— Apparemment, c'est un de vos souvenirs les plus profondément refoulés…

— Alors, c'est possible ? »

Il n'a rien dit puis s'est décidé :

« J'en ai déjà parlé… cela pourrait être utile de retourner là-bas…

— Non, non, ce n'est même pas la peine d'y penser.

— Nous pouvons y aller ensemble. Tout se passerait bien, je vous le promets. Si vous vous trouviez là-bas à nouveau… à Brighton…

— Non.

— … vous pourriez vous souvenir…

— Non ! S'il vous plaît…

— … cela pourrait vous aider. »

Je regardais mes mains, jointes sur mes genoux.

« Je ne peux pas retourner là-bas, ai-je dit. Je ne peux pas. »

Il a soupiré.

« OK. Peut-être pourrons-nous en reparler un autre jour ?

— Non, ai-je dit tout bas, je ne peux pas.

— OK, dit-il, OK. »

Il a souri mais paraissait déçu. J'aurais tant voulu lui offrir quelque chose, ne pas lui donner une raison de baisser les bras.

« Docteur Nash ? ai-je dit.

— Oui ?

— L'autre jour, j'ai écrit que quelque chose m'était revenu. Peut-être n'est-ce pas pertinent. Je ne sais pas. »

Il s'est tourné vers moi.

« Allez-y. »

Nos genoux se sont touchés. Aucun de nous ne s'est écarté.

« Lorsque je me suis réveillée, je savais que j'étais au lit avec un homme. Je me suis souvenue d'un nom. Mais ce n'était pas Ben. Je me suis demandé si c'était le nom de l'homme avec qui j'avais cette liaison. Celui qui m'a agressée.

— C'est possible, c'était peut-être le début du souvenir refoulé qui remontait. Quel était ce nom ? »

Soudain, je n'ai plus eu envie de le lui dire, de le

prononcer à haute voix. J'avais l'impression que si je le faisais, je lui donnais une réalité, je ramenais mon agresseur à une forme d'existence. J'ai fermé les yeux.

« Ed, ai-je dit dans un souffle. Je me suis imaginée en train de me réveiller à côté de quelqu'un appelé Ed. »

Un silence. Une fraction de seconde qui a paru durer une éternité.

« Christine, c'est mon prénom. Je m'appelle Ed. Ed Nash. »

Mon esprit a commencé à s'emballer. Ma première pensée a été que c'était lui mon agresseur.

« Quoi ? ai-je crié, prise de panique.

— C'est mon prénom. Je vous l'ai déjà dit. Peut-être ne l'avez-vous jamais écrit. Mon prénom est Edmund. Ed. »

J'ai compris que ce ne pouvait être lui. Il était tout juste né à cette époque.

« Mais...

— Il est possible que vous soyez en train de confabuler. Vous vous souvenez de l'explication du Dr Wilson ?

— Oui, je...

— Ou alors il se peut que votre agresseur portait le même nom que moi. »

À ces mots, il a ri, instillant un peu de légèreté à la situation, mais ce faisant, il révélait qu'il avait déjà compris ce que je n'ai compris que plus tard – une fois rentrée à la maison, en fait. Je m'étais réveillée heureuse ce matin-là. Heureuse d'être au lit avec quelqu'un appelé Ed. Mais ce n'était pas un souvenir, c'était un fantasme. Me réveiller aux côtés de cet homme du nom d'Ed n'appartenait pas au passé, même si mon esprit conscient, au réveil, ne savait pas qui il était, mais c'était quelque chose que je souhaitais dans l'avenir. Je voulais coucher avec le Dr Nash.

Et maintenant, accidentellement, par inadvertance, je le lui ai dit. Je lui ai révélé ce que je ressens probablement pour lui. Il est resté professionnel, bien entendu. Nous avons tous les deux fait semblant de ne pas attacher le moindre sens à ce qui s'était passé, et ainsi avons précisément révélé à quel point c'était signifiant. Nous sommes retournés à la voiture et il m'a ramenée chez moi. Nous avons échangé des banalités. Sur la météo. Sur Ben. Nous ne pouvions aborder que très peu de sujets ; il y a des pans entiers du réel dont je suis totalement exclue. À un moment il a mentionné : « Nous allons au théâtre ce soir », et j'ai remarqué son utilisation délibérée du pluriel. Ne vous en faites pas, j'ai eu envie de dire. Je sais où est ma place. Mais je suis restée muette. Je ne voulais pas qu'il pense que j'étais amère.

Il m'a promis de m'appeler demain.

« Si vous êtes certaine que vous voulez poursuivre ? »

Je sais que je ne peux pas arrêter maintenant. Pas tant que je n'ai pas découvert la vérité. Je me le dois à moi-même, autrement, je ne vis qu'à moitié.

« Oui, ai-je dit. Je veux continuer. » En tout cas, j'ai besoin de lui pour me rappeler d'écrire dans mon journal.

« OK, bien. La prochaine fois, je crois que nous devrions rendre visite à un autre lieu de votre passé. » Il s'est tourné à demi vers moi. « Ne vous inquiétez pas. Il ne s'agit pas de là-bas. Je crois que nous devrions aller à la maison de repos où vous avez été placée lorsque vous avez quitté le Pavillon Fisher. Ça s'appelle Waring House. » Je n'ai rien dit. « Ce n'est pas loin de chez vous. Voulez-vous que je les appelle ? »

J'ai réfléchi un moment, me demandant quel bien cela pouvait me faire, puis j'ai compris qu'il n'y avait pas d'autre choix possible, et tout valait mieux que rien. Et j'ai répondu :

« Oui. Oui, appelez-les. »

*Mardi 20 novembre*

C'est le matin. Ben a suggéré que je nettoie les carreaux.

« Je l'ai noté sur le tableau, a-t-il dit en montant dans sa voiture. Dans la cuisine. »

J'ai regardé. *Laver vitres*, a-t-il écrit, suivi d'un timide point d'interrogation. Je me suis demandé s'il imaginait que je risquais de ne pas avoir le temps, je me suis interrogée sur ce qu'il pensait de mes activités toute la journée. Il ne sait pas que je passe des heures à lire mon journal et parfois des heures à l'écrire. Il ne sait pas qu'il y a des jours où je vois le Dr Nash.

Je me demande ce que je faisais avant que mes journées ne soient occupées ainsi. Passais-je véritablement tout mon temps à regarder la télévision, ou à me promener, ou à accomplir des tâches ménagères ? Est-ce que je passais des heures entières assise dans un fauteuil, à écouter le tic-tac de la pendule, me demandant comment vivre ?

*Laver vitres ?* Il est possible que certains jours je lise de telles choses et que j'en conçoive du ressentiment, les prenant pour des tentatives de contrôle sur ma vie mais, aujourd'hui, j'ai lu ces mots avec affection : ils n'étaient rien d'autre que le souhait de m'occuper. J'ai souri intérieurement mais, tout en le faisant, je me suis dit qu'il devait être bien difficile de vivre avec moi. Il doit faire des efforts extraordinaires pour s'assurer que je suis en sécurité, et même ainsi, il doit s'inquiéter constamment à l'idée que je puisse être tout à coup désorientée, que je me perde, ou pire. Je me rappelle avoir lu des passages sur le feu qui a détruit l'essentiel de notre passé, celui dont Ben ne m'a jamais dit que c'est moi qui l'ai déclenché, alors que c'est très probablement ma faute. J'ai vu une image – une porte en flammes, presque invisible dans la fumée épaisse, un canapé littéralement en train de fondre, de se transformer en cire liquide – qui tournoyait, tout juste hors d'atteinte, mais qui a refusé de se matérialiser en souvenir et qui est restée un rêve à moitié imaginé. Mais Ben m'a pardonné, me dis-je, tout comme il a dû me pardonner des tas de choses. J'ai regardé par la fenêtre de la cuisine et, au-delà du reflet de mon propre visage, j'ai vu la pelouse tondue, les bordures minuscules, la cabane de jardin, les clôtures. Je me suis rendu compte que Ben devait avoir su que j'avais une liaison – certainement une fois que l'on m'a découverte à Brighton, si ce n'était avant. Lorsque l'événement est survenu, cela a dû exiger de lui beaucoup de force pour s'occuper de moi, après que j'ai perdu la mémoire, en sachant que j'étais partie de la maison avec l'intention de coucher avec quelqu'un d'autre. J'ai repensé à ce que j'avais vu, au journal que j'avais lu, là-bas. Mon esprit avait subi un dommage majeur. Il avait été détruit. Et pourtant, Ben était resté à mes côtés, alors qu'un autre homme aurait pu me dire que j'avais bien mérité tout ça et m'aurait laissée en plan.

Je me suis détournée de la fenêtre et j'ai regardé sous l'évier. Des produits de nettoyage. Du savon. Des boîtes de poudre, des pulvérisateurs en plastique. J'ai pris un seau rouge en plastique, que j'ai rempli d'eau chaude avant d'y ajouter une dose de produit savonneux et une goutte de vinaigre. Comment le lui ai-je rendu ? me suis-je demandé. J'ai pris une éponge et ai commencé à nettoyer la vitre, le haut d'abord, puis je suis descendue. J'ai sillonné tout Londres, j'ai vu des médecins, passé des scanners, visité nos anciens lieux de vie et les endroits où j'ai été soignée après mon accident, tout cela sans lui en parler. Et pourquoi ? Parce que je n'ai pas confiance en lui ? Parce qu'il a pris la décision de me protéger de la vérité, de garder ma vie aussi simple et facile que possible ? J'ai regardé l'eau savonneuse descendre en minuscules filets avant de se rejoindre en petites flaques en bas, puis j'ai pris un autre chiffon et ai essuyé la vitre jusqu'à ce qu'elle brille.

Maintenant, je sais que la vérité est encore pire. Ce matin, je me suis réveillée avec une impression presque étouffante de culpabilité, les mots *Tu devrais avoir honte* tournoyant dans ma tête. *Tu vas le regretter.* Au début, j'ai cru que l'homme à mes côtés n'était pas mon mari et ce n'est que plus tard que j'ai découvert la vérité. À savoir que je l'avais trahi. Deux fois. La première fois, il y a des années, avec un homme qui finirait par me prendre tout ce que j'avais, et maintenant une seconde fois, même s'il n'avait pas été question de passage à l'acte. J'ai développé un béguin ridicule, enfantin, pour un médecin qui essaie de m'aider, de me réconforter. Un médecin dont je n'arrive même pas à voir le visage, que je ne me rappelle pas avoir rencontré, mais dont je sais qu'il est bien plus jeune que moi, qu'il a une petite amie. Et maintenant, je lui ai avoué ce que je ressens ! Accidentellement, certes, mais je le lui ai dit. Je me sens plus que coupable. Je me sens idiote. Je n'arrive même pas à imaginer ce qui m'a amenée à ce point. Je suis pathétique.

Je prends une décision. Même si Ben ne partage pas ma certitude quant aux chances de réussite de mon traitement, je ne peux pas croire qu'il me refuserait l'occasion de m'en rendre compte par moi-même. Pas si c'est ce que je veux. Je suis une adulte, il n'est pas un monstre ; je peux certainement lui confier la vérité. J'ai déversé l'eau dans l'évier et ai rempli le seau à nouveau. Je vais en parler à mon mari. Ce soir. Lorsqu'il rentrera à la maison. Cela ne peut plus continuer ainsi. J'ai poursuivi mon lavage de carreaux.

J'ai écrit tout ceci il y a une heure, mais maintenant je ne suis plus aussi sûre. Je pense à Adam. J'ai lu le passage sur les photos rangées dans la boîte métallique, mais il n'y a pas de photos exposées. Pas une seule. Je ne peux pas croire que Ben, que n'importe qui, d'ailleurs, perde un fils et ensuite fasse disparaître toutes les traces de lui dans sa maison. Cela ne paraît pas coller, cela ne semble pas possible. Puis-je avoir confiance en un homme qui peut faire une chose pareille ? Je me rappelle avoir lu les pages sur la journée où nous sommes allés à Parliament

Hill, lorsque je lui ai posé la question. Il a menti. Je reviens en arrière, aux premières pages de mon journal et relis le passage. *Nous n'avons jamais eu d'enfant ?* ai-je demandé. Et il a répondu : *Non, nous n'en avons jamais eu.* Peut-il vraiment avoir fait ça uniquement pour me protéger ? Peut-il vraiment avoir l'impression que c'est la meilleure chose à faire ? Ne rien me dire, rien d'autre que ce qu'il faut, ce qui est facile ?

Ce qui est le plus rapide, aussi. Il doit être tellement las de me répéter les mêmes choses, encore et encore, chaque jour. Il m'apparaît que la raison pour laquelle il raccourcit les explications et varie les récits n'a rien à voir avec moi, du tout. Peut-être est-ce pour ne pas perdre complètement l'esprit à force de répéter constamment les mêmes choses.

J'ai l'impression de devenir folle. Tout est fluide, tout bouge. Je pense une chose, puis, un moment plus tard, son contraire. Je crois tout ce que mon mari me dit, et ensuite je ne crois plus rien. J'ai confiance en lui, puis plus du tout. Rien ne paraît réel, tout semble inventé. Même moi.

Si seulement je savais une chose avec certitude. Une seule chose qu'on ne m'a pas dite, que personne n'a besoin de me répéter pour que je m'en souvienne.

Si seulement je savais avec qui je me trouvais, ce jour-là, à Brighton. Si seulement je savais qui m'a fait ça.

Plus tard. Je viens de parler au Dr Nash. Je somnolais dans le salon lorsque le téléphone a sonné ; la télévision était allumée, le son au minimum. Pendant un moment, je ne savais plus où je me trouvais, si j'étais endormie ou réveillée. J'ai cru entendre des voix, qui devenaient de plus en plus fortes. J'ai compris que c'était la mienne et que l'autre ressemblait à celle de Ben. Mais il disait *Espèce de grosse salope*, et des choses pires encore. Je criais, d'abord de colère, puis de peur. Une porte a claqué, le bruit sourd d'un poing, d'un verre brisé. C'est alors que j'ai compris que j'étais en train de rêver.

J'ai ouvert les yeux. Une tasse ébréchée contenant du café froid était posée sur la table devant moi et un appareil bourdonnait nerveusement juste à côté. Le téléphone à clapet. Je l'ai saisi.

C'était le Dr Nash. Il s'est présenté, mais j'ai reconnu sa voix. Il m'a demandé si j'allais bien. Je lui ai confirmé que c'était le cas et que j'avais lu mon journal.

« Donc, vous savez de quoi nous avons parlé hier ? » m'a-t-il demandé.

J'ai eu un choc. Un éclair d'horreur. Il avait apparemment décidé de prendre les choses en main. J'ai senti monter une bulle d'espoir – peut-être avait-il ressenti les mêmes choses que moi, le même mélange confus de désir et de peur – mais cela n'a pas duré.

« De retourner à l'endroit où vous avez vécu après avoir quitté l'hôpital..., a-t-il dit. À Waring House. »

J'ai répondu :

« Oui.

— Je les ai appelés ce matin. C'est bon. Nous sommes attendus. Ils ont dit que nous pouvions y aller à n'importe quelle heure. » L'avenir. À nouveau, il me paraissait presque incongru. « Je suis assez occupé dans les deux ou trois jours qui viennent, mais nous pourrions y aller jeudi ?

— Cela me paraît bien », ai-je répondu. Apparemment, peu m'importait le jour où nous y irions. Je n'étais pas très optimiste quant à l'aide que cela pourrait m'apporter.

« Bien, je vous appellerai. »

J'étais sur le point de dire au revoir lorsque je me suis souvenue de ce que j'avais écrit avant de m'endormir. Je me suis rendu compte que mon sommeil n'avait pas dû être très profond, sinon, j'aurais tout oublié.

« Dr Nash, puis-je vous parler de quelque chose ?

— Oui.

— De Ben.

— Allez-y.

— C'est juste que je ne sais plus où j'en suis. Il me cache des choses sur certains points. Des choses importantes. Adam. Mon roman. Et il ment sur d'autres sujets. Il me dit que c'est un accident qui m'a rendue comme ça.

— OK. » Il a fait une pause puis a repris. « Pourquoi pensez-vous qu'il fait ça ? »

Il avait mis l'accent sur *vous* plutôt que sur *pourquoi*.

J'ai réfléchi une seconde. « Il ne sait pas que je note des choses. Il ne sait pas que je sais autre chose que lui. Je suppose que c'est plus facile pour lui.

— Juste pour lui ?

— Non, je suppose que c'est plus facile pour moi aussi. Ou bien, il pense que c'est le cas, du moins. Mais ce n'est pas vrai. Cela veut juste dire que je ne sais même pas si je peux lui faire confiance.

— Christine, nous changeons toujours les faits, nous réécrivons toujours l'histoire pour nous rendre la vie facile, pour la faire coïncider avec la version des événements que nous préférons. Nous le faisons automatiquement. Nous inventons des souvenirs. Sans y penser. Si nous nous répétons suffisamment souvent que quelque chose a eu lieu, nous finissons par le croire, et ensuite nous pouvons nous en souvenir. N'est-ce pas ce que Ben est en train de faire ?

— J'imagine que oui. Mais j'ai l'impression qu'il profite de moi. De ma maladie. Il pense qu'il peut réécrire l'histoire de la manière qui lui convient et que je ne m'en rendrai jamais compte, que de toute manière ça ne change rien pour moi. Mais je sais. Je sais exactement ce qu'il est en train de faire. Et je n'ai pas confiance en lui. Au final, il me rabaisse, Docteur Nash. Il détruit tout.

— Que pensez-vous pouvoir y faire ? »

Je connaissais déjà la réponse. J'avais relu ce que j'avais écrit ce matin, plusieurs fois. Sur la confiance que je devrais avoir en lui. Sur la confiance que je n'ai pas. Finalement, tout ce que j'avais en tête, c'était : Ça ne peut pas continuer comme ça.

« Il faut que je lui dise que je tiens un journal. Il faut que je lui dise que je vous vois depuis un moment. »

Le Dr Nash est resté silencieux un moment. Je ne sais pas ce que j'attendais. De la désapprobation ? Mais ce n'est pas ce qu'il a exprimé.

« Je crois que vous avez peut-être raison. »

Le soulagement m'a soudain envahie. « Vous le pensez ?

— Oui. Depuis quelques jours, je me dis que c'est peut-être plus sage. Je n'avais pas pensé que la version de Ben serait si différente de celle que vous commencez à vous rappeler. Pas idée du trouble que cela pourrait provoquer. Mais il m'apparaît aussi que nous n'avons encore que la moitié des choses pour l'instant. D'après ce que vous me dites, de plus en plus de souvenirs refoulés commencent à émerger. Il pourrait être judicieux de parler avec Ben. Du passé. Cela pourrait aider le processus.

— Vous croyez ?

— Oui. Je crois que c'était peut-être une erreur de ne rien dire. En plus, j'ai parlé au personnel de Waring House aujourd'hui. Je voulais avoir une idée de l'atmosphère de la vie, là-bas. J'ai eu un échange avec une personne dont vous êtes devenue très proche. Elle faisait partie du personnel. Elle s'appelle Nicole. Elle m'a dit qu'elle est revenue récemment travailler à Waring House et qu'elle était très heureuse d'apprendre que vous étiez rentrée vivre chez vous. Elle a ajouté que personne n'aurait pu vous aimer plus que Ben. Il venait vous voir pratiquement tous les jours. Elle a raconté qu'il s'asseyait à côté de vous, dans votre chambre ou dans les jardins. Qu'il essayait tellement d'être gai, en dépit de tout. Ils ont tous fini par le connaître assez bien et l'apprécier. » Il a fait une pause. « Pourquoi ne proposez-vous pas à Ben de venir avec nous lorsque nous irons leur rendre visite ? » Un autre silence. « Il faudrait probablement que je le rencontre, de toute façon.

— Vous ne vous êtes jamais vus ?

— Non, a-t-il répondu. Nous n'avons parlé que brièvement au téléphone lorsque je l'ai approché la première fois pour vous rencontrer. Cela ne s'est pas très bien passé... »

C'est alors que j'ai compris. Voilà la raison pour laquelle il suggérait que j'invite Ben. Il voulait le rencontrer, enfin. Il voulait que tout soit clair, pour s'assurer que des incidents comme celui d'hier ne se reproduisent pas.

« OK, ai-je dit, si vous le pensez. »

Il a confirmé que c'était le cas. Il a attendu un long moment, puis il a dit : « Christine ? Vous avez dit que vous aviez lu votre journal.

— Oui », ai-je répondu.

Il a encore attendu puis :

« Je ne vous ai pas appelée ce matin. Je ne vous ai pas dit où il était caché. »

J'ai réalisé que c'était vrai. J'étais allée spontanément à l'armoire et, sans savoir ce que je risquais d'y trouver, j'avais pris la boîte à chaussures et l'avais ouverte presque machinalement. J'avais trouvé mon journal toute seule. Comme si je m'étais rappelé qu'il était là.

« C'est excellent », a-t-il conclu.

J'écris ces pages assise dans mon lit. Il est tard, mais Ben est dans son bureau, de l'autre côté du palier. Je l'entends travailler, le clic clic du clavier, le cliquetis de la souris. J'entends parfois un soupir, un craquement provenant de sa chaise. Je l'imagine penché vers l'écran, abîmé dans sa concentration. Je suis certaine que je vais l'entendre éteindre sa machine au moment où il décidera de venir se coucher, que j'aurai le temps de cacher mon journal. Maintenant, malgré ma décision prise ce matin, avec laquelle le Dr Nash était d'accord, je suis certaine que je ne veux pas que mon mari découvre ce que j'écris depuis tout ce temps.

Je lui ai parlé ce soir, alors que nous étions assis dans la salle à manger.

« Est-ce que je peux te poser une question ? » ai-je dit. Puis, une fois que j'ai eu son attention : « Pourquoi n'avons-nous jamais eu d'enfant ? » J'imagine que j'étais en train de le tester. Je l'ai supplié en pensée de me dire la vérité, de contredire ma question.

« Ce n'était jamais le bon moment, semblait-il. Et après, c'était trop tard. »

J'ai poussé mon assiette sur le côté. J'étais déçue. Il était rentré tard, avait crié mon nom en entrant, m'avait demandé comment j'allais.

« Où es-tu ? » avait-il demandé. Comme une accusation.

J'avais répondu que j'étais dans la cuisine. Je préparais le dîner. J'éminçais des oignons que j'allais faire cuire dans l'huile d'olive que je faisais chauffer sur la cuisinière. Il était resté sur le seuil, comme s'il hésitait à entrer dans la pièce. Il avait l'air fatigué. Mécontent. Je lui avais alors demandé s'il allait bien.

Il avait vu le couteau que je tenais à la main.

« Que fais-tu ?

— Je prépare juste le repas », avais-je dit. Je lui avais souri mais il ne m'avait pas rendu mon sourire. « Je pensais que nous pourrions manger une omelette. J'ai trouvé des œufs dans le frigo et des champignons. Avons-nous des pommes de terre ? Je n'en ai trouvé nulle part, je…

— J'avais prévu des côtes de porc. J'en avais acheté. Hier. Je pensais qu'on pourrait les manger ce soir.

— Je suis désolée, je…

— Pas de problème. Une omelette, c'est parfait. Si c'est ce que tu veux. »

J'avais senti la conversation glisser sur une pente que je ne souhaitais pas. Il avait les yeux rivés sur la planche à découper, au-dessus de laquelle ma main s'était immobilisée, tenant le couteau.

« Non », avais-je répondu en riant mais il n'avait pas ri. « Cela n'a pas d'importance. Je ne me suis pas rendu compte. Je peux toujours…

— Tu as découpé les oignons. »

Ces mots étaient plats. L'énoncé d'un fait, sans fioriture.

« Je sais mais… on peut quand même manger les côtes.

— Comme tu veux. »

Il s'était retourné, près de repartir vers la salle à manger. « Je vais mettre la table. » Je n'avais pas répondu. Je ne savais pas ce que j'avais fait de travers. Je m'étais remise à couper mes oignons.

Maintenant, nous sommes assis face à face. Nous avons mangé dans un silence presque total. Je lui ai demandé si tout allait bien, mais il a haussé les épaules et répondu que oui. « La journée a été longue » a été la seule phrase que j'aie réussi à tirer de lui, sans qu'il ajoute quoi que ce soit d'autre que « au travail » lorsque j'ai levé des yeux interrogateurs. Toute discussion était désamorcée avant même d'avoir vraiment commencé, et j'ai reporté l'idée de lui parler de mon journal et du Dr Nash. Je picorais dans mon assiette, essayais de ne pas m'inquiéter – après tout, me suis-je dit, il a le droit d'avoir de mauvaises journées lui aussi – mais l'angoisse me rongeait. Je sentais que l'occasion de parler s'éloignait à grands pas et je ne savais pas si je me réveillerais demain tout aussi convaincue que c'était bien la chose à faire. Finalement, je n'ai pas pu me retenir plus longtemps. « Mais voulions-nous des enfants ? » ai-je dit.

Il a soupiré.

« Christine, le faut-il vraiment ?

— Je suis désolée. »

Je ne savais toujours pas ce que j'allais dire, si je me décidais. Il aurait peut-être mieux valu que je laisse filer, tout simplement. Mais je me suis rendu compte que je ne pouvais pas faire ça. « C'est juste qu'un truc très étrange m'est arrivé aujourd'hui. » J'ai essayé de mettre un peu de désinvolture dans ma voix, une jovialité que je ne ressentais pas. « J'ai cru me rappeler quelque chose.

— Quelque chose ?

— Oui. Oh, je ne sais pas...

— Vas-y. »

Il s'est penché en avant, soudain très intéressé.

« De quoi t'es-tu souvenue ? »

Mes yeux se sont fixés sur un point du mur derrière lui. Un cadre y était accroché, une photo. Des pétales de fleur, un gros plan, mais en noir et blanc, avec des perles de rosée. Elle avait l'air bon marché. Comme une photo achetée dans un supermarché, ce n'était pas quelque chose qu'on trouvait chez quelqu'un.

« Je me suis souvenue que j'avais eu un enfant. »

Il s'est de nouveau adossé. Ses yeux se sont

écarquillés, puis il les a fermés complètement. Il a pris une grande inspiration et a laissé échapper un long soupir.

« Est-ce vrai ? ai-je dit. Avons-nous eu un bébé ? »

J'ai alors pensé : s'il me ment maintenant, je ne sais pas ce que je vais faire. Me disputer avec lui, j'imagine. Tout lui déverser en un flot incontrôlé, désastreux. Il a ouvert les yeux et m'a regardée bien en face.

« Oui, dit-il. C'est vrai. »

Il m'a parlé d'Adam, et le soulagement m'a submergée. Du soulagement, mais teinté de douleur. Toutes ces années perdues pour toujours. Tous ces moments dont je n'ai pas le moindre souvenir, que je ne pourrai plus jamais retrouver. J'ai senti une douloureuse nostalgie naître au fond de moi, grandir au point de m'engloutir, peut-être. Ben m'a raconté la naissance d'Adam, son enfance, sa vie. Quand il était allé à l'école, la crèche où il avait joué le rôle d'un Roi mage, ses talents sur le terrain de football et la piste de course, sa déception devant ses résultats d'examen. Ses petites amies. La fois où on avait à tort pris une cigarette roulée pour un joint. Je posais des questions et il répondait ; il paraissait heureux de parler de son fils, comme si sa mauvaise humeur était chassée par les souvenirs.

Je me suis surprise à fermer les yeux tandis qu'il parlait. Des images me traversaient, diaphanes – des images d'Adam, de Ben, de moi – mais je ne savais pas s'il s'agissait de scènes imaginées ou de souvenirs. Lorsqu'il a eu terminé, j'ai ouvert les yeux et, pendant un moment, j'ai été ébahie en voyant la personne assise en face de moi, en constatant son vieillissement, combien il était différent du jeune père que j'avais imaginé.

« Mais il n'y a pas de photos de lui, dis-je, nulle part. »

Il a eu l'air mal à l'aise. « Je sais. Ça te contrarie, de les voir.

— Ça me contrarie ? »

Il n'a rien dit. Peut-être n'avait-il pas la force de me raconter la mort d'Adam. Il avait l'air défait. Vidé. Je me suis sentie coupable de ce que je lui infligeais, de ce que je lui faisais subir tous les jours.

« C'est bon, ai-je dit. Je sais qu'il est mort. »

Il a paru surpris. Hésitant.

« Tu... sais ?

— Oui », ai-je répondu.

J'étais sur le point de lui parler de mon journal, de lui dire qu'il m'avait déjà tout raconté, mais je me suis abstenue. Son humeur paraissait encore fragile, l'atmosphère était tendue. Cela pouvait attendre.

« Je le sens, c'est tout.

— Admettons. Je t'en ai déjà parlé. »

C'était vrai, bien entendu. Il l'avait effectivement fait. Tout comme il m'avait déjà parlé de la vie d'Adam avant. Et pourtant, une histoire paraissait vraie, l'autre non. J'ai compris que je ne croyais pas qu'il était mort.

« Raconte-moi à nouveau », lui ai-je demandé.

Il m'a parlé de la guerre, de l'embuscade, de la bombe. J'ai écouté, aussi calmement que possible. Il a parlé de l'enterrement d'Adam, m'a raconté les salves qui avaient été tirées devant son cercueil, le drapeau plié et posé dessus. J'ai essayé d'inciter mon esprit à se souvenir, même de moments aussi difficiles, aussi horribles que celui-là. Rien n'est venu.

« Je veux y aller, ai-je dit. Je veux voir sa tombe.

— Chris, je ne suis pas sûr… »

J'ai compris que puisque je n'avais pas de mémoire, je serais obligée de voir une preuve de sa mort, sinon je nourrirais toujours l'espoir qu'il était vivant.

« Je veux y aller, dis-je. Il le faut. »

Je pensais toujours qu'il dirait peut-être non, qu'il estimait que c'était une mauvaise idée, que cela pourrait me faire beaucoup trop de mal. Que pourrais-je faire, alors ? Comment le forcer ?

« Nous irons ce week-end, a-t-il dit, à ma grande surprise. Je te le promets. »

Un mélange de soulagement et de terreur m'a envahie, et m'a laissée tout engourdie.

Nous avons débarrassé la vaisselle du dîner. Je me suis mise devant l'évier ; j'ai trempé les assiettes qu'il me passait dans de l'eau chaude et savonneuse, les ai lavées, puis il les a essuyées, j'évitais soigneusement mon reflet dans la fenêtre. Je me suis forcée à penser à l'enterrement d'Adam, me suis imaginée debout sur le gazon, sous un ciel couvert, à côté d'un tas de terre, les yeux rivés sur un cercueil suspendu au-dessus d'un grand trou. J'ai essayé d'imaginer la salve de tirs, le clairon solitaire, qui résonnaient tandis que nous, sa famille, ses amis, sanglotions en silence.

Mais je n'y suis pas parvenue. Cela n'était pas si ancien et pourtant je n'ai rien vu. J'ai essayé d'imaginer ce que j'avais dû ressentir. Je m'étais sans doute réveillée ce matin-là sans même savoir que j'étais mère ; il avait fallu que Ben me persuade d'abord que j'avais un fils, puis qu'il m'explique que nous allions passer l'après-midi à l'enterrer. J'imagine non pas l'horreur, mais un engourdissement, l'incrédulité. L'irréalité. On peut supporter jusqu'à un certain point seulement, personne ne peut encaisser une chose pareille, certainement pas moi. Je me suis vue, obéissant aux conseils qu'on me donnait pour m'habiller, pour aller de la maison à la voiture, m'installer à l'arrière. Peut-être me suis-je demandé en route qui nous allions enterrer. Peut-être avais-je l'impression que c'était moi.

J'ai regardé le reflet de Ben dans la vitre. Il avait dû gérer tout cela, à un moment où son propre chagrin était à son comble. Il aurait peut-être été moins terrible, pour nous tous, qu'il ne m'ait pas emmenée à l'enterrement du tout. Je me suis demandé si c'était bien cela qu'il avait fait, et j'ai eu un frisson.

Je ne savais toujours pas si je devais lui parler du Dr Nash. Il avait l'air à nouveau fatigué, presque déprimé. Il souriait seulement lorsque je croisais son regard et que je lui souriais. Peut-être plus tard, me dis-je, sans savoir s'il pouvait y avoir un meilleur moment. Je ne pouvais m'empêcher de me sentir responsable de son humeur, à cause de quelque chose que j'avais fait, ou omis de faire. Je me suis rendu compte de l'intensité de l'attachement que je portais à cet homme. J'étais incapable de savoir si je l'aimais – et j'en suis toujours incapable – mais c'est parce que je ne sais pas vraiment ce qu'est l'amour. Malgré le souvenir nébuleux, évanescent que j'ai de lui, j'éprouve de l'amour pour Adam, un instinct protecteur, le désir de tout lui donner, le sentiment qu'il est une partie de moi et que sans lui je ne suis pas entière. Pour ma mère, lorsque mon esprit la voit, je ressens un amour différent. Un lien plus complexe, avec des mises en garde et des réserves. Ce n'est pas un lien que je comprends parfaitement. Mais Ben ? Je le trouve séduisant. J'ai confiance en lui – malgré ses mensonges, je sais qu'il ne se préoccupe que de mon bien-être – mais puis-je dire que je l'aime, lorsque j'ai seulement la vague impression de le connaître depuis quelques heures ?

Je ne le sais pas. Mais je veux qu'il soit heureux, et à un certain niveau je comprends que je veux être la personne qui le rendra heureux. Il faut que je fasse plus d'efforts, ai-je décidé. Que je domine mieux la situation. Ce journal pourrait être un outil qui améliore nos vies à tous les deux, pas seulement la mienne.

J'étais sur le point de demander comment il se sentait lorsque cela est arrivé. J'ai dû lâcher l'assiette avant qu'il n'ait eu le temps de la saisir ; elle est tombée avec fracas – accompagnée d'un *Merde !* étouffé de la part de Ben – et a éclaté en milliers de petits morceaux. « Pardon ! » ai-je dit, mais Ben ne m'a pas regardée. Il s'est accroupi, jurant à mi-voix. « Je vais le faire », ai-je dit, mais il m'a ignorée et s'est mis à ramasser les plus gros éclats, qu'il a gardés dans la main droite.

« Je suis désolée, je suis si maladroite ! »

Je ne sais pas à quoi je m'attendais. Qu'il me pardonne, je suppose, ou qu'il me rassure en me disant que ce n'était pas important. « Putain ! » a-t-il lâché. Il a laissé tomber les morceaux de l'assiette et s'est mis à sucer le pouce de sa main gauche. Des gouttelettes de sang sont tombées sur le linoléum.

« Ça va ? »

Il a levé les yeux.

« Oui, oui, je me suis coupé, c'est tout. Putain de saloperie de…

— Laisse-moi voir.

— Ce n'est rien, a-t-il dit en se remettant debout.

— Laisse-moi voir », ai-je répété. J'ai essayé de saisir sa main. « Je vais aller chercher un pansement. Ou un sparadrap. Est-ce qu'on… ?

— Putain, mais merde à la fin ! a-t-il dit en me repoussant d'un mouvement de bras. Fous-moi la paix, OK ? »

J'étais abasourdie. Je voyais bien que la coupure était profonde ; le sang perlait sur la blessure puis coulait en une ligne fine le long de son poignet. Je ne savais pas quoi faire, que dire. Il n'avait pas crié, pas vraiment, mais il n'avait pas non plus fait le moindre effort pour cacher sa contrariété. Nous nous tenions face à face, figés, en équilibre au bord de la dispute, chacun attendant que l'autre parle le premier, tous les deux incertains de ce qui s'était passé, de la signification du moment.

Je ne pouvais en supporter davantage.

« Je suis désolée », ai-je dit, alors qu'une partie de moi regrettait ces paroles.

Son visage s'est adouci.

« Ce n'est pas grave, je suis désolé, moi aussi. » Il a marqué une pause. « Je suis tendu, je crois. La journée a été très longue. »

J'ai pris un morceau de papier absorbant et le lui ai tendu. « Tu devrais nettoyer ça. »

Il l'a pris. « Merci, a-t-il dit en tamponnant ses

doigts et son poignet. Je vais monter prendre une douche. » Il s'est penché et m'a embrassée.

« OK ? »

Il a tourné les talons et est sorti de la cuisine.

J'ai entendu la porte de la salle de bains se fermer, un robinet s'ouvrir. Le brûleur du chauffe-eau, à côté de moi, s'est allumé. J'ai ramassé les morceaux de l'assiette et les ai jetés dans la poubelle, après les avoir enveloppés dans du papier, puis j'ai balayé pour ôter les plus petits fragments et ai fini par éponger le sang. Ensuite, je suis allée dans le salon.

Le téléphone à clapet sonnait, tout au fond de mon sac. Je l'ai sorti. C'était le Dr Nash.

La télévision était encore allumée. J'entendais le grincement du parquet au-dessus de ma tête, c'était Ben qui se déplaçait d'une pièce à l'autre. Je ne voulais pas qu'il m'entende parler au téléphone, dans un appareil dont il ignorait même l'existence. J'ai chuchoté :

« Allô ?

— Christine ? a dit la voix. C'est Ed. Le Dr Nash. Pouvez-vous parler ? »

Alors que cet après-midi il avait paru calme, presque pensif, maintenant sa voix était pressante. J'ai senti la peur s'emparer de moi.

« Oui, ai-je dit en baissant la voix encore plus. Qu'y a-t-il ?

— Dites-moi, avez-vous déjà parlé à Ben ?

— Oui, enfin, presque. Pourquoi ? Que se passe-t-il ?

— Lui avez-vous parlé de votre journal ? De moi ? Lui avez-vous proposé de venir à Waring House ?

— Non, j'étais sur le point de le faire. Il est là-haut. Je... Mais qu'est-ce qui ne va pas ?

— Je suis désolé. Probablement rien d'inquiétant. C'est juste que je viens d'avoir un appel de Waring House. De la personne à qui j'ai parlé ce matin, Nicole, vous vous rappelez ? Elle voulait me donner un numéro de téléphone. Elle a dit que votre amie Claire a contacté Waring House et qu'elle voulait vous parler. Elle a laissé son numéro de téléphone. »

J'avais l'impression d'être tendue comme un arc. J'ai entendu le bruit de la chasse d'eau puis celui de l'eau qui coulait dans le lavabo.

« Je ne comprends pas, ai-je dit. Récemment ?

— Non, c'était quelques semaines après votre départ. Quand Claire a su que vous n'étiez plus là, elle a pris le numéro de Ben, mais ils m'ont dit qu'elle les avait ensuite rappelés en disant qu'elle n'arrivait pas à le joindre. Elle leur a demandé s'ils voulaient bien lui donner votre adresse. Ils ne pouvaient pas, bien entendu, mais ils ont répondu qu'elle pouvait leur laisser son numéro au cas où vous ou Ben appelleriez un jour. Nicole a trouvé un mémo dans votre dossier après notre conversation de ce matin et elle m'a rappelé pour me donner le numéro de Claire. »

Je ne comprenais pas.

« Mais pourquoi ne me l'ont-ils pas envoyé, à moi ou à Ben ?

— Eh bien, Nicole m'a dit qu'ils l'avaient fait, mais qu'ils n'ont jamais eu de nouvelles de vous, ni de Ben. »

Il s'est interrompu.

« C'est Ben qui s'occupe du courrier. Il le prend le matin en partant. Enfin, il l'a fait aujourd'hui, en tout cas…

— Est-ce que Ben vous a donné le numéro de Claire ?

— Non. Il m'a dit que nous nous étions perdues de vue depuis des années. Qu'elle avait déménagé, peu de temps après notre mariage. Pour la Nouvelle-Zélande.

— OK, Christine. Vous m'avez déjà parlé de cela et… eh bien… ce numéro n'est pas un numéro international. »

J'ai senti la crainte monter en flèche, tout en étant incapable d'en trouver la raison.

« Alors, elle est revenue s'installer ici ?

— Nicole a dit que Claire venait vous rendre visite très souvent à Waring House. Elle était là presque autant que Ben. Nicole n'a jamais entendu parler d'un déménagement. Ni pour la Nouvelle-Zélande ni pour un autre endroit. »

J'ai eu le sentiment que tout était en train de décoller, brusquement, que les choses bougeaient trop vite pour que je parvienne à suivre. J'entendais Ben, à l'étage. L'eau avait cessé de couler, maintenant, le chauffe-eau était silencieux. Il devait y avoir une explication rationnelle, me suis-je dit. Forcément. J'ai senti que tout ce qu'il me restait à faire, c'était de ralentir les choses pour pouvoir rattraper le fil, pour pouvoir démêler les tenants et les aboutissants. Je voulais qu'il cesse de parler, qu'il reprenne tout ce qu'il avait dit, mais il n'en a rien fait.

« Il y a autre chose, a dit le Dr Nash. Je suis désolé, Christine, mais Nicole m'a demandé comment vous alliez, et je lui ai dit. Elle a dit qu'elle était surprise que vous soyez retournée vivre avec Ben. Je lui ai demandé pourquoi.

— Allez-y. Continuez.

— Je vous demande pardon, Christine. Écoutez-moi. Elle a dit que Ben et vous aviez divorcé. »

La pièce s'est mise à tanguer. J'ai attrapé l'accoudoir du fauteuil pour ne pas tomber. Cela n'avait aucun sens. Sur l'écran de la télévision, une femme blonde criait au visage d'un homme plus âgé et lui disait qu'elle le détestait. J'avais envie de crier, moi aussi.

« Quoi ?

— Elle a dit que vous et Ben étiez séparés. Que Ben vous a quittée. Environ un an après que vous êtes entrée à Waring House.

— Séparés ? » ai-je dit. J'avais l'impression que la pièce s'éloignait, qu'elle devenait minuscule, un point, près de disparaître.

« Vous êtes sûr ?

— Oui, apparemment. C'est ce qu'elle a dit. Elle a dit que cela avait peut-être eu une relation quelconque avec Claire. Mais elle n'a rien dit d'autre.

— Claire ?

— Oui », a-t-il répondu. Même dans la confusion extrême dans laquelle je me trouvais, je sentais à quel point il trouvait cette conversation difficile, l'hésitation dans sa voix, les précautions qu'il prenait pour choisir lentement parmi les possibilités pour décider de la meilleure chose à dire. « Je ne sais pas pourquoi Ben ne vous dit pas toute la vérité. Je suis certain qu'il pense qu'il fait pour le mieux. Qu'il vous protège, peut-être ? Mais là, je ne sais pas. Ne pas vous dire que Claire est dans la région ? Ne pas mentionner votre divorce ? Je ne sais pas. Cela ne me paraît pas bien, mais j'imagine qu'il doit avoir ses raisons. » Je n'ai rien répondu. « Je me suis dit que peut-être vous devriez parler à Claire. Elle a peut-être des réponses. Elle pourrait peut-être même parler à Ben. Je ne sais pas. » Une autre pause. « Christine ? Vous avez un stylo ? Voulez-vous le numéro ? »

J'ai dégluti avec peine.

« Oui, s'il vous plaît, donnez-le-moi. »

J'ai attrapé le coin d'un journal sur la table basse, ainsi que le stylo posé à côté, et noté le numéro qu'il m'a donné. J'ai entendu le verrou de la salle de bains coulisser et Ben sortir sur le palier.

« Christine ? a dit le Dr Nash. Je vous appellerai demain. Ne dites rien à Ben. Pas avant que nous ayons compris ce qui se passe. D'accord ? »

Je me suis entendue acquiescer et dire au revoir. Il m'a dit de ne pas oublier d'écrire dans mon journal avant de dormir. J'ai écrit *Claire* à côté du numéro de téléphone, ne sachant toujours pas ce que j'allais faire. J'ai arraché le coin de la page du journal et l'ai fourré dans mon sac.

Je n'ai pas dit un mot lorsque Ben est venu me rejoindre et s'asseoir sur le canapé en face de moi. J'ai gardé les yeux rivés sur la télévision. Un documentaire sur la faune sauvage. Les habitants du fond de la mer. Un véhicule sous-marin télécommandé explorait une tranchée au fond de l'océan en faisant de petits bonds nerveux. Deux projecteurs éclairaient des endroits qui n'avaient jamais connu la lumière auparavant. Des fantômes des profondeurs.

J'ai voulu lui demander s'il était encore en contact avec Claire, mais je ne voulais pas entendre un nouveau mensonge. Un calamar géant était suspendu dans les limbes, flottant dans un lent courant. Cette créature n'a jamais été saisie sur une pellicule, disait le commentateur avec un accompagnement de musique électronique.

Ben m'a demandé si j'allais bien. J'ai hoché la tête, sans détourner les yeux de l'écran.

Il s'est levé.

« J'ai du travail, je monte. Je te rejoindrai au lit. »

Je l'ai regardé. Je ne savais pas qui il était.

« D'accord, ai-je dit. À tout à l'heure. »

*Mercredi 21 novembre*

J'ai passé toute la matinée à relire ce journal. Et je ne l'ai pas relu en totalité. J'ai parcouru rapidement certaines pages, j'en ai relu d'autres plusieurs fois, essayant de croire ce que j'y trouvais. Et maintenant, je suis dans ma chambre, assise à côté de la fenêtre, et j'en écris d'autres.

Le téléphone est posé sur mes genoux. Pourquoi est-il si difficile de composer le numéro de Claire ? Des impulsions neuronales, des contractions musculaires. Voilà ce que cette tâche suppose, rien d'autre. Rien de compliqué, rien de difficile. Pourtant, il me paraît tellement plus facile de prendre un stylo et de le raconter par écrit.

Ce matin, je suis entrée dans la cuisine. Ma vie, me suis-je dit, est bâtie sur des sables mouvants. Elle change d'un jour à l'autre. Certaines choses que je sais sont fausses, des choses dont je suis certaine, des événements concernant ma vie, moi-même, qui appartiennent à une période bien antérieure. Toute l'histoire que je possède se lit comme une fiction. Le Dr Nash, Ben, Adam et maintenant Claire. Ils existent, mais comme des ombres dans les ténèbres. Comme des étrangers, ils passent et repassent dans ma vie, se lient, se disjoignent. Insaisissables, éthérés. Comme des fantômes.

Et il n'y a pas qu'eux. Il en est ainsi pour tout. Tout est inventé. À partir de rien. J'aspire à un sol ferme, à quelque chose de réel, quelque chose qui ne disparaîtra pas pendant mon sommeil. J'ai besoin de jeter l'ancre quelque part.

J'ai ouvert le couvercle de la poubelle. Une sorte de chaleur s'en est échappée – celle qu'émet la décomposition, la pourriture – ainsi qu'une odeur, peu marquée. L'odeur douceâtre, écœurante de la nourriture avariée. J'ai vu un journal, les mots croisés partiellement remplis, un sachet de thé détrempé qui y faisait une grande tache brune. J'ai retenu ma respiration et me suis accroupie.

Dans le journal se trouvaient des débris de porcelaine, des miettes, une fine poudre blanche et, en dessous, un sac en plastique, fermé par un nœud. Je l'ai sorti du bout des doigts, pensant à des couches sales, et ai décidé de l'ouvrir plus tard, si nécessaire. En dessous, des épluchures de pommes de terre et une bouteille en plastique presque vide d'où coulait encore du ketchup. Je les ai poussées sur le côté.

Des coquilles d'œufs – quatre ou cinq – et une poignée de pelures d'oignons sèches. Les restes d'un poivron rouge épépiné, un grand champignon, à moitié pourri.

Satisfaite, j'ai replacé le tout dans la poubelle et l'ai refermée. C'était vrai. Hier soir, nous avons mangé une omelette. Une assiette a été cassée. J'ai regardé dans le frigo. Deux côtelettes de porc étaient posées sur un plateau en polystyrène. Dans le hall, les pantoufles de Ben étaient rangées au pied de l'escalier. Tout était là, exactement comme je l'avais décrit dans mon journal la nuit dernière. Je ne l'avais pas inventé. Tout était vrai.

Et cela voulait dire que le numéro était bien celui de Claire. Le Dr Nash m'avait bien appelée. Ben et moi avions bien divorcé.

Je veux appeler le Dr Nash immédiatement. Je veux lui demander ce que je dois faire, ou plutôt lui demander de le faire à ma place. Mais pendant combien de temps puis-je demeurer un voyeur dans ma propre vie ? Rester d'une telle passivité ? Il faut que je prenne les choses en main. Il me vient à l'esprit qu'il se peut que je ne revoie jamais le Dr Nash – maintenant que je lui ai avoué mes sentiments, ce *béguin* que j'ai pour lui – mais je ne laisse pas cette pensée s'installer. D'une façon ou d'une autre, il va falloir que je parle à Claire moi-même.

Mais que vais-je lui dire ? Il semble qu'il y a tant de choses à dire et, en même temps, si peu. Une si longue histoire entre nous, mais je n'en connais rien.

Je repense à ce que le Dr Nash a dit sur la raison de notre séparation, à Ben et moi. *Quelque chose à voir avec Claire.*

Tout cela s'emboîte parfaitement. Il y a des années, lorsque j'ai eu le plus besoin de lui, mais au moment où je le comprenais le moins, mon mari a divorcé, et maintenant que nous sommes réunis, il me raconte que ma meilleure amie a déménagé à l'autre bout de la planète avant que tout ceci ne soit arrivé.

Est-ce la raison pour laquelle je n'arrive pas à l'appeler ? Parce que j'ai peur qu'elle ait plus à cacher que ce que j'ai à peine commencé à imaginer ? Est-ce pour cela que Ben paraît si réticent à ce que je me rappelle des choses ? Est-ce la raison pour laquelle il ne cesse d'insinuer que toute tentative de traitement est inutile – pour que je ne puisse jamais faire le lien entre les souvenirs et savoir ce qui s'est réellement passé ?

Je ne peux pas imaginer qu'il ferait une chose pareille. Personne ne ferait ça. C'est ridicule. Je pense à ce que le Dr Nash m'a raconté sur mon séjour à l'hôpital. *Vous prétendiez que les médecins conspiraient contre vous,* avait-il dit. *Vous aviez des symptômes de paranoïa.*

Je me demande si ce n'est pas à nouveau le cas aujourd'hui.

Soudain, un souvenir me submerge. Il me fait l'effet d'un choc presque violent, surgissant du vide de mon passé pour m'y happer, mais il disparaît aussi vite qu'il est apparu. Claire et moi, à une autre fête.

« Bon Dieu, dit-elle. C'est tellement pénible ! Tu sais ce qui cloche, à mon avis ? Tout le monde est tellement accro au sexe. On dirait des animaux qui copulent, tu vois ? Peu importe les fioritures, le temps qu'on passe à faire des tours et des détours, sans appeler les choses par leur nom. Ce n'est rien d'autre que ça. »

Est-il possible qu'une fois que j'ai été enfermée dans mon enfer, Claire et Ben aient trouvé du réconfort l'un avec l'autre ?

Je baisse les yeux. Le téléphone est posé sur mes genoux. Je ne sais pas exactement où Ben va vraiment quand il part tous les matins, ni s'il s'arrête sur le chemin du retour. Cela pourrait être n'importe où. Et je n'ai pas la possibilité de bâtir un soupçon à partir d'un autre, de relier un fait à un autre. Même si un jour je devais découvrir Claire et Ben au lit, le jour suivant j'aurais oublié ce que j'avais vu la veille. Dans cette éventualité, je suis la personne idéale. Peut-être se voient-ils encore. Peut-être les ai-je déjà découverts, et ai-je oublié.

Je le pense et, en même temps, je ne le pense pas. J'ai confiance en Ben et, en même temps, je n'ai pas confiance en lui. Il est parfaitement possible d'exister en entretenant simultanément deux points de vue opposés, en oscillant de l'un à l'autre.

Mais pourquoi mentirait-il ? *Il pense juste qu'il fait ce qu'il faut.* Je ne cesse de me le répéter. *Il vous protège. Il vous tient éloignée de ce que vous n'avez pas besoin de savoir.*

J'ai composé le numéro. Il n'était pas possible de faire autrement. J'ai entendu une sonnerie, pendant un moment, puis un clic et une voix.

« Salut, dit-elle. Laissez-moi un message. »

J'ai aussitôt reconnu cette voix. C'était celle de Claire. Pas l'ombre d'un doute.

Je lui ai laissé un message. « S'il te plaît, rappelle-moi. C'est Christine. »

Je suis descendue. J'avais fait tout ce que je pouvais.

J'ai attendu. Pendant une heure, puis deux. J'ai passé du temps à écrire dans mon journal, et comme elle ne rappelait pas, je me suis fait un sandwich et je l'ai mangé dans la salle à manger. Tandis que j'étais dans la cuisine – en train de ramasser les miettes sur le plan de travail, les rassemblant au creux de ma main pour les jeter dans l'évier –, quelqu'un a sonné à la porte. Le bruit m'a fait sursauter. J'ai posé l'éponge, me suis essuyé les mains sur le torchon accroché à la poignée du four et suis allée voir qui était là.

À travers le verre dépoli, j'ai vu la silhouette d'un homme. Il ne portait pas d'uniforme, mais ce qui ressemblait à un costume, avec une cravate. Ben ? me suis-je dit, avant de réaliser qu'il devait encore être au travail. J'ai ouvert la porte.

C'était le Dr Nash. Je le savais, d'abord parce que cela ne pouvait être personne d'autre, mais aussi parce que je le reconnaissais. Ses cheveux courts, la raie sur le côté, la cravate mal nouée, mal serrée, un pull sous une veste qui n'était pas assortie.

Il a dû remarquer l'expression de surprise sur mon visage.

« Christine ?

— Oui, ai-je répondu. Oui. »

Je n'ai pas ouvert la porte de plus de quelques centimètres.

« C'est moi, Ed. Ed Nash. Le Dr Nash…

— Je sais. Je…

— Avez-vous lu votre journal ?

— Oui, mais…

— Vous allez bien ?

— Oui, ça va. »

Il a baissé la voix.

« Est-ce que Ben est là ?

— Non, non. C'est juste que… Je ne m'attendais

pas à vous voir. Est-ce que nous avions rendez-vous ? »

Il est resté immobile un instant, une fraction de seconde, assez pour briser le rythme de notre échange. Nous n'avions pas prévu de nous voir, je le savais. Ou tout au moins je n'avais rien écrit à ce sujet.

« Oui, vous ne l'avez pas écrit ? »

Effectivement, mais je n'ai rien dit. Nous étions plantés là, de part et d'autre du seuil d'une maison que je ne vois toujours pas comme la mienne, à nous regarder. « Puis-je entrer ? »

Je n'ai pas répondu. Je n'étais pas certaine de vouloir l'inviter à entrer. Cela me paraissait mal, d'une certaine manière. Une sorte de trahison.

Une trahison de quoi ? De la confiance de Ben ? Je ne savais pas si cela m'importait beaucoup, désormais. Après tous ses mensonges. Des mensonges que j'avais passé l'essentiel de la matinée à relire.

« Oui », ai-je dit. J'ai ouvert la porte. Il a hoché la tête en entrant, a jeté un coup d'œil à gauche puis à droite. J'ai pris son manteau et l'ai accroché au portemanteau à côté d'un imperméable dont j'ai deviné qu'il m'appartenait.

« Par ici », ai-je dit, lui montrant le salon, et il a suivi mon indication.

Je nous ai préparé du thé, lui ai tendu le sien et me suis assise en face de lui avec ma tasse. Il ne parlait pas et j'ai bu lentement une gorgée. Il a bu et a posé sa tasse sur la table basse entre nous.

« Vous ne vous rappelez pas m'avoir demandé de venir vous voir ?

— Non. C'était quand ? »

Ce qu'il m'a dit m'a fait froid dans le dos.

« Ce matin. Lorsque je vous ai appelée pour vous dire où trouver votre journal. »

Je ne me rappelais pas l'avoir eu au téléphone ce matin, et je ne peux toujours pas, même après son départ.

Je repensais à d'autres choses sur lesquelles j'avais écrit. Une assiette de melon que je ne me rappelais pas avoir commandée. Un biscuit que je n'avais pas demandé.

« Je ne me souviens pas. »

Un sentiment de panique a grandi en moi.

L'inquiétude s'est trahie sur son visage.

« Avez-vous dormi aujourd'hui ? D'un sommeil plus long qu'une courte somnolence ?

— Non, pas du tout. C'est juste que je ne me souviens pas. C'était quand ? À quel moment ?

— Christine, calmez-vous. Ce n'est probablement rien.

— Mais… et si je n'arrive pas…

— Christine, s'il vous plaît. Cela ne veut rien dire. Vous avez juste oublié, c'est tout. Ça arrive à tout le monde d'oublier des choses.

— Mais des conversations entières ? Elle a dû avoir lieu il y a seulement deux ou trois heures !

— Oui. » Il parlait doucement, essayant de me calmer, mais il n'a pas bougé de l'endroit où il était assis. « Mais vous avez traversé beaucoup d'épreuves ces derniers temps. Votre mémoire a toujours été variable. Oublier une chose ne veut pas dire que votre état se dégrade, que vous ne progresserez jamais plus. OK ? » J'ai hoché la tête, essayant de le croire, le voulant de toutes mes forces. « Vous m'avez demandé de venir parce que vous vouliez parler à Claire, mais vous n'étiez pas certaine d'y arriver. Et vous vouliez que je parle à Ben à votre place.

— Vraiment ?

— Oui. Vous avez dit que vous ne vous sentiez pas capable de le faire vous-même. »

Je l'ai regardé, j'ai pensé à tout ce que j'avais écrit. J'ai compris que je ne le croyais pas. J'avais dû trouver mon journal toute seule. Je ne lui avais pas demandé de venir aujourd'hui. Je ne voulais pas qu'il parle à Ben. Pourquoi l'aurais-je voulu, alors que j'avais décidé de ne rien dire à Ben, pas encore ? Et pourquoi lui aurais-je dit que j'avais besoin de lui pour m'aider à parler à Claire, alors que je l'avais déjà appelée moi-même et que j'avais laissé un message ?

Il ment. Je me demande quelles autres raisons il peut bien avoir de venir. Ce qu'il peut ressentir sans être capable de me le dire.

Je n'ai pas de mémoire mais je ne suis pas idiote. « Pourquoi êtes-vous là ? Quelle est la vraie raison ? » ai-je dit. Il a bougé, un peu gêné, sur sa chaise. Peut-être voulait-il simplement voir de plus près mon milieu de vie. Ou peut-être voulait-il me voir encore une fois, avant que je parle à Ben. « Craignez-vous que Ben ne me laisse plus vous voir une fois que je lui aurai parlé ? »

Une autre pensée m'est venue. Peut-être n'est-il pas en train d'écrire un article. Peut-être qu'il a d'autres raisons de vouloir passer autant de temps avec moi. Je repousse cette idée.

« Non. Ce n'est pas ça du tout. Je suis venu parce que vous me l'avez demandé. D'autre part, vous avez décidé de ne pas dire à Ben que vous me voyez. Pas avant que vous n'ayez parlé à Claire, vous vous rappelez ? »

J'ai secoué la tête. Je ne me souvenais pas. Je ne savais pas de quoi il parlait.

« Claire se tape mon mari », ai-je dit.

Il a eu l'air choqué.

« Christine, je... »

Il me traite comme si j'étais une idiote, me dis-je. Il me ment sur toute la ligne. Eh bien, je ne suis pas idiote.

« J'en doute fort. Pourquoi...

— Cela fait des années qu'ils couchent ensemble. Cela explique tout. Pourquoi il me dit qu'elle a déménagé. Pourquoi je ne la vois plus alors qu'elle est censée être ma meilleure amie.

— Christine, vous vous égarez. » Il est venu s'asseoir à côté de moi sur le canapé.

« Ben vous aime. Je le sais. Je lui ai parlé, lorsque je voulais le persuader de me laisser travailler avec vous. Il a été totalement loyal. Totalement. Il m'a dit qu'il vous avait perdue une fois et qu'il ne voulait pas vous perdre à nouveau. Qu'il vous avait regardée souffrir chaque fois qu'on avait essayé de vous soigner et qu'il refusait de vous voir à nouveau dans la souffrance. Il vous aime. C'est évident. Il essaie de vous protéger. De la vérité, j'imagine. »

J'ai repensé à ce que j'avais lu ce matin. Le divorce. « Mais il m'a quittée. Pour être avec elle.

— Christine, a-t-il repris. Vous ne réfléchissez pas. Si c'était vrai, pourquoi vous aurait-il ramenée ici ? Il vous aurait tout simplement laissée à Waring

House. Mais il ne l'a pas fait. Il s'occupe de vous. Tous les jours. »

Je me suis sentie m'effondrer, me défaire de l'intérieur. C'était comme si je comprenais ses mots, tout en ne les comprenant pas. Je sentais la chaleur émise par son corps, je voyais la gentillesse dont ses yeux étaient empreints. Il a souri lorsque je l'ai regardé. Il a paru devenir plus grand, jusqu'à ce que je ne voie plus que son corps, jusqu'à ce que je n'entende plus que sa respiration. Il a parlé mais je n'ai pas entendu ses paroles. Je n'ai entendu qu'un mot. *Aime.*

Je n'avais pas l'intention de faire ce que j'ai fait. Je ne l'avais pas prévu. Cela s'est produit brusquement, ma vie basculant soudain comme un couvercle coincé qui cède enfin. À un instant, je n'ai senti que mes lèvres posées sur les siennes, mes bras enroulés autour de son cou. Ses cheveux étaient humides et je ne comprenais pas pourquoi, sans que cela me préoccupe. Je voulais parler, lui dire ce que je ressentais, mais je ne l'ai pas fait, parce que si je le faisais, je cesserais de l'embrasser, je mettrais fin à ce moment dont je voulais qu'il dure une éternité. Je me sentais femme, enfin. Dans la maîtrise. Même si cela m'est certainement arrivé, je ne me rappelle pas – je ne l'ai pas raconté par écrit – avoir embrassé quelqu'un d'autre que mon mari ; cela aurait pu tout aussi bien être la première fois.

Je ne sais pas combien de temps cela a duré. Je ne sais même pas comment cela s'est produit, comment, assise sur le canapé à côté de lui, où je suis devenue si petite, si minuscule que j'ai eu le sentiment que j'allais disparaître, j'en suis arrivée à l'embrasser. Je ne me rappelle pas l'avoir fait exprès, ce qui signifie que je ne me rappelle pas l'avoir voulu. Je ne me souviens pas de l'instant où ça a commencé. Je me rappelle seulement que je suis passée d'un état à l'autre, sans intermédiaire, sans la moindre occasion de penser de manière consciente, de décider.

Il ne m'a pas repoussée brusquement. Il a agi en douceur. Il m'a accordé cela, au moins. Il ne m'a pas insultée en me demandant ce que j'étais en train de faire, encore moins ce que je *pensais* être en train de faire. Il s'est contenté de retirer ses lèvres le premier, puis d'ôter mes mains de l'endroit où elles s'étaient posées sur son épaule, avant de dire, d'une voix douce : « Non. »

J'ai été abasourdie. Devant ce que j'avais fait ? Devant sa réaction ? Je ne saurais le dire. J'avais juste eu l'impression que, l'espace d'un instant, j'étais partie ailleurs et qu'une nouvelle Christine était entrée en scène, m'avait complètement remplacée, puis avait disparu. Mais je n'étais pas horrifiée. Pas même déçue. J'étais heureuse. Heureuse parce que, grâce à elle, quelque chose s'était passé.

Il m'a regardée.

« Je suis désolé », et je n'ai pas su ce qu'il pensait. Colère ? Pitié ? Regret ? Tout pouvait être possible. Peut-être l'expression de son visage était-elle les trois à la fois. Il me tenait encore les mains et il les posa sur mes genoux avant de retirer les siennes. « Je suis désolé, Christine », a-t-il dit à nouveau.

Je ne savais pas quoi dire. Quoi faire. Je suis restée silencieuse, sur le point de m'excuser, moi aussi, puis j'ai dit :

« Ed, je vous aime. »

Il a fermé les yeux.

« Christine, a-t-il commencé, je…

— S'il vous plaît, non, ne me dites pas que vous ne ressentez pas la même chose. » Il a froncé les sourcils. « Vous savez que vous m'aimez.

— Christine, s'il vous plaît… Vous êtes… vous êtes…

— Quoi ? Folle ?

— Non, perdue. Vous êtes dans la confusion. »

J'ai ri.

« Dans la confusion ?

— Oui. Vous ne m'aimez pas. Vous vous rappelez la confabulation ? C'est assez courant chez les gens qui…

— Oh, je sais. Je me souviens. Chez les gens qui n'ont plus de mémoire. C'est ce que vous pensez, vraiment ?

— C'est possible. Tout à fait possible. »

À cet instant, je le haïssais. Il pensait qu'il savait tout, qu'il me connaissait mieux que je ne me connaissais moi-même. Tout ce qu'il connaissait vraiment, c'était mon état.

« Je ne suis pas idiote.

— Je sais. Je sais cela, Christine. Je ne pense pas que vous le soyez. Je pense juste que…

— Vous m'aimez, forcément. »

Il a soupiré. J'ai maintenant créé une frustration. J'ai usé sa patience.

« Pourquoi viendriez-vous aussi souvent, sinon ? Me chercher pour me promener d'un bout à l'autre de Londres. Faites-vous cela avec tous vos patients ?

— Oui, a-t-il commencé, avant de se reprendre, enfin, non, pas exactement.

— Alors, pourquoi ?

— Parce que j'essaie de vous aider.

— C'est tout ? »

Une pause, puis il a repris. « Eh bien, non. J'écris un article, aussi. Un article scientifique…

— Sur moi ?

— En quelque sorte, oui. »

J'essayais de repousser ses mots de mon esprit.

« Mais vous ne m'avez pas dit que Ben et moi étions séparés. Pourquoi ? Pourquoi ne me l'avez-vous pas dit ?

— Je ne le savais pas ! Il n'y a pas d'autre raison. Ce n'était pas dans votre dossier et Ben ne me l'a pas dit. Je ne le savais pas ! »

Je n'ai rien dit. Il a bougé, comme pour reprendre mes mains dans les siennes, puis s'est interrompu, s'est gratté le front.

« Je vous l'aurais dit, si je l'avais su.

— C'est vrai ? Comme vous l'avez fait concernant Adam ! »

Il a eu l'air peiné. « Christine, s'il vous plaît…

— Pourquoi me l'avez-vous caché ? dis-je. Vous êtes aussi méchant que Ben !

— Bon sang, Christine, nous avons déjà parlé de ça. J'ai fait ce que je pensais être le mieux. Ben ne vous parlait pas d'Adam, je ne pouvais pas le faire à sa place. Cela n'aurait pas été correct. Cela aurait été contraire à l'éthique. »

J'ai ri. Un rire creux, presque un hennissement.

« Éthique ? Où est l'éthique dans le fait de me cacher son existence ?

— Il revenait à Ben de décider de vous parler d'Adam. Pas à moi. J'ai décidé de vous suggérer de tenir un journal. Pour que vous puissiez noter ce que vous appreniez. J'ai pensé que c'était la meilleure chose à faire.

— Et l'agression, alors ? Vous étiez content de me voir continuer à penser que j'avais été renversée par une voiture dont le chauffeur s'est enfui !

— Christine, non ! Non, pas du tout. C'est Ben qui vous a dit ça. Je ne savais pas ce qu'il vous racontait. Comment le pouvais-je ? »

J'ai pensé à ce que j'avais vu. Un bain parfumé à la fleur d'oranger et des mains autour de mon cou. La sensation que je ne pouvais pas respirer. L'homme dont le visage restait un mystère. Je me suis mise à pleurer.

« Alors, pourquoi vous m'avez dit la vérité ? »

Il a parlé gentiment, mais ne m'a pas touchée.

« Je ne l'ai pas fait, je ne vous ai pas dit que vous aviez été agressée. Cela, vous vous en êtes souvenue toute seule. »

Il avait raison, bien entendu. J'étais en colère.

« Christine, je...

— Je veux que vous partiez. S'il vous plaît. »

Je pleurais pour de bon maintenant, et pourtant je me sentais curieusement vivante. Je ne savais pas ce qui venait de se passer, je pouvais à peine me rappeler ce qui avait été dit, mais c'était comme si une chose affreuse s'était enfin évanouie, comme si une digue en moi s'était finalement écroulée.

« S'il vous plaît, s'il vous plaît, partez. »

Je m'attendais à ce qu'il refuse. À ce qu'il me prie de lui permettre de rester. Je voulais presque qu'il le fasse. Mais il n'en a rien fait. « Si vous en êtes sûre ? a-t-il dit.

— Oui », ai-je murmuré. Je me suis tournée vers

la fenêtre, déterminée à ne pas le regarder à nouveau. Pas aujourd'hui, ce qui pour moi signifiait que, demain, ce serait comme si je ne l'avais jamais vu. Il s'est levé, est allé jusqu'à la porte.

« Je vous appellerai. Demain. Votre traitement... je...

— Partez. S'il vous plaît. »

Il n'a pas ajouté un mot. J'ai entendu la porte se refermer derrière lui.

Je suis restée là un instant. Quelques minutes ? Quelques heures ? Je ne sais pas. Mon cœur battait la chamade. Je me sentais vide et seule. Finalement, je suis montée à l'étage. Dans la salle de bains, j'ai regardé les photos. Mon mari. Ben. Qu'ai-je fait ? Je n'ai plus rien. Personne en qui je puisse avoir confiance. Personne vers qui je puisse me tourner. Mon esprit fusait en tous sens, incontrôlé. Je ne cessais de penser à ce que le Dr Nash avait dit. *Il vous aime. Il essaie de vous protéger.*

Me protéger de quoi ? De la vérité. Je pensais que la vérité était plus importante que tout. Peut-être avais-je tort.

Je suis entrée dans le bureau. Il a menti sur tant de points. Il n'y a rien, dans tout ce qu'il m'a dit, que je puisse croire. Rien du tout.

Je savais ce qui me restait à faire. Il fallait que je sache. Que je sache si je pouvais lui faire confiance, sur ce point précis.

La boîte était à l'endroit que j'avais décrit dans mon journal, fermée à clé, comme je l'avais soupçonné. Je n'en étais pas contrariée.

J'ai commencé à regarder. Je me suis dit que je ne

m'arrêterais pas tant que je n'aurais pas trouvé la clé. J'ai d'abord fouillé le bureau. Les autres tiroirs. Je l'ai fait méthodiquement. J'ai tout replacé là où je l'avais trouvé, et après, je suis allée dans la chambre. J'ai ouvert les tiroirs, fouillant entre ses slips, ses mouchoirs, soigneusement repassés, les maillots de corps et les T-shirts. Rien, et rien dans mes affaires non plus.

Les tables de nuit avaient des tiroirs. J'avais l'intention d'explorer chacun d'eux, en commençant par le côté du lit où je n'avais pas dormi. J'ai ouvert le tiroir du haut et fouillé son contenu – des crayons, une montre qui ne marchait plus, une plaquette de pilules que je ne reconnaissais pas – avant d'ouvrir le tiroir du bas.

Au départ j'ai cru qu'il était vide. Je l'ai refermé doucement, mais en le poussant, j'ai perçu un tout petit bruit, de métal frottant contre du bois. Je l'ai ouvert à nouveau, mon cœur battant à tout rompre.

C'était une clé.

Je me suis assise par terre devant la boîte ouverte. Elle était pleine. De photos, surtout. De photos d'Adam et de moi. Certaines me paraissaient familières, celles qu'il m'avait montrées la dernière fois, j'imagine, mais beaucoup m'étaient inconnues. J'ai découvert son certificat de naissance, la lettre qu'il avait écrite au père Noël. Des paquets de photos de lui bébé – à quatre pattes, en train de sourire, avançant vers l'objectif, en train de téter, endormi, enroulé dans une couverture verte – et d'autres de lui, plus grand. La photo où il est déguisé en cow-boy, les photos d'école, le tricycle. Elles étaient toutes là, telles que je les avais décrites dans mon journal.

Je les ai sorties de la boîte et les ai étalées par terre, les ai examinées une par une. Il y avait aussi des photos de Ben et moi ; sur l'une nous sommes devant le Parlement, souriant tous les deux, mais visiblement mal à l'aise, comme si aucun de nous deux ne savait que l'autre existait ; une autre de notre mariage, où nous prenions la pose. Nous sommes devant une église, sous un ciel couvert. Nous avons l'air heureux, au point que c'en est un peu ridicule, et encore plus sur une autre photo, qui a probablement été prise plus tard, pendant notre lune de miel. Nous sommes dans un restaurant, souriants, devant une table servie, nos visages rougis par l'amour et la morsure du soleil.

J'ai regardé longuement cette dernière photo. Le soulagement m'a envahie. Cette femme assise là avec son mari tout neuf, le regard tourné vers un avenir qu'elle ne pouvait pas prévoir, et qu'elle ne voulait pas prévoir ; j'ai pensé à ce que nous partagions, elle et moi. Mais il ne s'agit que de traits physiques. De cellules et de tissus. D'ADN. Notre signature chimique. Mais rien d'autre. C'est une étrangère. Il n'y a rien qui lie cette femme à moi, aucun moyen de retrouver le fil conducteur qui me mènera jusqu'à elle.

Et pourtant, elle est moi et je suis elle. Je voyais bien qu'elle était amoureuse. De Ben. De l'homme qu'elle venait d'épouser. De l'homme avec qui je me réveille, chaque jour. Il n'a pas rompu les vœux qu'il a faits ce jour-là dans cette église minuscule à Manchester. Il ne m'a pas laissée tomber. J'ai regardé le cliché et une immense vague d'amour m'a submergée.

J'ai fini par le poser et poursuivre mon investigation. Je savais ce que je voulais trouver et je le redoutais. La chose qui prouverait que mon mari ne mentait pas, qui me rendrait mon compagnon, même si, par là même, elle me retirerait mon fils.

Elle était là, au fond de la boîte, dans une enveloppe. La photocopie d'un article de journal, pliée, sur une feuille de papier craquant. Je savais ce que c'était, presque avant de l'ouvrir, et pourtant je tremblais en lisant. *Un soldat britannique qui est décédé en escortant des troupes dans la province d'Helmand en Afghanistan a été cité par le ministère de la Défense. Adam Wheeler avait dix-neuf ans. Né à Londres…* Une photo accompagnait l'article. Des fleurs, disposées sur une tombe. *Adam Wheeler, 1987-2006.*

C'est alors que le chagrin m'a balayée, avec une force que je doute avoir connue auparavant. J'ai lâché le document et me suis pliée en deux de douleur – trop de douleur pour pleurer, et j'ai émis un son qui ressemblait à un hurlement à la mort, comme un animal blessé, affamé, priant que sa fin soit proche. J'ai fermé les yeux, et je l'ai vue. Un flash très bref. Une image, juste devant mes yeux, étincelante. Une médaille qui m'a été donnée, dans une boîte tapissée de velours noir. Un cercueil, un drapeau. J'ai détourné les yeux, priant de toutes mes forces qu'elle ne réapparaisse pas. Il y a des souvenirs que je préfère ne pas avoir. Des choses qu'il vaut mieux avoir perdues à jamais.

Je me suis mise à ranger les papiers. J'aurais dû le croire. Depuis le début. J'aurais dû croire qu'il me cachait des choses uniquement parce qu'il est trop douloureux de les apprendre, une nouvelle fois, chaque jour. Tout ce qu'il essayait de faire, c'était de me préserver de cela. De cette vérité brutale. J'ai rangé les photos, les papiers, exactement comme je les avais trouvés. J'étais satisfaite. J'ai remis la clé dans le tiroir et la boîte dans l'armoire de classement. Je peux la ressortir quand je veux maintenant, me dis-je. Aussi souvent que je le veux.

Il me restait encore une chose à faire. Il fallait que je sache pourquoi Ben m'avait quittée. Et il fallait que je sache ce que j'étais allée faire à Brighton, il y a des années. Il fallait que je sache qui m'avait volé ma vie. Il fallait que j'essaie encore une fois.

Pour la seconde fois aujourd'hui, j'ai composé le numéro de Claire.

Parasites. Silence. Puis une tonalité à deux sons. Elle ne va pas répondre. Elle n'a pas répondu à mon message, après tout. Elle a quelque chose à cacher, quelque chose dont elle ne veut pas me parler.

J'en étais presque contente. C'était une conversation que je voulais avoir en théorie. Je ne voyais pas comment elle pouvait ne pas être douloureuse. Je me suis préparée à entendre une nouvelle invitation à laisser un message.

Un cliquetis. Puis une voix.

« Allô ? »

C'était Claire. Je l'ai su instantanément. Sa voix me paraissait aussi familière que la mienne.

« Allô ? » a-t-elle dit à nouveau.

Je n'ai rien dit. Les images se sont mises à déferler, des éclairs successifs. J'ai vu son visage, ses cheveux coupés court, sous un béret. Elle riait. Je l'ai vue à un mariage – le mien, j'imagine, même si je n'en suis pas certaine, vêtue de vert émeraude, se versant du champagne. Je l'ai vue avec un enfant dans les bras, le portant, puis me le donnant en me disant : « À table ! » Je l'ai vue assise au bord d'un lit en train de parler à une silhouette allongée, et j'ai compris que la silhouette, c'était moi.

« Claire ?

— Ouais, c'est moi. Qui est à l'appareil ? »

J'ai essayé de me concentrer, de me rappeler que nous avions été les meilleures amies autrefois, peu importait ce qui s'était passé dans les années suivantes. J'ai vu une image d'elle sur mon lit, serrant une bouteille de vodka, riant, me disant que les hommes étaient ridicules, *putain*.

« Claire, ai-je dit. C'est moi, Christine. »

Un silence. Le temps s'est étiré, ça a semblé durer une éternité. Au début, j'ai cru qu'elle ne voulait pas parler, qu'elle avait oublié qui j'étais, ou qu'elle ne voulait plus me parler. J'ai fermé les yeux.

« Chrissy ! »

Une véritable explosion. Je l'ai entendue déglutir, comme si elle était en train de manger.

« Chrissy, mon Dieu ! Ma chérie, c'est vraiment toi ? »

J'ai ouvert les yeux. Une larme avait commencé à descendre lentement le long des rides de ce visage qui m'était si peu familier.

« Claire ? Oui. C'est moi. Chrissy.

— Putain de merde, a-t-elle lâché, puis à nouveau : Putain ! » Sa voix s'est éteinte. « Roger ! Rog ! C'est Chrissy, au téléphone ! » Soudain, plus fort : « Comment vas-tu ? Où es-tu ? » puis « Roger !

— Je suis à la maison, ai-je dit.

— À la maison ?

— Oui.

— Avec Ben. »

Je me suis aussitôt sentie sur la défensive.

« Oui, avec Ben. As-tu eu mon message ? »

J'ai entendu le son d'une grande inspiration. De la surprise ? Ou bien était-elle en train de fumer ?

« Ouais. Je voulais te rappeler mais c'est la ligne fixe et tu n'as pas laissé de numéro. »

Elle a hésité, et pendant un moment je me suis demandé s'il y avait d'autres raisons pour lesquelles elle ne m'avait pas rappelée. Elle a poursuivi. « Enfin, comment vas-tu, ma chérie ? Je suis si contente d'entendre ta voix ! » Je ne savais pas comment répondre, alors Claire a enchaîné.

« Où habites-tu ?

— Je ne sais pas exactement », ai-je dit. J'ai senti un élan de plaisir, certaine que sa question signifiait qu'elle ne voyait pas Ben ; immédiatement après, je me suis dit qu'elle me posait peut-être la question pour que je ne soupçonne pas la vérité. Je voulais tant avoir confiance en elle – savoir que Ben ne m'avait pas quittée à cause de quelque chose qu'il avait trouvé chez elle, un amour pour remplacer celui qui m'avait été enlevé – parce que, du même coup, cela signifiait que je pouvais avoir confiance en mon mari également.

« Crouch End ? ai-je dit.

— OK. Alors, comment ça se passe ? Comment va la vie ?

— Bah, tu sais, je me souviens à peine de mon propre nom. »

Nous avons éclaté de rire toutes les deux. C'était bon, cette éruption d'une émotion autre que le chagrin, mais celle-ci a été éphémère et suivie d'un long silence.

« Tu as l'air bien, a-t-elle dit au bout d'un moment. Vraiment bien. » Je lui ai dit que je m'étais remise à écrire. « Vraiment ? Ouah, super ! Et tu travailles sur quoi, un roman ?

— Non, ai-je dit. Ce serait difficile d'écrire un roman alors que je suis incapable de me souvenir de quoi que ce soit d'un jour à l'autre. » Silence. « J'écris juste sur ce qui m'arrive.

— OK », a-t-elle répondu, puis rien. Je me suis demandé si elle comprenait complètement ma situation et me suis inquiétée du ton de sa voix. Elle avait l'air détendue. Je me suis demandé où nous en étions restées, la dernière fois que nous nous étions vues.

« Alors, qu'est-ce qui t'arrive ? »

Que dire ? J'avais une envie pressante de lui montrer mon journal, de lui faire lire, mais bien entendu je ne le pouvais pas. Ou pas encore. Il semblait qu'il y avait trop de choses à dire et trop de choses que je voulais savoir. Toute ma vie.

« Je ne sais pas, c'est difficile… »

La contrariété a dû percer dans ma voix, parce qu'elle a repris :

« Chrissy, qu'est-ce qui ne va pas ?

— Rien, ai-je dit. Ça va. C'est juste que… » La phrase a tourné court.

« Chérie ?

— Je ne sais pas. »

J'ai repensé au Dr Nash, aux choses que je lui avais

dites. Pouvais-je être certaine qu'il ne parlerait pas à Ben ?

« Je suis juste troublée. Je crois que j'ai fait quelque chose d'idiot.

— Oh, je suis certaine que ce n'est pas le cas. » Un autre silence – un calcul ? – puis elle a repris :

« Est-ce que je peux parler à Ben ?

— Il n'est pas là. »

J'étais soulagée que notre discussion semble avancer vers quelque chose de concret, de factuel.

« Il est au travail.

— Je comprends », a dit Claire.

Un autre silence. La conversation a paru tout à coup absurde.

« Il faut que je te voie, ai-je dit.

— Il faut ? Pas "je veux" ? Tu vois ça comme une obligation ?

— Non, ai-je commencé. Évidemment que je veux…

— Relax, Chrissy, je plaisante. Je veux te voir, moi aussi. J'en crève d'envie. »

J'étais soulagée. J'avais craint que notre conversation ne se dilue, se termine par un au revoir poli et une vague promesse de se reparler un jour, et qu'une autre porte menant à mon passé ne se ferme d'un coup pour toujours.

« Merci, merci beaucoup.

— Chrissy… Tu m'as tellement manqué. Chaque jour. Chaque jour, depuis une éternité, j'attendais que ce putain de téléphone sonne, espérant que ce soit toi, sans jamais penser que cela arriverait. » Elle a marqué une pause. « Comment… comment va ta mémoire maintenant ? Que sais-tu exactement ?

— Je ne suis pas certaine. Ça va mieux qu'avant, je crois. Mais je ne me rappelle pas grand-chose. » J'ai pensé à toutes les choses que j'avais notées, toutes les images de Claire et de moi. « Je me souviens d'une fête, de feux d'artifice, admirés du haut d'un toit. De toi en train de peindre. Moi, faisant des études. Mais rien après, en fait.

— Ah ! Le grand soir ! Bon sang, c'était il y a une éternité ! Il y a beaucoup de sujets sur lesquels il faut que je te mette au parfum. Beaucoup. »

Je me suis demandé ce qu'elle voulait dire mais je ne l'ai pas questionnée. Je me suis dit que cela pouvait attendre un peu. J'avais besoin de savoir des choses encore plus importantes.

« As-tu déjà déménagé ? À l'étranger ? »

Elle a ri.

« Ouais, dit-elle, pendant environ six mois. J'avais rencontré un type il y a des années. Ça a été un désastre.

— Où ? Où étais-tu partie ?

— À Barcelone, pourquoi ?

— Oh, comme ça, pour rien. » Je me suis sentie sur la défensive, gênée de ne pas connaître ces détails de la vie de mon amie. « C'est juste quelque chose qu'on m'a dit. On m'a dit que tu étais partie en Nouvelle-Zélande. Ils ont dû se tromper.

— En Nouvelle-Zélande ? elle a ri. Ça non ! Jamais allée là-bas. »

Donc Ben m'avait menti sur ce point-là aussi. Je ne savais toujours pas pourquoi, je ne pouvais pas trouver de raison qui expliquerait le besoin de faire disparaître Claire de ma vie si soigneusement. Était-ce juste comme tous les autres points sur lesquels il avait menti, ou qu'il avait choisi de ne pas me dire ? Était-ce pour mon bien ?

J'aurais à lui demander tant de choses, lorsque nous aurions cette discussion qui me semblait inévitable maintenant. Quand je lui dirais tout ce que je sais, et comment je l'avais découvert.

Nous avons parlé encore un peu, notre conversation régulièrement ponctuée de longs blancs et d'accélérations frénétiques. Claire m'a dit qu'elle s'était mariée, qu'elle avait divorcé et qu'elle vivait maintenant avec Roger. « C'est un universitaire, a-t-elle dit. En psychologie. Cet idiot veut que je l'épouse. Ce que je ne ferai certainement pas à la va-vite. Mais je l'aime. »

Quel plaisir de lui parler, d'entendre sa voix. Cela paraissait facile, familier. Presque la même sensation que de rentrer à la maison. Elle exigeait peu, paraissant comprendre que j'avais peu à donner. Finalement, elle s'est tue et je me suis dit qu'elle était peut-être sur le point de dire au revoir. Je me suis rendu compte qu'aucune de nous n'avait parlé d'Adam.

« Bon, parle-moi de Ben. Depuis combien de temps êtes-vous à nouveau…

— À nouveau ensemble ? ai-je dit. Je ne sais pas. Je ne savais même pas que nous avions été séparés.

— J'ai essayé de l'appeler », a-t-elle dit.

J'ai senti une tension apparaître en moi, sans savoir vraiment pourquoi.

« Quand ?

— Cet après-midi. Après ton appel. Je me suis dit que c'était lui qui t'avait donné mon numéro. Il n'a pas répondu, mais bon, j'ai un vieux numéro professionnel. Ils m'ont dit qu'il ne travaillait plus là. »

J'ai senti mon appréhension grandir. J'ai regardé tout autour de moi dans la chambre, qui m'a paru à la fois étrange et étrangère. J'étais certaine qu'elle mentait.

« Tu lui parles souvent ? ai-je demandé.

— Non. Pas depuis longtemps. »

Une nouvelle tonalité avait changé sa voix, qui était devenue un peu étouffée. Je n'ai pas aimé cela. « Pas depuis quelques années. » Elle a hésité. « Je me suis fait tellement de souci pour toi. »

J'ai pris peur. Peur que Claire raconte à Ben que je l'avais appelée avant d'avoir eu l'occasion de lui parler.

« S'il te plaît, ne l'appelle pas, l'ai-je suppliée. S'il te plaît, ne lui dis pas que je t'ai appelée.

— Chrissy ! Mais pourquoi donc ?

— Je préférerais que tu ne lui dises pas. »

Elle a laissé échapper un grand soupir, puis a paru fâchée. « Mais qu'est-ce qui se passe, Chris ?

— Je ne peux pas t'expliquer.

— Essaie. »

Je ne pouvais me résoudre à lui parler d'Adam, mais je lui ai parlé du Dr Nash, de mon souvenir de la chambre d'hôtel, et de Ben qui insistait sur le fait que j'avais eu un accident. « Je crois qu'il ne me dit pas la vérité parce qu'il sait que j'en serais contrariée. » Elle n'a pas répondu. « Claire ? Qu'est-ce que je pouvais bien faire à Brighton ? »

Le silence s'est étiré entre nous.

« Chrissy, si tu veux vraiment savoir, je te le dirai. Ou du moins, je te dirai ce que je sais. Mais pas par téléphone. Lorsque nous nous verrons. Je te le promets. »

La vérité. Elle était suspendue devant moi, chatoyante, si proche que je pouvais presque l'attraper en tendant la main.

« Quand peux-tu venir ? ai-je demandé. Aujourd'hui ? Ce soir ?

— Je préférerais ne pas venir chez toi, a-t-elle dit. Si cela ne te dérange pas…

— Mais pourquoi ?

— Je pense que… enfin… c'est mieux si nous nous retrouvons ailleurs. On peut aller prendre un café quelque part. »

Sa voix trahissait une sorte de gaieté, mais elle paraissait forcée. Fausse. Je me suis demandé de quoi elle avait peur, mais me suis contentée de répondre :

« OK.

— Alexandra Palace, ça te va ? Tu devrais pouvoir venir facilement depuis Crouch End.

— D'accord.

— Cool. Vendredi ? Je t'y retrouverai à onze heures. Ça te va ? »

Je lui ai dit que ça m'allait. Il fallait bien que ça aille.

« J'y arriverai. »

Elle m'a dit quels bus je devrais prendre et j'ai noté les détails sur un bout de papier. Ensuite, après avoir bavardé encore quelques minutes, nous nous sommes dit au revoir. J'ai sorti mon journal et je me suis mise à écrire.

« Ben ? » ai-je dit, lorsqu'il est arrivé à la maison. Il était assis dans le fauteuil du salon, en train de lire le journal. Il avait l'air fatigué, comme s'il avait mal dormi. « As-tu confiance en moi ? »

Il a levé les yeux. Une nouvelle étincelle est apparue dans son regard, c'était bien sûr de l'amour, mais aussi autre chose. Quelque chose qui ressemblait un peu à de la peur. Pas surprenant, je suppose, la question précède généralement une confession qui révèle que cette confiance est mal placée. Il s'est passé la main dans les cheveux.

« Bien sûr, ma chérie. » Il s'est approché de moi et s'est assis sur l'accoudoir de mon fauteuil, prenant une de mes mains entre les siennes. « Bien sûr. »

Tout à coup, je n'étais plus certaine de vouloir continuer.

« Est-ce que tu parles à Claire ? »

Il a baissé la tête pour me regarder dans les yeux.

« Claire ? Tu te souviens d'elle ? »

J'avais oublié que jusqu'à une date récente – jusqu'au souvenir de la fête avec le feu d'artifice, en fait – Claire n'existait pas du tout pour moi.

« Vaguement », ai-je dit.

Il a détourné les yeux, vers la pendule posée sur la cheminée.

« Non, je crois qu'elle a déménagé, il y a des années. »

J'ai fait la grimace, comme si je souffrais.

« Tu es sûr ? »

Je n'arrivais pas à croire qu'il continuait à me mentir. Cela me paraissait encore pire de mentir sur ce point que sur tous les autres. Il était pourtant facile de rester honnête sur le lieu où vivait Claire, non ? Le fait que Claire était toujours ici ne me causerait aucune contrariété, ce serait même quelque chose qui aiderait ma mémoire à progresser, si je la voyais. Alors pourquoi cette malhonnêteté ? Une sinistre pensée a traversé mon esprit – le même sombre soupçon – mais je l'ai repoussée.

« Tu es sûr ? Où est-elle partie ? » Dis-moi, ai-je pensé. Ce n'est pas trop tard.

« Je ne me rappelle pas bien. En Nouvelle-Zélande, je crois. Ou en Australie. »

J'ai senti l'espoir s'éloigner à grands pas, mais je savais ce que je devais faire. « Tu es certain ? » J'ai pris le risque. « J'ai cet étrange souvenir qu'elle m'a dit un jour qu'elle pensait s'installer pour un temps à Barcelone. Il y a probablement des années de cela. » Il n'a rien dit. « Tu es sûr que ce n'était pas là-bas ?

— Tu t'es rappelé ce détail ? Quand ?

— Je ne sais pas, c'est juste une impression. »

Il a serré ma main. Un geste de consolation.

« C'est probablement ton imagination.

— Il avait l'air très vrai, pourtant, ce souvenir. Tu es certain que ce n'était pas Barcelone ? »

Il a soupiré. « Non. Pas Barcelone. C'était l'Australie, je suis formel. Adélaïde, je crois. Mais je ne suis pas sûr. C'était il y a longtemps. » Il a secoué la tête. « Claire, a-t-il dit en souriant. Je n'ai pas pensé à elle depuis une éternité. Depuis des années. »

J'ai fermé les yeux. Lorsque je les ai rouverts, je l'ai vu en train de me sourire. Il avait l'air presque idiot. Pathétique. J'ai eu envie de le gifler.

« Ben, ai-je dit, d'une voix à peine plus audible qu'un murmure. Je lui ai parlé. »

Je ne savais pas comment il allait réagir. Il n'a rien

dit. C'était presque comme si je n'avais pas parlé du tout, puis tout à coup son regard s'est durci.

« Quand ? » Sa voix était aussi cassante que du verre.

Je pouvais soit lui dire la vérité, soit admettre que j'écrivais régulièrement le compte rendu de mes journées. « Cet après-midi, ai-je lâché. Elle m'a appelée.

— Elle t'a appelée ? Mais comment ? Comment t'a-t-elle appelée ? »

J'ai décidé de mentir.

« Elle m'a dit que tu lui avais donné mon numéro.

— Quel numéro ? C'est ridicule ! Comment aurais-je fait ? Tu es sûre que c'était elle ?

— Elle a dit que vous vous parliez de temps en temps. Jusqu'à une date assez récente. »

Il a lâché ma main et l'a laissée retomber sur mes genoux, un poids mort. Il s'est levé et s'est retourné pour être face à moi.

« Elle a dit quoi ?

— Elle m'a dit que vous deux étiez restés en contact. Jusqu'à il y a quelques années. »

Il s'est penché vers moi, s'est approché tout près. J'ai senti l'odeur de café dans son haleine.

« Cette femme t'a appelée, comme ça, tout à coup ? Tu es sûre que c'était elle ? »

J'ai roulé des yeux.

« Oh Ben ! Qui d'autre veux-tu que ce soit ? »

J'ai souri. Je n'avais jamais pensé que cette conversation serait facile, mais elle prenait une tournure sérieuse que je n'aimais pas.

Il a haussé les épaules.

« Tu ne le sais pas, mais des tas de gens ont essayé de t'approcher, dans le passé. La presse. Des journalistes. Des gens qui ont entendu parler de toi, de ce qui t'est arrivé et qui veulent ta version de l'histoire, ou des gens qui veulent juste fourrer leur nez partout et découvrir dans quel état tu es, ou voir à quel point tu as changé. Ils se sont fait passer pour d'autres, juste pour obtenir de toi que tu parles. Parmi eux, des médecins. Des charlatans qui prétendent qu'ils peuvent t'aider. Avec l'homéopathie. Des médecines alternatives. Même des chamans.

— Ben, elle était ma meilleure amie, pendant des années. J'ai reconnu sa voix. » Son visage s'est décomposé, il avait l'air défait. « Tu lui as vraiment parlé ? » J'ai remarqué qu'il serrait convulsivement le poing droit, puis le desserrait, puis le serrait à nouveau.

« Ben ? » ai-je répété.

Il a levé les yeux. Il avait le visage rouge, les yeux humides.

« OK, a-t-il dit. OK. J'ai parlé à Claire. Elle m'a demandé de rester en contact avec elle, de lui donner régulièrement de tes nouvelles. Nous nous parlons tous les trois ou quatre mois, très brièvement.

— Pourquoi ne me l'as-tu pas dit ? » Il n'a pas répondu. « Ben. Pourquoi ? » Silence. « Tu as décidé tout seul que c'était plus facile de la tenir éloignée de moi ? De prétendre qu'elle avait déménagé ? C'est ça ? Comme tu as prétendu que je n'ai jamais écrit de roman ?

— Chris, mais, qu'est-ce que…

— Ce n'est pas juste, Ben. Tu n'as aucun droit de garder ces choses-là pour toi. De me raconter des mensonges juste parce que c'est plus facile pour toi. Tu n'as pas le droit. »

Il s'est levé. « Plus facile pour moi ? a-t-il dit en élevant la voix. Plus facile pour moi ? Tu crois que je t'ai dit que Claire vivait à l'étranger parce que c'était plus facile pour moi ? Tu as tort, Christine. Complètement tort. Rien de tout ceci n'est facile pour moi. Rien du tout. Je ne te dis pas que tu as écrit un roman parce que je ne peux pas supporter de me rappeler à quel point tu voulais en écrire un autre, ni de voir ta douleur lorsque tu te rends compte que cela n'arrivera jamais. Je t'ai dit que Claire vivait à l'étranger parce que je ne supporte pas d'entendre la souffrance dans ta voix lorsque tu te rends compte qu'elle t'a abandonnée dans cet endroit. Qu'elle t'a laissée en plan, comme tous les autres. » Il a attendu une réaction de ma part. « Est-ce qu'elle te l'a dit, ça ? » a-t-il ajouté, ne voyant rien venir. Je me dis que non, elle ne me l'avait pas dit, et qu'en fait, aujourd'hui même dans mon journal, j'avais lu qu'elle venait me voir tout le temps.

Il a repris.

« Est-ce qu'elle te l'a dit ? Qu'elle a cessé de venir te voir dès qu'elle a compris que, un quart d'heure après son départ, tu ne te souvenais même plus de son existence ? Bien sûr, il se peut qu'elle appelle à Noël pour savoir comment tu vas, mais c'est moi qui suis resté à tes côtés, Chris. Moi qui suis venu te voir tous les jours sans exception. Moi qui étais là, qui attendais, priant le ciel pour que tu ailles suffisamment bien pour que je puisse te sortir de cet endroit et te ramener à la maison, pour que tu vives avec moi, en sécurité. Moi. Je ne t'ai pas menti parce que c'était facile pour moi. Ne fais jamais cette erreur de croire que c'est le cas. Jamais ! »

Je me suis rappelé avoir lu ce que le Dr Nash m'avait dit. Je l'ai regardé dans les yeux. Sauf que ce n'est pas vrai, me suis-je dit. Tu n'es pas resté à mes côtés.

« Claire a dit que tu avais divorcé. »

Il s'est figé, puis a reculé d'un pas, comme s'il avait été frappé. Sa bouche s'est ouverte, puis s'est refermée. C'était presque comique. Finalement, un mot s'est échappé de sa bouche.

« Salope. »

Son visage s'est déformé sous l'effet de la colère. J'ai cru qu'il allait me frapper, mais j'ai découvert que cela m'était égal.

« As-tu divorcé ? ai-je demandé. C'est vrai ?

— Chérie… »

Je me suis levée.

« Dis-moi. Dis-le-moi ! » Nous étions debout, face à face. Je ne savais pas ce qu'il allait faire, ne savais pas ce que je voulais qu'il fasse. Je savais seulement que j'avais besoin qu'il soit honnête. Qu'il ne me dise plus de mensonges. « Je veux juste la vérité. »

Il a fait un pas en avant et s'est agenouillé devant moi, puis m'a attrapé les mains.

« Chérie…

— Est-ce que tu as divorcé de moi ? Est-ce vrai, Ben ? Dis-moi ! » Il a baissé la tête, puis l'a relevée vers moi à nouveau, les yeux écarquillés, effrayés. « Ben ! » me suis-je écriée. Il s'est mis à pleurer. « Ben. Elle m'a parlé d'Adam aussi. Elle m'a dit qu'on avait un fils. Je sais qu'il est mort.

— Je suis désolé, a-t-il dit. Je suis tellement désolé. J'ai pensé que c'était ce qu'il y avait de mieux à faire. » Et ensuite, entre deux sanglots étouffés, il m'a dit qu'il me dirait tout.

Le jour était complètement tombé, le crépuscule avait laissé place à la nuit. Ben a allumé une lampe et nous nous sommes assis dans la lueur rosée, face à face, de part et d'autre de la table. Une pile de photos était posée entre nous, celles que j'avais regardées plus tôt. J'ai feint la surprise tandis qu'il me les passait une à une, me racontant le contexte. Il s'est attardé sur les photos de notre mariage – insistant sur ce jour qui avait été magnifique, si spécial, m'expliquant à quel point j'étais belle. Puis il a commencé à être contrarié. « Je n'ai jamais cessé de t'aimer, Christine. Il faut que tu me croies. C'était ta maladie. Tu devais aller vivre dans cet endroit et... et... je ne pouvais pas le supporter. Je t'y aurais suivie. J'aurais fait n'importe quoi pour te récupérer. Tout. Mais ils... ils ne voulaient pas... je ne pouvais plus te voir... ils ont dit que c'était le mieux.

— Qui ? Qui a dit ça ? » Il n'a pas répondu. « Les médecins ? »

Il a levé les yeux vers moi. Il pleurait, ses yeux étaient cerclés de rouge.

« Oui. Oui, les médecins. Ils ont dit que c'était mieux ainsi. Que c'était la seule façon... » Il a essuyé une larme. « J'ai fait ce qu'ils m'ont ordonné. Je regrette. Je regrette de ne pas m'être battu pour toi. J'ai été faible et stupide. » Sa voix n'était plus qu'un murmure : « J'ai cessé d'aller te voir, oui, mais c'était pour ton bien. Même si j'en mourais presque, je l'ai fait, pour toi, Christine. Tu dois me croire. Pour toi et notre fils. Mais je n'ai jamais divorcé. Pas vraiment. Pas ici. » Il s'est penché et m'a saisi la main, l'a pressée contre sa poitrine. « Ici, nous avons toujours été mariés. Nous avons toujours été ensemble. » J'ai senti le coton chaud, humide de transpiration. Les battements rapides de son cœur. Son amour.

Comme j'ai été bête, me suis-je dit. Je me suis permis de penser qu'il avait fait ces choses pour me faire du mal, alors qu'il me dit qu'il les a faites par amour. Je ne devrais pas le condamner. Je devrais plutôt essayer de comprendre.

« Je te pardonne », ai-je dit.

*Jeudi 22 novembre*

Aujourd'hui, lorsque je me suis réveillée, j'ai ouvert les yeux et j'ai vu un homme assis sur une chaise dans la pièce où je me trouvais. Il était parfaitement immobile. En train de me regarder. D'attendre.

Je ne me suis pas affolée. Je ne savais pas qui il était, mais je ne me suis pas affolée. Je savais, quelque part, que tout allait bien. Qu'il avait le droit d'être là.

« Qui êtes-vous ? ai-je demandé. Comment suis-je arrivée ici ? »

Il me l'a dit. Je n'ai ressenti ni horreur ni incrédulité. J'ai compris. Je suis allée à la salle de bains et j'ai approché mon reflet dans le miroir comme si c'était un parent éloigné, oublié depuis longtemps, ou le fantôme de ma mère. Avec précaution. Curiosité. Je me suis habillée, m'habituant aux nouvelles proportions et aux comportements inattendus de mon corps, puis j'ai pris mon petit déjeuner, vaguement consciente qu'autrefois il y avait peut-être eu trois personnes à cette table. J'ai embrassé mon mari avant qu'il ne parte et cela ne m'a pas paru étrange, puis, sans savoir pourquoi, j'ai ouvert la boîte à chaussures dans l'armoire et trouvé ce journal. J'ai immédiatement su l'identifier. J'avais été le chercher.

La vérité me concernant est maintenant plus proche de la surface. Il est possible qu'un jour je me réveillerai et je saurai. Les choses commenceront à avoir du sens. Même à ce moment-là, je le sais, je ne serai pas normale. Mon histoire est incomplète. Des années ont disparu sans laisser de trace. Il restera des informations sur moi, mon passé, que personne ne pourra me donner. Pas le Dr Nash – qui me connaît seulement par ce que je lui ai dit, par ce qu'il a lu dans mon journal et ce qui est noté dans mon dossier – et pas Ben non plus. Des choses qui sont arrivées avant notre rencontre. Des choses qui sont arrivées par la suite mais que j'ai décidé de ne pas partager. Des secrets.

Mais une personne saura peut-être. Une personne qui pourra peut-être me dire le reste de la vérité. Qui j'étais allée retrouver à Brighton. La véritable raison pour laquelle ma meilleure amie a disparu de mon univers.

J'ai lu ce journal. Je sais que demain je vais voir Claire.

*Vendredi 23 novembre*

J'écris ceci à la maison. L'endroit que j'identifie enfin comme étant ma maison, ma place. J'ai lu ce journal du début à la fin et j'ai vu Claire, et eux deux m'ont dit tout ce que j'avais besoin de savoir. Claire a promis qu'elle était revenue dans ma vie maintenant et qu'elle n'en partirait plus jamais. Devant moi est posée une vieille enveloppe portant mon nom. Un objet qui me donne ma complétude. Enfin, mon passé a du sens.

Bientôt, mon mari va rentrer à la maison et je suis impatiente de le voir. Je l'aime. Je le sais, aujourd'hui.

Je vais écrire cette histoire et ensuite, ensemble, nous serons capables d'améliorer la situation.

La journée était très belle. Je suis descendue du bus. La lumière était empreinte de la froideur bleue de l'hiver, le sol était dur. Claire m'avait dit qu'elle m'attendrait au sommet de la colline, à côté des marches qui montaient au palais, alors j'ai replié le bout de papier sur lequel j'avais écrit ses indications et me suis mise à monter la pente douce qui faisait le tour du parc. Il m'a fallu plus de temps que prévu et, encore peu habituée aux gênes imposées par mon corps, j'ai dû me reposer en approchant du sommet. Je devais être en forme autrefois, me suis-je dit. Ou plus en forme que maintenant, certainement. Je me suis demandé si je devais me mettre à faire un peu d'exercice.

Le parc s'ouvrait sur une grande étendue de gazon, traversée de chemins asphaltés jalonnés de poubelles et de femmes avec des poussettes. Je me suis rendu compte que j'étais anxieuse. Je ne savais pas à quoi m'attendre. Comment le pouvais-je ? Dans les images que j'avais gardées de Claire, elle portait beaucoup de noir. Des jeans, des T-shirts. Je la voyais avec de grosses bottes et un *trench*. Ou alors, elle portait une jupe longue, en *tie-and-dye*, coupée dans un tissu dont j'imagine qu'on le décrirait comme ample. Je pouvais imaginer qu'aucune de ces deux images ne correspondait à elle aujourd'hui – pas à l'âge que nous avions atteint – mais je n'avais pas la moindre idée de ce qui avait pris leur place.

J'ai regardé ma montre. J'étais en avance. Sans y penser, je me suis dit que Claire était toujours en retard, puis je me suis aussitôt demandé comment je le savais, quel résidu de souvenir me l'avait rappelé. Il y a tant de choses qui affleurent. Tant de souvenirs qui fusent comme des vairons argentés dans un ruisseau. J'ai décidé d'attendre assise sur un banc.

De longues ombres s'étiraient paresseusement sur la pelouse. Au-dessus des arbres, des rangées de maisons s'alignaient vers l'horizon, si serrées les unes contre les autres qu'on devait s'y sentir oppressé. J'ai frissonné en me rendant compte que l'une des maisons que je voyais était celle dans laquelle je vivais et qu'elle paraissait difficile à distinguer des autres.

Angoissée, je me suis imaginée en train d'allumer une cigarette et d'aspirer une grande bouffée, j'ai essayé de résister à la tentation de me lever et de faire les cent pas. Je me sentais nouée, à un point ridicule. Et pourtant, il n'y avait aucune raison. Claire avait été mon amie. Ma meilleure amie. Je n'avais rien à craindre. J'étais en sécurité.

Des écailles de peinture se détachaient du banc et je les ai ôtées, ce qui a découvert une surface plus grande de bois humide. Quelqu'un avait utilisé la même méthode pour graver deux paires d'initiales à côté de l'endroit où j'étais assise, puis les avait entourées d'un cœur et ajouté la date. J'ai fermé les yeux. M'habituerais-je jamais au choc que me provoquait une preuve de l'année que j'étais en train de vivre ? J'ai pris une grande inspiration : de l'herbe humide, l'odeur piquante des hot-dogs, l'essence.

Une ombre s'est posée sur mon visage et j'ai ouvert les yeux. Une femme était debout devant moi. Grande, avec une impressionnante chevelure rousse, elle portait un pantalon et une veste en peau de mouton. Un petit garçon la tenait par la main, serrant de l'autre côté un ballon de foot au creux de son bras. « Pardon », ai-je dit et je me suis poussée sur le banc et leur ai laissé assez de place pour s'asseoir tous les deux, mais pendant que je me déplaçais, la femme a souri.

« Chrissy ! »

Elle avait la voix de Claire. Sans la moindre erreur possible.

« Chrissy chérie ! C'est moi. »

Mon regard est passé de l'enfant à son visage à elle. Il était ridé là où autrefois il avait dû être lisse, au coin de ses yeux des marques qui n'apparaissaient pas dans mes images mentales, mais c'était *elle*. Il n'y avait pas le moindre doute.

« Bon Dieu, je me suis fait tellement de souci pour toi. » Elle a poussé l'enfant vers moi. « Je te présente Toby. »

Le garçon m'a dévisagée.

« Vas-y, a dit Claire, dis bonjour. »

Pendant un moment, j'ai cru qu'elle me parlait à moi, mais le petit a fait un pas en avant. J'ai souri. Ma seule pensée était : est-ce Adam ? Même si je savais que ça ne pouvait être lui.

« Bonjour », ai-je dit. Toby s'est approché en traînant les pieds et a marmonné quelque chose que je n'ai pas compris, puis s'est tourné vers Claire et a dit : « Est-ce que je peux aller jouer, maintenant ?

— Oui, mais je veux toujours te voir, c'est compris ? » Elle lui a caressé les cheveux et il s'est éloigné.

Je me suis levée et me suis tournée pour lui faire face. Je ne savais pas si j'aurais préféré tourner les talons et partir en courant moi aussi, tant le gouffre qui nous séparait était immense. Mais elle a tendu les bras. « Chrissy chérie. » Les bracelets en plastique entourant ses poignets se sont entrechoqués. « Tu m'as manqué, putain. Tu m'as tellement manqué. » Le poids qui m'oppressait a pivoté, décollé et disparu, et je lui suis tombée dans les bras, sanglotant.

Pendant un instant, j'ai eu l'impression de tout savoir sur elle, et tout sur moi, aussi. L'impression que l'absence, le vide qui occupait le centre de mon âme était éclairé d'une lumière plus forte que celle du soleil. Une histoire – mon histoire – est apparue en un éclair devant moi, mais trop rapidement pour que je puisse faire autre chose que tendre vaguement la main. « Je me souviens de toi, ai-je dit. Je me souviens de toi. » Puis elle a disparu et les ténèbres sont revenues une fois de plus.

Nous nous sommes assises sur le banc et pendant un long moment, en silence, nous avons regardé Toby jouer au foot avec un groupe de garçons. J'étais heureuse d'être en lien avec mon passé inconnu, et pourtant il y avait une gêne entre nous que je ne pouvais pas dissiper. Une expression ne cessait de me revenir à l'esprit. *Une relation quelconque avec Claire.*

« Comment vas-tu ? ai-je enfin demandé, et elle a ri.

— Je suis complètement cassée. »

Elle a ouvert son sac et en a sorti un paquet de tabac.

« Tu n'as toujours pas repris ? » a-t-elle dit en m'offrant du tabac et j'ai secoué la tête, consciente à nouveau du fait que quelqu'un d'autre en savait beaucoup plus sur moi que moi-même.

« Qu'est-ce qui ne va pas ? » ai-je demandé.

Elle s'est mise à rouler une cigarette et a désigné son fils d'un mouvement du menton.

« Oh, tu sais, Toby souffre de TDA. Il n'a pas dormi de la nuit, et du coup moi non plus.

— TDA ? »

Elle a souri.

« Pardon. C'est une expression assez nouvelle, je

crois. Troubles du déficit de l'attention, ou hyperactivité. Nous devons lui donner de la Ritaline, même si je déteste ça, putain. C'est la seule façon. Nous avons à peu près tout essayé, et c'est un vrai sauvage sans ça. Une horreur. »

Je l'ai regardé, courant dans le lointain. Un autre cerveau déficient, bousillé, dans un corps sain.

« Il va bien, quand même ?

— Oui », a-t-elle dit en soupirant. Elle a posé le papier à cigarette sur son genou et a commencé à saupoudrer du tabac dans le pli de la feuille.

« Il est épuisant par moments. C'est comme s'il restait à cet âge terrible de deux ans. »

J'ai souri. Je savais ce qu'elle voulait dire, mais seulement théoriquement. Je n'avais pas de référence, pas de souvenir de ce qu'Adam avait pu être, non plus, à l'âge de Toby, ou plus jeune.

« Toby paraît bien jeune… » ai-je dit. Elle a ri.

« Tu veux dire que je suis bien vieille ! » Elle a léché le bord du papier. « Oui, je l'ai eu tard. J'étais presque certaine que ça n'arriverait jamais, alors on ne faisait pas très attention…

— Oh, tu veux dire… ? »

Elle a ri.

« Je ne dirais pas qu'il est un accident mais disons qu'il nous a surpris. » Elle a mis la cigarette dans sa bouche. « Tu te souviens d'Adam ? »

Je l'ai regardée. Elle avait détourné la tête pour protéger son briquet du vent, et je ne pouvais pas voir l'expression de son visage, ni savoir si son mouvement était délibérément fuyant.

« Non, ai-je dit. Il y a quelques semaines, je me suis souvenue que j'avais un fils, et depuis que j'écris sur lui, j'ai l'impression de promener cette réminiscence partout, comme une grosse pierre dans ma poitrine. Mais non. Je ne me rappelle rien de lui. »

Elle a envoyé un nuage de fumée bleutée vers le ciel.

« C'est dommage, je suis tellement désolée. Ben te montre des photos, non ? Ça ne t'aide pas ? »

Je ne savais pas jusqu'où je pouvais aller ; j'ai réfléchi. Apparemment, ils avaient été en contact, ils avaient été amis, autrefois. Il fallait que je fasse attention, mais pourtant je ressentais un besoin croissant de parler, et aussi d'entendre la vérité.

« Il me montre des photos, oui. Mais il n'y en a aucune dans la maison. Il dit que si je les vois, je me mets dans tous mes états. Il les cache. »

J'ai failli dire *dans une boîte fermée à clé.*

Elle a semblé surprise.

« Il les cache ? Vraiment ?

— Oui, ai-je dit. Il pense que je risquerais de m'affoler si je tombais sur une photo de lui. »

Claire a hoché la tête.

« Parce que tu pourrais ne pas le reconnaître ? Ne pas savoir qui il est ?

— Je suppose que c'est ça.

— C'est peut-être vrai. »

Elle a hésité avant d'enchaîner.

« Maintenant qu'il est parti. »

*Parti,* me suis-je dit. Elle l'a dit comme s'il s'était juste absenté pour quelques heures, avait emmené sa petite amie au cinéma, ou était parti acheter une paire de chaussures. Mais j'ai compris. J'ai compris l'accord tacite selon lequel nous ne parlerions pas de la mort d'Adam. Pas encore. J'ai compris que Claire essayait de me protéger, elle aussi.

Je n'ai rien dit. J'ai essayé d'imaginer ce que cela avait dû être, de voir mon enfant tous les jours, en ce temps où l'expression *chaque jour* avait un sens, avant que chaque jour ne soit complètement coupé du précédent. J'ai essayé de m'imaginer me réveillant chaque matin en sachant qui il était, capable de faire des projets, d'attendre Noël, son anniversaire, avec impatience.

C'est tellement ridicule, me suis-je dit. Je ne sais même pas quand est son anniversaire.

« Tu ne voudrais pas le voir ? »

Mon cœur a bondi.

« Tu as des photos ? ai-je demandé. Pourrais-je… »

Elle a semblé surprise.

« Bien sûr ! Des tas ! À la maison.

— J'en voudrais bien une.

— Oui, a-t-elle répondu, mais…

— S'il te plaît. C'est si important pour moi. »

Elle a posé sa main sur la mienne.

« Bien sûr. J'en apporterai une la prochaine fois, mais… »

Elle a été interrompue par un cri dans le lointain. J'ai levé les yeux. Toby accourait vers nous, en pleurs, tandis que derrière lui la partie de foot se poursuivait.

« Putain », a dit Claire à mi-voix. Elle s'est levée et a crié. « Tobes ! Toby ! Que s'est-il passé ? » Il a continué à courir. « Merde, j'y vais, je vais voir ce qui se passe. »

Elle a rejoint son fils, s'est accroupie devant lui et

lui a demandé ce qui n'allait pas. J'ai regardé le sol. Le sentier était recouvert de mousse, et par endroits un brin d'herbe s'était frayé un chemin à travers l'asphalte, luttant pour un peu de lumière. Je me sentais bien. Non seulement parce que Claire avait accepté de me donner une photo d'Adam, mais parce qu'elle avait dit qu'elle le ferait la prochaine fois que nous nous verrions. Nous allions nous voir plus, toutes les deux. J'ai compris que chaque fois semblerait être, à nouveau, la première. Quelle ironie, d'avoir tendance à oublier que je n'ai pas de mémoire.

Je me suis aperçue aussi que la manière dont elle avait parlé de Ben – avec une sorte de mélancolie – me laissait penser que l'idée qu'ils aient pu avoir une liaison autrefois était ridicule.

Elle est revenue.

« Tout va bien. »

Elle a jeté sa cigarette et l'a éteinte en l'écrasant avec son talon.

« Un petit malentendu sur la personne à qui appartient le ballon. Et si on marchait un peu ? » J'ai hoché la tête et elle s'est tournée vers Toby. « Chéri ! Tu veux une glace ? »

Il a dit oui et nous sommes partis vers le marchand de glaces. Toby tenait Claire par la main. Ils se ressemblaient tellement, les yeux brillant du même feu.

« J'aime beaucoup cet endroit, a dit Claire. La vue est si exaltante. Tu ne trouves pas ? »

J'ai regardé vers les maisons grises, entre deux taches de vert.

« Oui, peut-être. Est-ce que tu peins toujours ?

— Presque plus, a-t-elle dit. Je barbouille. Je suis

devenue une barbouilleuse. Nos murs sont couverts de peintures que j'ai faites, mais personne d'autre n'en a. Malheureusement. »

J'ai souri. Je n'ai pas parlé de mon roman, même si je voulais lui demander si elle l'avait lu, ce qu'elle en pensait.

« Et que fais-tu maintenant, alors ?

— Je m'occupe de Toby, essentiellement. Il est scolarisé à la maison.

— Je vois.

— Ce n'est pas par choix. Aucune école ne veut de lui. Ils disent qu'il est trop agité. Ils n'arrivent pas à le gérer. »

J'ai regardé son fils qui marchait à côté de nous. Il paraissait parfaitement calme, la main dans celle de sa mère. Il a demandé s'il pouvait avoir sa glace et Claire lui a dit que c'était pour bientôt. Je n'arrivais pas à l'imaginer en enfant difficile.

« Comment était Adam ? ai-je demandé.

— Enfant ? C'était un bon petit garçon. Très poli. Bien élevé, tu vois ?

— Est-ce que j'étais une bonne mère ? Est-ce qu'il était heureux ?

— Oh Chrissy… Oui. Personne n'était plus aimé que ce petit garçon. Tu ne te souviens pas, n'est-ce pas ? Tu essayais d'être enceinte depuis un bon moment. Tu as eu une grossesse extra-utérine. Après, tu étais inquiète à l'idée de ne pas pouvoir avoir d'enfant, et puis Adam est arrivé. Vous étiez si heureux, tous les deux. Et tu as adoré être enceinte. Moi, j'ai détesté. J'ai gonflé comme une putain de baleine et j'avais tellement la nausée. C'était effrayant. Mais toi, c'était différent. Tu as adoré chaque seconde de ta grossesse. Tu rayonnais pendant tout le temps où tu l'as attendu. Tu apportais de la lumière dans les pièces où tu entrais, Chrissy. »

J'ai fermé les yeux, tout en marchant, et j'ai d'abord essayé de me rappeler avoir été enceinte, puis de l'imaginer. Je n'ai pu faire ni l'un ni l'autre. J'ai regardé Claire.

« Et après ?

— Après ? Après, il y a eu la naissance. Ben était là, bien sûr. Je suis venue dès que j'ai pu. » Elle s'est arrêtée et s'est tournée pour me regarder. « Et tu étais une super mère, Chrissy. Super. Adam était heureux, et on s'est bien occupé de lui, il était très aimé. Aucun enfant n'aurait pu espérer plus. »

J'ai essayé de me rappeler la maternité, l'enfance de mon fils. Rien.

« Et Ben ? »

Elle a attendu un moment avant de dire :

« Ben était un père extra. Il l'a toujours été. Il adorait ce petit garçon. Il rentrait à toute vitesse du boulot le soir pour le voir. Lorsque Adam a prononcé son premier mot, il a appelé tout le monde pour nous le dire. Même chose quand il a commencé à faire du quatre pattes, à marcher. Dès qu'il a tenu sur ses jambes, il l'emmenait au parc, avec un ballon. Et Noël ! Tant de jouets ! Je crois que c'est la seule chose sur laquelle je vous ai vus vous disputer – le nombre de jouets que Ben achetait à Adam. Tu t'inquiétais qu'il soit si gâté. »

J'ai senti un pincement de regret, une envie pressante de m'excuser pour avoir jamais refusé quelque chose à mon fils.

« Je le laisserais avoir tout ce qu'il veut, maintenant, ai-je dit. Si seulement je pouvais. »

Elle m'a regardée, le visage triste.

« Je sais, dit-elle, je sais. Mais sois heureuse de savoir qu'il n'a manqué de rien, jamais. »

Nous avons poursuivi notre marche. Une camionnette qui vendait des glaces était garée sur le chemin piétonnier et nous nous sommes approchés. Toby a commencé à tirer sa mère par la manche. Elle s'est penchée et lui a donné un billet qu'elle a sorti de son sac à main avant de le laisser partir.

« Choisis une chose ! a-t-elle crié à son intention. Juste une ! Et attends la monnaie ! »

Je l'ai regardé courir jusqu'à la camionnette.

« Claire, quel âge avait Adam lorsque j'ai perdu la mémoire ? »

Elle a souri.

« Il devait avoir trois ans. Peut-être quatre, à peine. »

J'ai senti que je mettais le pied sur un territoire nouveau. Dangereux. Mais c'était là qu'il fallait que j'aille. La vérité que je devais découvrir. « Mon médecin m'a dit que j'avais été agressée. » Elle n'a pas répondu. « À Brighton. Qu'est-ce que je faisais là-bas ? »

J'ai regardé Claire, scruté son visage. Elle paraissait être en train de prendre une décision, de peser les options, de faire un choix.

« Je ne sais pas avec certitude. Personne ne sait. »

Elle a cessé de parler et nous avons toutes deux regardé Toby pendant un moment. Il avait sa glace et défaisait le papier, une expression de concentration déterminée sur le visage. Le silence s'est étiré devant moi. Si je ne dis pas quelque chose, ai-je pensé, ça va durer une éternité.

« J'avais une liaison, n'est-ce pas ? »

Aucune réaction. Pas de grande inspiration, pas de moue incrédule ni de regard choqué. Claire m'a regardée sans sourciller. Calmement.

« Oui, tu trompais Ben. »

Sa voix ne trahissait pas la moindre émotion. Je me suis demandé ce qu'elle pensait de moi. À ce moment-là, et maintenant.

« Dis-moi, ai-je demandé.

— OK, dit-elle, mais asseyons-nous. Je meurs d'envie de boire un café. »

Nous sommes allées jusqu'au bâtiment principal.

La cafétéria faisait aussi bar. Les chaises étaient en métal, les tables toutes simples. Des palmiers avaient été disposés çà et là, une tentative pour créer une atmosphère qui était mise à mal par l'air froid qui s'engouffrait dans la salle chaque fois que quelqu'un ouvrait la porte. Nous nous sommes assises face à face à une table qui était maculée de café renversé, nos mains serrées sur les gobelets pour nous réchauffer.

« Que s'est-il passé ? J'ai besoin de savoir.

— Ce n'est pas facile à dire. » Elle a parlé lentement, comme si elle choisissait soigneusement où poser les pieds sur un terrain accidenté. « Je suppose que cela a commencé peu de temps après la naissance d'Adam. Une fois que l'excitation initiale est passée, il y a eu une période où la situation était extrêmement difficile. » Elle a marqué une pause. « C'est si difficile, n'est-ce pas, de comprendre ce qui se passe quand tu es en plein milieu du truc. Ce n'est que rétrospectivement qu'on peut correctement identifier les troubles. » J'ai hoché la tête mais je ne comprenais pas. Le regard rétrospectif est quelque chose que je n'ai pas. Elle a poursuivi. « Tu pleurais. Beaucoup. Tu t'interrogeais sur ton attachement au bébé. Les trucs habituels. Ben et moi faisions ce que nous pouvions, ta mère aussi, quand elle était là, mais c'était dur. Et même lorsque le pire du pire a été passé, tu trouvais encore la vie dure. Tu n'arrivais pas à reprendre ton travail. Tu m'appelais, contrariée, au milieu de la journée. Tu me disais que tu avais l'impression d'être une ratée. Pas une ratée de la maternité – tu voyais bien à quel point Adam était heureux – mais une ratée en tant qu'écrivain. Tu pensais que tu ne serais plus jamais capable d'écrire. Je venais te voir, et je te trouvais dans un état impossible. En pleurs, l'horreur. » Je me suis demandé ce qui allait venir ensuite – si cela pouvait être encore pire – puis elle a dit : « Ben et toi, vous vous disputiez, aussi. Tu lui en voulais de trouver la vie facile. Il a proposé de prendre une nounou, mais bon…

— Bon… ?

— Tu as dit que c'était bien lui. Résoudre les problèmes avec de l'argent. Tu avais raison mais… peut-être que tu n'étais pas tout à fait juste. »

Peut-être que non, me suis-je dit. J'ai été étonnée d'apprendre qu'en ce temps-là nous devions avoir de l'argent – plus qu'après ma perte de mémoire, plus que ce que nous avons maintenant, j'imagine. Ma maladie a dû pomper une part importante de nos ressources.

J'ai essayé de me voir, me disputant avec Ben,

m'occupant d'un bébé, essayant d'écrire. J'ai imaginé des biberons, ou Adam à mon sein. Des couches sales. Des matins où les seules ambitions que je pouvais raisonnablement concevoir étaient de me nourrir et de nourrir mon bébé, et des après-midi où j'étais si épuisée que la seule chose que je voulais, c'était dormir – alors que je devais attendre bon nombre d'heures pour dormir –, et la pensée d'essayer d'écrire se voyait repoussée très loin. Je pouvais voir tout ça, et sentir le lent, brûlant ressentiment.

Mais ce n'était que des représentations. Des scènes imaginées. Je ne me rappelais rien. L'histoire de Claire me donnait l'impression de n'avoir rien à voir avec moi.

« Alors, j'ai eu une liaison ? »

Elle a levé les yeux.

« J'étais libre. Je peignais, à l'époque. Je t'ai dit que je viendrais m'occuper d'Adam deux après-midi par semaine pour que tu puisses écrire. J'ai insisté. » Elle a pris ma main entre les siennes. « C'était ma faute, Chrissy. C'est même moi qui ai suggéré que tu ailles dans un café.

— Un café ?

— Je me suis dit que c'était une bonne idée que tu sortes de la maison. Que tu aies un peu d'espace. Quelques heures par semaine, loin de tout. Au bout de quelques semaines, tu as paru aller mieux. Tu étais plus heureuse intérieurement, et tu disais que ton travail allait bien. Tu as commencé à aller au café presque tous les jours, en prenant Adam avec toi lorsque je ne pouvais pas m'occuper de lui. Puis j'ai remarqué que tu t'habillais différemment, aussi. Le truc classique, même si je n'ai pas compris sur le coup. Je me suis dit que c'était juste parce que tu te sentais mieux. Que tu avais plus confiance en toi. Mais un soir, Ben m'a appelée. Il avait bu, je crois. Il a dit que vous étiez en train de vous disputer, plus fort que jamais, et qu'il ne savait pas quoi faire. Tu ne voulais plus faire l'amour, non plus. Je lui ai dit que c'était probablement juste à cause du bébé, qu'il se faisait du souci pour rien, mais… »

Je l'ai interrompue.

« Mais je voyais quelqu'un ?

— Je t'ai posé la question. Au début, tu as nié, mais je t'ai dit que je n'étais pas idiote, et que Ben non plus n'était pas idiot. Nous nous sommes disputées, mais au bout d'un moment tu m'as avoué la vérité. »

La vérité. Ni élégante, ni passionnante. Juste les faits bruts. Je m'étais transformée en un cliché sur pattes. Je me faisais sauter par quelqu'un que j'avais rencontré dans un café pendant que ma meilleure amie gardait mon enfant et que mon mari gagnait l'argent qu'il me fallait pour acheter les vêtements et la lingerie que je portais pour quelqu'un d'autre que lui. Je me suis représenté les appels téléphoniques en cachette, les arrangements annulés à la dernière minute lorsqu'il arrivait un imprévu, et les jours où nous arrivions à nous voir, les après-midi sordides, pathétiques, passés au lit avec un homme qui avait temporairement paru mieux – plus excitant ? plus attirant ? un meilleur amant ? plus riche ? – que mon mari. Était-ce l'homme que j'attendais dans cette chambre d'hôtel, l'homme qui finirait par m'agresser, me laisser sans passé ni avenir ?

J'ai fermé les yeux. Un éclair de souvenir. Des

mains m'attrapant par les cheveux, autour de mon cou. Ma tête sous l'eau. J'étouffe. Je pleure. Je me souviens de ce que j'ai pensé : Je veux voir mon fils. Une dernière fois. Je veux voir mon mari. Je n'aurais jamais dû lui faire ça. Je n'aurais jamais dû le trahir avec cet homme. Je ne pourrai jamais lui dire à quel point je suis désolée. Jamais.

J'ai ouvert les yeux. Claire m'a serré la main. « Ça va ?

— Dis-moi, s'il te plaît.

— Je ne sais pas si…

— S'il te plaît, ai-je repris. Dis-moi. Qui était-ce ? »

Elle a soupiré.

« Tu as dit que tu avais rencontré quelqu'un qui allait au café régulièrement. Il était gentil, selon toi. Charmant. Tu avais essayé, mais tu n'avais pas pu t'en empêcher.

— Comment s'appelait-il ? Qui était-il ?

— Je ne sais pas.

— Mais tu dois le savoir ! me suis-je exclamée. Son nom, au moins ! Qui m'a fait ça ? »

Elle m'a regardée droit dans les yeux.

« Chrissy, a-t-elle continué d'une voix calme, tu ne m'as jamais dit son nom. Tu m'as juste dit que tu l'avais rencontré dans un café. J'imagine que tu ne voulais pas que je sache le moindre détail. Rien de plus que le strict nécessaire, du moins. »

J'ai senti une autre parcelle d'espoir s'envoler, emportée par le courant de la rivière. Je ne saurais jamais qui m'a fait ça.

« Que s'est-il passé ?

— Je t'ai dit qu'à mon avis tu te comportais

comme une idiote. Qu'il y avait Adam, auquel tu devais penser, et Ben. Je t'ai dit que tu devais arrêter. Cesser de le voir.

— Mais j'ai refusé d'écouter.

— Non, pas au début. Nous nous sommes disputées. Je t'ai dit que tu me mettais dans une situation impossible, que Ben était mon ami aussi. Tu me demandais de lui mentir.

— Que s'est-il passé ? Combien de temps cela a-t-il duré ? »

Elle n'a pas répondu tout de suite.

« Je ne sais pas. Un jour – cela ne devait pas faire plus de quelques semaines – tu as annoncé que c'était terminé. Que tu avais dit à cet homme que ça ne marchait pas, que tu avais fait une erreur. Tu as dit que tu étais désolée, que tu avais été stupide. Folle.

— Est-ce que je mentais ?

— Je ne sais pas. Je ne crois pas. Toi et moi, nous ne nous mentions pas. Jamais. » Elle a soufflé un peu sur son café. « Quelques semaines plus tard, on t'a retrouvée à Brighton, dit-elle. Je n'ai pas la moindre idée de ce qui s'est passé entre-temps. »

Peut-être que ça a été ces mots – *je n'ai pas la moindre idée de ce qui s'est passé entre-temps* – qui ont tout déclenché, qui m'ont fait comprendre que peut-être je ne saurais jamais ce qui m'avait conduite à cette agression. Un son m'a soudain échappé. J'ai essayé de l'étouffer, mais je n'y suis pas parvenue. Quelque chose entre un halètement et un hurlement, comme le cri d'un animal qui souffre. Toby a levé les yeux de son album de coloriage. Tout le monde dans le café a tourné son regard vers moi pour regarder la femme folle sans mémoire. Claire m'a attrapée par le bras.

« Chrissy ! Qu'est-ce qui ne va pas ? »

Je pleurais maintenant, la poitrine agitée de soubresauts, cherchant mon souffle. Je pleurais toutes les années que j'avais perdues et toutes celles que j'allais encore perdre entre aujourd'hui et le jour de ma mort. Je pleurais parce que, si dur que cela avait été pour elle de parler de ma liaison, et de mon mariage, et de mon fils, il lui faudrait demain recommencer depuis le début. Mais je pleurais surtout parce que c'était moi qui étais responsable de tout ce qui m'était arrivé.

« Je suis désolée, ai-je dit, je suis désolée. »

Claire s'est levée et a contourné la table. Elle s'est accroupie à côté de moi, a passé son bras autour de mes épaules, et j'ai posé ma tête contre la sienne.

« Allez, allez, a-t-elle dit tandis que je sanglotais. Tout va bien, ma Chrissy. Je suis là, maintenant. Je suis là. »

Nous avons quitté le café. Comme s'il refusait d'être surpassé, Toby était devenu bruyant et turbulent après mon coup d'éclat – il avait jeté son album de coloriage par terre, ainsi qu'un gobelet en plastique plein de jus de fruits. Claire a tout nettoyé puis elle a lancé :

« Il me faut un peu d'air frais. On y va ? »

Nous nous sommes assises sur un des bancs qui dominaient le parc. Nos genoux étaient inclinés l'un vers l'autre, et Claire a tenu mes mains dans les siennes, les frottant comme s'il faisait froid.

« Est-ce que j'ai… Est-ce que j'ai eu beaucoup de liaisons ? »

Elle a secoué la tête. « Non. Aucune. Nous nous sommes bien amusées à la fac. Mais pas plus que les autres. Et une fois que tu as rencontré Ben, tu as arrêté. Tu lui as toujours été fidèle. »

Je me suis demandé ce que l'homme du café avait bien pu avoir de si spécial. Claire avait rapporté que je lui avais dit qu'il était *gentil, charmant.* Était-ce tout ? Étais-je vraiment si superficielle ?

Mon mari était tout cela, me suis-je dit. Si seulement je m'étais contentée de ce que j'avais.

« Ben savait-il que j'avais une liaison ?

— Pas au début, non. Pas avant que tu aies été découverte. Ça a été un choc terrible pour lui. Pour nous tous. Au début, il était même possible que tu ne survives pas. Plus tard, Ben m'a demandé si je savais pourquoi tu étais allée à Brighton. Je le lui ai dit. Il le fallait. J'avais déjà dit à la police tout ce que je savais. Je n'avais pas d'autre choix que de le dire à Ben. »

La culpabilité m'a assaillie une fois de plus tandis que je pensais à mon mari, au père de mon fils, essayant de comprendre pourquoi sa femme mourante avait été ramassée à des kilomètres de la maison. Comment avais-je pu lui faire une chose pareille ?

« Il t'a pardonné, tu sais, dit Claire. Il ne t'a jamais fait le moindre reproche. Tout ce qui lui importait était que tu vives et que ton état s'améliore. Il aurait tout donné pour ça. Tout. Rien d'autre n'importait. »

J'ai ressenti un élan d'amour pour mon mari. Sincère. Spontané. Malgré tout, il m'avait recueillie. Il s'était occupé de moi.

« Est-ce que tu vas lui parler ? » lui ai-je demandé.

Elle a souri.

« Bien sûr ! À propos de quoi ?

— Il ne m'a pas dit la vérité. Ou pas toujours, du moins. Il essaie de me protéger. Il me dit ce qu'il pense que je peux gérer, ce qu'il pense que je veux entendre.

— Ben ne ferait pas une chose pareille. Il t'aime. Il t'a toujours aimée.

— Eh bien, c'est ce qu'il fait. Il ne sait pas que je sais. Il ne sait pas que je tiens mon journal. Il ne me parle pas d'Adam, sauf quand je me souviens de lui et que je pose des questions. Il ne me dit pas qu'il m'a quittée. Il me raconte que tu vis à l'autre bout de la planète. Il ne pense pas que je peux gérer. Il a baissé les bras. Il ne veut pas que je voie un médecin parce qu'il ne pense pas que mon état s'améliorera un jour, mais j'en vois un, Claire. Un certain Dr Nash. En cachette. Je ne peux même pas en parler à Ben. »

Le visage de Claire s'est décomposé. Elle a semblé déçue. Par moi, je suppose. « Ce n'est pas bien. Tu devrais le lui dire. Il t'aime. Il a confiance en toi.

— Je ne peux pas. Il a seulement avoué qu'il était encore en contact avec toi l'autre jour. Jusque-là il disait qu'il ne t'avait pas parlé depuis des années. »

Son expression de désapprobation a disparu. Pour la première fois, j'ai vu qu'elle était surprise.

« Chrissy !

— C'est vrai, ai-je continué. Je sais qu'il m'aime. Mais il faut qu'il soit honnête avec moi. Sur tout. Je ne connais pas mon propre passé. Et il est le seul à pouvoir m'aider. J'ai besoin qu'il m'aide.

— Alors, tu devrais juste lui parler. Avoir confiance en lui.

— Mais comment puis-je faire ? Avec toutes les choses sur lesquelles il m'a menti ? Comment ? »

Elle a serré mes mains entre les siennes.

« Chrissy, Ben t'aime. Tu sais que c'est le cas. Il t'aime plus que sa propre vie. Cela a toujours été le cas.

— Mais… ai-je commencé, mais elle m'a interrompue.

— Tu dois lui faire confiance. Crois-moi. Tu peux tout démêler, mais il faut que tu lui dises la vérité. Parle-lui du Dr Nash. Dis-lui que tu t'es remise à écrire. C'est la seule façon. »

Quelque part, au fond de moi, je savais qu'elle avait raison, mais, malgré tout, je n'arrivais pas à me convaincre que je devais parler à Ben de mon journal.

« Mais il voudra peut-être lire ce que j'ai écrit. »

Elle a plissé les yeux.

« Il n'y a rien dans le journal que tu ne voudrais pas qu'il lise, si ? » Je n'ai pas répondu. « Si ? Chrissy ? »

J'ai détourné les yeux. Nous n'avons plus rien dit. Puis elle a ouvert son sac à main.

« Chrissy, je vais te donner quelque chose. Ben me l'a confié, le jour où il a décidé qu'il fallait qu'il te quitte. » Elle a sorti une enveloppe et me l'a tendue. Elle était froissée mais encore scellée. « Il m'a dit qu'elle expliquait tout. » Je l'ai regardée fixement. Mon nom était écrit dessus en majuscules. « Il m'a demandé de te la donner, si un jour je trouvais que tu allais assez bien pour la lire. » J'ai levé les yeux vers elle ; toutes les émotions se bousculaient. L'excitation et la peur. « Je pense qu'il est temps que tu la lises », a-t-elle dit.

Je l'ai prise et l'ai rangée dans mon sac. Même si je ne savais pas pourquoi, je ne voulais pas la lire là, devant Claire. Peut-être étais-je inquiète à l'idée qu'elle puisse lire son contenu reflété dans l'expression de mon visage, et il ne m'appartiendrait plus, à moi exclusivement.

« Merci », ai-je dit. Elle n'a pas souri.

« Chrissy », a-t-elle dit. Elle a baissé les yeux, a regardé ses mains. « Il y a une raison pour laquelle Ben te dit que j'ai déménagé. » J'ai senti mon monde commencer à changer, sans savoir si c'était pour le mieux ou le pire. « Il faut que je te dise quelque chose sur la raison pour laquelle nous nous sommes perdues de vue. »

J'ai su à ce moment-là. Sans qu'elle dise rien, j'ai su. La pièce manquante du puzzle, la raison pour laquelle Ben était parti, la raison pour laquelle ma meilleure amie avait disparu de ma vie, et pourquoi mon mari avait menti sur l'explication de cette absence. J'avais raison. Tout le long. J'avais raison.

« C'est vrai, ai-je dit. Mon Dieu, c'est vrai. Vous vous voyez avec Ben. Tu te fais sauter par mon mari. »

Elle a levé les yeux, horrifiée.

« Non ! a-t-elle dit. Non ! »

Une certitude m'a balayée. J'ai voulu crier *Menteuse !* Mais je n'en ai rien fait. J'étais sur le point de lui demander à nouveau ce qu'elle voulait me dire lorsqu'elle s'est essuyé les yeux. Pour en ôter une larme ? Je ne sais pas.

« Pas aujourd'hui, a-t-elle chuchoté, puis elle a regardé à nouveau ses mains posées sur ses genoux. Mais c'est arrivé, autrefois. »

De toutes les émotions que j'avais envisagées, le soulagement n'en faisait pas partie. Mais de fait, je me suis sentie soulagée. Parce qu'elle me disait la vérité ? Parce que maintenant j'avais une explication pour tout, une que je pouvais croire ? Je n'en suis pas certaine. Mais la colère que j'aurais légitimement pu éprouver n'était pas là, ni la souffrance. Peut-être ai-je été heureuse d'éprouver une toute petite étincelle de jalousie, preuve concrète que j'aimais mon mari. Peut-être étais-je juste soulagée que Ben ait commis une infidélité qui s'apparentait à la mienne, qui le ramenait à égalité avec moi. *Ex æquo.*

« Raconte-moi », ai-je dit dans un murmure.

Elle n'a pas levé les yeux.

« Nous avions toujours été proches, dit-elle doucement. Nous trois, je veux dire. Toi, moi, Ben. Mais il ne s'était jamais rien passé entre lui et moi, il faut me croire. Jamais. » Je lui ai dit de continuer. « Après ton accident, j'ai essayé d'aider de toutes les manières possibles. Tu peux imaginer à quel point c'était difficile, terriblement difficile pour Ben. Pour ne parler que du plan pratique, il devait s'occuper d'Adam… J'ai fait ce que j'ai pu. Nous avons passé beaucoup de temps ensemble. Mais nous n'avons pas couché ensemble. Pas à ce moment-là, je te le jure, Chrissy.

— Alors, quand ? Quand est-ce arrivé ?

— Juste avant qu'on t'installe à Waring House. Tu étais au plus bas. Adam commençait à être difficile. C'était vraiment dur. » Elle a détourné les yeux. « Ben buvait. Pas beaucoup, mais déjà trop. Il ne s'en sortait pas. Un soir, nous sommes rentrés après t'avoir rendu visite. J'ai mis Adam au lit. Ben était dans le salon et il pleurait. "Je n'y arrive pas, répétait-il, je ne peux pas continuer comme ça. Je l'aime, mais ça me tue." »

Une rafale de vent a soufflé sur le sommet de la colline. Froid. Mordant. J'ai serré le col de mon manteau sur mon cou.

« Je me suis assise à côté de lui et… »

Je voyais bien la scène. La main sur l'épaule, puis l'embrassade. Les bouches qui se trouvent au milieu des larmes, le moment où la culpabilité et la certitude que cela ne doit pas aller plus loin laissent la place au désir et à la certitude que c'est impossible à arrêter.

Et après ? La coucherie. Sur le canapé ? Le plancher ? Je ne veux pas savoir.

« Et alors ?

— Je suis désolée. Je n'ai jamais voulu que ça arrive. Mais c'est arrivé et… je me suis sentie si mal. Si mal. Lui aussi.

— Combien de temps ?

— Quoi ?

— Combien de temps ça a duré ? »

Elle a hésité avant de répondre.

« Je ne sais pas. Pas longtemps. Quelques semaines. Nous n'avons… nous n'avons couché ensemble que quelques fois. Ce n'était pas bien. Nous nous sentions toujours si mal, après.

— Et que s'est-il passé ? Qui a mis fin à la chose ? »

Elle a haussé les épaules puis a chuchoté.

« Nous deux. Nous avons parlé. Cela ne pouvait plus durer. J'ai décidé que je te devais, et à Ben aussi, de me tenir à l'écart à partir de ce moment-là. Je me sentais coupable, j'imagine. »

Une pensée atroce a surgi en moi.

« Est-ce à ce moment-là que Ben a décidé de me quitter ?

— Chrissy, non, a-t-elle dit précipitamment. Ne pense pas cela. Il se sentait très mal lui aussi. Mais il ne t'a pas quittée à cause de moi. »

Non, me suis-je dit. Peut-être pas directement. Mais tu lui as peut-être rappelé tout ce qui lui manquait.

Je l'ai regardée. Je n'éprouvais toujours pas de colère. Je ne pouvais pas. Peut-être que si elle m'avait dit qu'ils couchaient encore ensemble, j'aurais ressenti autre chose. Ce qu'elle m'avait avoué me donnait l'impression d'appartenir à une autre époque. La préhistoire. Je trouvais difficile de croire que j'étais ne serait-ce que concernée.

Claire a levé les yeux.

« Au début, je suis restée en relation avec Adam, mais ensuite Ben a dû lui dire ce qui s'était passé. Adam m'a dit qu'il ne voulait plus jamais me revoir. Il m'a aussi demandé de ne plus m'approcher de lui ni de toi. Mais je ne pouvais pas, Chrissy. Je ne pouvais pas. Ben m'avait donné la lettre, m'avait demandé de garder un œil sur toi. Alors j'ai continué à venir. À Waring House. Toutes les trois ou quatre semaines, au début. Puis tous les deux ou trois mois. Mais cela te faisait du mal. Beaucoup de mal. Je sais que je me montrais égoïste, mais je n'arrivais pas à te laisser là-bas. Toute seule. J'ai continué à venir. Juste pour vérifier que tu allais bien.

— Et tu disais à Ben comment j'allais ?

— Non. Nous n'étions plus en contact.

— Est-ce pour cela que tu n'es pas venue me voir ces derniers temps ? À la maison. Parce que tu ne veux pas voir Ben ?

— Non. Il y a quelques mois, je suis allée à Waring House et ils m'ont dit que tu étais partie. Que tu étais retournée vivre avec Ben. Je savais que Ben avait déménagé. Je leur ai demandé de me donner ton adresse mais ils n'ont pas voulu. Ils ont dit qu'ils étaient tenus par l'obligation de confidentialité. Ils ont dit qu'ils te donneraient mon numéro de téléphone et que si je voulais t'écrire, ils te transmettraient mes lettres.

— Alors, tu m'as écrit ?

— J'ai adressé la lettre à Ben. Je lui ai dit que j'étais désolée, que je regrettais ce qui était arrivé. Je l'ai supplié de me laisser te voir.

— Mais il t'a dit que tu ne pouvais pas ?

— Non. Tu m'as répondu, Chrissy. Tu m'as écrit que tu te sentais beaucoup mieux. Tu disais que tu étais heureuse avec Ben. » Elle a détourné les yeux et a regardé vers le parc. « Tu as dit que tu ne voulais pas me voir. Que ta mémoire revenait parfois et que, quand c'était le cas, tu savais que je t'avais trahie. » Elle a essuyé une larme. « Tu m'as dit de ne plus jamais m'approcher de toi, jamais plus. Que c'était mieux que tu m'oublies pour le reste de ta vie, et que je t'oublie. »

Je me suis sentie devenir de glace. J'ai essayé d'imaginer la colère que j'avais dû éprouver pour écrire une lettre comme celle-là, mais en même temps j'ai compris que peut-être je n'avais jamais été fâchée du tout. Pour moi, Claire devait à peine exister, et notre amitié était complètement oubliée.

« Je suis désolée. »

Je n'arrivais pas à imaginer que je puisse me rappeler sa trahison. Ben avait dû m'aider à écrire cette lettre.

Elle a souri.

« Non. Ne t'excuse pas. Tu avais raison. Mais je n'ai jamais cessé d'espérer que tu changerais d'avis. Je voulais te voir. Je voulais te dire la vérité, en face. » Je n'ai rien dit. « Je suis tellement désolée. Est-ce que tu pourras jamais me pardonner ? »

J'ai pris sa main dans les miennes. Comment pouvais-je être fâchée contre elle ? Ou contre Ben ? Mon état a imposé un fardeau impossible à supporter sur nos épaules à tous.

« Oui. Oui, je te pardonne. »

Nous sommes parties peu après. En bas du talus, elle s'est tournée vers moi.

« Est-ce que je te reverrai ? »

J'ai souri.

« J'espère bien ! »

Elle a paru soulagée.

« Tu m'as tellement manqué, Chrissy. Tu ne peux pas savoir. »

C'était vrai. Je ne pouvais pas le savoir. Mais avec elle et ce journal, il y avait une chance que je puisse reconstruire une vie qui valait la peine d'être vécue. J'ai pensé à la lettre rangée au fond de mon sac. Un message du passé. La dernière pièce du puzzle. Les réponses dont j'avais besoin.

« On se revoit bientôt, en début de semaine prochaine ?

— OK », ai-je dit.

Elle m'a serrée dans ses bras et ma voix s'est perdue dans les boucles de ses cheveux. J'avais l'impression qu'elle était ma seule amie, la seule personne sur laquelle je puisse m'appuyer, avec Ben. Ma sœur. Je l'ai serrée fort contre moi. « Merci de m'avoir dit la vérité. Merci. Pour tout. Je t'aime. »

Lorsque nous nous sommes séparées et que nous nous sommes lancé un dernier regard, nous pleurions toutes les deux.

Une fois rentrée à la maison, je me suis assise pour lire la lettre de Ben. J'étais crispée – me dirait-elle tout ce que j'avais besoin de savoir ? Allais-je enfin comprendre pourquoi Ben m'avait quittée ? – mais en même temps excitée. J'étais certaine que j'y apprendrais tout cela. Certaine que, avec cette lettre, avec Ben et Claire, j'aurais tout ce dont j'avais besoin.

*Christine chérie,*

*Ceci est la chose la plus difficile que j'aie jamais eu à faire. Voilà, j'ai commencé par un cliché, mais tu sais que je ne sais pas écrire, c'est toi qui as toujours été l'écrivain ! Je suis désolé, je vais faire de mon mieux.*

*D'ici que tu lises cette lettre, tu sauras, mais j'ai décidé qu'il faut que je te quitte. Je ne supporte pas de l'écrire, ni même d'y penser, mais il le faut. J'ai essayé très fort de trouver une autre solution, mais je n'y arrive pas. Crois-moi.*

*Il faut que tu comprennes que je t'aime. Je t'ai toujours aimée. Et je t'aimerai toujours. Peu m'importe ce qui est arrivé, ou pourquoi. Il ne s'agit pas de vengeance ni de quoi que ce soit dans ce genre. Je n'ai rencontré personne d'autre. Lorsque tu étais dans le coma, je me suis rendu compte à quel point tu faisais partie de moi. J'avais l'impression de mourir chaque fois que je te regardais. Je me suis rendu compte que peu m'importait ce que tu faisais à Brighton ce soir-là, ou qui tu voyais. Je voulais juste que tu me reviennes.*

*C'est ce qui s'est passé, et j'étais si heureux. Tu ne sauras jamais à quel point j'ai été heureux le jour où ils m'ont dit que tu étais hors de danger, que tu n'allais pas mourir. Que tu n'allais pas me quitter. Nous quitter, plutôt. Adam était encore petit mais je crois qu'il a compris.*

*Lorsqu'il fut clair que tu n'avais pas de souvenir de ce qui s'était passé, je me suis dit que c'était une bonne chose. Peux-tu croire une chose pareille ? J'en suis honteux aujourd'hui, mais j'ai pensé que c'était tant mieux. Mais ensuite, nous avons compris que tu oubliais d'autres choses aussi. Progressivement, avec le temps. Au début, c'était le nom des gens dans les lits à côté du tien, des médecins et des infirmières qui s'occupaient de toi. Puis cela a empiré. Tu oubliais pourquoi tu étais à l'hôpital, pourquoi tu n'avais pas le droit de rentrer à la maison avec moi. Tu t'es convaincue que les médecins faisaient des expériences sur toi. Lorsque je t'ai ramenée à la maison pour un week-end, tu n'as pas reconnu notre rue, notre maison. Ta cousine est venue te voir et tu n'avais pas la moindre idée de qui elle était. Nous t'avons ramenée à l'hôpital et tu ne savais pas du tout où nous allions.*

*Je crois que c'est là que la situation a commencé à être difficile. Tu aimais tellement Adam. Cela se voyait dans tes yeux lorsque nous arrivions, et il accourait vers toi, se jetait dans tes bras, et tu le soulevais de terre ; tu savais très bien qui il était. Mais ensuite – je suis désolé, Chris, mais il faut que je te le dise – tu as commencé à croire qu'Adam avait grandi loin de toi depuis sa naissance. Chaque fois que tu le voyais, tu pensais que c'était la première fois depuis qu'il était tout petit. Je lui demandais de te dire quand il t'avait vue pour la dernière fois, et il disait : « Hier, maman » ou « La semaine dernière », et tu ne le croyais pas. Tu disais : « Mais qu'est-ce que tu lui as raconté ? C'est un mensonge. » Tu as commencé à m'accuser de te garder enfermée là-bas. Tu croyais qu'une autre femme élevait Adam comme son propre fils pendant que tu étais à l'hôpital.*

*Un jour je suis arrivé et tu ne m'as pas reconnu. Tu as fait une crise d'hystérie. Tu as attrapé Adam à un moment où je ne regardais pas et tu as couru vers la porte, pour le protéger, j'imagine, mais il s'est mis à crier. Il ne comprenait pas pourquoi tu faisais une chose pareille. Je l'ai ramené à la maison et j'ai essayé d'expliquer, mais il ne comprenait pas. Il a commencé à avoir vraiment peur de toi.*

*La situation a empiré. Un jour j'ai appelé l'hôpital. Je leur ai demandé comment tu étais lorsque je n'étais pas là, lorsque Adam n'était pas là. « Décrivez-la-moi. Comment est-elle, là, maintenant ? » ai-je dit. Ils m'ont dit que tu étais calme. Contente. Tu étais assise sur une chaise à côté de ton lit. « Que fait-elle ? » Ils m'ont dit que tu parlais à une autre patiente, une de tes amies. Parfois vous jouiez aux cartes ensemble.*

*« Aux cartes ? » ai-je dit. Je n'en croyais pas mes oreilles. Ils m'ont dit que tu étais une bonne joueuse, qu'il fallait qu'ils t'expliquent les règles tous les jours, mais après tu arrivais à battre à peu près tout le monde.*

*« Est-elle heureuse ? ai-je demandé.*

*— Oui, oui. Elle est toujours heureuse.*

*— Est-ce qu'elle se souvient de moi ? D'Adam ?*

*— Pas si vous n'êtes pas là. »*

*Je crois que je savais qu'un jour il faudrait que je te quitte. Je t'ai trouvé un endroit où tu pourras vivre aussi longtemps que tu en auras besoin. Un endroit où tu peux être heureuse. Parce que tu seras heureuse, sans moi, sans Adam. Tu ne nous connaîtras plus, et nous ne te manquerons pas.*

*Je t'aime tant, Chrissy. Il faut que tu le comprennes. Je t'aime plus que tout. Mais il faut que je donne une vie à notre fils, une vie qu'il mérite. Bientôt il sera assez grand pour comprendre ce qui se passe. Je ne lui mentirai pas, Chris. Je lui expliquerai le choix que j'ai fait. Je lui dirai que même s'il a très envie de te voir, ce serait extrêmement déstabilisant pour lui. Peut-être qu'il me haïra, qu'il m'en voudra. J'espère que non. Mais je veux qu'il soit heureux. Et je veux que tu sois heureuse aussi. Même si tu ne peux trouver ce bonheur qu'en mon absence.*

*Cela fait un moment que tu es à Waring House maintenant. Tu n'as plus de crise de panique. Tu es inscrite dans une forme de routine. C'est une bonne chose. Il est donc temps pour moi de me retirer.*

*Je vais donner cette lettre à Claire. Je lui demanderai de la garder pour moi, et de te la montrer seulement lorsque tu iras assez bien pour la lire et la comprendre. Je ne peux pas la garder, parce que je passerais mon temps à ruminer en y pensant, et je serais incapable de résister à la tentation de te la donner la semaine prochaine, le mois prochain, ou l'année prochaine. Trop tôt.*

*Je ne peux pas prétendre que je n'ai pas l'espoir qu'un jour nous serons à nouveau réunis. Lorsque tu seras guérie. Tous les trois. Une famille. Il faut que je croie que cela peut arriver. Il le faut, sinon je vais mourir de chagrin.*

*Je ne suis pas en train de t'abandonner, Chris. Je ne t'abandonnerai jamais. Je t'aime trop pour cela.*

*Crois-moi, c'est la chose à faire, la seule chose que je puisse faire.*

*Ne me déteste pas. Je t'aime.*

*Ben.*

Je relis la lettre maintenant, et je la replie. Le papier paraît neuf, on dirait qu'elle a été écrite hier, mais l'enveloppe dans laquelle je la glisse est douce, ses bords sont effilochés, elle dégage une odeur suave, comme un parfum. Est-ce que Claire l'a toujours eue avec elle, dans son sac à main ? Ou, plus probablement, l'a-t-elle rangée dans un tiroir chez elle, hors de vue, sans jamais l'oublier complètement ? Pendant des années elle a attendu que vienne le bon moment pour que je la lise. Des années que j'ai passées sans savoir qui était mon mari, sans même savoir qui j'étais. Des années pendant lesquelles je n'aurais jamais pu combler le fossé entre nous, parce que je n'en connaissais même pas l'existence.

Je glisse l'enveloppe entre les pages de mon journal. Je pleure en écrivant ces lignes, mais je ne suis pas malheureuse. Je comprends tout. Pourquoi il m'a quittée, pourquoi il me ment depuis si longtemps.

Parce qu'il me *ment*. Il ne m'a pas parlé de mon roman pour que je ne sois pas abattue car je n'en écrirai jamais d'autre. Il m'a raconté que ma meilleure amie avait déménagé loin pour me protéger en me cachant leur trahison. Parce qu'il n'avait pas assez confiance en moi pour penser que je les aimais assez et que je leur pardonnerais. Il me raconte que j'ai été heurtée par une voiture, que c'était un accident ; il croit ainsi m'éviter de penser à mon agression et à ses conséquences, qui sont le résultat d'un acte délibéré de haine féroce. Il me raconte que nous n'avons jamais eu d'enfant, non seulement pour que je n'aie pas à savoir que mon seul fils est mort, mais pour m'épargner la douleur de sa perte chaque jour de ma vie. Et il ne m'a pas dit que, après des années passées à essayer de trouver un moyen pour sauver notre famille, il a dû admettre que nous ne pourrions jamais y parvenir et se résoudre à partir avec notre fils pour trouver le bonheur.

Il a dû penser que notre séparation serait définitive lorsqu'il a écrit cette lettre, mais aussi garder l'espoir qu'elle ne le serait pas, sinon pourquoi l'écrire ? Que pensait-il, assis là, dans sa maison, dans ce qui avait été notre maison, en prenant son stylo pour essayer d'expliquer à quelqu'un dont il ne pouvait pas espérer qu'elle comprenne pourquoi il avait l'impression qu'il n'avait pas d'autre choix que de la quitter ? *Je ne sais pas écrire,* a-t-il écrit. Et pourtant, je trouve ses mots magnifiques, profonds. On dirait qu'ils parlent de quelqu'un d'autre, et malgré tout, quelque part au fond de moi, sous la peau et les os, les tissus et le sang, je sais que ce n'est pas le cas. Il parle de moi, et il me parle, à moi. Christine Lucas. Sa femme brisée.

Mais cela n'a pas été définitif. Ce qu'il espérait est arrivé. D'une certaine façon, mon état s'est amélioré, ou alors il a trouvé la séparation plus difficile qu'il ne l'imaginait, et il est revenu.

Tout me paraît différent, maintenant. La pièce dans laquelle je me trouve ne me paraît pas plus familière que ce matin au réveil lorsque j'y suis entrée par erreur, en cherchant la cuisine, voulant désespérément un verre d'eau, impatiente d'assembler les fragments de ce qui s'était passé la veille. Et pourtant, elle me semble plus emblématique d'une vie que je ne peux plus envisager de vivre. Le tic-tac de la pendule derrière moi ne marque plus seulement le temps. Il me parle. Détends-toi, détends-toi. Prends les choses comme elles viennent.

Je me suis trompée. J'ai commis une erreur. Et je l'ai commise plusieurs fois ; qui sait combien de fois ? Mon mari est mon protecteur, oui, mais aussi mon amant. Et maintenant, je me rends compte que je l'aime. Je l'ai toujours aimé, et si je dois apprendre à l'aimer à nouveau chaque jour, qu'il en soit ainsi. Voilà ce que je vais faire.

Ben va bientôt rentrer à la maison – déjà, je le sens approcher – et lorsqu'il arrivera, je lui dirai tout. Je lui dirai que j'ai vu Claire – et le Dr Nash, et même le Dr Paxton – et que j'ai lu sa lettre. Je lui dirai que je comprends pourquoi il a agi ainsi à cette époque-là, pourquoi il m'a quittée, et que je lui pardonne. Je lui dirai que je suis au courant de l'agression, mais que je n'ai plus besoin de savoir ce qui s'est passé, peu m'importe désormais de savoir qui m'a fait ça.

Et je lui dirai que je suis au courant pour Adam. Je sais ce qui lui est arrivé, et même si la perspective de devoir être confrontée à tout cela chaque jour me tétanise, me terrorise, c'est ce que je dois faire. Le souvenir de notre fils doit avoir le droit d'exister dans cette maison, et dans mon cœur aussi, quelle que soit la douleur qui s'ensuit.

Et je lui parlerai de ce journal, je lui dirai que je suis enfin capable de m'écrire une histoire, de me construire une vie, et je le lui montrerai s'il demande à le voir. Et ensuite, je pourrai poursuivre, et raconter mon histoire, écrire mon autobiographie. Me créer à partir de rien.

« Plus de secrets, dirai-je à mon mari. Plus aucun. Je t'aime, Ben, et je t'aimerai toujours. Nous nous sommes fait du tort. Mais s'il te plaît, pardonne-moi. Je suis désolée de t'avoir abandonné il y a toutes ces années pour être avec quelqu'un d'autre, et je suis désolée de ne pas savoir qui est la personne que je suis allée rencontrer dans cette chambre d'hôtel, ni ce que j'y ai trouvé. Mais s'il te plaît, sache que je suis désormais décidée à me racheter. »

Et ensuite, lorsqu'il n'y aura plus rien d'autre entre nous que de l'amour, nous pourrons trouver un moyen de vivre vraiment ensemble.

J'ai appelé le Dr Nash.

« Je veux vous voir encore une fois, ai-je dit. Je veux que vous lisiez mon journal. »

Je pense qu'il a été surpris, mais il a été d'accord.
« Quand ? a-t-il demandé.
— La semaine prochaine, ai-je répondu. Venez le chercher la semaine prochaine. »
Il a dit qu'il passerait le chercher mardi.

# TROISIÈME PARTIE

## *Aujourd'hui*

Je tourne la page mais c'est fini. L'histoire se termine là.

Je lis depuis des heures.

Je tremble, je peux à peine respirer. Je sens que je n'ai pas seulement vécu une vie tout entière ces quelques dernières heures, mais j'ai changé. Je ne suis pas la même personne qui a vu le Dr Nash ce matin, qui s'est assise pour lire le journal. J'ai un passé désormais. Une identité que je ressens. Je sais ce que j'ai et ce que j'ai perdu. Je me rends compte que je suis en train de pleurer.

Je referme le journal. Je me force à me calmer, et le présent commence à se remettre en place. La pièce de plus en plus sombre dans laquelle je me suis assise. Le bruit des travaux dans la rue dehors. La tasse à café vide posée à mes pieds.

Je regarde la pendule à côté de moi et je sursaute sous l'effet du choc. Ce n'est que maintenant que je me rends compte que c'est la même pendule que celle dont je parle dans le journal que je viens de lire, que je suis dans le même salon, que je suis la même personne. Ce n'est que maintenant que je comprends complètement que l'histoire que je viens de lire est la mienne.

J'emporte mon journal et ma tasse dans la cuisine. Là, sur le même mur, se trouve le même tableau blanc que j'ai vu ce matin, la même liste de suggestions en belles majuscules, la même phrase que j'ai ajoutée moi-même : *Faire sac pour ce soir ?*

Je la regarde. Quelque chose dans ces mots me dérange, mais je ne parviens pas à comprendre quoi.

Je pense à Ben. Comme la vie a dû être difficile pour lui !

Ne jamais savoir avec qui il allait se réveiller. Ne jamais être certain de ce que je me rappellerais, de combien d'amour je serais capable de lui donner.

Mais maintenant ? Maintenant je comprends. Maintenant j'en sais assez pour que nous puissions vivre à nouveau. Je me demande si j'ai jamais eu avec lui la conversation que j'avais prévue. J'ai dû l'avoir, j'étais si certaine que c'était la chose à faire, mais je n'ai rien écrit à ce sujet. En fait, je n'ai rien écrit depuis une semaine. Peut-être ai-je donné mon journal au Dr Nash avant d'en avoir l'occasion. Peut-être ai-je eu l'impression que ce n'était pas la peine d'écrire, maintenant que j'en avais fait part à Ben.

Je retourne au début du journal. Les voici, les mots écrits de la même encre bleue. Ces six mots, gribouillés sur la page, en dessous de mon nom. NE PAS FAIRE CONFIANCE À BEN.

Je prends un stylo et je les barre. De retour dans le salon, je trouve l'album sur la table. Il ne contient toujours pas de photos d'Adam. Ben ne m'en a pas parlé ce matin. Il ne m'a toujours pas montré le contenu de la boîte métallique.

Je pense à mon roman – *For the Morning Birds* – puis je regarde le journal que je tiens dans ma main.

Une pensée me vient, spontanément. *Et si j'avais inventé tout cela ?*

Je me lève. J'ai besoin de preuves. J'ai besoin d'un lien entre ce que j'ai écrit et ce que je vis, une confirmation que le passé que je viens de lire n'est pas une invention de ma part.

Je mets le journal dans mon sac et je quitte le salon. Le portemanteau est là, au pied de l'escalier, à côté d'une paire de pantoufles. Si je monte, vais-je trouver le bureau, le meuble de classement ? Vais-je trouver la boîte métallique grise dans le tiroir du bas, cachée sous la serviette ? La clé sera-t-elle dans le tiroir du bas, à côté du lit ?

Et si elle y est, vais-je trouver mon fils ?

Il faut que je sache. Je monte les marches quatre à quatre.

Le bureau est plus petit que je ne l'avais imaginé, et mieux rangé, mais le meuble est bien là, d'une couleur gris mat.

Dans le tiroir du bas se trouve la serviette, et en dessous, une boîte. Je la saisis, me prépare à la sortir. Je me sens idiote, convaincue qu'elle sera soit fermée à clé, soit vide.

Elle n'est ni l'une ni l'autre. J'y trouve mon roman. Pas l'exemplaire que le Dr Nash m'a donné – pas de rond de café sur la couverture et les pages paraissent neuves. Ce doit être un exemplaire que Ben garde depuis toujours. Attendant le jour où j'en saurais assez pour le prendre à nouveau entre mes mains. Je me demande où se trouve mon exemplaire, celui que le Dr Nash m'a donné.

Je sors le roman et, en dessous, je trouve une seule

photographie. Ben et moi, souriant devant l'objectif ; mais nous avons l'air triste. Elle paraît récente, mon visage est celui que je vois dans le miroir, et Ben ressemble à ce qu'il était en partant ce matin. Une maison à l'arrière-plan, une allée de graviers, des pots de géraniums rouges. Au dos, quelqu'un a écrit *Waring House.* Elle a dû être prise le jour où il est venu me chercher pour me ramener ici.

Mais c'est tout. Pas d'autres photos. Aucune d'Adam. Pas même celles que j'ai trouvées avant et décrites dans mon journal.

Il y a une explication, me dis-je. Il y en a forcément une. Je fouille dans les papiers qui sont empilés sur le bureau : des magazines, des catalogues de matériel informatique, un emploi du temps scolaire avec des périodes surlignées en jaune. Une enveloppe fermée – que je prends sur un coup de tête – mais il n'y a pas de photos d'Adam.

Je descends et je me prépare un thé. De l'eau bouillante, un sachet de thé. Ne le laisse pas infuser trop longtemps, et ne presse pas sur le sac avec ta cuillère, sinon tu feras sortir trop d'acide tannique et le thé sera amer. Comment se fait-il que je me souvienne de cela, et pas d'avoir mis un enfant au monde ? Un téléphone sonne, quelque part dans le salon. Je sors l'appareil de mon sac – pas celui qui s'ouvre en clapet, mais celui que mon mari m'a donné – et je décroche. Ben.

« Christine ? Tu vas bien ? Es-tu à la maison ?

— Oui, oui, je vais bien, merci.

— Est-ce que tu es sortie aujourd'hui ? » Sa voix me paraît familière, mais assez froide. Je repense à la dernière fois que nous nous sommes parlé. Je ne me rappelle pas qu'il ait mentionné un rendez-vous avec le Dr Nash. Peut-être qu'il ne sait pas vraiment, me dis-je. Ou peut-être me teste-t-il, il se demande si je vais lui en parler. Je pense à l'annotation écrite à côté du rendez-vous. Ne rien dire à Ben. J'ai dû écrire ça avant de savoir que je pouvais lui faire confiance.

Je veux lui faire confiance maintenant. Plus de mensonges.

« Oui, j'ai été voir un médecin. » Il ne parle pas. « Ben ?

— Oui, pardon, dit-il. J'ai entendu. » Je note l'absence de surprise. Alors, il sait depuis longtemps que je voyais le Dr Nash. « Je suis dans les bouchons, dit-il. C'est un peu acrobatique. Écoute, je voulais juste m'assurer que tu t'étais souvenue de faire les bagages. Nous partons...

— Bien sûr, dis-je avant d'ajouter : Je me réjouis ! » Et je me rends compte que c'est vrai. Cela nous fera du bien, je pense, de partir un peu. Cela pourrait signifier un nouveau départ pour nous.

« J'arrive bientôt, dit-il. Est-ce que tu peux essayer de faire nos bagages avant ? Je t'aiderai quand j'arriverai, mais ce serait mieux si on pouvait partir tôt.

— Je vais essayer.

— Il y a deux sacs dans la chambre d'amis. Dans le placard. Prends-les.

— OK.

— Je t'aime », dit-il ensuite. Après quelques secondes de trop, au cours desquelles il a déjà coupé la communication, je lui dis que je l'aime aussi.

Je vais dans la salle de bains. Je suis une femme, me dis-je. Une adulte. J'ai un mari. Un mari que j'aime. Je repense à ce que j'ai lu. Quand on a fait l'amour. À lui en train de me faire l'amour. Je n'avais pas écrit que ça m'avait plu.

Puis-je prendre plaisir au sexe ? Je me rends compte que je ne le sais même pas. Je tire la chasse d'eau et je quitte mon pantalon, mes bas, ma culotte. Je m'assois sur le bord de la baignoire. Comme mon corps m'est étranger ! Comme il m'est inconnu. Comment puis-je être heureuse de l'offrir à quelqu'un d'autre, alors que je ne le reconnais pas moi-même ?

Je ferme la porte de la salle de bains à clé, puis j'entrouvre les jambes. Un tout petit peu au début, puis un peu plus. Je soulève mon chemisier et baisse les yeux. Je vois les vergetures que j'ai vues le jour où je me suis souvenue d'Adam, la masse de poils rêches sur mon pubis. Je me demande si je le rase jamais, si j'ai choisi ma préférence ou celle de mon mari. Peut-être que ces choses-là n'ont plus d'importance. Plus aujourd'hui.

Je pose ma main sur mon entrejambe. Mes doigts se posent sur mes lèvres, que j'écarte légèrement. J'effleure l'extrémité de ce qui doit être mon clitoris et j'appuie, tout en bougeant doucement les doigts, ressentant déjà un léger picotement. La promesse d'une sensation, plutôt que la sensation elle-même.

Je me demande ce qui se passera plus tard.

Les sacs sont dans la chambre d'amis, comme il l'a dit. Les deux sont compacts, robustes, l'un légèrement plus grand que l'autre. Je les emporte dans la chambre dans laquelle je me suis réveillée ce matin et je les pose sur le lit. J'ouvre le tiroir du haut et je vois mes sous-vêtements, à côté des siens.

Je choisis des vêtements pour nous deux, des chaussettes pour lui, des bas pour moi. Je me rappelle avoir lu le récit de la nuit où nous avons fait l'amour et je me souviens que je dois avoir un porte-jarretelles quelque part. Je décide que ce serait bien de le retrouver, de l'emporter avec moi. Ce serait bien pour nous deux.

Je vais jusqu'à l'armoire. Je choisis une robe. Une jupe. Un pantalon, un jean. Je remarque la boîte à chaussures dans le fond – celle dans laquelle j'ai dû cacher mon journal – maintenant vide. Je me demande quel genre de couple nous formons lorsque nous partons en vacances. Si nous passons nos soirées au restaurant, ou assis dans des pubs confortables, ou à nous détendre dans la douce chaleur d'un vrai feu de cheminée. Je me demande si nous marchons, parcourant la ville et ses alentours, ou si nous allons en voiture voir des endroits soigneusement choisis. Ce sont des choses que je ne sais pas encore. Ce sont ces choses-là qu'il me reste à découvrir dans le temps qu'il me reste à vivre, à apprendre et à aimer.

Je choisis des vêtements pour nous deux, presque au hasard, et je les plie, avant de les mettre dans les sacs. Tandis que je m'active, je sens une vibration, une poussée d'énergie, et je ferme les yeux. J'ai une vision, très lumineuse mais vacillante. Elle manque de clarté au début, comme si elle voletait, hors de portée, trop loin, et j'essaie d'ouvrir mon esprit, de la laisser venir.

Je me vois debout devant un sac de voyage ; un sac

souple en vieux cuir. Je suis excitée. Je me sens jeune à nouveau, comme une enfant sur le point de partir en vacances, ou une adolescente se préparant pour un rendez-vous, se demandant comment ça va se passer, s'il m'invitera chez lui, si nous allons coucher ensemble. Je sens cette nouveauté, cette impatience, j'en sens le goût dans ma bouche. Je la fais rouler sur ma langue, je la savoure, parce que je sais qu'elle ne va pas durer. J'ouvre mes tiroirs, je choisis des chemisiers, des bas, des sous-vêtements. Excitants, sexy. Des sous-vêtements qu'on ne porte que dans l'attente impatiente qu'ils soient enlevés. J'ajoute une paire de chaussures à talons aux chaussures plates que je porte, je les ressors, je les remets. Je ne les aime pas, mais ce soir il s'agit de fantasmes, de tenues soignées, pour être une autre personne. C'est seulement ensuite que je passe au fonctionnel. Je prends une trousse de toilette matelassée en cuir rouge vif et j'y mets du parfum, du gel douche, du dentifrice. Je veux être belle ce soir, pour l'homme que j'aime, pour l'homme que j'ai été si près de perdre. J'ajoute des sels de bain. Fleur d'oranger. Je me rends compte que je suis en train de me souvenir du soir où j'ai fait mon sac pour aller à Brighton.

Le souvenir s'évanouit. J'ouvre les yeux. Je n'aurais pas pu savoir, ce soir-là, que je faisais mon sac pour l'homme qui allait tout me prendre.

Je continue à remplir mon sac pour l'homme que j'ai encore.

J'entends une voiture se garer dehors. Le moteur se tait. Une portière s'ouvre, puis se referme. Une clé dans la serrure. Ben. Il est là.

Je me sens tendue. Effrayée. Je ne suis pas la personne qu'il a quittée ce matin ; j'ai appris ma propre histoire. Je me suis découverte. Que pensera-t-il lorsqu'il me verra ? Que dira-t-il ?

Je dois lui demander s'il a connaissance de mon journal. S'il l'a lu. Ce qu'il pense.

Il m'appelle en refermant la porte derrière lui.

« Christine ? Chris ? Je suis rentré. »

Sa voix n'est pas chantante ; il a l'air épuisé. Je réponds, je lui dis que je suis dans la chambre.

La première marche craque sous son poids, et j'entends un soupir lorsqu'il enlève sa première chaussure, puis l'autre. Il va mettre ses pantoufles maintenant, ensuite il va monter me rejoindre. Je ressens un vrai plaisir de connaître ses rituels – car si ma mémoire en est incapable, mon journal me les a rappelés – mais tandis qu'il monte l'escalier, une autre émotion s'empare de moi. La peur. Je pense à ce que j'ai écrit sur la première page de mon journal. *Ne pas faire confiance à Ben.*

Il ouvre la porte de la chambre.

« Chérie ! » dit-il. Je n'ai pas bougé. Je suis toujours assise au bord du lit, les sacs ouverts derrière moi. Il se tient près de la porte jusqu'à ce que je me lève et que je tende les bras, puis il vient m'embrasser.

« Comment était ta journée ? » dis-je.

Il enlève sa cravate.

« Oh, dit-il. Pas la peine d'en parler. Nous sommes en vacances ! »

Il commence à déboutonner sa chemise. Je lutte contre l'instinct qui me pousse à détourner le regard, me rappelant qu'il est mon mari, que je l'aime.

« J'ai préparé les sacs, dis-je. J'espère que le tien te

conviendra. Je ne savais pas ce que tu voulais emporter. »

Il quitte son pantalon et le plie avant de le ranger dans l'armoire.

« Je suis sûr que ce sera parfait.

— Et comme je n'étais pas certaine de savoir où nous allions, je ne savais pas trop quoi prendre. »

Il se retourne, et je me demande si c'est un éclair de contrariété que je surprends dans son regard.

« Je vais vérifier avant de mettre les sacs dans la voiture. C'est parfait. Merci d'avoir commencé. »

Il s'assoit sur la chaise devant la coiffeuse et enfile un jean délavé. Je remarque le pli parfait bien marqué devant, et la partie de moi qui n'a pas encore quitté la jeunesse doit résister à l'envie de le trouver ridicule.

« Ben ? dis-je. Tu sais où je suis allée aujourd'hui ? »

Il me regarde.

« Oui, dit-il, je le sais.

— Tu es au courant pour le Dr Nash ? »

Il détourne la tête.

« Oui, tu m'en as parlé. »

Je le vois, reflété dans les glaces autour de la coiffeuse. Trois versions de l'homme que j'ai épousé. De l'homme que j'aime.

« Tout, dit-il. Tu m'as parlé de tout. Je sais tout.

— Et cela ne t'ennuie pas ? Que je le voie ? »

Il ne me regarde toujours pas.

« J'aurais préféré que tu m'en parles, mais non. Non, cela ne m'ennuie pas.

— Et mon journal ? Tu es au courant pour mon journal ?

— Oui, tu m'en as parlé aussi. Tu as dit que ça t'aidait. »

Une pensée me vient.

« Et tu l'as lu ?

— Non. Tu as dit que c'était personnel. Je ne fouillerais jamais dans tes affaires personnelles.

— Mais tu es au courant pour Adam ? Tu sais que je sais, pour Adam ? »

Je le vois tressaillir, comme si mes mots lui avaient été jetés à la figure avec violence. Je suis surprise. Je m'attendais à ce qu'il soit content, content de ne plus avoir à me parler de sa mort, encore et encore.

Il me regarde.

« Oui, dit-il.

— Il n'y a pas de photos. » Il me demande ce que je veux dire. « Il y a des photos de toi et moi, mais aucune de lui. »

Il se lève et vient s'asseoir à côté de moi, sur le lit. Il me prend la main. Si seulement il pouvait cesser de me traiter comme un être fragile, près de se briser. Comme si la vérité allait me fracasser.

« Je voulais te faire une surprise. »

Il va fouiller sous le lit et sort un album photos. « Je les ai mises là-dedans. »

Il me tend l'album. Il est lourd, noir, la reliure prétend ressembler à du cuir, mais elle est en simili. Je l'ouvre et à l'intérieur je trouve un paquet de photos.

« Je voulais les disposer correctement, dit-il, pour t'en faire cadeau ce soir, mais je n'ai pas eu le temps. Je suis désolé. »

Je parcours les photos. Elles ne sont pas du tout en ordre. Il y a des photos d'Adam bébé, jeune garçon. Ce sont celles qui devaient se trouver dans la boîte métallique. L'une d'entre elles arrête mon regard. Adam est un jeune homme et il est assis à côté d'une femme.

« Sa petite amie ?

— L'une de ses petites amies, dit Ben. Celle avec qui il est resté le plus longtemps. »

Elle est jolie, blonde, elle a les cheveux courts. Elle me rappelle Claire. Sur la photo, Adam regarde droit vers l'objectif, il rit, et elle le regarde par en dessous, avec une expression de joie et de désapprobation mêlées. Ils ont un air de conspirateurs, comme s'ils avaient échangé une plaisanterie avec la personne qui tient l'appareil. Ils sont heureux. Cela me fait plaisir. « Comment s'appelait-elle ?

— Helen. Elle s'appelle Helen. »

Je fais la grimace car je réalise que j'ai parlé d'elle au passé, imaginant qu'elle était décédée, elle aussi. Une pensée me vient : Et si elle était morte, et pas Adam ? Mais je la balaie avant même qu'elle ait pris forme, même vaguement.

« Étaient-ils encore ensemble lorsque Adam est mort ?

— Oui, dit-il. Ils envisageaient de se fiancer. »

Elle a l'air si jeune, elle paraît avoir une telle soif de vie, les yeux pleins de possibilités, brillants à l'idée de tout ce qui va s'ouvrir à elle. Elle ne connaît pas encore la douleur insurmontable qu'elle va devoir affronter.

« Je voudrais la rencontrer », dis-je. Ben me reprend la photo. Il sourit.

« Nous ne sommes pas en contact, dit-il.

— Pourquoi ? »

J'avais tout prévu dans ma tête ; nous allions nous soutenir l'une l'autre. Nous allions partager quelque chose, une certaine compréhension, un amour qui transcenderait tous les autres, si ce n'est l'une pour l'autre, au moins pour celui que nous avions perdu.

« À cause de disputes, dit-il. De difficultés. »

Je le regarde. Je vois bien qu'il ne veut pas me dire. L'homme qui a écrit la lettre, l'homme qui a cru en moi et tenait à moi, et qui, au final, m'a aimée assez à la fois pour me quitter et pour revenir me chercher, paraît avoir disparu.

« Ben ?

— Il y a eu des disputes.

— Avant la mort d'Adam ou après ?

— Les deux. »

L'illusion d'un soutien disparaît et fait place à une sorte de nausée. Et si Adam et moi nous étions disputés aussi ? Il aurait sûrement pris parti pour sa petite amie et non pour sa mère.

« Est-ce qu'Adam et moi, nous étions proches ?

— Oh oui, répond Ben. Jusqu'à ce que tu ailles à l'hôpital. Jusqu'à ce que tu perdes la mémoire. Même là, vous étiez proches, bien sûr. Aussi proches que possible. »

Ses mots me heurtent comme un coup de poing. Je prends conscience qu'Adam était un petit enfant lorsque l'amnésie lui a pris sa mère. Bien entendu, je n'ai jamais connu la fiancée de mon fils ; chaque jour où je l'ai vu, ce devait être comme si je le voyais pour la première fois.

Je referme l'album.

« Pouvons-nous l'emporter ? Je voudrais bien en regarder d'autres plus tard. »

Nous buvons un thé que Ben a servi dans la cuisine tandis que je finis de préparer les bagages pour le week-end, puis nous montons dans la voiture. Je vérifie que j'ai mon sac à main, que mon journal est bien dedans. Ben a ajouté quelques petites choses dans le sac que j'avais préparé pour lui, et il a emporté un autre sac avec lui – le cartable en cuir avec lequel il est parti ce matin – ainsi que deux paires de chaussures de marche qu'il a sorties du fond de l'armoire. Je suis restée sur le pas de la porte tandis qu'il mettait tout cela dans le coffre puis j'ai attendu pendant qu'il vérifiait que les portes étaient fermées et les fenêtres verrouillées. Maintenant, je lui demande combien de temps va durer le trajet.

Il hausse les épaules. « Cela dépend de la circulation, dit-il. Pas très longtemps une fois que nous serons sortis de Londres. »

Refus de me donner une réponse, déguisé en réponse. Je me demande s'il est toujours comme ça. Je me demande si les années passées à me dire les mêmes choses l'ont usé, l'ont ennuyé au point qu'il ne peut plus se résoudre à me parler, tout simplement.

Il conduit prudemment, je le vois bien. Il avance lentement, regarde souvent dans son rétroviseur, ralentit dès qu'il y a le moindre indice d'un danger possible.

Je me demande si Adam conduisait. Je suppose que ce devait être le cas pour qu'il soit dans l'armée, mais conduisait-il lorsqu'il était en permission ? Venait-il me chercher, moi, sa mère malade, pour m'emmener en balade, dans des endroits qu'il pensait que j'aimerais ? Ou avait-il décidé que cela n'en valait pas la peine, que le plaisir que je pouvais avoir à un moment aurait disparu le lendemain comme de la neige qui fond sur un toit au soleil ?

Nous sommes sur l'autoroute, nous nous dirigeons vers la sortie de la ville. Il s'est mis à pleuvoir ; d'énormes gouttes s'écrasent sur le pare-brise, gardent leur forme un instant avant de commencer à glisser rapidement sur la vitre. Au loin, le soleil se couche, plongeant sous les nuages, inondant le béton et le verre d'une douce lueur orange. C'est beau et terrible à la fois. Mon trouble est intense. Je veux tellement penser à mon fils, qu'il soit autre chose qu'une abstraction, mais, sans un souvenir précis de lui, je ne peux pas. Je ne cesse de revenir à la seule vérité : je ne peux me souvenir de lui, et donc il pourrait tout aussi bien ne pas exister.

Je ferme les yeux. Je repense à ce que j'ai lu sur notre fils cet après-midi et une image surgit devant mes yeux : Adam tout petit en train de pousser le tricycle bleu sur un chemin. Mais alors même que je m'émerveille, je sais que ce n'est pas vrai. Je sais que je ne suis pas en train de me rappeler la chose qui est arrivée, je me rappelle seulement l'image qui s'est formée dans mon esprit tandis que je lisais les pages en question, et même cela était un rappel d'un souvenir antérieur. Pour la plupart des gens, les souvenirs de souvenirs remontent à des années en arrière, des décennies, mais pour moi il ne s'agit que de quelques heures.

Comme je ne parviens pas à me rappeler mon fils, je fais la seule chose qui doit être faite, la seule chose qui calme mon esprit en ébullition. Je ne pense à rien. À rien du tout.

L'odeur d'essence, lourde et suave. J'ai une douleur dans le cou. J'ouvre les yeux. Tout près je vois le pare-brise mouillé embué par ma respiration, et au-delà des lumières au loin, vacillantes, floues. Je réalise que j'ai somnolé un moment. Je suis appuyée contre la fenêtre, la tête bizarrement tordue. La voiture est silencieuse, le moteur coupé. Je regarde par-dessus mon épaule.

Ben est là, assis à côté de moi. Il a les yeux ouverts, il regarde droit devant lui, à travers le pare-brise. Il ne bouge pas, il ne semble même pas avoir remarqué que je m'étais réveillée ; il ne bronche pas, le regard fixe, le visage impassible, indéchiffrable dans la nuit. Je me tourne pour voir ce qu'il regarde.

Au-delà du pare-brise sur lequel crépite la pluie, je vois le capot de la voiture, puis une barrière en bois assez basse, vaguement éclairée par les lueurs des lampadaires derrière nous. Après la barrière, je ne vois rien, des ténèbres, immenses et mystérieuses, au milieu desquelles est suspendue la lune, pleine et basse.

« J'adore la mer », dit-il sans me regarder, et je me rends compte que nous sommes arrêtés en haut d'une falaise, que nous avons atteint la côte.

« Pas toi ? » Il se tourne vers moi. Ses yeux paraissent terriblement tristes.

« Tu aimes la mer, n'est-ce pas, Chris ?

— Oui. »

Il parle comme s'il ne savait pas, comme si nous n'avions jamais été sur la côte ensemble auparavant. La peur commence à croître au fond de moi, mais je lui résiste. J'essaie de rester là, dans le présent, avec mon mari. J'essaie de me rappeler tout ce que j'ai appris dans mon journal cet après-midi.

« Tu le sais, chéri. »

Il soupire.

« Je le sais. Tu as toujours aimé la mer, mais je ne te connais plus. Tu changes. Tu as changé avec les années. Depuis que c'est arrivé. Parfois je ne sais pas qui tu es. Je me réveille tous les matins sans savoir dans quel état tu vas être. »

Je reste silencieuse. Je ne trouve rien à dire. Nous savons tous les deux combien il serait aberrant que j'essaie de me défendre, de lui dire qu'il a tort. Nous savons tous les deux que je suis la dernière personne à savoir combien je change d'un jour à l'autre.

« Je suis désolée. »

Il me regarde.

« Oh, ce n'est pas grave. Tu n'as pas besoin de t'excuser. Je sais que ce n'est pas ta faute. Rien de tout ceci n'est ta faute. Je ne suis pas très juste, j'imagine. Je ne pense qu'à moi. »

Il regarde à nouveau vers la mer. Une seule lumière danse au loin. Un bateau, sur les vagues. Une lumière dans un océan de ténèbres ruisselantes. Ben reprend. « Nous allons nous en sortir, n'est-ce pas, Chris ?

— Bien sûr, dis-je. Bien sûr que nous allons y arriver. Ceci est un nouveau départ pour nous. J'ai mon journal maintenant, et le Dr Nash va m'aider. Je vais de mieux en mieux, Ben, je le sais. Je pense que je vais recommencer à écrire. Il n'y a pas de raison que je ne le fasse pas. Je devrais y arriver. Et de toute manière, je suis en contact avec Claire maintenant, et elle peut m'aider. » Une idée me vient alors. « Nous pourrions nous retrouver tous, qu'est-ce que tu en dis ? Comme au bon vieux temps. Et avec son mari, j'imagine – je crois qu'elle a dit qu'elle avait un mari. Nous pourrions tous nous retrouver et passer du temps ensemble. Ce serait bien. » Mon esprit se fixe sur les mensonges que j'ai lus, sur toutes les manières dont je n'ai pas pu lui faire confiance, mais je le force à s'en détourner. Je me rappelle tout ce qui a été résolu. C'est à mon tour d'être forte, maintenant, d'être positive. « Tant que nous nous promettons d'être toujours honnête l'un avec l'autre, dis-je, tout se passera bien. »

Il se tourne à nouveau vers moi.

« Tu m'aimes, n'est-ce pas ?

— Bien sûr que je t'aime, bien sûr.

— Et tu me pardonnes ? De t'avoir quittée ? Je ne voulais pas. Je n'avais pas le choix. Je suis désolé. »

Je prends sa main. Elle est chaude et froide en même temps, légèrement humide. J'essaie de la tenir entre les miennes, mais il ne fait pas le moindre mouvement, ni de consentement ni de retrait. Sa main reste posée, sans vie, sur son genou. Je la serre et ce n'est qu'à ce moment-là qu'il paraît s'apercevoir que je la tiens.

« Ben, je comprends. Je te pardonne. »

Je le regarde dans les yeux. Eux aussi paraissent vides, sans vie, comme s'ils avaient vu tant d'horreurs qu'ils ne pouvaient plus en supporter d'autres.

« Je t'aime, Ben. »

Sa voix n'est qu'un murmure. « Embrasse-moi. »

Je fais ce qu'il me demande, puis, lorsque je me suis reculée, il chuchote : « Encore, embrasse-moi encore. »

Je l'embrasse une seconde fois. Mais malgré sa requête, je ne peux l'embrasser une troisième fois. Nous regardons la mer, avec le clair de lune qui se reflète dans l'eau, les gouttes de pluie sur le pare-brise, qui réfléchissent les lueurs jaunes des phares des voitures qui passent. Juste nous deux, nous tenant par la main. Ensemble.

Nous restons là longtemps, ce qui me paraît être des heures. Ben est à côté de moi, le regard fixé au loin. Il scrute la mer comme s'il cherchait quelque chose, une réponse dans le noir, et il ne parle pas. Je me demande pourquoi il nous a amenés ici, ce qu'il espère trouver.

« Est-ce vraiment notre anniversaire ? » dis-je. Pas de réponse. Il ne paraît pas m'avoir entendue et je répète ma question.

« Oui, dit-il doucement.

— Notre anniversaire de mariage ?

— Non, c'est l'anniversaire du soir où nous nous sommes rencontrés. »

Je veux lui demander si nous ne sommes pas censés fêter l'événement, lui dire que ce début n'a rien de festif, mais cela paraît cruel.

La circulation sur la route derrière nous s'est calmée, la lune monte haut dans le ciel. Je commence à m'inquiéter à l'idée que nous allons rester toute la nuit là, à regarder la mer et la pluie qui tombe autour de nous. Je simule un bâillement.

« J'ai sommeil, dis-je. Est-ce qu'on peut aller à l'hôtel ? »

Il regarde sa montre.

« Oui, répond-il, bien sûr. Désolé. Oui. »

Il démarre la voiture.

« Nous y allons tout de suite. »

Je suis soulagée. J'ai très envie de dormir, et en même temps je redoute le sommeil.

La route côtière descend et remonte, contourne un village. Les lumières d'une autre agglomération, plus grande, se rapprochent, de plus en plus nettes à travers la vitre mouillée. La circulation est plus dense, une marina apparaît, avec ses bateaux amarrés, ses boutiques et ses boîtes de nuit, puis nous sommes dans la ville elle-même. Sur notre droite, tous les bâtiments paraissent être des hôtels, affichant leurs disponibilités sur des panneaux blancs qui oscillent dans le vent. Les rues sont animées ; il n'est pas aussi tard que je l'aurais cru, ou alors c'est le genre d'endroit qui est vivant de nuit comme de jour.

Je regarde vers la mer. Une jetée avance dans l'eau, inondée de lumière, et un parc d'attractions en occupe l'extrémité. Je vois un pavillon en forme de dôme, des montagnes russes, un toboggan géant. J'entends presque les « youpi » et les cris des passagers qui tournoient au-dessus de la mer d'un noir d'encre.

Une angoisse que je ne parviens pas à qualifier commence à me serrer la poitrine.

« Où sommes-nous ? »

Au-dessus de l'entrée de la jetée brillent les néons blancs d'une enseigne, mais je n'arrive pas à la lire à travers le pare-brise battu par la pluie.

« Nous y sommes », dit Ben tandis que nous tournons dans une petite rue et nous arrêtons devant une maison mitoyenne. Sur l'auvent, au-dessus de la porte, est accroché un panneau : *Rialto Guest House.*

Un escalier conduit à la porte d'entrée, une grille ouvragée qui sépare l'édifice de la rue. À côté de la porte, un petit pot craquelé qui a dû autrefois contenir une plante, mais aujourd'hui il est vide. Je suis saisie d'une peur panique.

« Est-ce que nous sommes déjà venus ici ?

Il secoue la tête.

« Tu es sûr ? Cela me semble familier.

— J'en suis certain. Il se peut que nous ayons séjourné un jour pas loin d'ici. C'est probablement ça que tu te rappelles. »

J'essaie de me détendre. Nous sortons de la voiture. À côté de l'hôtel se trouve un bar, et à travers les grandes baies vitrées je peux voir des tas de gens qui boivent et, au fond, une piste de danse. La musique tambourine, assourdie par les vitres. « Nous allons nous installer, puis je reviendrai chercher les bagages, OK ? »

Je serre étroitement mon manteau contre moi. Le vent est froid maintenant et la pluie est forte. Je monte les marches en courant et j'ouvre la porte d'entrée. Un panneau collé contre la vitre affiche *Complet.* J'entre dans le hall.

« Tu as réservé ? » dis-je lorsque Ben me rejoint. Nous sommes dans une entrée. Un peu plus loin, une porte est entrouverte et le son d'une télévision nous parvient ; le volume est très fort, pour faire concurrence à la musique d'à côté. Pas de réception, juste une petite cloche sur une table et un écriteau qui nous invite à sonner pour appeler quelqu'un.

« Oui, bien sûr, dit Ben. Ne t'inquiète pas. »

Il agite la clochette.

D'abord il ne se passe rien, puis un jeune homme sort d'une pièce quelque part au fond de la maison. Il est grand et dégingandé, et je remarque que sa chemise, bien trop large pour lui, est sortie de son pantalon. Il nous salue comme s'il nous attendait, sans chaleur toutefois, et j'attends tandis que Ben et lui s'occupent des formalités.

Il est clair que l'hôtel a connu des jours meilleurs. La moquette est par endroits complètement usée, et la peinture autour des portes est écaillée et salie. En face du salon, une autre porte, celle de la *Salle à manger*, et, au fond, plusieurs portes au-delà desquelles se trouvent, j'imagine, la cuisine et les appartements privés du personnel.

« Je vais vous montrer la chambre », dit l'employé une fois que Ben et lui ont terminé. Je me rends compte que c'est à moi qu'il s'adresse ; Ben est en train de ressortir, probablement pour aller chercher les sacs.

« Oui, dis-je, je vous remercie. »

Il me tend une clé et nous montons l'escalier. Sur le premier palier se trouvent plusieurs chambres, mais nous montons encore une volée de marches. La maison paraît rétrécir à mesure que nous progressons ; les plafonds sont plus bas, les murs plus proches. Nous passons devant une autre chambre, puis nous arrêtons au pied du dernier escalier qui doit conduire tout en haut.

« Votre chambre est là-haut, il n'y a que celle-là. »

Je le remercie ; il tourne les talons et redescend. Je monte jusqu'à notre chambre.

J'ouvre la porte. La pièce est plongée dans l'obscurité, et elle est plus grande que je ne l'imaginais au dernier étage de la maison. Je vois une fenêtre en face, et elle laisse passer une faible lumière grise qui éclaire les contours d'une coiffeuse, d'un lit, d'une table et d'un fauteuil. La musique qui vient du club à côté tambourine ; elle a perdu sa vivacité, elle est réduite à un son de basse sinistre, écrasant.

Je me fige. La peur me tétanise à nouveau. La même peur que celle que j'ai ressentie devant l'hôtel, mais pire encore. Je suis glacée à l'intérieur. Quelque chose ne va pas, je ne sais pas quoi. Je respire profondément, sans réussir à faire entrer de l'air dans mes poumons. J'ai l'impression que je suis sur le point de me noyer.

Je ferme les yeux, dans l'espoir que la chambre aura une apparence différente lorsque je les rouvrirai, mais ce n'est pas le cas. Je suis saisie d'une terreur affreuse à l'idée de ce qui va se passer au moment où je vais allumer la lumière, comme si ce simple geste allait déclencher un désastre, une apocalypse.

Qu'arrivera-t-il si je laisse la chambre plongée dans le noir et que je redescends au rez-de-chaussée ? Je pourrais passer d'un pas tranquille devant l'employé, remonter le couloir, passer devant Ben si nécessaire et sortir, sortir de cet hôtel.

Mais ils penseraient que je suis devenue folle, bien sûr. Ils me retrouveraient et me ramèneraient. Et que leur dirais-je ? Que la femme qui ne se souvient de rien a eu une impression de malaise, une intuition ? Ils me trouveraient ridicule.

Je suis avec mon mari. Je suis venue ici pour me réconcilier avec lui. Je suis en sécurité avec Ben.

J'allume la lumière.

Un éblouissement le temps que mes yeux s'habituent, puis je vois la chambre. Elle n'a rien d'impressionnant. Rien d'effrayant. La moquette est gris clair, les rideaux et le papier peint ont des motifs floraux qui ne sont pas assortis. La coiffeuse est vieille, elle comporte trois miroirs et au-dessus est suspendu un tableau passé qui représente un oiseau. Un coussin est posé sur le fauteuil en osier, encore un autre motif à fleurs, et le lit est recouvert d'un dessus-de-lit orange à carreaux.

Je vois maintenant combien elle serait décevante pour quelqu'un qui l'aurait choisie pour des vacances, mais même si Ben l'a réservée pour les nôtres, ce n'est pas une déception que je ressens. La peur s'est transformée en terreur.

Je referme la porte derrière moi et j'essaie de me calmer. Je suis stupide, paranoïaque. Il faut que je m'occupe. Que je fasse quelque chose.

Il fait froid dans la pièce, et un petit courant d'air fait voleter les rideaux. La fenêtre est ouverte et je vais la fermer. Je regarde dehors. Nous avons une position dominante ; les lampadaires sont très loin en dessous. Des mouettes immobiles sont installées sur les globes. Je regarde par-dessus les toits, je vois la lune froide suspendue dans le ciel et au loin la mer. Je distingue la jetée, le toboggan, les lumières clignotantes.

C'est là que je les vois, les mots surplombant l'entrée de la jetée.

*Brighton Pier.*

Malgré le froid qui me fait frissonner, je sens une perle de sueur se former sur mon front. Maintenant, je comprends tout. Ben m'a amenée ici, à Brighton, sur le lieu de mon drame. Mais pourquoi ? Pense-t-il que j'ai plus de chances de me rappeler ce qui s'est passé si je reviens dans la ville où ma vie m'a été ravie ? Pense-t-il que je vais me rappeler qui m'a fait ça ?

Je me souviens d'avoir lu que le Dr Nash avait un jour suggéré que je revienne ici, et j'avais refusé.

J'entends un bruit de pas dans l'escalier, des voix. L'homme doit être en train de conduire Ben ici, à notre chambre. Ils doivent être en train de porter les sacs tous les deux, dans l'escalier, en négociant les étroits paliers. Il sera bientôt ici.

Que devrai-je lui dire ? Qu'il se trompe et que me trouver ici ne m'aidera pas ? Que je veux rentrer à la maison ?

Je retourne à la porte. Je vais l'aider à porter les sacs, puis je vais les défaire, et nous allons dormir, et demain…

Quelque chose me frappe en plein visage. Demain je ne saurai rien, à nouveau. C'est probablement ce que Ben a mis dans son cartable. Des photos. L'album. Il lui faudra utiliser tout ce qu'il a emporté pour m'expliquer qui il est et où nous sommes, une fois de plus.

Je me demande si j'ai mon journal avec moi, puis je me rappelle l'avoir emballé, l'avoir mis dans mon sac. J'essaie de me calmer. Ce soir je le mettrai sous mon oreiller et demain je le retrouverai et je le lirai. Tout ira bien.

J'entends Ben sur le palier. Il parle à l'employé, discute du petit déjeuner demain matin. « Nous aimerions le prendre dans notre chambre », dit-il.

Une mouette crie devant la fenêtre et me fait sursauter.

Je vais vers la porte et c'est là que je la vois. Sur ma droite. La salle de bains, la porte ouverte. Une baignoire, des toilettes, un lavabo. Mais c'est le sol qui attire mon attention, me remplit d'horreur. Il est carrelé et le motif est inhabituel : des carreaux blancs et noirs alternés qui forment des diagonales vertigineuses.

Ma bouche s'ouvre, béante. Je suis tétanisée. J'ai l'impression de m'entendre pousser un cri.

Je sais. Je reconnais le motif.

Ce n'est pas seulement Brighton que j'ai reconnu.

Je suis déjà venue ici. Dans cette chambre.

La porte s'ouvre. Je ne dis rien lorsque Ben entre mais mon esprit tourne à plein régime. Est-ce dans cette chambre que j'ai été agressée ? Pourquoi ne m'a-t-il pas dit que nous venions ici ? Comment est-il possible qu'il n'ait jamais voulu me parler de l'agression et qu'aujourd'hui il m'amène précisément dans la chambre où elle a eu lieu ?

Je vois l'employé debout sur le pas de la porte et j'ai envie de l'interpeller, de lui dire de rester, mais il tourne les talons, près de partir, et Ben referme la porte. Il n'y a plus que nous deux, désormais.

Il me regarde. « Ça va, ma chérie ? » dit-il. Je hoche la tête et je dis oui, mais il me semble que le mot m'a été arraché. Je sens la haine me serrer le ventre comme un étau.

Il me prend par le bras. Il me serre un tout petit peu trop fort ; un peu plus et je dirais quelque chose, un peu moins et je pense que je ne remarquerais rien. « Tu es sûre ?

— Oui », dis-je. Pourquoi fait-il cela ? Il doit savoir où nous sommes, ce que cela signifie. Il doit avoir planifié cela depuis le début. « Oui, ça va. Je me sens juste un peu fatiguée. »

C'est là que tout s'éclaire. Le Dr Nash. Il doit certainement être au courant. Sinon pourquoi Ben – après toutes ces années où il aurait pu le faire et ne l'a pas fait – déciderait-il de m'amener ici maintenant ?

Ils ont dû être en contact. Peut-être Ben l'a-t-il appelé après que je lui ai parlé de nos rendez-vous. Peut-être à un moment, la semaine dernière, cette semaine dont je ne sais rien, ils ont tout organisé.

« Pourquoi ne t'allonges-tu pas ? » dit Ben.

Je m'entends répondre. « Je crois que c'est ce que je vais faire. » Je me tourne vers le lit. Peut-être sont-ils en relation depuis le début ? Le Dr Nash a peut-être menti sur toute la ligne. Je me le représente en train de composer le numéro de Ben après m'avoir dit au revoir pour lui parler de mes progrès, ou de mon absence de progrès.

« C'est bien, dit Ben. J'avais l'intention d'apporter du champagne. Je crois que je vais aller en chercher. Il y a un magasin, pas loin. » Il sourit. « Et je reviens. »

Je me tourne pour lui faire face. Maintenant, ici, son baiser dure longtemps. Il effleure mes lèvres des siennes, passe sa main dans mes cheveux, me caresse le dos. Je lutte contre l'envie de me rétracter. Sa main continue à descendre le long de mon dos, vient s'attarder en haut de mes fesses. J'ai du mal à déglutir.

Je ne peux avoir confiance en personne. Ni en mon mari, ni en l'homme qui prétend m'aider. Depuis le début ils travaillent ensemble, ils ont tout planifié jusqu'à aujourd'hui, ce jour où ils ont, visiblement, décidé que je devais être confrontée à l'horreur de mon passé.

*Comment osent-ils ! Comment osent-ils !*

« OK », dis-je. Je me retire légèrement, le pousse doucement pour qu'il me laisse.

Il quitte la chambre. « Je ferme la porte à clé, dit-il en sortant. On n'est jamais trop prudent… » J'entends la clé tourner dans la serrure et je sens la panique s'emparer de moi. Part-il vraiment chercher du champagne ? Ou va-t-il rencontrer le Dr Nash ? Je n'arrive pas à croire qu'il m'ait amenée dans cette chambre sans rien me dire : un nouveau mensonge qui vient s'ajouter aux autres. Je l'entends descendre l'escalier.

Je me tords les mains, je m'assois au bord du lit. Je n'arrive pas à calmer mon cerveau, à le concentrer sur une seule pensée. Les idées fusent, comme si, dans un esprit dépourvu de mémoire, chaque idée avait trop d'espace pour se développer et se mouvoir ; elles entrent en collision dans des gerbes d'étincelles avant de s'éloigner en tourbillonnant et de disparaître dans leur propre lointain.

Je me lève. Je suis en rage. Je n'arrive pas à imaginer qu'il va revenir, nous servir du champagne et se mettre au lit avec moi. Je ne peux pas non plus supporter l'idée de sa peau contre la mienne, de ses mains sur moi, dans la nuit, en train de me caresser, de me presser, de m'inciter à me donner à lui.

Comment le pourrais-je, puisqu'il n'y a pas de moi à donner ?

Je ferais n'importe quoi, me dis-je, n'importe quoi, sauf ça.

Je ne peux pas rester ici, dans ce lieu où ma vie a été détruite et où tout m'a été pris. J'essaie de calculer combien de temps j'ai devant moi. Dix minutes ? Cinq ? Je vais jusqu'au cartable de Ben et je l'ouvre. Je ne sais pas pourquoi ; je ne pense pas au pourquoi, au comment, seulement au fait qu'il faut que je bouge pendant que Ben est parti, avant qu'il ne revienne et que la situation prenne une autre tournure. Peut-être ai-je l'intention de trouver les clés de la voiture, de forcer la porte, de descendre, d'aller dans la rue, sous la pluie, jusqu'à la voiture. Même si je ne suis pas certaine de savoir conduire, peut-être que je veux essayer, m'asseoir dans la voiture et m'en aller loin, très loin d'ici.

Ou alors je cherche peut-être une photo d'Adam ; je sais qu'elles sont là. J'en prendrai juste une, puis je quitterai la chambre et je m'enfuirai. Je courrai, je courrai encore et, ensuite, quand je n'en pourrai plus, j'appellerai Claire, ou quelqu'un d'autre, et je lui dirai que je n'en peux plus, je la supplierai de m'aider.

Je plonge mes mains dans le sac. Je sens du métal et du plastique. Quelque chose de doux. Puis une enveloppe. Je la sors, pensant qu'elle pourrait contenir des photos, et je constate que c'est l'enveloppe que j'avais trouvée dans le bureau à la maison. J'ai dû la mettre dans le sac de Ben en faisant les bagages, avec l'intention de lui rappeler qu'il ne l'avait pas ouverte. Je la retourne et je vois que le mot *Personnel* a été écrit sur le devant. Sans réfléchir, je l'ouvre et je sors son contenu.

Du papier. Des pages et des pages. Je les reconnais. Les lignes bleues, les marges rouges. Ces pages sont les mêmes que celles de mon journal, du livre dans lequel j'écris.

Et je vois mon écriture, et je commence à comprendre.

Je n'ai pas lu toute mon histoire. Il y en a encore. Des pages et des pages.

Je cherche mon journal dans mon sac. Je ne m'en étais pas aperçue auparavant mais, après la dernière page écrite, toute une partie a été enlevée. Les feuilles ont été découpées soigneusement, avec un scalpel ou une lame de rasoir, tout près de la reliure.

Découpées par Ben.

Je m'assois par terre, tout est étalé devant moi. C'est la semaine manquante de ma vie. Je lis la suite de mon histoire.

La première entrée est datée. *Vendredi 23 novembre.* Le jour où j'ai vu Claire. J'ai dû écrire ceci le soir, après avoir parlé à Ben. Peut-être que nous avions eu la conversation que j'avais prévue, après tout.

> *Je suis assise ici, sur le sol de la salle de bains, dans la maison dans laquelle, apparemment, je me réveille tous les matins. J'ai ce journal devant moi, ce stylo dans la main et j'écris, parce que c'est la seule chose que je peux faire.*
>
> *Je suis entourée de mouchoirs en papier roulés en boule, trempés de larmes et de sang. Lorsque je cligne*

*des yeux, je vois du rouge. Le sang coule dans mon œil aussi rapidement que je l'essuie.*

*Lorsque je me suis regardée dans le miroir, j'ai vu que mon arcade sourcilière était fendue et ma lèvre aussi. Lorsque j'avale, j'ai dans la bouche le goût métallique du sang.*

*Je veux dormir. Trouver un endroit sûr quelque part et fermer les yeux, me reposer, comme un animal.*

*Voilà ce que je suis. Un animal. Vivant un moment après l'autre, un jour après l'autre, essayant de donner un sens au monde dans lequel il se trouve.*

Mon cœur bat la chamade. Je relis le paragraphe, mes yeux attirés constamment par le mot *sang*. Mais que s'est-il passé ?

Je me mets à lire rapidement, mon esprit trébuche sur des mots, bondit d'une ligne à l'autre. Je ne sais pas quand Ben va revenir et je ne peux pas courir le risque qu'il m'enlève ces pages avant que je les aie lues. C'est peut-être ma seule chance.

*J'ai décidé qu'il valait mieux lui parler après le repas. Nous avons mangé dans le salon – des saucisses, de la purée, nos assiettes en équilibre sur nos genoux – et lorsque nous avons eu terminé, je lui ai demandé de bien vouloir éteindre la télévision. Il a semblé réticent. « J'ai besoin de te parler », ai-je dit.*

*La pièce paraissait trop silencieuse, ne résonnant que du tic-tac de la pendule accompagné du bourdonnement lointain de la ville. Et ma voix, sonnant tout à coup creuse, vide.*

*« Chérie », a dit Ben, en posant son assiette sur la table basse entre nous. Un morceau de viande à moitié*

*mâché était posé au bord de l'assiette, quelques petits pois nageaient dans une sauce claire. « Est-ce que tout va bien ?*

*— Oui. Tout va bien. » Je ne savais pas comment continuer. Il m'a regardée, les yeux écarquillés, dans l'expectative. « Tu m'aimes, n'est-ce pas ? » ai-je dit. J'avais l'impression d'essayer de rassembler des preuves, de m'assurer contre toute désapprobation ultérieure.*

*« Oui, bien sûr. Mais que se passe-t-il ? Qu'est-ce qui ne va pas ?*

*— Ben, je t'aime aussi. Et je comprends les raisons pour lesquelles tu fais ce que tu fais, mais je sais que tu me mens depuis longtemps. »*

*À l'instant même où j'ai terminé ma phrase, j'ai regretté de l'avoir ne serait-ce que commencée. Je l'ai vu tressaillir. Il m'a regardée, les lèvres entrouvertes comme s'il allait parler, le regard blessé.*

*« Que veux-tu dire ? Chérie... »*

*Il fallait que je continue. Il n'y avait pas moyen d'échapper au courant dans lequel j'avais commencé à patauger.*

*« Je sais que tu le fais pour me protéger, que c'est pour cela que tu ne me dis pas tout, mais cela ne peut pas durer. Il faut que je sache.*

*— Que veux-tu dire ? Je ne t'ai pas menti. »*

*J'ai senti la colère monter. « Ben, je suis au courant pour Adam. »*

*Son visage a changé. Je l'ai vu déglutir et détourner les yeux vers un coin de la pièce. Il a enlevé quelque chose sur la manche de son pull. « Quoi ?*

*— Adam, ai-je dit, je sais que nous avions un fils. »*

*Je m'attendais un peu à ce qu'il me demande*

*comment je le savais, mais j'ai compris alors que cette conversation n'était pas inhabituelle. Nous l'avions déjà eue le jour où j'avais vu mon roman et d'autres jours où je me suis souvenue d'Adam.*

*J'ai vu qu'il était sur le point de parler, mais je ne voulais plus entendre de mensonges.*

*« Je sais qu'il est mort en Afghanistan », ai-je lâché.*

*Il a fermé la bouche, l'a rouverte à nouveau, c'en était presque comique.*

*« Comment le sais-tu ?*

*— Tu me l'as dit. Il y a des semaines. Tu étais en train de manger un biscuit, j'étais dans la salle de bains. Je suis descendue et je t'ai dit que je m'étais souvenue que nous avions eu un fils, que je me souvenais même de son nom, et nous nous sommes installés et tu m'as raconté comment il avait été tué. Tu m'as montré des photos que tu es allé chercher au premier. Des photos de lui et moi, et des lettres qu'il avait écrites. Une lettre au père Noël... » Le chagrin m'a submergée à nouveau. J'ai cessé de parler.*

*Ben m'a regardée fixement. « Tu t'es souvenue ? Comment... ?*

*— Depuis un certain temps, je note des choses. Depuis quelques semaines. Tout ce que j'arrive à me rappeler.*

*— Où ça ? » Il avait commencé à élever la voix, comme s'il était en colère, mais je ne comprenais pas bien ce qui pouvait le fâcher. « Où écris-tu ces choses ? Je ne comprends pas, Christine. Où notes-tu ces choses ?*

*— Dans un cahier.*

*— Un cahier ? » Le ton sur lequel il l'a dit l'a fait*

*paraître tellement trivial, comme si je m'en servais pour faire des listes de courses et noter des numéros de téléphone.*

*« Un journal. »*

*Il s'est penché en avant sur sa chaise, comme s'il s'apprêtait à se lever. « Un journal ? Depuis combien de temps ?*

*— Je ne sais pas exactement. Deux ou trois semaines.*

*— Puis-je le voir ? »*

*Je me sentais irascible, fâchée. J'étais déterminée à ne pas le lui montrer. « Non, dis-je. Pas encore. »*

*Il était furieux. « Où est-il ? Montre-le-moi.*

*— Ben, c'est personnel. »*

*Il m'a renvoyé le mot à la figure. « Personnel ? Qu'est-ce que tu entends par personnel ?*

*— Je veux dire privé. Je ne me sentirais pas à l'aise si tu le lisais.*

*— Pourquoi ? Tu as écrit des choses sur moi ?*

*— Bien sûr que j'ai écrit sur toi.*

*— Qu'est-ce que tu as écrit ? Qu'est-ce que tu dis ? »*

*Comment répondre à ça ? J'ai pensé à toutes les manières dont je l'avais trahi. Les choses que j'ai dites au Dr Nash, les choses que j'ai pensées de lui. Les raisons pour lesquelles je n'ai pas cru mon mari, les choses dont je l'ai cru capable. J'ai pensé aux mensonges que j'ai dits moi-même, les jours où j'ai vu le Dr Nash – et Claire – et où je ne lui ai rien dit.*

*« Beaucoup de choses, Ben. J'ai écrit beaucoup de choses.*

*— Mais pourquoi ? Pourquoi t'es-tu mise à noter des choses ? »*

*Je n'arrivais pas à croire qu'il me pose cette question. « Je veux donner un sens à ma vie, dis-je. Je veux être capable de relier un jour au suivant, comme toi. Comme tout le monde.*

*— Mais pourquoi ? Es-tu malheureuse ? Tu ne m'aimes donc plus ? Tu ne veux pas être ici, avec moi ? »*

*La question m'a déstabilisée. Pourquoi avait-il l'impression que le fait de vouloir donner un sens à ma vie fragmentée signifiait que je voulais la changer d'une façon quelconque ?*

*« Je ne sais pas. Qu'est-ce que le bonheur ? Je crois que je suis heureuse quand je me réveille, même si ce matin je n'étais rien d'autre qu'embrouillée. Mais je ne suis pas heureuse lorsque je regarde dans le miroir et que je vois que j'ai vingt ans de plus que ce à quoi je m'attendais, que j'ai des cheveux blancs et des rides autour des yeux. Je ne suis pas heureuse lorsque je me rends compte que toutes ces années ont été perdues, qu'elles m'ont été enlevées. Alors je suppose que la plupart du temps je ne suis pas heureuse, non. Mais ce n'est pas ta faute. Je suis heureuse avec toi. Je t'aime. J'ai besoin de toi. »*

*Il est venu s'asseoir à côté de moi. Sa voix s'est adoucie. « Je suis désolé. Je déteste le fait que tout a été détruit, juste à cause de cet accident de voiture. »*

*J'ai senti la colère monter à nouveau, mais je l'ai fait taire. Je n'avais aucun droit d'être fâchée contre lui ; il ne savait pas ce que je savais et ce que j'ignorais.*

*« Ben, je sais ce qui s'est passé. Je sais que ce n'était pas un accident de voiture. Je sais que j'ai été agressée. »*

*Il n'a pas bougé. Il m'a regardée, les yeux inexpressifs. J'ai cru qu'il ne m'avait pas entendue, puis il a dit : « Quelle agression ? »*

*J'ai élevé la voix. « Ben ! Arrête ça ! » Je n'ai pas pu m'en empêcher. Je lui avais dit que je tenais un journal, que je rassemblais les détails de mon histoire, et pourtant il continuait, il se préparait à me mentir encore alors qu'il était évident que je connaissais la vérité. « Arrête de me mentir, putain ! Je sais qu'il n'y a pas eu d'accident de voiture. Je sais ce qui m'est arrivé. Il est complètement inutile d'essayer de prétendre que c'était autre chose qu'une agression. Le fait de le nier ne nous mènera nulle part. Il faut que tu arrêtes de me mentir ! »*

*Il s'est levé. Il paraissait immense, me dominant ainsi, me bouchant la vue.*

*« Qui te l'a dit ? Qui ? Est-ce que c'est cette salope de Claire ? Elle a ouvert sa grande gueule, t'as abreuvée de mensonges ? Encore à fourrer son nez là où ça ne la regarde pas !*

*— Ben…*

*— Elle m'a toujours détesté. Elle ferait n'importe quoi pour te dresser contre moi. N'importe quoi ! Elle ment, ma chérie. Elle ment !*

*— Ce n'est pas Claire. » J'ai baissé la tête. « C'était quelqu'un d'autre.*

*— Qui ? a-t-il crié. Qui ?*

*— Je vois un médecin. Nous parlons. Il me l'a dit. »*

*Il était parfaitement immobile, à l'exception du pouce de sa main droite qui décrivait lentement des cercles sur le dos de sa main gauche. Je sentais la chaleur émanant de son corps, j'entendais ses lentes inspirations, les retenues, les expirations. Lorsqu'il a parlé, sa voix était si faible que j'ai dû lutter pour distinguer les mots.*

*« Qu'est-ce que tu veux dire, un médecin ?*

*— Son nom est Nash. Apparemment, il a pris contact avec moi il y a quelques semaines. » Tout en le disant j'avais l'impression de ne pas raconter ma propre histoire, mais celle de quelqu'un d'autre.*

*« Pour te dire quoi ? »*

*J'ai essayé de me souvenir. Avais-je noté nos premières conversations ?*

*« Je ne sais pas. Je ne crois pas que j'aie écrit ce qu'il m'a dit.*

*— Et il t'a encouragée à noter des choses ?*

*— Oui.*

*— Pourquoi ?*

*— Je veux aller mieux, Ben.*

*— Et est-ce que ça marche ? Qu'est-ce que tu fais depuis que tu as commencé ? Est-ce qu'il te prescrit des médicaments ?*

*— Non. Nous faisons des tests, des exercices. J'ai passé un scanner… »*

*Le pouce a cessé de bouger. Il s'est tourné pour me faire face.*

*« Un scanner ? » Sa voix était à nouveau plus forte.*

*« Oui. Une IRM. Il a dit que ça pourrait aider. Ça n'existait pas encore lorsque je suis tombée malade. Ou elles n'étaient pas aussi sophistiquées que maintenant…*

*— Où ? Où as-tu passé tous ces tests ? Dis-moi ! »*

*J'ai ressenti un certain désarroi. « Dans son bureau.*

À Londres. Le scanner, c'était là-bas aussi. Je ne me rappelle plus exactement.

— Et comment es-tu allée jusque là-bas ? Comment est-ce que quelqu'un dans ton état est arrivé à aller jusqu'à un cabinet médical ? » Sa voix était sifflante et pressante maintenant. « Comment ? »

J'ai essayé de parler calmement. « Il est venu me chercher et il m'a emmenée en voiture… »

Une furtive déception est passée sur son visage, puis ça a été la colère. Je n'avais jamais projeté que la conversation prenne cette tournure, jamais voulu qu'elle devienne à ce point difficile.

Il fallait que j'essaie de lui expliquer. « Ben… » ai-je commencé.

Ce qui est arrivé ensuite n'était pas ce à quoi je m'attendais. Un sombre gémissement est né au fond de la gorge de Ben. Il a rapidement pris de l'ampleur, jusqu'à ce que, incapable de le retenir plus longtemps, il laisse échapper un grincement épouvantable, comme le crissement des ongles sur du verre.

« Ben ! Qu'est-ce qui t'arrive ? »

Il s'est détourné, en trébuchant, pour ne pas que je voie son visage. Je me suis demandé s'il n'était pas en train d'avoir une espèce d'attaque. Je me suis levée et j'ai tendu la main pour qu'il puisse s'y agripper. « Ben ! » ai-je dit à nouveau, mais il m'a ignorée, s'est appuyé contre le mur. Lorsqu'il s'est tourné à nouveau vers moi, j'ai vu son visage, rouge écarlate, ses yeux grands ouverts. Il avait de la salive au coin des lèvres. C'était comme s'il avait mis un masque grotesque, tant ses traits étaient déformés.

« Espèce de grosse salope ! » a-t-il dit en s'approchant de moi. J'ai eu un mouvement de recul. Son *visage n'était qu'à quelques centimètres du mien. « Cela fait combien de temps que ça dure ?*

*— Je…*

*— Dis-moi ! Dis-moi, espèce de traînée. Combien de temps ?*

*— Mais il ne se passe rien ! » La peur est montée en moi, comme une vague de plus en plus puissante. Elle a atteint la surface et, après un lent roulis, a replongé dans les profondeurs. « Rien du tout ! » ai-je dit à nouveau. Je sentais les odeurs de nourriture dans son haleine. La viande, l'oignon. De la salive a volé, je l'ai reçue en plein visage, sur la bouche. J'ai eu le goût de sa colère brûlante, humide.*

*« Tu couches avec lui. Ne me mens pas. »*

*Mes mollets se sont retrouvés collés contre le canapé et j'ai essayé de glisser le long des coussins pour m'éloigner de lui, mais il m'a saisie par les épaules et m'a secouée. « Tu as toujours été comme ça, a-t-il dit. Une salope de grosse menteuse. Je ne sais pas ce qui m'a fait croire que tu serais différente avec moi. Qu'est-ce que tu fais, hein ? Tu te tires en cachette pendant que je suis au boulot ? Ou tu le fais venir ici ? Ou peut-être que vous le faites dans une voiture, garés dans la nature ? »*

*Je sentais ses mains qui me serraient, ses doigts et ses ongles qui m'entaillaient la peau même à travers le coton de mon chemisier.*

*« Tu me fais mal ! » ai-je crié, espérant le choquer assez pour le détourner de sa rage. « Ben ! Arrête ! »*

*Il a cessé de trembler et a relâché son étreinte un tout petit peu. Il ne paraissait pas possible que l'homme qui me serrait ainsi, le visage déformé par la colère et la haine, puisse être le même que celui qui m'avait écrit la lettre que Claire m'avait donnée. Comment pouvions-nous avoir atteint un tel manque de confiance réciproque ? Comme la communication avait dû être problématique toutes ces années, pour que nous en arrivions là ?*

*« Je ne couche pas avec lui. Il m'aide. Il m'aide à aller mieux pour que je puisse avoir une vie normale. Ici. Avec toi. N'est-ce pas ce que tu veux ? »*

*Ses yeux se sont mis à scruter la pièce en tous sens. « Ben ? ai-je dit à nouveau. Parle-moi ! » Il s'est immobilisé. « Tu ne veux pas que j'aille mieux ? N'est-ce pas ce que tu as toujours voulu, toujours espéré ? » Il s'est mis à secouer la tête, la balançant d'un côté à l'autre. « Je sais que c'est le cas. Je sais que c'est ce que tu as toujours voulu. » De chaudes larmes coulaient sur mes joues, mais j'ai parlé malgré tout, la voix brisée par les sanglots. Il me tenait toujours, mais doucement maintenant, et j'ai posé mes mains sur les siennes.*

*« J'ai vu Claire. Elle m'a donné ta lettre. Je l'ai lue, Ben. Après toutes ces années, je l'ai lue. »*

Il y a une tache sur la page. De l'encre mélangée à de l'eau. Un pâté qui ressemble à une étoile. Je devais pleurer lorsque j'ai écrit ces lignes. Je poursuis ma lecture.

*Je ne sais pas ce à quoi je m'attendais. J'avais peut-être imaginé qu'il me tomberait dans les bras, que le soulagement le ferait sangloter et que nous resterions là, debout, enlacés, en silence, aussi longtemps qu'il le faudrait pour que nous retrouvions notre calme, que nous retrouvions le chemin qui nous mènerait l'un à l'autre. Puis que nous nous assoirions pour parler de tout cela. Peut-être monterais-je à l'étage chercher la lettre que Claire m'avait donnée, et nous la relirions ensemble, et entamerions le lent processus de reconstruction de notre vie sur des bases définies par la vérité.*

*En fait, il y a eu un instant où rien du tout n'a semblé bouger, tout était silencieux. Il n'y avait pas le moindre bruit de respiration, de voiture passant dans la rue. Je n'ai même pas entendu le tic-tac de la pendule. C'était comme si la vie était suspendue, en équilibre entre un état et un autre.*

*Puis cela s'est terminé. Ben s'est écarté de moi. J'ai pensé qu'il allait m'embrasser, mais j'ai repéré un mouvement sur le coin de l'œil et ma tête a été projetée avec un craquement, sur le côté. La douleur s'est mise à irradier à partir de ma mâchoire. Je suis tombée, le canapé venant à ma rencontre à toute vitesse, et l'arrière de ma tête a cogné contre quelque chose de dur et d'acéré. J'ai crié. Il y a eu un autre coup, puis encore un autre. J'ai fermé les yeux, attendant le suivant, mais rien n'est venu. J'ai entendu des pas qui s'éloignaient et une porte qui claquait.*

*J'ai ouvert les yeux et inspiré une bouffée d'air saturée de colère. La moquette s'étirait devant moi à la verticale. Une assiette gisait, en morceaux, à côté de ma tête, et de la sauce coulait sur le sol, absorbée par la moquette. Des petits pois avaient été piétinés dans les poils du tapis, ainsi que le morceau de saucisse à moitié mâché. La porte d'entrée s'est ouverte brusquement, puis a claqué. Des pas dans l'allée. Ben était parti.*

*J'ai expiré. J'ai fermé les yeux. Je ne dois pas dormir, me suis-je dit. Il ne faut pas.*

*J'ai ouvert les yeux à nouveau. De sombres tourbillons au loin, et l'odeur de la chair. J'ai dégluti, j'avais le goût du sang dans la bouche.*

Mais qu'ai-je fait ? Qu'ai-je donc fait ?

*Je me suis assurée qu'il était parti, puis je suis montée à l'étage et j'ai trouvé mon journal. Le sang coulait de ma lèvre fendue sur la moquette. Je ne sais pas ce qui s'est passé. Je ne sais pas où est mon mari, s'il reviendra, je ne sais même pas si je veux qu'il revienne.*

*Mais il faut qu'il revienne. Sans lui, je ne peux pas vivre.*

*J'ai peur. Je veux voir Claire.*

J'interromps ma lecture et ma main monte jusqu'à mon front. La peau est douce. L'hématome que j'ai vu ce matin, celui que j'ai recouvert avec du fond de teint. Ben m'a frappée. Je regarde la date. *Vendredi 23 novembre.* C'était il y a une semaine. Une semaine passée à croire que tout allait bien.

Je me lève pour me regarder dans le miroir. Il est toujours là. Une contusion vaguement bleue. Preuve que ce que j'ai écrit est vrai. Je me demande quels mensonges je me suis racontés pour expliquer cette marque, ou plutôt quels mensonges il m'a servis.

Mais maintenant, je connais la vérité. Je regarde les pages que je tiens et cela m'apparaît clairement. *Il voulait que je les trouve.* Il sait que même si je les lis aujourd'hui, je les aurai oubliées dès demain.

Soudain je l'entends dans l'escalier, et c'est presque

la première fois que je réalise clairement que je suis ici, dans cette chambre d'hôtel. Avec l'homme qui m'a frappée. J'entends la clé dans la serrure.

Il faut que je sache ce qui s'est passé, alors je fourre les pages sous mon oreiller et je m'allonge sur le lit. Lorsqu'il pénètre dans la chambre, je ferme les yeux.

« Ça va, ma chérie ? Es-tu réveillée ? »

J'ouvre les yeux et je le vois debout sur le seuil, tenant une bouteille. « Je n'ai pu trouver que du Cava, ça ira ? »

Il pose la bouteille sur la coiffeuse et m'embrasse. « Je crois que je vais prendre une douche », chuchote-t-il. Il va dans la salle de bains et ouvre les robinets.

Dès qu'il a fermé la porte, je sors les feuilles. Je n'ai pas beaucoup de temps – probablement pas plus de cinq minutes –, il faut donc que je lise aussi vite que possible. Mes yeux parcourent la page, sans enregistrer tous les mots mais j'en vois assez.

*Tout cela s'est passé il y a des heures. Je suis assise dans la pénombre du hall de notre maison vide, un morceau de papier dans une main, un téléphone dans l'autre. De l'encre sur du papier. Un numéro à moitié effacé. Il n'y a pas de réponse, une sonnerie ininterrompue. Je me demande si elle a débranché son répondeur ou si la bande est pleine. J'essaie à nouveau. Et encore une fois. J'ai déjà connu ça. Mon temps est circulaire. Claire n'est pas là pour m'aider.*

*J'ai regardé dans mon sac et j'ai trouvé le téléphone que le Dr Nash m'a donné. Il est tard. Il ne sera pas au bureau. Il est certainement avec sa petite amie, en train de faire ce qu'ils font d'habitude de leurs soirées. Ce que font deux personnes normales. Je n'ai pas la moindre idée de ce dont il s'agit.*

*Son numéro de téléphone personnel était écrit au début de mon journal. Cela a sonné, sonné encore, puis il y a eu un silence. Pas de voix enregistrée pour m'inviter à laisser un message. J'ai essayé à nouveau. Même chose. Son numéro professionnel était le seul qui me restait.*

*Je suis restée assise là un moment. Impuissante. Regardant la porte d'entrée, d'un côté avec l'espoir d'apercevoir la silhouette de Ben se profiler derrière le verre dépoli et entendre la clé dans la serrure, de l'autre le redoutant.*

*Finalement, je n'ai pas pu attendre plus. Je suis montée, me suis déshabillée, mise au lit et j'ai écrit ceci. La maison est toujours vide. Dans un moment, je vais refermer ce livre et le cacher, puis j'éteindrai la lumière et je dormirai.*

*Alors j'oublierai, et ce journal sera tout ce qui restera.*

Je regarde la page suivante avec terreur, redoutant qu'elle soit vierge, mais elle ne l'est pas.

*Lundi 26 novembre*

*Il m'a frappée vendredi. Cela fait deux jours, et je n'ai rien écrit. Pendant tout ce temps, ai-je cru que tout allait bien ? Mon visage est tuméfié et me fait mal. Je devais certainement savoir que quelque chose n'allait pas, non ?*

*Aujourd'hui, il m'a dit que j'étais tombée. Le plus gros cliché de la terre, et je l'ai cru. Pourquoi ne le croirais-je pas ? Il a déjà dû m'expliquer qui j'étais, qui il était, comment il se faisait que je me réveillais dans une maison étrangère, ayant vingt ans de plus que ce que je croyais, alors pourquoi mettrais-je en doute son explication concernant ma lèvre fendue, mon œil enflé, tuméfié ?*

*J'ai donc continué ma journée. Je l'ai embrassé lorsqu'il est parti travailler. J'ai débarrassé la table de notre petit déjeuner. Je me suis fait couler un bain.*

*Ensuite je suis venue ici, j'ai trouvé ce journal et j'ai appris la vérité.*

Un blanc. Je m'aperçois que je n'ai pas mentionné le Dr Nash. M'avait-il abandonnée ? Avais-je trouvé le journal sans son aide ?

Ou avais-je cessé de le cacher ? Je poursuis ma lecture.

*Plus tard, j'ai appelé Claire. Le téléphone que Ben m'avait donné ne fonctionnait plus – la batterie était probablement à plat – et j'ai donc utilisé celui du Dr Nash. Il n'y a pas eu de réponse, alors je suis restée assise dans le salon. Je ne suis pas parvenue à me détendre. J'ai ramassé des magazines, les ai reposés. J'ai allumé la télévision et j'ai passé une demi-heure à regarder fixement l'écran, sans même remarquer les images. J'ai regardé mon journal, incapable de me concentrer, incapable d'écrire. J'ai essayé de rappeler Claire, plusieurs fois, à chaque fois je suis tombée sur* la même voix m'invitant à laisser un message. C'est juste après l'heure du déjeuner qu'elle a décroché.

« Chrissy, comment vas-tu ? » J'entendais Toby en train de jouer à côté. « J'allais t'appeler. Je suis complètement cassée et on est seulement lundi ! »

Lundi. Les jours ne signifiaient rien pour moi ; chaque jour qui passait s'évanouissait, impossible à distinguer du précédent.

« Il faut que je te voie. Est-ce que tu peux venir ? »

Elle a eu l'air surprise. « Chez toi ?

— Oui, ai-je dit. S'il te plaît. Il faut que je te parle.

— Est-ce que tout va bien, Chrissy ? Tu as lu la lettre ? »

J'ai pris une grande inspiration, et ma voix s'est réduite à un murmure. « Ben m'a frappée. » J'ai entendu un hoquet de surprise.

« Quoi ?

— L'autre soir. J'ai les marques sur mon visage. Il m'a dit que j'étais tombée, mais j'ai écrit qu'il m'avait frappée.

— Chrissy, c'est impossible que Ben t'ait frappée. Jamais de la vie. Il est tout simplement incapable d'une chose pareille. »

Le doute a commencé à m'envahir. Était-il possible que j'aie tout inventé ?

« Mais je l'ai écrit dans mon journal. »

Elle n'a rien dit pendant un moment, puis : « Mais pourquoi penses-tu que Ben t'a frappée ? »

J'ai porté mes mains à mon visage et ai touché les chairs tuméfiées autour de mon œil. J'ai senti un éclair de colère. Il était évident qu'elle ne me croyait pas.

J'ai repensé à ce que j'avais écrit. « Je lui ai dit que

*je tenais un journal. Je lui ai dit que je t'avais vue et que je voyais le Dr Nash. Je lui ai dit que j'étais au courant pour Adam. Je lui ai dit que tu m'avais donné la lettre qu'il avait écrite et que je l'avais lue. C'est là qu'il m'a frappée.*

*— Comment ça, sans rien dire ? »*

*J'ai repensé aux insultes qu'il m'avait balancées, aux choses dont il m'avait accusé. « Il a dit que j'étais une salope. » J'ai senti un sanglot monter dans ma poitrine. « Il m'a accusée de coucher avec le Dr Nash. J'ai dit que ce n'était pas vrai, et alors…*

*— Alors quoi ?*

*— Alors il m'a frappée. »*

*Un silence, puis Claire a dit : « Est-ce qu'il t'avait déjà frappée avant ? »*

*Je n'avais aucun moyen de le savoir. Peut-être que oui. Il était possible que notre relation ait toujours été ponctuée d'injures. Mon esprit a vu en un éclair une image de Claire et moi en train de manifester, tenant des pancartes faites maison :* Droits des femmes – Non à la violence conjugale. *Je me suis rappelé que j'avais toujours considéré avec le plus grand mépris les femmes qui se retrouvaient avec des hommes violents et qui ne les quittaient pas. Elles étaient faibles, me disais-je alors. Faibles et stupides.*

*Était-il possible que je sois tombée dans le même piège ?*

*« Je ne sais pas.*

*— Il est difficile d'imaginer Ben en train de faire mal à qui que ce soit, mais je suppose que ce n'est pas impossible. Bon Dieu ! Quand je pense qu'il arrivait même à me faire ressentir de la culpabilité. Tu te souviens ?*

*— Non, je ne me souviens pas. Je ne me souviens de rien.*

*— Merde. Pardon. J'ai oublié. C'est juste si difficile à imaginer. C'est lui qui m'a convaincue que les poissons avaient autant le droit de vivre que les animaux avec des pattes. Il refusait de tuer ne serait-ce qu'une araignée ! »*

Une rafale de vent souffle dans les rideaux. J'entends un train dans le lointain. Des cris venant de la jetée. En bas, dans la rue, quelqu'un crie « Putain ! » et j'entends un bruit de verre brisé. Je n'ai pas envie de continuer à lire mais je sais qu'il le faut.

*J'ai frissonné. « Ben était végétarien ?*

*— Végétalien, plus exactement, a-t-elle dit en riant. Ne me dis pas que tu ne le savais pas ? »*

*J'ai repensé à la nuit où il m'avait frappée. Un morceau de viande, avais-je écrit. Des petits pois nageant dans une sauce claire.*

*Je suis allée lentement jusqu'à la fenêtre. « Ben mange de la viande... ai-je dit, en traînant sur les mots. Il n'est pas végétarien.... Pas maintenant, en tout cas. Peut-être qu'il a changé ? »*

*Un autre long silence s'est installé.*

*« Claire ? » Elle n'a rien dit. « Claire ? Tu es là ?*

*— Bon. » Elle avait l'air fâchée. « Je vais l'appeler. Je vais tirer ça au clair. Où est-il ? »*

*J'ai répondu sans réfléchir. « À l'école, j'imagine. Il a dit qu'il ne rentrerait que vers cinq heures.*

*— À l'école ? Tu veux dire à l'université ? Il est devenu prof à la fac ? »*

*La peur m'a saisie au ventre. « Non, il travaille*

*dans une école à côté d'ici. Je ne me rappelle plus le nom.*

*— Et qu'est-ce qu'il y fait ?*

*— Il est professeur. Chef du département de chimie, je crois, c'est ce qu'il a dit. » Je me suis sentie coupable de ne pas savoir la profession de mon mari, d'être incapable de me rappeler comment il gagnait l'argent qui nous faisait vivre tous les deux. « Je ne me souviens pas. »*

*J'ai levé les yeux et ai aperçu le reflet de mon visage tuméfié dans la vitre face à moi. La culpabilité s'est évanouie.*

*« Quelle école ? a-t-elle demandé.*

*— Je ne sais pas. Je ne suis pas sûre qu'il me l'ait jamais dit.*

*— Quoi, jamais ?*

*— Pas ce matin, non. Pour moi, cela revient à dire jamais.*

*— Je suis désolée, Chrissy, je n'avais pas l'intention de te contrarier. C'est juste que… » J'ai senti qu'elle changeait d'avis, qu'elle n'allait pas au bout de sa pensée. « Pourrais-tu trouver le nom de cette école ? »*

*J'ai pensé au bureau à l'étage. « Je pense que oui. Pourquoi ?*

*— Je voudrais parler à Ben, pour m'assurer qu'il rentrera bien cet après-midi quand je serai là. Je ne voudrais pas avoir fait le trajet pour rien ! »*

*J'ai remarqué la touche d'humour qu'elle essayait de mettre dans sa voix, mais je ne l'ai pas relevée. Je me sentais perdue, je n'arrivais pas à savoir ce qui était le mieux, ce que je devais faire, et j'ai décidé de me confier aux soins de mon amie. « Je vais voir. »*

*Je suis montée. Le bureau était bien rangé, les piles*

*de papiers étaient alignées dessus. Il ne m'a pas fallu longtemps pour trouver du papier à en-tête ; une lettre sur une réunion de parents qui avait déjà eu lieu.*

*« C'est Saint-Anne. Tu veux le numéro ? » Elle a dit qu'elle le trouverait toute seule.*

*« Je te rappelle, OK ? »*

*La panique m'a de nouveau saisie. « Qu'est-ce que tu vas lui dire ?*

*— Je vais tirer tout ça au clair. Fais-moi confiance, Chrissy. Il y a forcément une explication. D'accord ?*

*— Oui. » J'ai raccroché. Je me suis assise, les jambes tremblantes. Et si ma première intuition était la bonne ? Et si Claire et Ben couchaient encore ensemble ? Peut-être l'appelait-elle pour l'avertir.* Elle soupçonne quelque chose, fais attention.

*Je me suis rappelé avoir lu mon journal un peu plus tôt. Le Dr Nash m'avait dit qu'autrefois j'avais présenté des symptômes de paranoïa.* Vous prétendiez que les médecins complotaient contre vous, *avait-il dit.* Une tendance à la confabulation. À inventer des choses.

*Et si tout recommençait maintenant ? Et si j'étais en train d'inventer tout ça ? Tout ce qui se trouve dans mon journal est peut-être inventé. De la paranoïa pure.*

*J'ai pensé à ce qu'ils m'avaient dit à l'hôpital et à ce que Ben avait écrit dans sa lettre.* Il t'arrivait d'être violente. *Je me suis rendu compte que c'était peut-être moi qui avais provoqué la dispute vendredi soir. Me suis-je jetée sur Ben ? Peut-être qu'il m'a rendu coup pour coup, et qu'après, enfermée dans la salle de bains, j'ai pris un stylo et j'ai tout réexpliqué sous la forme d'une fiction.*

*Et si ce journal signifiait que mon état empire à nouveau ? Que bientôt il sera temps pour moi de retourner à Waring House ?*

*Je me suis sentie glacée à l'intérieur, soudain convaincue que c'était la raison pour laquelle le Dr Nash tenait tant à m'emmener là-bas. Pour me préparer à mon retour.*

*Tout ce que je peux faire, c'est attendre que Claire me rappelle.*

Un autre trou. Est-ce ce qui est en train de se passer en ce moment ? Est-ce que Ben va essayer de me ramener à Waring House ? Je jette un œil vers la salle de bains. Je ne vais pas le laisser faire.

Il y a une dernière entrée, écrite plus tard ce même jour.

*Lundi 26 novembre, 18 h 55*

*Claire m'a appelée il y a moins d'une demi-heure. Et maintenant, mon esprit vacille. Il balance entre deux choses, dans un sens, puis l'autre. Je sais quoi faire. Je ne sais pas quoi faire. Je sais quoi faire. Mais il y a une troisième pensée. Je frissonne en réalisant la vérité : je suis en danger.*

*Je retourne au tout début de ce journal, avec l'intention d'écrire* Ne pas faire confiance à Ben, *mais je découvre que ces mots s'y trouvent déjà.*

*Je ne me rappelle pas les avoir écrits. Mais je ne me rappelle rien, de toute manière.*

Un blanc, puis le texte reprend.

*Elle paraissait hésitante au téléphone.*

*« Chrissy, écoute. »*

*Son ton de voix m'a effrayée. Je me suis assise. « Quoi ?*

*— J'ai appelé Ben, à l'école. »*

*J'ai eu la sensation écrasante d'être partie pour un voyage que je ne contrôlais pas du tout, d'être dans des eaux impossibles à naviguer. « Qu'est-ce qu'il a dit ?*

*— Je ne lui ai pas parlé. Je voulais juste m'assurer qu'il travaillait là.*

*— Pourquoi ? Tu n'avais pas confiance en lui ?*

*— Il a menti sur d'autres choses. »*

*Je ne pouvais qu'être d'accord. « Mais pourquoi croyais-tu qu'il me disait qu'il travaillait quelque part si ce n'était pas le cas ?*

*— J'étais juste surprise qu'il travaille dans une école. Tu sais qu'il a une formation d'architecte ? La dernière fois que je lui ai parlé, il envisageait d'ouvrir son propre cabinet. Je pensais juste que c'était un peu curieux qu'il travaille dans une école.*

*— Qu'est-ce qu'ils ont dit ?*

*— Qu'ils ne pouvaient pas le déranger. Qu'il était occupé, dans une classe. » Je me suis sentie soulagée. Il n'avait pas menti sur ce point-là, au moins.*

*« Il a dû changer d'avis, ai-je dit. Sur sa carrière.*

*— Chrissy ? Je leur ai dit que je voulais lui envoyer des documents. Une lettre. J'ai demandé son titre officiel.*

*— Et ?*

*— Il n'est pas chef du département de chimie. Ni de science. Ni de quoi que ce soit d'autre. Ils ont dit qu'il était assistant de laboratoire. »*

*J'ai senti mon corps sursauter. Peut-être ai-je haleté ; je ne me souviens pas.*

*« Tu es sûre ? » ai-je dit. Mon esprit s'acharnait à trouver une raison à ce nouveau mensonge. Était-il possible qu'il soit gêné ? Inquiet de ce que je pourrais penser si je savais qu'un grand architecte comme lui était devenu assistant de laboratoire dans une école de quartier ? Pensait-il vraiment que j'étais superficielle au point que mon amour dépendait de la fonction qu'il exerçait pour gagner sa vie ?*

*Tout avait un sens, désormais.*

*« Mon Dieu ! C'est ma faute !*

*— Non ! Ce n'est pas ta faute.*

*— Si ! C'est l'obligation qu'il se fait de s'occuper de moi. D'avoir à me gérer jour après jour. Il doit être déprimé. Peut-être qu'il ne sait pas lui-même ce qui est vrai et ce qui ne l'est pas. » Je me suis mise à pleurer. « Cela doit être insupportable, dis-je. Il doit même repasser tout seul par tout ce chagrin, chaque jour. »*

*Je n'ai plus rien entendu à l'autre bout. Puis Claire a dit « Chagrin ? Quel chagrin ?*

*— Adam », ai-je dit. Prononcer son nom m'a fait mal.*

*« Qu'est-ce qu'il y a avec Adam ? »*

*Cela m'est apparu instantanément. Avec une brutalité féroce. Oh mon Dieu, me suis-je dit. Elle ne sait pas. Ben ne lui a pas dit.*

*« Il est mort. »*

*Elle a eu le souffle coupé. « Mort ? Quand ? Comment ?*

*— Je ne sais pas quand exactement. Je crois que Ben m'a dit que c'était l'an dernier. Il a été tué à la guerre.*

*— À la guerre ? Quelle guerre ?*

*— En Afghanistan. »*

*Et ensuite, elle a demandé : « Chrissy, qu'est-ce qu'il aurait bien pu faire en Afghanistan ? » Sa voix était étrange. Elle paraissait presque contente.*

*« Il était dans l'armée », ai-je dit mais, tout en parlant, j'avais déjà des doutes sur ce que je disais. C'était comme si j'étais finalement confrontée à ce que j'avais toujours su.*

*J'ai entendu Claire renifler, comme si elle trouvait le propos amusant. « Chrissy, ma chérie. Adam n'est jamais allé dans l'armée. Il n'est jamais allé en Afghanistan. Il vit à Birmingham, avec sa compagne qui s'appelle Helen. Il travaille dans l'informatique. Il ne m'a pas pardonnée, mais je lui téléphone encore de temps en temps. Il préférerait probablement que je ne le fasse pas, mais je suis sa marraine, tu te souviens ? » Il m'a fallu un moment pour entendre qu'elle utilisait le présent et qu'elle continuait à le faire.*

*« Je l'ai appelé après notre rencontre la semaine dernière. » Maintenant elle riait presque. « Il n'était pas là mais j'ai parlé à Helen. Elle a dit qu'elle lui demanderait de rappeler. Adam est vivant. »*

Je cesse de lire. Je me sens légère. Vide. Je risque de tomber en arrière ou de m'envoler sur un nuage. Oserais-je le croire ? Est-ce que je veux y croire ? Je reprends mon équilibre en me tenant à la coiffeuse et je continue à lire, ignorant que je n'entends plus le bruit de l'eau dans la douche.

*J'ai dû trébucher, j'ai saisi le dossier de la chaise. « Il est vivant ? » Mon estomac s'est noué, je me souviens de la bile montant dans ma gorge et de mon effort pour l'avaler. « Il est vivant ? Vraiment ?*

*— Oui, a-t-elle dit. Oui !*

*— Mais... ai-je commencé. Mais... j'ai vu une coupure de journal. Un article découpé. Il disait qu'il avait été tué.*

*— Ça ne pouvait pas être réel, Chrissy. Impossible. Il est vivant. »*

*Je me suis mise à parler, mais alors tout m'a assaillie d'un seul coup, toutes les émotions étaient entremêlées. La joie. Je me souviens de la joie. Le simple plaisir de savoir qu'Adam était vivant causait un picotement sur ma langue, mais, mêlé à ce plaisir, je sentais aussi la morsure amère, acide de la peur. J'ai pensé à mes hématomes, à la force avec laquelle Ben avait dû me frapper pour qu'ils soient si visibles. Peut-être sa violence n'est-elle pas seulement physique, peut-être que, certains jours, il prend plaisir à me dire que mon fils est mort pour voir la souffrance que cette pensée m'inflige. Était-il vraiment possible que certains autres jours, où je me suis rappelé que j'avais été enceinte, ou que j'avais mis un enfant au monde, il m'ait dit simplement qu'Adam avait déménagé, qu'il travaillait à l'étranger, qu'il vivait à l'autre bout de la ville ?*

*Et si c'est le cas pourquoi n'ai-je jamais écrit ces vérités alternatives dont il m'a nourrie ?*

*Des images ont surgi dans ma tête, d'Adam tel qu'il pouvait être maintenant, des fragments de scènes que j'avais pu manquer, mais aucune ne persistait. Chaque image me traversait et disparaissait. La seule chose à laquelle je pouvais penser, c'était qu'il était vivant. Vivant. Mon fils est vivant. Je peux le rencontrer.*

*« Où est-il ? ai-je demandé. Où est-il ? Je veux le voir !*

*— Chrissy, a dit Claire, reste calme…*

*— Mais…*

*— Chrissy ! m'a-t-elle coupée. Je viens. Reste là.*

*— Claire ! Dis-moi où il se trouve.*

*— Je m'inquiète vraiment pour toi, Chrissy. S'il te plaît…*

*— Mais… »*

*Elle a élevé la voix. « Chrissy, calme-toi ! » a-t-elle dit, puis une pensée simple a percé le brouillard de ma confusion mentale : je suis hystérique. J'ai pris une inspiration et essayé de me reprendre, tandis que Claire recommençait à parler.*

*« Adam vit à Birmingham, a-t-elle répété.*

*— Mais il doit savoir où je suis maintenant. Pourquoi ne vient-il pas me voir ?*

*— Chrissy…*

*— Pourquoi ? Pourquoi ne me rend-il pas visite ? Il ne s'entend pas bien avec Ben ? Est-ce pour cela qu'il ne vient jamais ?*

*— Chrissy, a-t-elle repris d'une voix douce. Birmingham n'est pas tout à côté. Il a une vie très remplie…*

*— Tu veux dire…*

*— Peut-être qu'il ne peut pas venir à Londres très souvent.*

*— Mais…*

*— Chrissy, tu penses qu'Adam ne te rend pas visite. Mais je ne peux pas le croire. Peut-être qu'il vient, quand il peut. »*

*Je n'ai plus rien dit. C'était insensé. Pourtant, elle avait raison. Je tiens mon journal depuis quelques semaines seulement. Avant, tout a pu arriver.*

*« Il faut que je le voie. Je veux le voir. Tu penses qu'on peut organiser ça ?*

*— Je ne vois pas pourquoi on ne le pourrait pas. Mais si Ben te dit qu'il est mort, on devrait d'abord lui parler, à lui. »*

*Bien sûr, me suis-je dit. Mais que va-t-il dire ? Il pense que je crois toujours ses mensonges.*

*« Il sera bientôt là, ai-je dit. Est-ce que tu viens ? Est-ce que tu vas m'aider à tirer tout ceci au clair ?*

*— Évidemment. Je ne sais pas ce qui se passe, mais nous allons parler à Ben. Je te le promets. Je viens tout de suite.*

*— Maintenant ? Tout de suite ?*

*— Oui. Je suis inquiète, Chrissy. Quelque chose ne va pas. »*

*Son ton me troublait, mais en même temps je me sentais soulagée et excitée à la pensée que je pourrais peut-être bientôt rencontrer mon fils. Je voulais le voir, voir sa photo, tout de suite. Je me suis rappelé que nous en avions très peu, et que celles que nous avions étaient enfermées dans une boîte. Une pensée a commencé à prendre forme.*

*« Claire, avons-nous eu un incendie ? »*

*Elle a semblé décontenancée. « Un incendie ?*

*— Oui, nous n'avons que très peu de photos d'Adam. Et presque aucune de notre mariage. Ben dit que nous avons tout perdu dans un incendie.*

*— Un incendie ? Quel incendie ?*

*— Ben dit que nous avons eu un incendie dans notre ancienne maison. Nous avons perdu beaucoup de choses.*

*— Quand ?*

*— Je ne sais pas. Il y a des années.*

*— Et vous n'avez aucune photo d'Adam ? »*

*J'ai senti que je commençais à lui faire perdre patience. « Nous en avons. Mais pas beaucoup. Presque aucune après sa petite enfance. Un bébé. Mais aucune photo de vacances, aucune de notre lune de miel. Aucune des réveillons de Noël. Rien de tout ça.*

*— Chrissy », a-t-elle commencé. Sa voix était calme, mesurée. J'ai cru détecter quelque chose, une émotion nouvelle. La peur. « Décris-moi Ben.*

*— Quoi ?*

*— Décris-le-moi. Ben. À quoi ressemble-t-il ?*

*— Et le feu ? Parle-moi de l'incendie.*

*— Il n'y a pas eu d'incendie.*

*— Mais j'ai écrit que je m'en souvenais. Une friteuse. Le téléphone a sonné…*

*— Tu as dû l'imaginer, a-t-elle dit.*

*— Mais… »*

*J'ai senti son anxiété. « Chrissy ! Il n'y a pas eu d'incendie. Pas d'incendie dans le passé. Ben me l'aurait dit. Maintenant, décris-moi Ben. À quoi ressemble-t-il ? Est-il grand ?*

*— Pas particulièrement.*

*— Cheveux noirs ? »*

*Mon esprit est devenu complètement vide. « Oui. Non. Je ne sais pas. Il commence à grisonner. Il a du bide, je crois. Peut-être pas. » Je me suis levée. « Il faut que je regarde sa photo. »*

*Je suis remontée à l'étage. Elles étaient là, collées autour du miroir. Mon mari et moi. Heureux. Ensemble.*

*« Ses cheveux sont châtains, on dirait. » J'ai entendu une voiture se garer devant la maison.*

*« Tu es sûre ?*

*— Oui », ai-je dit. Le moteur s'est coupé, la portière a claqué. Un bip sonore. J'ai baissé la voix. « Je crois que Ben est rentré.*

*— Merde, a-t-elle fait. Vite. A-t-il une cicatrice ?*

*— Une cicatrice ? Où ?*

*— Sur le visage, Chrissy. Une cicatrice, en travers de la joue. Il a eu un accident. En faisant de l'escalade. »*

*J'ai examiné les photos, choisi celle de lui et moi assis à la table du petit déjeuner en peignoir de bain. Il souriait, heureux, et, à part une vague barbe mal rasée, ses joues étaient parfaites. La peur m'a tordu les entrailles.*

*J'ai entendu la porte d'entrée s'ouvrir. Une voix. « Christine ! Chérie ! Je suis rentré ! »*

*« Non, ai-je dit. Il n'en a pas. »*

*Un bruit. Quelque chose entre un hoquet et un soupir.*

*« L'homme avec qui tu vis, dit Claire, je ne sais pas qui il est mais ce n'est pas Ben. »*

La terreur me frappe de plein fouet. J'entends la chasse d'eau, mais je ne peux m'empêcher de continuer à lire.

*Je ne sais pas ce qui est arrivé ensuite. Je n'arrive pas à assembler les morceaux. Claire s'est mise à parler, elle criait presque. « Merde ! » ne cessait-elle de répéter. Mon esprit s'emballait, pris de panique. J'ai entendu la porte d'entrée se refermer, le cliquetis de la serrure.*

*« Je suis dans la salle de bains », ai-je crié à l'homme que j'avais cru être mon mari. Ma voix paraissait*

*tremblante. Désespérée. « Je descends dans une minute. »*

*« Je vais venir, dit Claire. Je vais te sortir de là. »*

*« Tout va bien, ma chérie ? » a crié l'homme qui n'était pas Ben.*

*J'ai entendu le bruit de ses pas dans l'escalier et j'ai réalisé que je n'avais pas fermé la porte de la salle de bains à clé. J'ai baissé la voix.*

*« Il est là. Viens demain. Pendant qu'il est au travail. J'aurai préparé mes affaires. Je t'appellerai.*

*— Merde, a-t-elle dit. Bon, OK. Mais écris dans ton journal. Écris dès que tu peux. N'oublie pas. »*

*J'ai pensé à mon journal, caché dans l'armoire. Je dois rester calme, me suis-je dit. Je dois prétendre que tout va bien, au moins jusqu'à ce que je puisse mettre la main dessus et noter dans quelle situation périlleuse je me trouve.*

*« Aide-moi, l'ai-je suppliée. Aide-moi. »*

*J'ai raccroché au moment où il a ouvert la porte de la salle de bains.*

Le texte s'arrête là. D'un geste frénétique, je feuillette les dernières pages, mais elles sont vierges, striées seulement de pâles lignes bleues. Attendant la suite de mon histoire. Mais il n'y en a pas. Ben a trouvé le journal, enlevé les pages et Claire n'est pas venue me chercher. Lorsque le Dr Nash a récupéré mon journal, le mardi 27, très probablement, je ne savais pas qu'il se passait quelque chose.

D'un seul coup, je comprends tout, je comprends pourquoi le tableau dans la cuisine m'a tant dérangée. L'écriture. Ces majuscules propres, régulières, étaient totalement différentes du gribouillis de la lettre que

Claire m'avait donnée. Quelque part, au fond de moi, j'avais compris alors qu'elles n'avaient pas été écrites par la même personne.

Je lève les yeux. Ben, ou l'homme qui prétend être Ben, est sorti de la douche, vêtu des mêmes habits qu'auparavant, et il me regarde. Je ne sais pas depuis combien de temps il est là, à me fixer. Ses yeux sont inexpressifs, comme s'il était à peine intéressé par ce qui se passait, comme si cela ne le concernait pas.

Je m'entends haleter. Je lâche les feuilles volantes qui s'éparpillent sur le plancher.

« Toi ! je hurle. Qui es-tu ? » Il ne dit rien. Il regarde les papiers étalés partout. « Réponds-moi ! » dis-je. Ma voix est empreinte d'une sorte d'autorité, mais je ne la ressens pas.

Mon esprit mouline à toute allure, essayant de comprendre qui il peut bien être. Une personne de Waring House, peut-être. Un patient ? Tout est absurde. La panique s'empare de moi tandis qu'une autre pensée jaillit et s'évanouit.

C'est alors qu'il lève les yeux vers moi. « Je suis Ben », dit-il. Il parle lentement, comme s'il essayait de me faire comprendre une évidence. « Ben. Ton mari. »

Je rampe sur le sol pour m'éloigner de lui et m'efforce de me rappeler ce que j'ai lu, ce que je sais.

« Non », dis-je, puis je répète, plus fort : « Non ! »

Il s'avance vers moi. « Je le suis, Christine. Tu le sais bien. »

La peur me saisit. Une véritable terreur. Elle me soulève, me tient suspendue, puis me lâche et je m'effondre devant l'horreur. Les mots de Claire me reviennent. *Mais ce n'est pas Ben.* Quelque chose d'étrange se produit alors. Je me rends compte que ce que je me rappelle, ce n'est pas avoir lu ces mots prononcés par Claire, mais le moment lui-même. Je me souviens de la panique que j'ai décelée dans sa voix, la manière dont elle a dit *Putain* avant de me dire ce qu'elle avait compris, et celle dont elle a répété : *Ce n'est pas Ben.*

J'arrive à me souvenir.

« Tu n'es pas Ben, dis-je. Ce n'est pas vrai. Claire me l'a dit ! Qui es-tu ?

— Rappelle-toi les photos, Christine. Celles qui sont accrochées autour du miroir de la salle de bains. Regarde, je les ai apportées pour te les montrer. »

Il fait un pas vers moi, puis il tend la main vers son sac, sur le sol, à côté du lit. Il en sort quelques photos cornées. « Regarde ! » dit-il, et lorsque je secoue la tête, il prend la première et, après y avoir jeté un coup d'œil, la brandit face à moi.

« Ça, c'est nous, dit-il. Regarde. Toi et moi. » La photo nous montre assis sur une sorte de bateau, sur une rivière ou un canal. Derrière nous, une eau sombre, boueuse, et, encore plus au fond, des roseaux un peu flous. Nous avons tous les deux l'air jeune, notre peau est bien lisse là où aujourd'hui elle est flétrie, pas une ride autour de nos yeux, qui brillent de plaisir. « Ne vois-tu pas ? dit-il. Regarde ! C'est nous. Toi et moi. Il y a des années. Nous sommes ensemble depuis des années, Chris. Des années et des années. »

Je me concentre sur la photo. Des images me viennent ; nous deux, un après-midi ensoleillé. Nous avions loué un bateau quelque part. Je ne sais pas où.

Il brandit une autre photo. Nous sommes beaucoup plus âgés maintenant. Elle a l'air récente. Nous sommes devant une église. Le ciel est couvert, il porte un costume et il serre la main à un homme également en costume. Je porte un chapeau avec lequel je donne l'impression de batailler ; je le tiens comme s'il risquait de s'envoler avec le vent. Je ne regarde pas l'objectif.

« Ça, c'était il y a quelques semaines à peine, dit-il. Des amis nous ont invités au mariage de leur fille. Tu te souviens ?

— Non, dis-je avec colère. Non, je ne me rappelle pas !

— C'était une journée formidable, dit-il en retournant la photo pour la regarder à son tour, formidable… »

Je me rappelle avoir lu ce que Claire a dit lorsque je lui ai confié que j'avais trouvé un article de journal sur la mort d'Adam. *Cela ne peut pas être vrai.*

« Montre-m'en une d'Adam, dis-je. Vas-y ! Montre-moi juste une photo d'Adam.

— Adam est mort, dit-il. Il est mort en soldat. Une belle mort. Il est mort en héros… »

Je me mets à hurler. « Tu devrais quand même avoir une photo de lui ! Montre-moi ! »

Il sort celle où Adam se trouve avec Helen. Celle que j'ai déjà vue. Je suis prise de fureur. « Montre-moi juste une photo d'Adam avec toi. Juste une. Tu dois bien en avoir une, non ? Si tu es son père ? »

Il passe en revue les photos qu'il tient dans sa main, et je me dis qu'il va me sortir un cliché où ils sont tous les deux, mais non. Son bras retombe le long de sa jambe. « Je n'en ai pas pris avec moi, dit-il. Elles doivent être restées à la maison.

— Tu n'es pas son père, c'est ça ? dis-je. Quel père n'aurait pas de photo de lui avec son fils ? » Ses yeux se plissent, comme sous l'effet de la colère, mais je ne peux m'arrêter. « Et quel genre de père dirait à sa femme que leur fils est mort alors que ce n'est pas vrai ? Avoue-le ! Tu n'es pas le père d'Adam ! C'est Ben ! » En prononçant son nom, une image me vient. Un homme avec des petites lunettes à monture foncée et des cheveux noirs. *Ben.* Je redis son nom, comme pour imprimer son image dans ma tête. « Ben. »

Ce nom a un effet immédiat sur l'homme debout devant moi. Il dit quelque chose, mais trop bas pour que je puisse entendre. Je lui demande de répéter. « Tu n'as pas besoin d'Adam, dit-il.

— Quoi ? » dis-je, et il parle plus fort, en me regardant droit dans les yeux.

« Tu n'as pas besoin d'Adam. Tu m'as, moi, maintenant. Nous sommes ensemble. Tu n'as pas besoin d'Adam. Tu n'as pas besoin de Ben. »

À ces mots, je sens toute la force que j'avais en moi se volatiliser, et à mesure qu'elle m'abandonne, il paraît lui gagner en puissance. Il sourit.

« Ne sois pas contrariée, dit-il gaiement. Quelle importance ? Je t'aime. C'est tout ce qui compte, non ? Je t'aime, et tu m'aimes. »

Il s'accroupit et tend les mains vers moi. Il sourit, comme si j'étais un animal qu'il essayait d'amadouer pour le faire sortir de la tanière où il s'est réfugié.

« Viens, dit-il, viens me voir. »

Je recule encore plus, glissant sur les fesses. Je me

cogne contre quelque chose de solide et je sens la chaleur poisseuse du radiateur sur mon dos. Je comprends que je suis près de la fenêtre, à l'autre bout de la chambre. Il avance lentement.

« Qui es-tu ? dis-je à nouveau en essayant de garder une voix impassible, calme. Qu'est-ce que tu veux ? »

Il s'arrête. Il est accroupi devant moi. S'il tendait le bras, il pourrait me toucher le pied, le genou. S'il avançait encore un peu, je pourrais peut-être lui donner un coup de pied, si c'était nécessaire ; mais je ne suis pas sûre que je réussirais, et de toute manière, je suis pieds nus.

« Qu'est-ce que je veux ? Je ne veux rien. Je veux juste que nous soyons heureux, Chris. Comme avant. Tu te souviens ? »

Ce mot, à nouveau : *souviens.* Pendant un moment, je me demande si c'est de l'ironie.

« Je ne sais pas qui tu es, dis-je, proche de l'hystérie. Comment puis-je me souvenir ? Je ne t'ai jamais vu avant ! »

C'est alors que son sourire disparaît. Je vois son visage se décomposer sous l'effet de la souffrance. Un instant suspendu, comme si le pouvoir était en train de changer de camp, de passer de lui à moi, et pendant une fraction de seconde c'est l'équilibre.

Il s'anime à nouveau. « Mais tu m'aimes, dit-il. Je l'ai lu, dans ton journal. Tu dis que tu m'aimes. Je sais que tu veux que nous soyons ensemble. Pourquoi n'arrives-tu pas à te souvenir de ça ?

— Mon journal ! » dis-je. Je sais qu'il doit en connaître l'existence – sinon comment aurait-il pu en enlever ces pages vitales ? – et maintenant je réalise qu'il doit le lire depuis un moment, au moins depuis que je lui en ai parlé, il y a une semaine. « Cela fait combien de temps que tu lis mon journal ? »

Il paraît ne pas m'avoir entendue. Il élève la voix, comme s'il triomphait. « Dis-moi que tu ne m'aimes pas », dit-il. Je ne dis rien. « Tu vois ? Tu ne peux pas ! Tu ne peux pas le dire parce que tu m'aimes. Tu m'as toujours aimé, Chris. Toujours. »

Il s'assoit et nous sommes tous les deux assis par terre, face à face. « Je me rappelle quand nous nous sommes rencontrés », dit-il. Je repense à ce qu'il m'a raconté – le café renversé à la bibliothèque universitaire – et je me demande ce qui va sortir maintenant.

« Tu travaillais sur quelque chose. Tout le temps en train d'écrire. Tu allais dans le même café tous les jours. Tu t'asseyais toujours à la même place, à côté de la fenêtre. Parfois tu avais un enfant avec toi, mais généralement tu étais seule. Tu t'asseyais avec un cahier ouvert devant toi, et tu écrivais ou tu regardais par la fenêtre. Je te trouvais si belle. Je passais devant toi, à pied, tous les jours, en allant prendre mon bus, et j'ai commencé à me réjouir à la perspective de ce retour le soir parce que je pourrais t'apercevoir. J'essayais de deviner quels vêtements tu porterais, si tu te serais attaché les cheveux ou pas, si tu serais en train de manger une friandise, un gâteau ou un sandwich. Parfois tu avais un biscuit aux céréales intact devant toi, parfois une assiette couverte de miettes, des fois juste un thé. »

Il rit, hoche la tête avec tristesse, et je me rappelle Claire en train de me parler du café. Je sais qu'il dit la vérité. « Je passais à la même heure exactement tous les jours, dit-il, et peu importaient mes efforts, je n'arrivais pas à savoir comment tu décidais à quel moment tu allais manger ton goûter. Au début, j'ai pensé que cela dépendait peut-être du jour de la semaine, mais il n'y avait apparemment pas de régularité sur ce point, alors j'ai pensé que c'était peut-être en lien avec la date. Mais cela ne marchait pas non plus. J'ai commencé à me demander à quelle heure tu commandais ton goûter. Peut-être cela dépendait-il de l'heure à laquelle tu arrivais au café, alors j'ai commencé à quitter le travail plus tôt et à courir pour pouvoir éventuellement te voir arriver. Et alors, un jour, tu n'es pas venue. J'ai attendu jusqu'à ce que je te voie descendre la rue. Tu poussais une poussette, et lorsque tu es arrivée à la porte, tu as eu du mal à entrer avec la poussette. Tu avais l'air si impuissante et empêtrée ; spontanément, j'ai traversé la rue et je t'ai tenu la porte. Tu m'as souri et tu m'as dit : "Merci beaucoup." Tu étais si belle, Christine. J'avais envie de t'embrasser, là, comme ça, mais je ne pouvais pas, et comme je ne voulais pas que tu penses que j'avais traversé la rue juste pour t'aider, je suis entré dans le café aussi et j'ai fait la queue derrière toi. Tu m'as parlé pendant que nous attendions. Tu as dit : "Il y a du monde aujourd'hui", et j'ai répondu : "Oui", même s'il n'y avait pas tant de monde que ça, vu l'heure. Je voulais juste que nous poursuivions notre conversation. J'ai commandé une boisson et le même gâteau que toi, et je me suis demandé si je pouvais te demander la permission de m'asseoir à la même table que toi, mais le temps que j'aie mon thé, tu bavardais avec quelqu'un, une serveuse du café, je crois, alors je me suis assis seul dans le coin.

« Par la suite, je suis allé au café presque tous les jours. Il est toujours plus facile de refaire quelque chose qu'on a déjà fait une fois. Parfois, j'attendais que tu arrives, ou je m'assurais que tu étais là avant d'entrer, mais parfois j'entrais quoi qu'il arrive. Et tu m'as remarqué. Je sais que tu m'as remarqué. Tu as commencé à me dire bonjour, ou tu me parlais du temps qu'il faisait. Et un jour, j'ai été retenu, et lorsque je suis arrivé, tu m'as dit : "Vous êtes en retard aujourd'hui !" au moment où je suis passé devant toi avec mon thé et mon biscuit aux céréales, et quand tu as vu qu'il n'y avait plus de table libre, tu m'as dit : "Pourquoi ne pas vous asseoir ici ?" et tu m'as montré la chaise en face de toi, à ta table. Le bébé n'était pas là ce jour-là, alors j'ai dit : "Vous êtes sûre que cela ne vous ennuie pas ? Je ne vais pas vous déranger ?", et après j'ai regretté de l'avoir dit, j'ai eu peur que tu dises que oui, maintenant que tu y pensais, cela te dérangerait. Mais tu n'as pas dit ça. Tu as dit : "Non, pas du tout ! Pour être honnête, je n'avance pas très bien, de toute façon. Je serais ravie d'être un peu distraite !" et c'est comme ça que j'ai compris que tu voulais que je te parle, plutôt que de manger mon gâteau et boire mon thé en silence. Tu te souviens ? »

Je secoue la tête. J'ai décidé de le laisser parler. Je veux découvrir tout ce qu'il a à dire.

« Alors, je me suis assis et nous avons bavardé. Tu m'as dit que tu étais écrivain. Que tu avais publié un livre mais que tu avais du mal à écrire le second. Je t'ai demandé de quoi il parlait, mais tu as refusé de me le dire. "C'est de la fiction", as-tu dit et ensuite tu as ajouté : en principe, et tu as soudain eu l'air très triste, alors j'ai proposé d'aller te chercher un autre café. Tu as dit que ce serait gentil, mais que tu n'avais pas d'argent avec toi pour m'en offrir un. "Je ne prends pas mon sac à main quand je viens ici, as-tu dit, je prends juste assez d'argent pour m'acheter une boisson et un encas. Comme ça, je ne suis pas tentée de m'empiffrer !" Je me suis dit que c'était bizarre que tu dises ça. Tu ne paraissais pas devoir te soucier de ton poids. Tu étais si mince. Mais j'étais content, parce que cela voulait dire que tu devais prendre du plaisir à parler avec moi, et que tu allais me devoir un café, alors nous serions obligés de nous revoir. J'ai dit que l'argent n'était pas un problème, ni le fait que tu devais me le rendre, et je suis allé nous chercher du thé et du café. Après ça nous nous sommes vus assez régulièrement. »

Je commence à voir le tableau. Même si je n'ai pas de mémoire, je sais comment ces choses-là fonctionnent. La rencontre fortuite, l'échange de verres. L'intérêt de parler à un étranger, de se confier à lui, parce qu'il ne juge pas, ne prend pas parti – il ne le peut pas. L'acceptation progressive jusqu'aux confidences, menant à… à quoi ?

J'ai vu les photos de nous deux, prises il y a des années. Nous avons l'air heureux. Je vois clairement où ces confidences nous ont menés. Et il était charmant. Pas d'une beauté de jeune premier, mais plus beau que la plupart des hommes ; il n'est pas difficile de voir ce qui m'a attirée chez lui. À un moment, j'ai dû commencer à fixer la porte avec anxiété tout en essayant de travailler, choisissant plus soigneusement les vêtements que j'allais porter pour aller au café, me demandant si je devais me mettre une goutte de parfum. Et un jour, l'un a dû proposer à l'autre d'aller marcher un peu, ou d'aller dans un bar, ou peut-être de voir un film, et notre amitié a franchi une limite pour devenir autre chose, quelque chose d'infiniment plus dangereux.

Je ferme les yeux et j'essaie de l'imaginer, et ce faisant je commence à me rappeler. Nous deux, au lit, nus. Du sperme en train de sécher sur mon ventre, dans mes cheveux, me tournant vers lui tandis qu'il se met à rire et m'embrasse à nouveau. « Mike ! dis-je. Arrête ! Il faut que tu partes bientôt. Ben rentre plus tard aujourd'hui et il faut que j'aille chercher Adam. Arrête ! » Mais il n'écoute pas. Il se colle à moi, son visage, avec sa moustache, tout contre le mien, et nous nous embrassons à nouveau, oubliant tout, mon mari, mon fils. Dans un tourbillon de nausée, je me rends compte qu'un souvenir de ce jour-là m'est déjà revenu dans le passé. Ce jour-là, j'étais debout dans la cuisine de la maison que j'avais autrefois partagée avec mon mari et je m'étais souvenue non pas de mon mari, mais de mon amant. De l'homme qui me sautait pendant que mon mari était au travail. Voilà pourquoi il devait partir. Pas seulement pour prendre un train, mais parce que l'homme auquel j'étais mariée n'allait pas tarder à rentrer.

J'ouvre les yeux. Je suis à nouveau dans la chambre d'hôtel et il est toujours accroupi devant moi.

« Mike, dis-je. Ton nom est Mike.

— Tu te rappelles ! » dit-il. Il est content. « Chris ! Tu te rappelles ! »

La haine bouillonne en moi. « Je me souviens de ton prénom, dis-je. Rien d'autre. Seulement ton prénom.

— Tu ne te souviens pas à quel point nous étions amoureux ?

— Non, dis-je. Je ne pense pas que j'aie pu t'aimer un jour, sinon je me souviendrais de plus de choses. »

Je le dis pour lui faire mal, mais sa réaction me surprend. « Tu ne te souviens pas de Ben, par contre. Tu ne peux pas l'avoir aimé. Ni d'Adam.

— Tu es malade. Comment oser dire une chose pareille ! Bien sûr que je l'aimais. C'était mon fils !

— C'est. C'est ton fils. Mais tu ne le reconnaîtrais pas s'il entrait ici, tout de suite, n'est-ce pas ? Tu crois que c'est de l'amour, ça ? Et où est-il ? Et où est Ben ? Ils t'ont abandonnée, Christine. Tous les deux. Je suis le seul qui n'ait jamais cessé de t'aimer. Pas même quand tu m'as quitté. »

C'est là que la vérité me frappe, tout net. Comment aurait-il pu être au courant, connaître cette chambre, savoir autant de choses sur mon passé, sinon ?

« Oh ! mon Dieu, dis-je. C'était toi ! C'est toi qui m'as fait ça ! C'est toi qui m'as agressée ! »

C'est alors qu'il vient jusqu'à moi. Il m'entoure de ses bras, comme pour m'enlacer, et se met à me caresser les cheveux. « Christine, chérie, murmure-t-il, ne dis pas ça. N'y pense pas, cela ne peut que te contrarier. »

J'essaie de le repousser, mais il est fort. Il resserre son étreinte.

« Laisse-moi tranquille ! S'il te plaît, laisse-moi

partir ! » Mes mots se perdent dans les plis de sa chemise.

« Mon amour », dit-il. Il s'est mis à me bercer doucement, comme s'il essayait d'apaiser un bébé. « Mon amour. Ma jolie. Ma chérie. Tu n'aurais jamais dû me quitter. Ne comprends-tu pas ? Rien de tout ceci ne serait arrivé si tu n'étais pas partie. »

La mémoire me revient.

Nous sommes assis dans une voiture, la nuit. Je pleure, et il regarde par la fenêtre, parfaitement silencieux. « Dis quelque chose. N'importe quoi. Mike ?

— Ce n'est pas pour de vrai, dit-il. Ce n'est pas possible.

— Je suis désolée. J'aime Ben. Nous avons nos problèmes, c'est certain, mais je l'aime. Il est la personne avec qui je suis censée rester. Je suis désolée. »

J'ai conscience que j'essaie de faire en sorte que les choses soient simples pour qu'il les saisisse. J'ai fini par comprendre, ces derniers mois avec Mike, que c'est mieux ainsi. La complication le déconcerte. Il aime l'ordre. La routine. Les choses qui se mélangent en proportions précises avec des résultats prévisibles. En plus, je ne veux pas m'embourber dans des détails.

« C'est parce que je suis venu jusqu'à ta maison, c'est ça ? Je suis désolé, Chris. Je ne le referai plus, c'est promis. Je voulais juste te voir et je voulais expliquer à ton mari… »

Je l'interromps. « Ben. Tu peux dire son nom. Il s'appelle Ben.

— Ben, dit-il, comme s'il s'y essayait pour la première fois et qu'il trouvait la chose désagréable. Je voulais lui expliquer des tas de choses. Je voulais lui dire la vérité.

— Quelle vérité ?

— Que tu ne l'aimes plus. Que tu m'aimes, moi, maintenant. Que tu veux vivre avec moi. C'était tout ce que j'allais dire. »

Je soupire. « Tu ne te rends pas compte que même si c'était vrai – ce qui n'est pas le cas –, ce n'est pas à toi de le lui dire ? C'est à moi. Tu n'avais aucun droit de débarquer à la maison. »

Tout en parlant, je repense à la scène : je l'ai échappé belle. Ben était sous la douche, Adam jouait dans le salon, et j'ai réussi à convaincre Mike qu'il devait rentrer chez lui avant qu'ils ne se rendent compte de sa présence. C'était le soir où j'avais décidé que je devais mettre fin à notre liaison. « Il faut que je parte, maintenant. » J'ouvre la portière, je sors sur le chemin de gravier. « Je suis désolée. »

Il se penche pour me regarder. Je me dis qu'il est vraiment beau, que s'il avait été moins givré, mon mariage aurait pu être vraiment en péril. « Est-ce que je te reverrai ? demande-t-il.

— Non, dis-je. Non. C'est terminé. »

Et pourtant, nous voici, des années plus tard. Il me tient à nouveau et je comprends que si j'ai pu avoir peur de lui, je n'ai jamais eu assez peur. Je me mets à crier.

« Chérie, dit-il. Calme-toi. » Il met sa main sur ma bouche et je crie plus fort. « Calme-toi ! On va t'entendre ! » Ma tête bascule en arrière, touche le radiateur derrière moi. Il n'y a aucun changement dans la musique qui vient du club voisin, j'ai même l'impression qu'elle est plus forte. Personne ne m'entend, me dis-je. Personne ne m'entendra jamais. Je crie à nouveau.

« Arrête ! » dit-il. Il m'a frappée. Je suis prise de panique. « Arrête ! » Ma tête tape à nouveau contre le métal chaud et je suis sonnée ; cela me fait taire. Je me mets à sangloter.

« Lâche-moi, dis-je, suppliante. S'il te plaît... » Il relâche un peu son emprise, mais pas assez pour que je puisse me dégager. « Comment m'as-tu trouvée ? Toutes ces années après ? Comment m'as-tu trouvée ?

— Trouvée ? Mais je ne t'ai jamais perdue. » Mon cerveau cogite à toute vitesse, sans comprendre. « J'ai veillé sur toi. Toujours. Je t'ai protégée.

— Tu m'as rendu visite ? Dans tous ces endroits ? À l'hôpital ? À Waring House ? Mais... »

Il soupire. « Pas toujours. Ils ne m'auraient pas laissé. Mais parfois je leur disais que j'étais venu voir quelqu'un d'autre, ou que j'étais un bénévole. Juste pour pouvoir te voir et m'assurer que tu allais bien. Dans le dernier endroit, c'était plus facile. Toutes ces vitres... »

Un froid glacial m'envahit. « Tu m'as observée ?

— Il fallait que je sache que tu allais bien, Chris. Il fallait que je te protège.

— Alors, tu es revenu me chercher ? C'est ça ? Ce que tu m'avais fait ici, dans cette chambre, n'était pas suffisant ?

— Lorsque j'ai découvert que ce salaud t'avait quittée, je ne pouvais tout simplement pas te laisser dans cet endroit. Je savais que tu voudrais être avec moi. Je savais que c'était le mieux pour toi. J'ai dû attendre longtemps, attendre qu'il n'y ait plus personne là-bas qui puisse m'en empêcher, mais qui d'autre aurait veillé sur toi ?

— Et ils m'ont tout simplement laissée partir avec toi ? dis-je. Ils ne m'auraient certainement pas laissée partir avec un étranger ! »

Je me demande quels mensonges il leur a dits pour qu'ils le laissent m'emmener, puis je me rappelle ce que j'ai lu : le Dr Nash m'a parlé de la femme de Waring House. *Elle était si contente quand elle a su que vous étiez retournée vivre avec Ben.* Une image se forme, un souvenir. Ma main dans celle de Mike tandis qu'il signe un formulaire. Une femme derrière un bureau qui me sourit. « Vous allez nous manquer, Christine, dit-elle. Mais vous serez heureuse à la maison. » Elle regarde Mike. « Avec votre mari. »

Je suis son regard. Je ne reconnais pas l'homme à qui je donne la main, mais je sais qu'il est l'homme que j'ai épousé. Il l'est forcément. Il m'a dit qu'il l'était.

« Oh, mon Dieu ! Depuis combien de temps te fais-tu passer pour Ben ? »

Il paraît surpris. « Je me fais passer pour Ben ?

— Oui, depuis quand te fais-tu passer pour mon mari ? »

Il a l'air déconcerté. Je me demande s'il a oublié qu'il n'est pas Ben. Puis son visage se décompose. Il paraît blessé.

« Tu crois que je voulais faire ça ? Il le fallait. C'était la seule façon. »

Ses bras se détendent, légèrement, et une chose

bizarre se produit. Mon esprit cesse de tourbillonner, et même si je suis toujours terrifiée, je me sens envahie d'un étrange sentiment de calme total. Une pensée se forme, complètement inattendue. Je vais l'avoir. Je vais m'en sortir. Il le faut.

« Mike, je comprends, tu sais. Cela a dû être vraiment difficile. »

Il lève les yeux vers moi. « Vraiment ?

— Oui, bien sûr. Je te suis reconnaissante d'être venu me chercher. De m'avoir donné un foyer. D'avoir pris soin de moi.

— Vraiment ?

— Oui. Pense à l'endroit où je serais si tu ne l'avais pas fait. Je ne supportais pas ce lieu. » Je le sens s'adoucir. La pression sur mes bras et mon épaule diminue et elle s'accompagne d'une sensation diffuse qui se rapproche d'une caresse ; je la trouve presque plus répugnante, mais je sais qu'il est plus probable qu'elle me permette la fuite. La fuite est ma seule pensée. Il faut que je m'en aille. Comme j'ai été idiote, me dis-je maintenant, d'être restée assise par terre, pendant qu'il était dans la salle de bains, pour lire ce qu'il avait volé dans mon journal. Pourquoi n'ai-je pas emporté les pages avec moi et ne suis-je pas partie ? Ensuite je me rappelle que c'est précisément à la lecture des dernières pages du journal que j'ai véritablement compris quel danger je courais. La même petite voix se fait entendre à nouveau. *Je vais m'enfuir. J'ai un fils que je ne me rappelle pas avoir vu. Je vais m'enfuir.* Je bouge ma tête pour lui faire face et je commence à caresser le dos de la main posée sur mon épaule.

« Pourquoi ne pas me lâcher, et nous pourrons parler de ce que nous devons faire ?

— Mais… et Claire ? Elle sait que je ne suis pas Ben. Tu lui as dit.

— Elle ne se rappellera pas », dis-je, désespérée.

Il rit, émettant un son creux, étouffé. « Tu m'as toujours traité comme si j'étais un imbécile. Je ne suis pas idiot, tu sais. Je sais ce qui va se passer ! Tu lui as dit. Tu as tout gâché !

— Non, dis-je précipitamment. Je peux l'appeler. Je peux lui dire que j'étais dans la confusion. Que j'avais oublié qui tu étais. Je peux lui dire que je pensais que tu n'étais pas Ben mais que je me trompais. »

J'en arrive presque à croire que je le persuade de cette possibilité, mais ensuite il dit : « Elle ne te croira pas.

— Si, dis-je, tout en sachant que c'est faux. Je te le promets.

— Pourquoi fallait-il que tu l'appelles ? » Sa colère se lit sur son visage, ses mains me serrent tout à coup plus fort. « Pourquoi ? Pourquoi, Chris ? Nous allions très bien jusque-là. Très bien. » Il se remet à me secouer. « Pourquoi ? crie-t-il. Pourquoi ?

— Ben, tu me fais mal. »

Il me frappe. J'entends la gifle sur mon visage et je ressens une vive douleur. Ma tête se tourne violemment, mes mâchoires claquent bruyamment l'une contre l'autre.

« Ne m'appelle plus jamais comme ça, putain, me crache-t-il à la figure.

— Mike, dis-je précipitamment comme si je pouvais effacer mon erreur. Mike… »

Il m'ignore.

« J'en ai assez d'être Ben. Tu vas m'appeler Mike, à partir de maintenant, OK ? C'est Mike. C'est pour cela que nous sommes revenus ici. Comme ça, nous pouvons mettre tout ça derrière nous. Tu as écrit dans ton livre que si tu pouvais te rappeler ce qui s'était passé ici il y a des années, tu retrouverais la mémoire. Eh bien, nous y sommes. Je l'ai rendu possible, Chris. Alors, rappelle-toi ! »

J'en reste complètement incrédule. « Tu *veux* que je me rappelle ?

— Oui ! Bien sûr ! Je t'aime, Christine ; je veux que tu te rappelles à quel point tu m'aimes. Je veux que nous soyons ensemble à nouveau. Vraiment. Comme nous devrions l'être. » Il marque une pause, avant de reprendre d'une voix qui n'est plus qu'un murmure : « Je ne veux plus être Ben.

— Mais… »

Il me regarde. « Lorsque nous rentrerons à la maison demain, tu m'appelleras Mike. » Il me secoue à nouveau, son visage à quelques centimètres du mien. « OK ? » Je sens une aigreur dans son haleine, et une autre odeur encore. Je me demande s'il a bu. « Tout va aller très bien entre nous, n'est-ce pas, Christine ? Nous allons passer à autre chose.

— Passer à autre chose ? » J'ai mal à la tête et quelque chose coule de mon nez. Du sang, je crois, sans en être certaine. Le calme disparaît. Je lève la voix, je crie aussi fort que je peux. « Tu veux que je rentre à la maison ? Que nous passions à autre chose ? Mais tu es complètement taré, complètement cinglé ! » Il lève la main pour la plaquer sur ma bouche et je me rends compte qu'il m'a libéré le bras gauche. Je le frappe sur le côté gauche du visage. Mon coup n'est pas très fort mais, sous l'effet de la surprise, il tombe en arrière et lâche mon autre bras.

Je me remets péniblement debout. « Salope ! » crie-t-il, mais je m'élance, je le dépasse et je fonce vers la porte.

Je parviens à faire trois pas avant qu'il ne m'attrape par la cheville. Je m'écroule sur le sol. Un tabouret est rangé sous la coiffeuse et ma tête le heurte. J'ai de la chance : le tabouret est rembourré et il amortit ma chute, mais je sens une torsion dans mon corps au moment où je tombe. Une douleur fulgurante me remonte le long du dos et du cou, j'ai peur de m'être cassé quelque chose. Je me mets à ramper vers la porte mais il me tient toujours par la cheville. Il me tire vers lui avec un grognement et m'écrase ensuite de tout son poids, ses lèvres à quelques centimètres de mon oreille.

« Mike, Mike… » j'articule entre deux sanglots.

Devant moi se trouve la photographie d'Adam et Helen, qui est restée par terre là où il l'a laissée tomber. Même au milieu de tout cela, je me demande comment il l'a eue, et ensuite je comprends. Adam me l'a envoyée à Waring House et Mike l'a prise, avec toutes les autres photographies, lorsqu'il est venu me chercher.

« Espèce de salope ! » dit-il en me crachant dans l'oreille. Une de ses mains est posée sur ma gorge, et avec l'autre il m'attrape une poignée de cheveux. Il tire ma tête en arrière, tendant brusquement mon cou. « Pourquoi avais-tu besoin de faire un truc pareil ?

— Je suis désolée », dis-je en pleurnichant. Une de mes mains est coincée sous mon corps, et l'autre est immobilisée entre mon dos et sa jambe.

« Où croyais-tu aller comme ça ? » Il gronde maintenant, comme un animal. Une espèce de bouffée haineuse se déverse de lui.

« Je suis désolée », dis-je à nouveau, parce que c'est la seule chose qui me vient. « Je suis désolée. » Je me souviens des jours où ces mots marchaient toujours, où il n'en fallait pas plus, où ils suffisaient toujours à me sortir des ennuis où je me trouvais.

« Arrête de dire que tu es désolée, putain », crache-t-il. Ma tête est projetée à nouveau vers l'arrière, puis s'écrase vers l'avant. Mon front, mon nez, ma bouche sont plaqués contre la moquette. Il y a un bruit, un craquement sinistre, et une odeur de cigarette rance. Je pousse un cri. J'ai du sang plein la bouche. Je me suis mordu la langue. « Où tu croyais que tu allais t'enfuir, hein ? Tu ne sais pas conduire. Tu ne connais personne. La plupart du temps, tu ne sais même pas qui tu es. Tu ne peux aller nulle part, nulle part. Tu es pathétique. »

Je commence à pleurer, parce qu'il a raison. Je suis pathétique. Claire n'est jamais venue ; je n'ai pas d'amis. Je suis totalement seule, je dépends exclusivement de l'homme qui m'a fait ça et, demain matin, si je survis, j'aurai tout oublié, même ça.

*Si je survis.* Les mots résonnent en moi en même temps que je réalise de quoi cet homme est capable et que, cette fois-ci, il se peut que je ne sorte pas de cette chambre vivante. La terreur s'empare de moi, mais c'est alors que j'entends la petite voix à nouveau.

*Ce n'est pas ici que tu vas mourir. Pas avec lui. Pas maintenant. Tout mais pas ça.*

Malgré la douleur, j'arque le dos et je parviens à libérer mon bras. Dans un mouvement désespéré, j'attrape le pied du tabouret. Il est lourd et ma position n'est pas favorable, mais je parviens à me tordre et à le balancer derrière ma tête, à l'endroit où je pense que se trouve la tête de Mike. Il frappe quelque chose, un craquement plaisant, et il y a un hoquet dans mon oreille. Il lâche mes cheveux.

Je regarde derrière moi. Il a basculé vers l'arrière, la main sur son front. Le sang commence à couler entre ses doigts. Il lève les yeux vers moi, incrédule.

Plus tard, je repenserai à ce moment où j'aurais dû le frapper une seconde fois. Avec le tabouret ou avec mes mains nues. Avec n'importe quoi. J'aurais dû m'assurer qu'il était hors d'état de nuire, que je pouvais m'enfuir, descendre les escaliers, même aller jusqu'à la porte pour l'ouvrir et appeler au secours.

Mais je ne le fais pas. Je me mets à quatre pattes puis debout, et je le regarde ; il est assis par terre devant moi. Peu importe ce que je fais maintenant, il a gagné ; il aura toujours gagné. Il m'a tout pris, même la capacité de me rappeler exactement ce qu'il m'a fait. Je tourne les talons et j'avance vers la porte.

Avec un grognement, il se jette sur moi. Son corps tout entier vient s'écraser contre le mien. Ensemble, nous nous cognons sur la coiffeuse, nous trébuchons vers la porte. « Christine ! Chris ! Ne me laisse pas ! »

Je tends la main. Si seulement je pouvais ouvrir la

porte, alors, certainement, malgré le bruit du club à côté, quelqu'un nous entendrait, et viendrait ?

Il s'accroche à ma taille. Espèce de monstre grotesque à deux têtes, nous avançons centimètre par centimètre, avec moi qui le traîne. « Chris ! Je t'aime ! » Ses gémissements ajoutés à sa déclaration pathétique me donnent du courage. J'y suis presque. Bientôt je vais atteindre la porte.

C'est là que tout s'illumine. Je me souviens de cette nuit-là, il y a toutes ces années. Moi, dans cette chambre, debout au même endroit. Je tends la main vers cette même porte. Je suis heureuse, c'en est ridicule. Les murs réfléchissent la douce lumière orangée des bougies qui étaient disposées dans la chambre quand je suis arrivée, l'air embaume du parfum suave des roses posées sur le lit. *Je serai là vers 19 heures, ma chérie,* dit le mot accroché au bouquet, et même si je me suis brièvement demandé ce qu'il faisait en bas, je suis heureuse des quelques minutes que j'ai eues seule avant qu'il n'arrive. Cela m'a donné l'occasion de rassembler mes idées, de repenser à quel point j'ai failli le perdre, au soulagement d'avoir mis fin à ma liaison avec Mike, à la chance que j'ai que Ben et moi soyons maintenant sur une nouvelle trajectoire. Comment ai-je pu penser que je voulais être avec Mike ? Mike n'aurait jamais fait ce que Ben a fait : organiser une nuit-surprise dans un hôtel sur la côte, me montrer à quel point il m'aime et me prouver que, malgré nos récents différends, cela ne changera jamais. Mike est trop égocentrique pour ça, je le sais. Avec lui, tout est un test, l'affection est mesurée, celle qui est donnée à l'aune de celle qui est reçue, et l'équilibre, généralement, le déçoit.

Je touche la poignée de la porte, et je l'abaisse, je la tire vers moi. Ben a emmené Adam chez ses grands-parents. Nous avons tout un week-end devant nous, sans le moindre souci. Rien que nous deux.

« Chéri. » Avant même que le mot ne soit sorti, il reste coincé dans ma gorge. Ce n'est pas Ben qui est à la porte. C'est Mike. Il me bouscule pour entrer dans la chambre, et au moment où je lui demande ce qu'il pense être en train de faire – quel droit a-t-il de m'attirer ici, dans cette chambre, que cherche-t-il à obtenir ? –, je me dis : Espèce de salaud, de pervers ! Comment oses-tu faire semblant d'être mon mari ? Tu n'as donc plus la moindre fierté ?

Je pense à Ben à la maison et à Adam. Ben doit être en train de se demander où je suis. Peut-être va-t-il bientôt appeler la police. Comme j'ai été idiote de monter dans un train et de venir ici sans le dire à personne. Comme j'ai été idiote de penser que ce mot tapé à la machine, même s'il sentait mon parfum préféré, venait de mon mari.

Mike parle. « Serais-tu venue si tu avais su que c'était pour me voir, moi ?

Je ris. « Bien sûr que non ! C'est fini. Je te l'ai déjà dit. »

Je regarde les fleurs, la bouteille de champagne qu'il tient toujours à la main. Tout sent la romance, la séduction. « Mon Dieu ! dis-je. Tu croyais vraiment qu'il te suffisait de m'attirer ici, de m'offrir des fleurs et du champagne, et voilà ? Que je te tomberais dans les bras et que tout redeviendrait comme avant ? Tu es dingue, Mike. Dingue. Je pars. Je retourne auprès de mon mari et de mon fils. »

Je ne peux pas me rappeler plus de choses. J'imagine que c'est à ce moment-là qu'il m'a frappée la première fois, mais après cela je ne sais pas ce qui s'est passé, ce qui m'a conduite d'ici à l'hôpital. Et maintenant, je suis à nouveau ici, dans cette chambre. Nous avons bouclé la boucle, même si, pour moi, tous les jours entre les deux événements ont été volés. C'était comme si je n'étais jamais partie d'ici.

Je n'arrive pas à atteindre la porte. Il est en train de se remettre debout. Je me mets à crier. « Au secours ! Au secours !

— Chut ! dit-il. Ta gueule ! »

Je crie plus fort et il me retourne tout en me poussant en arrière. Je tombe, et le plafond et son visage descendent devant moi comme un rideau qu'on laisse tomber. Mon crâne heurte quelque chose de dur, de rigide. Je me rends compte qu'il m'a poussée dans la salle de bains. Je me tords le cou et je vois le sol carrelé qui s'éloigne de moi, le bas des toilettes, le bord de la baignoire. Il y a un morceau de savon par terre, collant, écrasé. « Mike ! dis-je. Ne… » mais il est accroupi sur moi, ses mains autour de mon cou.

« Ta gueule ! » ne cesse-t-il de répéter ; je ne dis pourtant rien, je pleure. Je cherche ma respiration, mes yeux et ma bouche sont mouillés, du sang, des larmes et je ne sais pas quoi d'autre.

« Mike… » dis-je dans un souffle. Je n'arrive pas à respirer. Ses mains sont autour de mon cou et je ne peux pas respirer. Les souvenirs affluent. Je me souviens de lui en train de me maintenir la tête sous l'eau. Je me souviens de mon réveil dans un lit blanc, je portais une chemise d'hôpital et Ben était assis à côté de moi, le vrai Ben, celui que j'ai épousé. Je me rappelle une femme policier me posant des questions auxquelles je ne peux pas répondre. Un homme en pyjama bleu clair, assis au bord de mon lit d'hôpital, riant avec moi quand il me dit que je le salue chaque jour comme si je ne l'avais jamais vu avant. Un petit garçon aux cheveux blonds à qui il manque une dent, qui m'appelle maman. L'une après l'autre, les images arrivent, déferlent en moi. L'effet est violent. Je secoue la tête, essayant d'y voir plus clair, mais Mike me serre plus fort. Sa tête est au-dessus de la mienne, ses yeux ont un éclat sauvage et, sans ciller, il me serre la gorge, et je peux me rappeler que ça s'est déjà produit une fois avant, dans cette chambre. Je ferme les yeux. « Comment oses-tu ! » dit-il, et je n'arrive pas à savoir quel Mike parle ; si c'est celui de maintenant, ou celui qui n'existe que dans ma mémoire. « Comment oses-tu ! dit-il à nouveau. Comment oses-tu me prendre mon enfant ! »

C'est là que je me rappelle. Lorsqu'il m'a agressée il y a toutes ces années, j'étais enceinte. Pas de Mike, mais de Ben. L'enfant qui allait signifier notre nouveau départ ensemble.

Aucun de nous n'a survécu.

J'ai dû perdre connaissance. Quand je reviens à moi, je suis assise sur une chaise. Je ne peux pas bouger les mains, j'ai l'intérieur de la bouche pâteux. J'ouvre les yeux. La chambre est plongée dans la pénombre, elle n'est éclairée que par les lueurs de la lune qui passe entre les rideaux et les reflets des lampadaires jaunes de la rue. Mike est assis en face de moi, au bord du lit. Il tient quelque chose dans sa main.

J'essaie de parler mais je ne peux pas. Je me rends compte que j'ai quelque chose dans la bouche. Une chaussette, peut-être. Elle est fermement enfoncée, fixée d'une manière quelconque, et mes poignets sont attachés, ainsi que mes chevilles.

Voici ce qu'il veut depuis le début, me dis-je. Que je reste silencieuse et immobile. Je lutte, et il remarque que je suis réveillée. Il lève les yeux, son visage est l'expression même du chagrin et de la douleur ; il me regarde droit dans les yeux. Je ne ressens rien d'autre que de la haine.

« Tu es réveillée. » Je me demande s'il a l'intention de dire autre chose, s'il est capable de dire autre chose. « Ce n'était pas ce que j'avais prévu. Je pensais que nous viendrions ici et que ça pourrait t'aider à te rappeler. Te rappeler comment on était, tous les deux. Et ensuite, on aurait pu parler, et je t'aurais expliqué ce qui s'est passé ici, il y a toutes ces années. Je n'ai jamais voulu que ça arrive, Chris. Je me mets dans une telle colère, parfois. Je ne peux pas m'en empêcher. Je suis désolé. Je n'ai jamais voulu te faire du mal. Jamais. J'ai tout gâché. »

Il baisse les yeux vers ses genoux. Il y a tant de choses que je voulais absolument savoir, mais je suis épuisée, et c'est trop tard. J'ai l'impression que je pourrais fermer les yeux et, par la seule force de ma volonté, oublier, tout effacer.

Mais je ne veux pas dormir ce soir. Et si je dois dormir, je ne veux pas me réveiller demain matin.

« C'est quand tu m'as dit que tu allais avoir un

enfant. » Il ne lève pas la tête. Il parle doucement, la tête enfouie dans les plis de sa chemise, et je dois tendre l'oreille pour l'entendre. « Je n'ai jamais pensé que j'aurais un enfant. Jamais. Ils disaient tous… » Il hésite, comme s'il changeait d'avis, décidant qu'il vaut mieux garder certaines choses pour lui. « Tu as dit qu'il n'était pas de moi. Mais je savais qu'il l'était. Et je ne pouvais pas accepter l'idée que tu allais me quitter malgré tout, que tu allais partir avec mon enfant, que peut-être je ne le verrais jamais. Je ne pouvais pas, Chris. »

Je ne sais toujours pas ce qu'il attend de moi.

« Tu crois que je ne suis pas désolé de ce que j'ai fait ? Je le suis chaque jour. Je te vois si ahurie, si perdue, si malheureuse. Parfois je reste allongé dans le lit. Je t'entends te réveiller. Et tu me regardes, et je sais que tu ne sais pas qui je suis, et je sens la déception et la honte qui déferlent en toi par vagues. Ça fait mal. Savoir que tu ne coucherais plus jamais avec moi, maintenant, si tu avais le choix. Puis tu sors du lit et tu vas dans la salle de bains, et je sais que dans quelques minutes tu vas me trouver et tu seras si désorientée, si malheureuse et dans une telle souffrance. »

Il marque une pause. « Et maintenant je sais que même ça, ça n'arrivera plus, bientôt. J'ai lu ton journal. Je sais que ton médecin doit avoir compris, maintenant. Ou il comprendra très bientôt. Et Claire aussi. Je sais qu'ils vont venir après moi. » Il lève les yeux. « Et ils vont essayer de t'enlever à moi. Mais Ben ne veut pas de toi. Moi, si. Je veux m'occuper de toi. S'il te plaît, Chris. S'il te plaît, rappelle-toi combien tu m'aimais. Ensuite tu pourras leur dire que tu veux rester avec moi. » Il montre les dernières pages de mon journal, éparpillées sur le plancher. « Tu peux leur dire que tu me pardonnes. Pour ce que je t'ai fait. Et ensuite nous pourrons être ensemble. »

Je secoue la tête. Je n'arrive pas à croire qu'il *veuille* que je me rappelle. Il veut que je sache ce qu'il m'a fait.

Il sourit. « Tu sais, parfois, je me dis que ç'aurait été mieux que tu meures, cette nuit-là. Mieux pour toi comme pour moi. » Il regarde par la fenêtre. « Je pourrais venir avec toi, Chris. Si c'était ce que tu voulais. » Il baisse les yeux à nouveau. « Ce serait facile. Tu irais la première, et je te promets que je te suivrais. Tu as confiance en moi, n'est-ce pas ? »

Il me regarde, dans l'expectative. « Le voudrais-tu ? dit-il. Ce serait indolore. »

Je secoue la tête, j'essaie de parler. Je n'y arrive pas. Mes yeux me brûlent et je peux à peine respirer.

« Non ? » Il a l'air déçu. « Non. Je suppose que toute vie est meilleure que l'absence de vie. Bon, très bien. Tu as probablement raison. » Je me mets à pleurer. Il secoue la tête. « Chris, tout va bien se passer. Tu vois ? Le problème, c'est ce livre. » Il brandit mon journal. « Nous étions heureux, avant que tu ne te mettes à écrire ça. Et nous étions heureux quand même, non ? Nous devrions juste nous débarrasser de ça, et, ensuite, peut-être que tu pourrais leur dire que tu étais perdue, et nous pourrions de nouveau être comme avant. Pendant un petit moment, du moins. »

Il se lève et rapproche la poubelle métallique qui est sous la coiffeuse, en sort le sac en plastique vide et le jette. « Ce sera facile », dit-il. Il pose la poubelle par terre, la cale entre ses jambes. « Facile. » Il jette mon journal dans la poubelle, rassemble les dernières pages qui jonchent le sol et les y ajoute. « Nous devons nous en débarrasser, dit-il. Complètement. Une fois pour toutes. »

Il sort une boîte d'allumettes de sa poche, en frotte une et prend une feuille dans la poubelle.

Je le regarde, horrifiée. « Non ! » Je ne peux rien émettre de plus qu'un grognement étouffé. Il ne me regarde pas en mettant le feu à la page, et il la jette dans la poubelle.

*Non !* dis-je à nouveau, mais cette fois c'est un cri silencieux dans ma tête. Je regarde mon histoire se mettre à brûler, se transformer en cendres, mes souvenirs se réduire à des volutes carbonisées. Mon journal, la lettre de Ben, tout. Je ne suis rien sans ce journal, me dis-je. Rien. Il a gagné.

Je ne planifie pas ce que je fais ensuite. J'agis d'instinct. Je me projette vers la poubelle. Avec mes mains attachées, je ne peux pas amortir ma chute et je la heurte maladroitement ; j'entends quelque chose se briser en me tordant. La douleur fuse dans mon bras et je me dis que je vais perdre connaissance, mais je tiens bon. La poubelle se renverse, le papier en flammes s'éparpille partout par terre.

Mike pousse un cri – un cri perçant – et se jette à genoux, tape le sol, essaie d'éteindre le feu. Je vois qu'un morceau enflammé est allé sous le lit, et Mike ne l'a pas remarqué. Les flammes commencent à lécher le bord du dessus-de-lit mais je ne peux ni l'atteindre ni crier, alors je reste là, à regarder la couverture prendre feu. Elle commence à fumer, et je ferme les yeux. La pièce va s'embraser, me dis-je, et Mike va brûler, et moi, je vais brûler, et personne ne saura jamais vraiment ce qui s'est passé dans cette chambre, tout comme personne ne saura jamais vraiment ce qui s'est passé ici il y a des années, et l'histoire sera réduite en cendres et remplacée par des conjectures.

Je tousse, un hoquet sec qui me soulève le cœur, qui reste bloqué par la chaussette fourrée dans ma bouche. Je commence à étouffer. Je pense à mon fils. Je ne le reverrai jamais plus, mais au moins je vais mourir en sachant que j'en avais un, et qu'il est vivant et heureux. Pour cela, je suis heureuse. Je pense à Ben. L'homme que j'ai épousé et ensuite oublié. Je veux le voir. Je veux lui dire que maintenant, à la fin, j'arrive à me souvenir de lui. Je me rappelle notre rencontre à la fête sur le toit, sa demande en mariage sur une colline dominant une ville, et je me rappelle notre mariage à l'église à Manchester, nos photos prises sous la pluie.

Eh oui, je me rappelle que je l'aimais. Je sais que je l'aime et que je l'ai toujours aimé.

Tout devient noir. Je ne peux pas respirer. J'entends le bruit des flammes qui progressent, je sens leur chaleur sur mes lèvres et sur mes yeux.

Il n'a jamais été question de fin heureuse pour moi, jamais. Je le sais maintenant. Mais ce n'est pas grave.

Ce n'est pas grave.

Je suis allongée. J'ai dormi, mais pas longtemps. Je me rappelle qui je suis, où j'ai été. J'entends du bruit, la circulation, une sirène qui ne change pas de tonalité, qui reste constante. Quelque chose est plaqué sur ma bouche – je pense à une chaussette en boule – et pourtant je découvre que j'arrive à respirer. Je suis trop effrayée pour ouvrir les yeux. Je ne sais pas ce que je vais voir.

Mais il le faut. Je n'ai pas d'autre choix que de me confronter à ce que ma réalité est devenue, quelle qu'elle soit.

La lumière est trop vive. Je vois un tube fluorescent sur un plafond bas et deux barres métalliques parallèles. Les murs sont proches, de chaque côté, et ils sont durs, brillants, avec du métal et du Plexiglas. Je distingue des tiroirs et des étagères, couvertes de flacons et de paquets, et des machines qui clignotent. Tout bouge un peu, vibre, y compris le lit sur lequel je suis allongée.

Le visage d'un homme apparaît venant de quelque part derrière moi, au-dessus de ma tête. Il porte une chemise verte. Je ne le reconnais pas.

« Dites, elle est réveillée. » D'autres visages apparaissent. Je les regarde rapidement. Mike ne se trouve pas parmi eux, et je me détends un peu.

« Christine, dit une voix. Chrissy, c'est moi. » C'est une voix de femme, je la reconnais. « Nous sommes en route vers l'hôpital. Tu as la clavicule cassée, mais tu vas t'en sortir. Tout va bien se passer. L'autre est mort. Il est mort. Il ne pourra plus jamais te faire de mal. »

Je vois la personne qui parle. Elle sourit et me tient la main. Claire. La même Claire que j'ai vue l'autre jour, pas la jeune Claire que je pourrais m'attendre à voir juste en me réveillant, et je remarque

que ses boucles d'oreilles sont les mêmes que celles qu'elle portait la dernière fois que nous nous sommes vues.

« Claire ? » dis-je, mais elle m'interrompt.

« Ne parle pas, dit-elle. Essaie de te détendre. » Elle se penche en avant, me caresse les cheveux et chuchote quelque chose à mon oreille ; je ne suis pas sûre de comprendre. On dirait *je suis désolée.*

« Je me rappelle, dis-je. Je me rappelle. »

Elle sourit, puis elle recule et un jeune homme prend sa place. Il a un visage allongé et il porte des lunettes à monture épaisse. Pendant un moment je pense que c'est Ben, jusqu'à ce que je prenne conscience que Ben doit avoir mon âge.

« Maman ? dit-il. Maman ? »

Il est exactement comme sur la photo où il se trouve avec Helen, et je m'aperçois que je me souviens de lui aussi.

« Adam ? » Les mots restent coincés dans ma gorge tandis qu'il me serre dans ses bras.

« Maman, dit-il. Papa arrive. Il sera bientôt là. »

Je l'attire contre moi et je respire l'odeur de mon fils, et je suis heureuse.

Je ne peux pas attendre plus longtemps. Il est temps. Je dois dormir. J'ai une chambre seule et je n'ai pas besoin d'observer la stricte routine de l'hôpital, mais je suis épuisée, mes yeux commencent déjà à se fermer. Il est temps.

J'ai parlé à Ben. À l'homme que j'ai épousé pour de vrai. Nous avons parlé pendant des heures, me semble-t-il, mais peut-être n'était-ce que quelques minutes. Il m'a dit qu'il a pris l'avion dès que la police l'a contacté.

« La police ?

— Oui, lorsqu'ils ont compris que tu ne vivais pas avec la personne avec qui le personnel de Waring House pensait que tu étais, ils m'ont cherché. Je ne sais pas bien comment. Je suppose qu'ils avaient mon ancienne adresse et qu'ils sont partis de là.

— Et où étais-tu ? »

Il a remonté ses lunettes sur son nez. « J'étais en Italie depuis quelques mois. Je travaille là-bas. » Il s'est interrompu. « Je croyais que tu allais bien. » Il m'a pris la main. « Je te demande pardon…

— Tu ne pouvais pas savoir. »

Il a détourné les yeux. « Je t'ai quittée, Chrissy.

— Je sais. Je sais tout. Claire m'a dit. Et j'ai lu ta lettre.

— J'ai cru que c'était la meilleure chose à faire. Vraiment. Je pensais que c'était le mieux. Que ça t'aiderait, toi. Que ça aiderait Adam. J'ai essayé de reprendre le cours de ma vie. J'ai vraiment essayé. » Il a hésité. « J'ai cru que je ne pouvais le faire que si je divorçais. J'ai pensé que cela me libérerait. Adam n'a pas compris, même quand je lui ai expliqué que tu ne le saurais jamais, que tu ne te rappellerais même pas avoir été mariée avec moi.

— Est-ce que cela t'a aidé à avancer dans ta vie ? »

Il s'est tourné vers moi. « Je ne vais pas te mentir, Chrissy. Il y a eu d'autres femmes. Pas beaucoup, quelques-unes. Cela fait longtemps, des années. Au début, rien de sérieux, mais après j'ai rencontré une femme, il y a deux ou trois ans. J'ai emménagé avec elle. Mais…

— Mais ?

— Eh bien, ça s'est terminé. Elle a dit que je ne l'aimais pas. Que je n'avais jamais cessé de t'aimer…

— Elle avait raison ? »

Il n'a pas répondu et, craignant sa réponse, j'ai dit : « Bon, et qu'est-ce qui se passe maintenant ? Demain ? Est-ce que tu vas me ramener à Waring House ? »

Il a levé les yeux vers moi.

« Non, a-t-il dit. Elle avait raison. Je n'ai jamais cessé de t'aimer. Et je ne te ramènerai jamais là-bas. Demain, je veux que tu rentres à la maison. »

Maintenant, je le regarde. Il est assis dans un fauteuil à côté de moi, et même s'il ronfle déjà, la tête penchée en avant, formant un angle impossible, il me tient toujours la main. J'arrive tout juste à voir ses lunettes, la cicatrice qui lui barre la joue. Mon fils a quitté la chambre pour appeler sa petite amie et chuchoter un « bonne nuit » à son futur enfant, et ma meilleure amie est dehors sur le parking, en train de fumer une cigarette. Quoi qu'il arrive, je suis entourée des gens que j'aime.

Plus tôt j'ai parlé au Dr Nash. Il m'a dit que j'avais quitté le centre de soins il y a presque quatre mois, peu après les premières visites de Mike qui se faisait passer pour Ben. J'avais quitté l'hôpital, signé tous les papiers. J'étais partie volontairement. Ils n'auraient pas pu m'arrêter, même s'ils avaient pensé qu'il y avait une raison de le faire. En partant, j'ai pris avec moi les quelques photos et objets personnels que j'avais encore.

« Voilà pourquoi Mike avait ces photos ? ai-je dit. Celles de moi, et d'Adam. Voilà pourquoi il avait la lettre d'Adam au père Noël. Et son certificat de naissance.

— Oui, a dit le Dr Nash. Ils étaient dans vos affaires à Waring House et vous les avez emportés. À un moment Mike a dû détruire toutes les photos où vous étiez avec Ben. Peut-être même avant que vous ne quittiez Waring House – les changements de personnel sont assez fréquents et ils n'avaient pas la moindre idée de ce à quoi votre mari ressemblait.

— Mais comment a-t-il pu avoir accès aux photos ?

— Elles étaient dans un album, dans le tiroir de votre chambre. Cela a dû être assez facile pour lui de les avoir, une fois qu'il a commencé à venir régulièrement. Il a peut-être même ajouté des photos de lui. Il devait en avoir de vous deux datant de… de quand vous vous voyiez, il y a des années. Le personnel de Waring House était convaincu que l'homme qui vous rendait visite était celui de l'album photos.

— Alors, j'ai apporté mes photos dans la maison de Mike et il les a cachées dans une boîte métallique ? Puis il a inventé l'histoire de l'incendie pour expliquer qu'il y en ait si peu.

— Oui. » Il avait l'air fatigué et coupable. Je me suis demandé s'il s'en voulait pour tout ce qui s'était passé et j'espérais qu'il n'en était rien. Il m'avait aidée, après tout. Il m'avait sauvée. J'espérais qu'il pourrait toujours écrire son papier et présenter mon cas. J'espérais qu'il serait reconnu pour ce qu'il avait fait pour moi. Après tout, sans lui je serais…

Je ne veux pas penser à ce que je serais.

« Comment m'avez-vous trouvée ? » Il m'a expliqué que Claire était morte d'inquiétude après notre conversation, mais elle avait attendu que je la rappelle le jour suivant. « Mike a dû enlever les pages de votre journal cette nuit-là. C'est pourquoi vous n'avez rien trouvé d'anormal lorsque vous m'avez donné le journal le mardi, et moi non plus. Claire a vainement attendu votre appel, et elle a fini par essayer de vous joindre ; mais le seul numéro qu'elle avait était le portable que je vous avais donné et Mike l'avait pris. J'aurais dû comprendre que quelque chose n'allait pas lorsque je vous ai appelée sur ce numéro ce matin et que vous n'avez pas répondu. Mais je n'ai pas réfléchi. J'ai simplement appelé sur votre autre téléphone… » Il a secoué la tête.

« Ce n'est pas grave, continuez.

— On peut raisonnablement supposer qu'il lisait votre journal depuis au moins une semaine, probablement plus longtemps. Au début, Claire ne parvenait pas à joindre Adam, et elle n'avait pas le numéro de Ben, alors elle a appelé Waring House. Ils n'avaient qu'un numéro qu'ils pensaient être celui de Ben, mais en fait c'était celui de Mike. Claire n'avait pas mon numéro, ni même mon nom. Elle a appelé l'école où il travaillait, et les a persuadés de lui donner les coordonnées personnelles de Mike. Les deux étaient des faux. Elle était dans une impasse. »

Je pense à cet homme découvrant mon journal, le lisant tous les jours. Pourquoi ne l'a-t-il pas détruit ?

Parce que j'y avais écrit que je l'aimais. Et parce que c'était ce qu'il voulait que je continue à croire.

Ou peut-être suis-je trop gentille avec lui. Peut-être qu'il voulait juste que je le voie brûler.

« Claire n'a pas appelé la police ?

— Si, mais il a fallu quelques jours avant qu'ils ne la prennent au sérieux. Entre-temps, elle avait réussi à joindre Adam et il lui avait dit que Ben était à l'étranger depuis un moment et que, pour autant qu'il le sache, vous étiez toujours à Waring House. Elle les a contactés, et ils n'ont pas voulu lui donner votre adresse personnelle ; ils ont fini par se laisser fléchir et ont donné mon numéro à Adam. Ils ont dû penser que c'était un bon compromis, puisque je suis médecin. Claire n'a réussi à me joindre que cet après-midi.

— Cet après-midi ?

— Oui. Claire m'a convaincu qu'il se passait quelque chose, et bien sûr, lorsque j'ai découvert qu'Adam était vivant, j'en ai eu la confirmation. Nous sommes venus vous voir chez vous, mais vous étiez déjà partis pour Brighton.

— Comment avez-vous su où me trouver ?

— Vous m'avez dit ce matin que Ben – pardon, Mike – vous avait dit que vous partiez pour le week-end. Vous m'avez dit qu'il avait parlé d'aller sur la côte. Une fois que Claire m'a dit ce qui se passait, j'ai deviné où il vous emmenait. »

Je me suis allongée. Je me sentais fatiguée. Épuisée. Je voulais seulement dormir, mais j'avais peur de m'endormir. Peur de ce que je pourrais oublier.

« Mais vous m'avez dit qu'Adam était mort. Vous avez dit qu'il avait été tué. Lorsque nous étions dans le parking. Et l'incendie aussi. Vous m'avez dit qu'il y avait eu un incendie. »

Il a souri, tristement. « Parce que c'est ce que vous m'avez dit. » Je ne comprenais pas. « Un jour, quelques semaines après notre première rencontre, vous m'avez dit qu'Adam était mort. Apparemment, Mike vous avait dit cela, et vous l'aviez cru et vous me l'avez répété. Lorsque vous m'avez interrogé dans le parking, je vous ai dit ce que je croyais être la vérité. Ce fut la même chose avec l'incendie. Je pensais qu'il y en avait eu un, parce que c'est ce que vous m'aviez dit.

— Mais je me suis souvenue de l'enterrement d'Adam, dis-je. Son cercueil... »

À nouveau, un sourire triste. « Votre imagination...

— Mais j'ai vu des photos, ai-je dit. Cet homme... - je trouvais impossible de dire le nom de Mike - il me montrait des photos de lui et moi ensemble, de nous à notre mariage. J'ai trouvé une photo d'une pierre tombale. Avec le nom d'Adam...

— Il a dû les fabriquer.

— Les fabriquer ?

— Oui, avec un ordinateur. C'est vraiment facile de truquer des photos de nos jours. Il a dû deviner que vous soupçonniez la vérité et il les a laissées là où il savait que vous les trouveriez. Il est vraisemblable que certaines des photos que vous pensiez être des photos de vous deux étaient aussi fausses. »

Je pensais à toutes les fois où j'avais écrit que Mike était dans son bureau. En train de travailler. Était-ce cela qu'il était en train de faire ? Quel soin il avait pris à me tromper !

« Ça va ? » a demandé le Dr Nash.

J'ai souri. « Oui, je crois. » Je l'ai regardé et je me suis aperçue que j'arrivais à me le représenter portant un costume différent, avec les cheveux bien plus courts.

« J'arrive à me souvenir de choses. »

Son expression n'a pas changé. « Quelles choses ? a-t-il dit.

— De vous, avec une autre coupe de cheveux. Et j'ai reconnu Ben. Et Adam et Claire, dans l'ambulance. Et je me souviens l'avoir vue l'autre jour. Nous sommes allées à Alexandra Palace. Nous avons pris un café. Elle a un fils appelé Toby. »

Ses yeux étaient tristes.

« Avez-vous lu votre journal aujourd'hui ?

— Oui. Mais vous ne voyez pas ? J'arrive à me rappeler des choses que je n'ai pas notées. Je me rappelle les boucles d'oreilles qu'elle portait. Les mêmes que celles qu'elle a aujourd'hui. Je lui ai demandé. Elle a dit que j'avais raison. Et je me rappelle que Toby portait un anorak bleu, et qu'il avait des personnages de dessins animés sur ses chaussettes, et je me souviens qu'il était contrarié parce qu'il voulait du jus de pomme et qu'il n'y avait qu'orange ou cassis. Vous ne voyez pas ? Je n'ai pas écrit toutes ces choses. Je m'en souviens. »

Il a eu l'air content tout en restant prudent.

« Le Dr Paxton a bien dit qu'il ne voyait aucune cause organique à votre amnésie. Selon lui, il est probable qu'elle soit en partie causée par le traumatisme émotionnel de ce qui vous était arrivé, ainsi que le traumatisme physique. Je suppose qu'il est possible qu'un autre traumatisme inverse les effets du premier, au moins jusqu'à un certain point. »

J'ai bondi sur ce qu'il était en train de suggérer. « Donc, il se pourrait que je sois guérie ? »

Il m'a regardée intensément. J'ai eu l'impression qu'il pesait les mots qu'il allait prononcer, quelle part de la vérité j'étais capable d'endurer.

« Il faut que je vous dise que c'est peu probable. Il y a eu certains progrès ces dernières semaines, mais rien qui ressemble à un retour complet de votre mémoire. Mais c'est possible. »

J'ai senti la joie m'envahir. « Mais le fait que je me rappelle des choses datant d'une semaine signifie que je peux fabriquer de nouveaux souvenirs, non ? Et que je peux les stocker ? »

Il a parlé d'un ton hésitant. « Cela le suggère, en effet. Mais Christine, je veux que vous soyez prête à ce que cet effet soit temporaire. Nous ne saurons que demain.

— Quand je me réveillerai ?

— Oui. Il est parfaitement possible qu'une fois que vous aurez dormi cette nuit, tous les souvenirs que vous avez fabriqués aujourd'hui aient disparu. Tous les nouveaux, et tous les anciens.

— Cela pourrait être exactement comme à mon réveil ce matin ?

— Oui, c'est possible. »

Le fait que je me réveille en ayant oublié Adam et Ben me paraissait trop difficile à envisager. Ce serait comme une nouvelle mort.

« Mais...

— Tenez votre journal, Christine. L'avez-vous encore ? »

J'ai secoué la tête. « Il l'a brûlé. C'est ce qui a causé l'incendie. »

Le Dr Nash a eu l'air déçu. « C'est dommage. Mais ce n'est pas très grave. Christine, tout va bien se passer. Vous pouvez en commencer un autre. Les gens qui vous aiment vous sont revenus.

— Mais je veux leur revenir, moi aussi, ai-je dit. Je veux qu'ils me retrouvent, moi aussi. »

Nous avons encore parlé un peu, mais il avait hâte de me laisser avec ma famille. Je sais qu'il essayait seulement de me préparer au pire, à la possibilité que je me réveillerais demain matin sans me rappeler qui j'étais, qui était cet homme assis à côté de moi, qui était la personne qui prétendait être mon fils, mais je dois croire qu'il se trompe. Que ma mémoire est revenue. Il faut que je le croie.

Je regarde mon mari assoupi, dont la silhouette se découpe dans la pénombre de la pièce. Je me souviens de notre rencontre, à cette fête, la nuit où j'ai regardé un feu d'artifice avec Claire sur le toit. Je me souviens du jour où il m'a demandé de l'épouser, alors que nous étions en vacances à Vérone, et la soudaine excitation que j'ai ressentie lorsque j'ai dit oui. Et de notre mariage aussi, notre union, notre vie. Je me souviens de tout. Je souris.

« Je t'aime », dis-je tout bas.

Je ferme les yeux et je m'endors.